Neckarteufel

Thilo Scheurer, Jahrgang 1964, lebt und schreibt in einer Kleinstadt am Rande des Schwarzwalds. Nach seinem betriebswirtschaftlichen Studium folgten Tätigkeiten in den Bereichen Marketing und Verkauf. Mit Dokumentationen und Werbetexten entdeckte er seine Liebe zum Schreiben. Inzwischen ist er Geschäftsführer und Gesellschafter eines kleinen Softwareunternehmens. Er ist verheiratet und hat zwei Kinder.

THILO SCHEURER

Neckarteufel

KRIMINALROMAN

emons:

Bibliografische Information der Deutschen Nationalbibliothek
Die Deutsche Nationalbibliothek verzeichnet diese Publikation in der Deutschen Nationalbibliografie; detaillierte bibliografische Daten sind im Internet über http://dnb.d-nb.de abrufbar.

FSC
www.fsc.org
MIX
Papier aus verantwortungsvollen Quellen
FSC® C083411

Umschlagmotiv: © mauritius images/Alamy
Umschlaggestaltung: Tobias Doetsch
Gestaltung Innenteil: César Satz & Grafik GmbH, Köln
Lektorat: Lisa Kuppler
Druck und Bindung: CPI – Clausen & Bosse, Leck
Printed in Germany 2014
ISBN 978-3-95451-449-6
Originalausgabe

Dieser Roman wurde vermittelt durch die Agentur
EDITIO DIALOG, Dr. Michael Wenzel, Lille, Frankreich
(www.editio-dialog.com).

Please allow me to introduce myself
I'm a man of wealth and taste
I've been around for a long, long year
Stole many man's soul and faith.
»Sympathy For The Devil«, The Rolling Stones, 1968

Prolog

Montag, 26. Juni – Drei Tage nach der Johannisnacht

»Sie wurden vergiftet. Halten Sie durch!«

Die Worte des Mannes drangen nur mit Verzögerung in ihr Bewusstsein. Sie spürte ein Gefühl der Vertrautheit, obwohl sie klangen wie durch eine dicke Schicht Watte. Wer bin ich? Sie wusste es nicht, konnte sich nicht einmal daran erinnern, wann zuletzt jemand mit ihr gesprochen hatte. Da waren nur die beiden fremden Stimmen gewesen, die über sie geredet hatten. Dann war er gekommen und hatte nach endlos langer Zeit die Dunkelheit zurückgedrängt. Seither schimmerte weit entfernt dieser gelbliche Lichtschein. Sie versuchte, die Augen zu öffnen, wollte hin zu dem Licht, um die Schwärze endlich ganz abzuschütteln.

Schlagartig kam der unbändige Durst zurück. Ihre Lippen klebten aufeinander wie zusammengeleimt. »Wasser!«, krächzte sie.

Niemand antwortete. Wo war er hin? Hatte sie sich den Mann nur eingebildet? Es gab noch etwas, das schlimmer war als der Durst: das Alleinsein in der Dunkelheit. Die lauerte ganz in der Nähe, um erneut über sie hereinzubrechen. Das Atmen fiel ihr wieder schwerer, fast so, als ob Bleigewichte auf ihrem Brustkorb lagen. Sie musste sich ablenken, musste trinken.

Vielleicht war in der Plastikflasche noch etwas von dem Wasser, das so merkwürdig nach Heu roch. Aber wo hatte sie die überhaupt hingestellt? Sie kroch auf allen vieren und tastete den Boden dieser nach Maschinenöl stinkenden Holzkiste ab, die seit Tagen ihr Gefängnis war. Sie versuchte die Hände auszustrecken, diese zwei auf zwei Meter zu erfassen. Doch ihre Arme wogen so schwer, sie gehorchten ihr nicht.

Plötzlich wurde ihr Körper nach rechts geschleudert, dann wieder nach links. Und noch einmal. Alles um sie herum schien zu schwanken, sich zu drehen. Für einen kurzen Moment erklang eine Polizeisirene. Ein Fahrzeug? Erleichterung machte sich in ihr breit: Sie befand sich überhaupt nicht mehr in dieser verdammten hölzernen Hölle, sondern saß in einem Wagen. Aber warum war da nur der winzige Lichtschein zu sehen? War es Nacht?

»Sie schaffen das!« Der Mann musste ganz nah sein.

Er hatte sie doch nicht alleine gelassen. Sie kannte die Stimme. Sie mochte die Stimme. Mehr als das: Sie sehnte sich nach ihr.

Das Fahrzeug beschleunigte und bremste sofort wieder scharf ab. Der Mann fluchte und hupte. Erneut schrillte die Polizeisirene. Diesmal hinter dem Fahrzeug. Reifen quietschten, sie hörte das Kreischen von Metall. Etwas traf hart ihren Kopf, und die Dunkelheit kam näher.

»Nicht einschlafen!«, rief die Stimme. Eine Hand tastete ihren Hals ab.

Verdammt noch mal, ich schlafe nicht – ich habe Durst, einfach nur Durst!

Das Fahrzeug fuhr erneut an, wurde schneller, immer schneller. Der Motor brüllte in einem niedrigen Gang auf. Wieder wurde sie herumgeschleudert und schlug sich einige Male den Kopf hart an. Sie spürte keinen Schmerz. Mit einem ohrenbetäubenden Knall zerbarst Glas. Gleich darauf zerriss ein Schuss die Luft, der noch sekundenlang in ihrem Kopf nachhallte. Zurück blieb ein hohes Pfeifen. Und erneut brach die Dunkelheit über sie herein.

1

Einige Tage vor der Johannisnacht

Schon seit bald einer Woche war die Hitze unerträglich. Auch in den Nächten kühlte es kaum ab, die Menschen schwitzten vierundzwanzig Stunden am Tag. Bereits um zehn Uhr morgens zeigte das Thermometer fünfundzwanzig Grad oder mehr an, und über dem Neckartal lag eine Hitzeglocke wie schon seit Jahrzehnten nicht mehr. Das ausgedehnte Azorenhoch »Herbert« schaufelte sehr heiße und schwüle Luft aus Nordafrika in den Südwesten Deutschlands. Und die Meteorologen prophezeiten, dass es noch heißer werden würde. Mancherorts sollte gar die Vierzig-Grad-Marke fallen.

Niemand konnte der Bruthitze entkommen, man konnte sich lediglich mit ihr arrangieren. Unter freiem Himmel ging ohne Kopfbedeckung und eine dicke Schicht Sonnencreme gar nichts mehr. In den Gebäuden liefen die Klimaanlagen auf Hochtouren und strapazierten das Stromnetz. Schon wurden in der Presse die ersten Horrorgerüchte verbreitet: Da die Flüsse zu wenig Wasser führten und zugleich das vorhandene Nass viel zu warm war, stünden einige Kraftwerke vor der Abschaltung.

Im Gegensatz zum arbeitenden Teil der Bevölkerung hatten Kinder, Ausflügler und Urlauber eine wahre Freude an dem brütend heißen Sommerwetter. Die Freibäder und Badeseen boten kaum noch Platz, und die Wirte der umliegenden Biergärten konnten sich über mangelnden Zulauf nicht beklagen. Sogar die sonst so kritischen Landwirte lobten den heißen Juni. Er gab dem Weizen, der bereits kniehoch auf den Feldern stand, die nötige Kraft.

Doch auch bei diesem Bilderbuchwetter verstand es die Natur, ihre grauenvolle Seite zu offenbaren. Und dieses Grauen hatte einen Namen: *Lucilia sericata*, zu Deutsch Goldfliege, oder vielmehr deren Larven in Form der leicht rosa schimmernden Maden.

***

Der Tag hätte unangenehmer nicht anfangen können, dachte Hauptkommissar Wolfgang Treidler, als er an diesem Morgen kurz nach neun Uhr vor die Haustür trat. Nach gerade mal zwei Treppenabsätzen perlte ihm der Schweiß aus allen Poren. An Brust und Bauch zeichneten sich die ersten dunklen Flecken auf seinem roten T-Shirt ab. Er hob abwechselnd die Arme und schnüffelte an den Achseln. Das dreimalige Duschen innerhalb der letzten zwölf Stunden – einmal mitten in der Nacht – sowie eine dicke Schicht Deo hielten den Geruch bisher im Zaum. Doch schon bald würden sich auch unter seinen Achseln riesige Schweißflecken bilden.

Eine weitere tropische Nacht, frohlockten die Wetterstationen seit Tagen. Damit waren Nächte gemeint, in denen die Temperatur nicht unter zwanzig Grad fiel. Aber Treidler wollte keine verdammten tropischen Nächte erleben, sondern einfach nur durchschlafen. Schon seit einiger Zeit schaffte er höchstens drei oder vier Stunden. Mitten in der Nacht wachte er in schweißnassen Laken auf, und die unerträgliche Hitze sorgte dafür, dass er nur schwer wieder einschlafen konnte. Manchmal dauerte dieser Zustand bis zum Morgengrauen an.

Treidler kniff die Augen zusammen und schaute gen Himmel, wo er nach Anzeichen für Regen oder etwas Schatten Ausschau hielt. Früher war bei derart schwülem Wetter auch die Gewitterneigung angestiegen. Doch derzeit standen die Chancen auf etwas Abkühlung in den Nachmittagsstunden schlecht. Schon seit Tagen spannte sich ein azurblauer Himmel über der alten Reichsstadt. Nicht die kleinste Wolke zeigte sich, kein kühlender Windhauch war zu spüren.

Er wischte sich mit dem Handrücken die Stirn ab und überlegte, ob er sich ein zweites T-Shirt als Ersatz holen sollte. Doch die Aussicht auf einen erneuten Schweißausbruch auf dem Weg zu seiner Wohnung hielt ihn davon ab. Und weder seine knielange Jeanshose noch die Barfuß-Sandalen konnten verhindern, dass er auf den Treppenstufen sofort ins Schwitzen kam. Im Grunde brauchte er überhaupt keine Schuhe. Wie die Hände waren seine Füße immer warm – fast heiß. Doch als Hauptkommissar konnte er unmöglich barfuß an einem Tatort erscheinen.

Leichenfund in einem Gebüsch an der Primmündung, hatte der

Beamte von der Dienststelle vor einer Viertelstunde am Telefon erklärt. Viel mehr hatte er nicht dazu sagen können. Er hatte nicht einmal gewusst, ob es sich um eine weibliche oder eine männliche Leiche handelte. Treidler schob die Unkenntnis des Mannes auf die Nervosität, die solch seltene Leichenfunde in Rottweil unweigerlich auslösten.

Als Treidler nach seinem dunkelblauen 190er-Mercedes Ausschau hielt, fiel ihm auf, wie unansehnlich die umliegenden Mehrfamilienhäuser in der grellen Sonne wirkten. Vermutlich hatte die fünfgeschossige Bauweise den Wohnzwecken in den sechziger und siebziger Jahren entsprochen. Doch heute strahlten sie eine hässliche Schlichtheit aus. Ursprünglich hatte er die Dreizimmerwohnung im dritten Stock nur vorübergehend anmieten wollen. Sozusagen als Übergangslösung, bis er etwas Besseres fand. Doch seit dem Tod von Lisa und dem Verlust des Hauses waren inzwischen mehr als zwei Jahre ins Land gegangen. Und noch immer konnte er sich nicht dazu durchringen, etwas anderes zu suchen. Vielleicht weil er genau wusste, dass er erst dann mit seiner Vergangenheit abgeschlossen hatte.

Hier im Haus würde er niemanden vermissen, und niemand würde ihn vermissen. Außer den beiden Referendarinnen, die nebenan wohnten, und dem älteren Ehepaar im Erdgeschoss, das pflichtbewusst jede Woche die Mülleimer an den Straßenrand zog, kannte Treidler kaum jemanden. Und die Bewohner der anderen Häuser kamen ihm immer noch vor wie die Einwohner eines fremden Landes. Er würde kaum ihre Gesichter erkennen, falls er sie irgendwo in der Stadt traf.

Auf Treidlers Mercedes am Straßenrand hatte sich über Nacht leichter Tau gebildet. Eine schwarz-weiß gefleckte Katze schlich um die Vorderreifen und verschwand unter dem Auto, als er sich näherte. Er schloss die Fahrertür auf und quetschte sich mit einem Ächzen hinter das Lenkrad. Die abgestandene Luft im Innenraum war unerträglich, und er kurbelte die Seitenscheibe hinunter. Erst dann startete er den Wagen. Nur widerwillig sprang der Motor an und benötigte ein paar kurze Gasschübe, um einigermaßen rundzulaufen.

Allein diese wenigen Bewegungen reichten aus, und das T-Shirt klebte regelrecht an seinem Oberkörper. Er zupfte ein paarmal an dem Stoff, um sich etwas Luft zuzufächeln. Es half nichts. Er erreichte damit lediglich, dass sich die Schweißflecken an einem halben Dutzend weiterer Stellen ausbreiteten.

Treidler schaltete das Radio an. Auf SWR 3 lief ein alter Bee-Gees-Song. Auch das noch. Es gab nichts Schlimmeres, als sich am frühen Morgen dieses Gequietsche anhören zu müssen. Er kramte nach einer Kassette, deren Aufschrift er mit Mühe als »Sommer 1990« entziffern konnte. Über zwanzig Jahre? Egal, schlimmer als die Bee Gees konnte es nicht sein. Er drückte die Kassette in den Schacht, und wider Erwarten lief die Mechanik des Gerätes an. Doch aus den Lautsprechern drang nicht etwa Musik, sondern ein dumpfes Stampfen, in das sich willkürliche Töne mischten, die sich nicht im Entferntesten melodisch anhörten. Und er begriff auch gleich, warum: Die Musik lief rückwärts. Schnell drückte er den Eject-Knopf. Doch es war bereits zu spät. Während er die Kassette herauszog, rollte sich das Band weiter ab, und ein Teil davon blieb im Schacht hängen: Bandsalat.

Er fluchte lauthals vor sich hin. Im Radio setzten die Gibb-Brüder zum Refrain von »How Deep Is Your Love« an. Er zerrte ein paarmal an der Kassette. Doch statt sie aus dem Gerät zu bekommen, produzierte er ein Knäuel aus dunkelbraunem Magnetband. Er schleuderte die Kassette zur Seite, wo sie von der rechten Scheibe abprallte und auf der Fußmatte liegen blieb.

Dann eben ohne Musik. Treidler legte den ersten Gang ein und fuhr los. Sofort strömte die milde Luft durch das offene Seitenfenster und brachte etwas Abkühlung. Der morgendliche Berufsverkehr hatte bereits nachgelassen, und er erreichte nach wenigen Minuten die Königstraße. Die letzten Angestellten suchten ihre Arbeitsplätze auf, während die ersten Hausfrauen bereits mit Körben durch die Straßen eilten, um ihre Einkäufe zu erledigen.

An der nächsten Kreuzung bog er auf die Untere Hauptstraße, die über das mächtige Rottweiler Viadukt talwärts führte. Die bis zu achtzig Meter hohe Kalksteinbrücke ruhte auf dreizehn hochgestellten Halbkreisbögen und endete kurz vor der Au-Vorstadt im Neckartal, wo die Primmündung lag.

Der Weg über das bald hundertfünfzig Jahre alte Bauwerk war

die einzige Möglichkeit, den Fundort der Leiche zu erreichen, ohne einen größeren Umweg zu fahren oder zwei Kilometer Fußmarsch auf sich zu nehmen. Und diese schweißtreibende Aktivität wollte Treidler an diesem Morgen möglichst vermeiden.

Er hatte die Hälfte der Brücke hinter sich gebracht, als sein 190er-Mercedes anfing zu stottern. Treidler tat, was er immer tat in solchen Fällen: Er kuppelte aus und drückte ein paarmal das Gaspedal durch. Normalerweise lief der Wagen gleich wieder rund. Doch diesmal ging der Motor sofort aus. Ihm blieb nichts anderes übrig, als den Mercedes in einer Haltebucht nach der Brücke ausrollen zu lassen.

Nachdem er noch dreimal vergeblich versucht hatte, den Wagen zu starten, entriegelte er die Motorhaube und riss die Fahrertür auf. Lautes Hupkonzert empfing ihn. Aus den Augenwinkeln sah er, wie eine dunkle Limousine mit einer schnellen Lenkbewegung auf die Gegenfahrbahn auswich.

»Pass halt auf, du Depp!«, schrie er dem Fahrzeug nach.

Er ging um den Mercedes herum und öffnete die Motorhaube, ohne genau zu wissen, nach was er suchen sollte. Es sah alles aus wie immer. Die Zündkabel saßen an ihrem Platz, nirgends lief Flüssigkeit aus, und keine anderen Teile des Motors schienen beschädigt.

Verdammt. Und jetzt?

Er musste Melchior anrufen.

Treidler setzte sich wieder hinter das Lenkrad und griff nach seinem Mobiltelefon.

Während das Handy die Nummer seiner Kollegin wählte, blieb sein Blick an der Tankanzeige hängen. Der Zeiger befand sich unterhalb des roten Bereichs, der die Reserve kennzeichnete. Verdammt – hatte er tatsächlich vergessen zu tanken? Das war ihm schon seit Jahren nicht mehr passiert.

»Hallo, ist da jemand?«, drang eine Stimme aus dem Telefonhörer.

Erst jetzt realisierte Treidler, dass Melchior sich bereits das zweite Mal meldete. »Ja, ich bin's. Morgen, Melchior.«

»Morgen, Treidler. Ich bin gleich bei Ihnen.«

»Bei mir?« Er stutzte. Woher zum Teufel sollte sie wissen, wo er war?

»Ja, bei Ihnen. Oder sind Sie noch nicht unten an der Primmündung, wo die Leiche gefunden wurde?«

»Nicht ganz.«

»Sind Sie etwa noch zu Hause?«

»Nein. Können Sie mich abholen? Ich habe …«, er blickte auf die Tankanzeige, »… eine Panne.«

»Eine Panne mit Ihrem Wagen?«

»Nein, mit meinem Staubsauger«, gab er unwirsch zurück. »Natürlich mit dem Wagen. Würde ich Sie sonst bitten, mich abzuholen?«

Für einen kurzen Moment blieb es am anderen Ende der Leitung ruhig. Dann fragte Melchior: »Warum so aufbrausend? Ist Ihnen zu heiß?«

»Ja verdammt. Ich schwitze wie ein Affe, und meine Füße kochen, als wäre ich über glühende Kohlen gelaufen.«

Ein unterdrücktes Lachen drang aus dem Hörer. »Also, wo sind Sie?«

»Unten am Viadukt. Wissen Sie, wo das ist?«

»Ich denke schon. Aber das ist der falsche Weg. Der Kollege aus der Einsatzzentrale sagte, ich solle die Straße hinunter zum Bahnhof nehmen. Nach dem Parkplatz gibt es dann anscheinend eine Fußgängerbrücke über den Neckar.«

»Ich kenne eine Abkürzung. Dann müssen wir bei dieser Scheißhitze weniger zu Fuß gehen. Und wenn wir durch die Au fahren, sind wir gleich auf der richtigen Flussseite.«

»Gut, Sie sind der Ureinwohner.«

»Genau. Dann bis gleich.« Treidler legte auf und schaute sich nach einem Schattenplatz um. Unter ein paar überhängenden Ästen lehnte er sich an das Brückengeländer, verschränkte die Arme vor der Brust und blickte hoch zum anderen Ende des Viadukts. Mit jedem Fahrzeug, das nicht nach Melchiors Dienstwagen aussah, sank seine Laune weiter.

Einige Minuten später tauchte Melchiors silberner Passat tatsächlich auf und hielt direkt vor ihm. Er öffnete die Beifahrertür. Ein Schwall angenehmer Kühle strömte ihm aus dem Innenraum entgegen.

»Sie sollten sich ein neues Auto zulegen.« Melchior lächelte verschmitzt. Wie immer im Dienst hatte sie ihre dunklen Haare zu einem Zopf zusammengebunden. Trotz der Temperaturen, die an diesem Tag erwartet wurden, trug sie eine Jeanshose mit einem fliederfarbenen Blazer über einem hellen Shirt.

Treidler schwang sich auf den Beifahrersitz und zog die Tür zu. »Das ist nicht lustig.«

»Das war auch nicht als Witz gemeint. Ihr Wagen ist unzuverlässig.«

»Mein Wagen ist nicht unzuverlässig.« Treidler hielt den Kopf vor eine der Lüftungsdüsen, um die kalte Luft direkt auf sein Gesicht wirken zu lassen. Auf keinen Fall würde er zugeben, dass er nur vergessen hatte zu tanken.

»Das sagen Sie. Aber mein neuer Passat hier«, sie klopfte mit beiden Händen auf das Lenkrad, »ist Ihrem alten Mercedes weit überlegen.«

»Natürlich.« Treidler konnte sich ein amüsiertes Grinsen nicht verkneifen. »Sie können zum Beispiel den Sitz so weit vorschieben, dass auch Menschen mit Ihrer Körpergröße an die Pedale kommen.«

»Sonst noch was auszusetzen?«

Treidler schaute zu der Stelle am Armaturenbrett, wo in allen Dienstwagen statt eines Autoradios ein Funksprechgerät eingebaut war. »Bei Ihnen gibt's keine Musik.«

Die Au-Vorstadt lag idyllisch innerhalb einer Neckarschleife. Einst gegründet als Siedlungsbereich für das feuergefährliche Gewerbe der Stadt, befanden sich dort heute Wohnhäuser, Handwerksbetriebe und die Gebäude der Stadtwerke.

Treidler lotste Melchior über eine schmale Holzbrücke mit einem Walmdach aus Schindeln. Auf der gegenüberliegenden Neckarseite lockerte die Bebauung auf. Kurz bevor die Straße auf einem Parkplatz endete, deutete Treidler auf einen Feldweg, der nach links einen Hügel hinaufführte.

Melchior bog ab, und wenig später fanden sie sich hinter einem Traktor wieder, der einen Anhänger mit riesigen Strohballen hinter sich herzog.

»Verfluchter Mist!«, rief Treidler. Das Gespann fuhr derart langsam, dass sie hätten hinterherlaufen können. Zu allem Überdruss verteilte es seine Ladung auf der Fahrbahn und der Windschutzscheibe. Ein Überholen auf dem schmalen Weg war unmöglich.

»Ist das Ihre Abkürzung?« Melchior hob die Augenbrauen.

»Höre ich da etwa Kritik heraus?«

»Gegenüber einem Ureinwohner?« Sie grinste. »Würde ich mir nie erlauben.«

»Ich bin kein Hellseher.« Treidler zuckte mit den Schultern. »Für diese verdammte Karre kann ich nichts.« Aber Melchior hatte recht. Vermutlich wären sie längst am Ziel, wenn sie die Strecke über den Bahnhof genommen hätten.

Glücklicherweise überquerte der Traktor vor ihnen die nächste Kreuzung, während sie nach rechts abbogen, um wieder hinunter ans Neckarufer zu gelangen.

An der nächsten Biegung begrüßte sie ein wahres Feuerwerk an Signallichtern. Zwei Krankenwagen, ein halbes Dutzend Streifenwagen und zivile Einsatzfahrzeuge versperrten den Weg. Es gab kein Durchkommen mehr, und Melchior stellte ihren Dienstwagen auf einer verdorrten Rasenfläche neben dem Asphalt ab.

Treidler stieg aus. Es kam ihm vor, als ob eine Last auf seine Schultern drückte. Und das, obwohl hier unten im Tal gewiss keine höheren Temperaturen herrschten als oben in der Stadt. Mit der stickigen Luft machte sich ein merkwürdiges Gefühl in ihm breit. Jene Art von Gefühl, das einen Kloß im Hals verursachte.

Mehrere Einsatzfahrzeuge blockierten den Radweg, der für einige hundert Meter der Prim bis zu ihrer Mündung folgte und dann weiter am Neckar entlangführte. Durch die wenigen Niederschläge der letzten Wochen herrschte Niedrigwasser. Stellenweise reichte das schlammige Nass kaum aus, um das Flussbett auszufüllen. Der Geruch von Brackwasser lag in der Luft.

Kurz vor dem Zusammenfluss spannte sich eine Fußgängerbrücke über den Neckar. Das mit graugrüner Farbe bemalte Ungetüm aus Metall führte zum Hauptbahnhof. Der weitere Verlauf des Radweges war nur schwer zu erkennen. Auf beiden Seiten breiteten sich mannshohe Gräser aus und Gebüsch, das dicht wuchs und den Blick dahinter verwehrte. Die üppige Vegetation in Verbindung mit dem modrigen Geruch erinnerte Treidler an ein tropisches Gewächshaus.

»Kannst du nicht ein Mal rechtzeitig kommen?«, rief ihm jemand zu.

Treidler fuhr herum und bemerkte erst jetzt Bernhard Winkler, Hauptkommissar und Möchtegern-Kommissariatsleiter. Winkler lehnte an der Motorhaube seines weißen Mercedes-Dienstwagens und rauchte eine Zigarette. Trotz der Hitze trug er ein weißes Hemd mit orangeroter Krawatte und einen dunkelbraunen Anzug, dessen Jackett Ähnlichkeit mit dem Faltenbalg einer Ziehharmonika aufwies. Wie immer hatte er seine gegelten Haare nach hinten gekämmt, sah jedoch an diesem Morgen noch blasser aus als sonst. Aber was zum Teufel wollte der aufgeblasene Fatzke hier? Wollte er den Anwesenden zeigen, dass er bald das Sagen hatte?

Winkler musterte ihn von oben bis unten. »Bist du auf Urlaub hier, oder was soll der Aufzug?«

»Leck mich.« Treidler marschierte weiter, ohne ihn eines Blickes zu würdigen.

Vermutlich würde ihm diese Unbeherrschtheit wieder einmal Ärger mit Kriminalrat Petersen einbringen. Aber noch viel schlimmer als das wog die Tatsache, dass Winkler Petersen als Kommissariatsleiter nachfolgen würde. Und schon Ende des Jahres war es so weit: Petersen ging in Rente.

»Wir warten schon bald eine Stunde auf den Herrn Hauptkommissar. Hier herrscht eine verfluchte Bruthitze, und alles ist voll mit diesen Scheißviechern.« Winkler scheuchte mit der Hand ein paar Fliegen beiseite.

»Interessiert mich einen Dreck.«

»Dir werden deine blöden Sprüche schon noch vergehen, wenn du diese verdammte Sauerei gesehen hast.« Damit schnippte Winkler die nur halb gerauchte Zigarette in das schlammige Wasser des Neckars, stieg in seinen Wagen und fuhr davon.

Treidler schwante nichts Gutes. Schon seit er aus Melchiors Auto gestiegen war, hatte er diesen Kloß im Hals. Er spürte förmlich, dass ein beschissener Tag auf ihn zukam.

»Müssen Sie immer so mit ihm reden?«, raunte Melchior, als sie sich außer Hörweite befanden.

»Ja«, gab er zurück und ging weiter.

»Sie haben ihn noch nie gemocht, was?«

»Was gibt's da zu mögen? Er ist ein Arschloch.«

Während er noch redete, wurden seine Schritte langsamer. Treidler hätte nicht sagen können, warum. Vielleicht waren es die beiden Frauen in bunter Sportkleidung, die sich an ihre Walkingstöcke klammerten, als würden sie sonst umkippen. Mit bleichen Gesichtern starrten sie eine ältere Frau auf einer Trage an, die von einem Sanitäter mit einer Infusion versorgt wurde. Auf dem Boden direkt davor saß ein zweiter Sanitäter mit einer Sauerstoffmaske in der Hand und stierte vor sich hin. Oder lag es an dem frisch Erbrochenen, das sich an zwei Stellen auf dem schmalen Weg ausbreitete? Als Nächstes sah Treidler einen blutjungen Streifenpolizisten, dem das Grauen im Gesicht stand. Der Mann machte den Eindruck, als wolle er so schnell und so weit wie möglich fort von hier.

Der Kloß in Treidlers Hals wurde größer und ließ sich auch nicht vertreiben, als er einige Male trocken schluckte. Er überquerte einen kleinen Graben und näherte sich dem Buschwerk. Direkt hinter sich hörte er Melchiors regelmäßigen Atem. Nach vier oder fünf weiteren Schritten bergab drückte er die Zweige beiseite.

Das Erste, was ihm auffiel, war das Summen. Es war allgegenwärtig – alles schien daraus zu bestehen. Die Büsche, die Luft und vor allen Dingen der Boden. Es klang, als wäre er in ein Wespennest getreten. Dann sah Treidler die Fliegen. Es mussten Tausende sein, die um ihn herumschwirrten. Er roch den Geruch des Todes. Und im nächsten Augenblick wusste er, warum der Beamte am Telefon nicht sagen konnte, ob es sich um eine weibliche oder männliche Leiche handelte.

2

Anita Schober liebte Ansichtskarten. Viele wussten von dieser Leidenschaft und schickten Bildpostkarten aus aller Herren Länder. Meist aus dem Urlaub, manchmal auch ohne besonderen Anlass. Und oft war nicht sie als Empfänger angegeben, sondern wegen des Platzmangels nur das Kommissariat 1. Aber ein ungeschriebenes Gesetz besagte, dass alle Ansichtskarten nach einer Woche an der Wand hinter ihrem Schreibtisch landeten, falls sie kein anderer haben wollte.

Eigentlich mochte sie eher die farbige Variante mit Motiven aus den Alpen oder aus Norddeutschland. Und auch mit dem Gedicht konnte sie nicht viel anfangen, das in einer kindlichen Handschrift auf der Rückseite stand. Vielleicht würde sie ja irgendwann in Erfahrung bringen, zu wem die Handschrift gehörte. Schließlich war es bereits die dritte historische Ansichtskarte von Rottweil mit einem Gedicht auf der Rückseite.

Die Woche war vorüber. Anita Schober drehte sich mit dem Schreibtischstuhl um hundertachtzig Grad und hievte ihren fülligen Körper mit einem Ächzen hoch. Schon nach dieser kleinen Kraftanstrengung spürte sie die Schweißperlen unter der Nase und auf der Stirn. Und das, obwohl die beiden Ventilatoren auf Hochtouren liefen. Nein, es war definitiv nicht das Wetter für Menschen wie sie. Jedes Kilo, das sie zu viel auf die Waage brachte, nahm ihr die Lust an der Bewegung. Und sie wusste, dass es im Verlauf des Tages noch schlimmer werden würde. Ab Temperaturen von mehr als dreißig Grad sollte in jedem Büro eine Klimaanlage Pflicht sein.

Etwas Gutes brachte die fortgeschrittene Tageszeit allerdings mit sich: Schon bald hatte sie Feierabend und entkam endlich dem stickigen Büro. In zwei Stunden begann die Schicht von Ursula Lohrmann, mit der sie die Halbtagsstelle als Schreibkraft im Kommissariat 1 teilte.

Sie trat vor die Wand und ließ ihren Blick über die Ansichtskarten gleiten, die nahezu die gesamte Fläche zwischen den Schränken einnahmen. Ein wenig stolz war sie schon auf die riesige Sammlung. Es mussten Dutzende sein, vielleicht sogar mehr als hundert. Hie und da entdeckte sie auf den Bildern die Hotels oder Sehenswürdigkeiten, die sie selbst mit ihrem Mann besucht hatte. Viele lagen im Allgäu oder in Südtirol, einige auch an der Ostsee. Dazwischen steckten immer wieder Karten, die sie von den Kollegen bekommen hatte. Viele aus Mittelmeerländern wie Spanien oder Italien, manche sogar aus Übersee. Auf diesen war das kristallklare Wasser um die Malediven oder der puderweiße Sand in Key West abgebildet. Dann gab es ein halbes Dutzend Karten mit der Skyline von New York aus unterschiedlichen Perspektiven und zwei mit einem Cable Car in den hügeligen Straßenzügen von San Francisco.

Vielleicht sollte sie nach der Karte suchen, die den längsten Weg hinter sich hatte. Während sie die Wand betrachtete, entdeckte sie zwischen den bunten Bildern auch die beiden anderen historischen Ansichtskarten von Rottweil mit den Gedichtzeilen.

Sie sah auf die Karte in ihrer Hand. »Altes Bohrhaus«, stand in altdeutschen Lettern auf der Vorderseite. Das Motiv zeigte ein Gebäude in Form einer riesigen Halbkugel mit einem Dach, das bis zum Boden ging. Daneben standen einige Fachwerkhäuser und im Hintergrund zwei Türme aus Holz. Es gab gewiss schönere Motive in Rottweil. Aber die merkwürdige Halbkugel kam ihr bekannt vor.

Es dauerte noch eine ganze Weile, bis sie die Karte mit dem längsten Weg fand: Der Rekord ging an eine Ansichtskarte mit dem riesigen muschelartigen Gebäude der Oper von Sydney.

Anita Schober nahm einen Reißnagel zur Hand und schaute an der Wand hoch, um einen Platz für die neue Karte zu finden. Nur ganz oben, außerhalb der Reichweite ihrer Arme, befand sich noch eine freie Stelle. Sie bugsierte den Holztritt, den sie normalerweise für die oberste Regalreihe benötigte, vor die Wand und kletterte die drei Stufen hoch. Schwer atmend hielt sie inne und wischte sich den Schweiß von der Stirn. Gerade wollte sie die Karte an die Wand pinnen, da begannen die Gewissensbisse. Konnte sie die Postkarte einfach an die Wand hängen, ohne jemanden zu fragen? Schließlich war als Adressat die Polizeidirektion angegeben. Man konnte ja nie wissen.

»Was machen Sie denn da?«, hörte sie plötzlich eine Stimme hinter sich.

Anita Schober fuhr herum und konnte gerade noch den Sturz vom Holztritt vermeiden. »Sie haben mich aber erschreckt, Herr Oberkommissar Borchert.«

Sie mochte Winklers Juniorpartner nicht. Der geschniegelte Endzwanziger sah in seinem dunklen Anzug mit blütenweißem Hemd und Krawattennadel aus wie die halbwüchsige Ausgabe seines Vorgesetzten. Oft trugen die beiden sogar die gleiche Anzugfarbe. Treidler hatte ihn erst vor Kurzem als »reing'schmeckten Lackaff« bezeichnet und behauptet, er sei ein Arschkriecher. Borchert würde Winkler nachahmen, um so schnell wie möglich befördert und nach Nürnberg versetzt zu werden, sagte Treidler. Und auch wenn Treidler ihr gegenüber manchmal barsch und griesgrämig auftrat, so falsch fand sie seine Meinung in diesem Fall nicht. Aber vor allem würde Treidler sie nie so respektlos behandeln wie dieser Maximilian Borchert aus dem fränkischen Erlangen.

»Ich, äh, ich wollte nur die … die Ansichtskarte an die Wand hängen«, stammelte sie. »Aber Sie können sie gerne haben. Sie ist auch an Sie gerichtet, an das ganze Kommissariat 1.«

»Das haben Sie mir die ganze letzte Woche schon angeboten.« Borchert winkte ab. »Und noch immer interessiere ich mich nicht für historische Ansichtskarten.« Er warf ihr einen geringschätzigen Blick zu und hielt die Kassette eines Diktiergerätes hoch. »Und Sie sollten sich auch mit etwas Wichtigerem beschäftigen. Auf der Kassette ist die Vernehmung von dem Einbruch letzte Woche in der Hauptstraße. Das muss alles noch ins Protokoll. Ich brauche das nachher für die Unterschriften.«

Schnell stieg Schober die drei Stufen hinunter und nahm die Kassette entgegen. »Ja, das geht klar, Herr Oberkommissar. In einer halben Stunde können Sie die Abschrift haben.«

Borchert blieb stehen und musterte sie für einen kurzen Moment. »Sie schwitzen ja. Ist Ihnen nicht wohl?«

»Nein … doch. Es ist nur … ähm, diese Hitze.« Sie versuchte, sich mit dem Handrücken den Schweiß von der Stirn zu tupfen. Unter der Achsel hatte sich schon ein dunkler Schweißfleck gebildet. Auf ihrer hellblauen Matrosenbluse wirkte das wie eine Warnleuchte. Schnell senkte sie den Arm wieder und spürte, wie ihr die Röte ins Gesicht schoss.

»Und ich dachte schon …« Borchert ließ sie stehen, ohne den Satz zu beenden.

»Und ich dachte schon … reing'schmeckter Lackaff. Wenn du wüsstest, was ich denke«, murmelte Anita Schober, nachdem Borchert die Tür hinter sich geschlossen hatte. Jetzt erst recht. Sie deponierte die Kassette im untersten von drei Ablagefächern auf ihrem Schreibtisch, das sie mit »kann warten« beschriftet hatte.

***

Ein halbes Dutzend Personen in weißen Einwegoveralls kniete oder stand neben einem Körper, der keine geschlechtsspezifischen Merkmale besaß. Im Grunde besaß er nur wenig menschliche Merkmale. Und wären da nicht die blonden Haare und Stofffetzen gewesen, hätte man das, was dort halb im Wasser, halb auf dem aufgeplatzten Schlammbett lag, für ein totes Tier halten können. Auf den ersten Blick jedenfalls. Doch das Schlimmste war, dass der Körper nicht einfach leblos dalag, wie Treidler es erwartet hätte, sondern er bewegte sich. Aber nicht als Ganzes, sondern winzige Teile davon. Die Fliegen und ihre kleinen rosa schimmernden Maden waren überall.

Treidler prallte zurück, als wäre er gegen eine unsichtbare Wand gelaufen. Hinter ihm sog Melchior scharf die Luft ein.

»Verflucht!«, entfuhr es ihm, und unwillkürlich schaute er beiseite. Obwohl Treidler auf über zwanzig Dienstjahre zurückblicken konnte, hatte er noch nie eine Leiche in einem derartigen Zustand zu Gesicht bekommen. Der Anblick raubte ihm für einen Moment den Atem.

Als er den Kopf wieder nach vorne drehte, löste sich ein kleinerer Mann aus der Gruppe in den Overalls und kam auf ihn zu. Trotz seiner eher rundlichen Gestalt bewegte er sich leichtfüßig. Er baute sich vor den beiden Kommissaren auf und nahm seine Staubschutzmaske ab. Treidler erkannte den mächtigen Schnauzbart von Josef »Sepp« Dorfler, dem Leiter der Kriminaltechnik Rottweil.

Grußlos hielt ihm Dorfler eine blaue Plastikdose mit einer leicht milchigen Paste hin. »Wick Vaporub. Das Zeug hilft nicht nur bei Erkältung.« Er versuchte sich an einem Lächeln. »Streichen Sie sich eine dicke Schicht davon unter die Nase.«

Treidler zögerte einen Moment, tauchte dann halbherzig den Zeigerfinger ein und schmierte sich die Paste zwischen Oberlippe und Nase. Sofort reizte das Minzöl die Schleimhäute, und seine Augen begannen zu tränen. Aber Dorfler hatte recht, das darin enthaltene Menthol überdeckte jeden anderen Geruch.

Dorfler reichte Melchior die Plastikdose, und auch sie tauchte einen Finger hinein. Ihr sonst so dunkler Teint wirkte bleicher, wie von einem starken Scheinwerfer angestrahlt. Offensichtlich hatten derartige Leichenfunde auch früher nicht zu ihrem Polizeialltag gehört.

Während Melchior die Paste anbrachte, drang das aufdringliche Summen der Fliegen an Treidlers Ohr. Die grünlich-golden schimmernden Insekten umschwirrten ihn von allen Seiten. Er versuchte, sie mit der Hand zu verscheuchen. Aber auch durch noch so resolutes Herumwedeln ließen sich die Fliegen nicht vertreiben. Gleichzeitig vernahm Treidler Dorflers Stimme, ohne dass die Worte bis in sein Gehirn vordrangen. Er verstand nur, dass es sich um eine Zahl handelte.

»Was?« Treidler hatte Mühe, sich auf Dorfler zu konzentrieren, obwohl der den Blick auf die Leiche vollständig versperrte. Das Wissen um das Grauen, das nur wenige Schritte entfernt auf dem Boden lag, besetzte jede andere Wahrnehmung. Er verfluchte sich für seine eigene Unprofessionalität.

»Die Schuhe: Größe achtunddreißig«, wiederholte Dorfler. »Wir haben die Leiche noch nicht umgedreht. Vermutlich aber eine Frau.«

Treidler versuchte zu nicken. Doch zu mehr als einem zustimmenden Krächzen reichte es nicht. Erst jetzt entdeckte er einen Teil der Schuhsohle, die aus dem schlammigen Wasser des Neckars ragte. »Größe achtunddreißig«, sagte er mechanisch, »noch nicht umgedreht … vermutlich eine Frau.«

»Gibt's Hinweise auf die Identität?«, fragte Melchior neben ihm.

»Bisher haben wir nichts gefunden«, gab Dorfler mit einem Kopfschütteln zurück.

»Sonst irgendwelche Erkenntnisse?«

»Schwierig.« Dorfler zuckte mit dem Achseln. »Die Leiche liegt bestimmt schon seit einigen Tagen hier. Im Gebüsch ist sie vom Radweg aus nicht zu sehen. Und wenn eine der Walkerinnen nicht hätte pinkeln müssen, hätte sie vermutlich noch mal ein paar Tage dagelegen.«

»Selbstmord?«, fragte Treidler. »Da haben wir schon einige aus dem Neckar gefischt. Auch Unfälle gab es in den letzten Monaten zwei oder drei.«

Dorfler legte die Stirn in Falten und sah Treidler und Melchior an. »Ich glaube nicht, dass das ein Selbstmord war. Vermutlich auch kein Unfall.«

»Wie kommen Sie darauf?«

»Da war Gewalteinwirkung im Spiel. Ob dies vor dem Tod oder postmortal geschehen ist, kann ich nicht sagen.«

»Verletzungen? Welcher Art?« Langsam wich Treidlers Unwohlsein.

»Am Hals. Dort ist die Haut noch relativ gut erhalten. Und es sind dunkle Flecken und Striemen zu erkennen, die mich an Strangulationsmale erinnern.« Dorfler deutete die Stelle mit der Hand an seinem Hals an.

Treidler nickte. »Dann werden wir wohl eine Obduktion beantragen müssen. Nicht nur wegen der Verletzungen, sondern auch, um den Todeszeitpunkt zu bestimmen. Mit einer derart ungenauen Zeitangabe werden sich kaum Zeugen finden lassen. Falls es überhaupt welche gibt.«

»Ich weiß nicht, ob eine gewöhnliche Obduktion bei dem Zustand der Leiche überhaupt eine Aussage zum Todeszeitpunkt machen kann.« Dorfler deutete mit dem Kopf auf den toten Körper hinter sich. »Aber es gibt Methoden, um die Liegezeit einer Leiche ziemlich genau zu ermitteln.«

Treidler schwante, dass jetzt die Sache mit den Maden kam.

Dorfler fuhr fort: »So grauenerregend das mit den Fliegen hier ist, eine interessante Seite haben sie. Diese Maden können uns in Verbindung mit den richtigen Temperaturangaben viel erzählen. Unter anderem auch die Liegezeit – und zwar auf ein paar Stunden genau. Denn wenn es einer Made zu kalt ist, verlangsamt sich ihr

Wachstum oder stoppt sogar. Ist es warm, wächst sie schneller. Mit diesem Wissen kann man in einer Temperaturtabelle nachschauen und ablesen, wie viel Tage alt die Made ist.«

»Ja, so ähnlich hab ich das schon mal gehört.« Treidler dachte mit Unbehagen an dieses Seminar über Kriminalpathologie vor einigen Jahren. Selten hatte er sich so schlecht gefühlt wie nach diesem Tag. Noch Wochen danach musste er beim Anblick gewöhnlicher Hausfliegen an kleine, krabbelnde Maden denken. »Über die Art und Größe der Viecher kann man herausbekommen, wann der Todeszeitpunkt war.«

»Das stimmt nicht ganz, Herr Hauptkommissar«, korrigierte Dorfler. »Das Alter einer Made gibt nicht zwangsläufig den Todeszeitpunkt einer Person an, sondern nur, wann die Eier abgelegt wurden. Daraus ergibt sich dann die Liegezeit einer Leiche. Und das wiederum sagt uns lediglich, wie lange die Person *mindestens* schon tot sein muss. Natürlich ist das meist der Zeitpunkt des Todes, allerdings kann der auch viel weiter in der Vergangenheit liegen.«

»Gut.« Treidler hoffte, dass Dorfler ihn mit weiteren Details zum Wachstum von Maden verschonte. »Danach wissen wir wenigstens, wie lange die Leiche schon hier am Ufer liegt.«

»Genau. Aber dafür brauchen wir einen Spezialisten. Das kann unsere Rechtsmedizin nicht.«

Treidler wusste nicht, ob Dr. Günther Karchenberg, Leiter der Rechtsmedizin Rottweil, gleicher Meinung sein würde, doch beim Thema Madenwachstum verspürte er kein Interesse, Dorfler zu widersprechen.

»Organisieren Sie das?«, fragte Melchior. »Ich denke, das BKA ist die richtige Anlaufstelle.«

Dorfler nickte. »Wir fixieren die Maden in Alkohol, um ihr Altersstadium quasi einzufrieren. Dann gehen sie direkt zum BKA. Und es dürfte nicht allzu schwierig sein, den Temperaturverlauf der letzten Tage herauszubekommen. Drüben bei den Stadtwerken gibt es eine Wetterstation.«

»Und bis wann können wir mit einer zuverlässigen Aussage zur Liegezeit rechnen?«, fragte Treidler.

Anstelle von Dorfler antwortete Melchior: »Ich denke, dass wir schon in ein oder zwei Tagen mit Ergebnissen rechnen können. Ich kenne die Abteilung dort und kann versuchen, etwas Druck zu machen. Bis dahin dürfte auch Karchenberg mit der Obduktion fertig sein.«

»Nicht schon wieder«, brummte Treidler. »Seit unserem letzten Fall bin ich mir nicht sicher, was ich von Ihren Verbindungen ins BKA halten soll. Und außerdem kann ich diese Typen in Wiesbaden nicht ausstehen.«

»Ich weiß.« Melchior verzog ihr Gesicht zu einem spöttischen Lächeln. »Aber da müssen Sie jetzt einfach durch, Kollege. Oder selbst das Alter der Maden bestimmen.« Sie wandte sich wieder an Dorfler. »Können Sie uns sonst noch etwas sagen?«

»Außer den Strangulationsmalen? Nicht mehr allzu viel. Da wäre noch die Kleidung oder besser gesagt die fehlende Kleidung. Der Stoff, den wir gefunden haben, reicht höchstens für ein T-Shirt. Keine Hose oder Unterwäsche – nur die Schuhe. So leichte Schuhe aus Segeltuch, wie sie die jungen Leute heutzutage tragen.«

»Sneakers?« Melchior sah Dorfler fragend an.

»Ja, Sneakers nennt man die, glaube ich. Und wir haben keine Socken gefunden.«

»Sie haben recht. Diese Art von Schuhen deutet auf ein jüngeres Opfer hin.«

Treidler hatte genug gehört und wusste, was zu tun war. Er drängte sich an Dorfler vorbei und scheuchte einen Schwarm Fliegen beiseite. Jetzt, auf den zweiten Blick, traten die Konturen des Körpers deutlicher hervor. Die Leiche lag auf dem Bauch, nur leicht zur Seite geneigt, sie war vollkommen entkleidet. Das bräunliche Wasser des Neckars bedeckte die Beine bis hoch zu den Oberschenkeln. Lediglich ein Schuh ragte mit der Sohle aus dem Wasser. Mit einiger Mühe konnte Treidler auf der Ferse die mit einem Kreis eingefasste Zahl achtunddreißig für die Schuhgröße erkennen. Der Rest des aufgedunsenen Körpers lag auf dem ausgetrockneten Teil des Flussbetts. Mit den angelegten Armen wirkte die Leiche, als wäre sie angeschwemmt worden. Tiefe Kratzer und Schürfungen, die aussahen, als ob sie von einem stumpfen Gegenstand stammten, boten den Fliegen und Maden genügend Angriffsfläche. Überall auf der wachsartigen hellgrauen Haut hafteten dunkle Pflanzenfasern und Schmutzteilchen aller Art. An einigen Stellen entdeckte Treidler winzige Bissspuren, die vermutlich von Fischen oder kleineren Nagetieren stammten. Das Gesicht zeigte zu Boden. Lediglich das Ohr sowie die linke Wange konnte er erkennen. Direkt daneben lagen die Reste eines dicken schwarzen Käfers, der von Dutzenden Ameisen ausgeschlachtet wurde. Von dem Käfer weg verlief eine Ameisenstraße, die unter der rechten Schulter der Leiche verschwand. An der Armbeuge tauchte sie wieder auf und endete zwischen einem verdorrten Grasbüschel ganz in der Nähe.

Noch nie stand Treidlers Entschluss so fest wie in diesem Augenblick: Er wollte nach seinem Tod verbrannt werden.

Er kniete sich neben dem Hinterkopf nieder. Auf einem eingerissenen Stück Haut am Schulterblatt krochen Dutzende Maden übereinander. Das Menthol reichte nicht mehr aus, um den süßlich fauligen Gestank zu überdecken, der ihn seltsamerweise an überreife Bananen erinnerte.

»Was denken Sie?« Melchior hatte sich ebenfalls niedergekniet und ließ ihren Blick über das Wasser gleiten.

Er zuckte mit den Achseln.

Melchior kramte ein Paar Gummihandschuhe aus der Tasche ihres Jacketts und zog sie über. »Wollen Sie auch? Ich hab noch ein Paar.«

Treidler betrachtete weiterhin den Hinterkopf. Die hellblonden Haare klebten aneinander und wirkten wie eine sandfarbene Badekappe. Sie waren kurz – sehr kurz, vielleicht zwei oder drei Zentimeter.

»Brauchen wir Taucher?«, fragte Melchior.

Treidler ignorierte auch diese Frage. Ihn beschäftigten die kurzen Haare des Opfers. Sie waren gefärbt, aber das war es nicht. Da gab es etwas anderes, das ihn störte.

»Ich höre Ihnen ja gerne zu, Treidler.« Melchior hatte einen tadelnden Klang in der Stimme. »Aber etwas sagen sollten Sie schon.«

»Die Haare«, murmelte er. »Etwas ist mit den Haaren. Ich komme nicht darauf.«

»Natürlich ist etwas mit den Haaren. Erstens sind sie frisch blondiert, und zweitens sind sie geschnitten worden. Und zwar ziemlich kurz.«

»Was?« Treidler schaute den Ameisen nach, die einzelne Stücke des Käfers abtransportierten.

»Hören Sie mir auch manchmal zu?«

In der Ameisenstraße entdeckte Treidler die Beinchen und Fühler des Käfers. Ein weiteres Mal zuckte er mit den Schultern. »Hin und wieder.«

»Frisch blondiert und geschnitten …«, wiederholte Melchior deutlich lauter.

Sein Blick wanderte zurück zur Leiche. Etwas verklebte das Innere der Ohrmuschel. Seit dem Seminar wusste er zu genau, wo die Fliegen zuerst ihre Eier ablegten. »Wer lässt sich frisch blondierte Haare so verdammt kurz schneiden? Man färbt doch eigentlich eher längere Haare. Oder liege ich damit falsch?«

»Weiß ich nicht.« Melchior beugte sich nach vorne. »Merkwürdig. Diese Haare sind nicht einfach nur geschnitten, sondern regelrecht geschoren. Und das bevor oder kurz nachdem sie blondiert wurden. Es gibt keine nachgedunkelten Haaransätze.«

»Keine nachgedunkelten Haaransätze«, murmelte Treidler und verscheuchte ein paar Fliegen, die sich im Ohr der Leiche niederlassen wollten. »Ich gehe jede Wette ein, dass du das nicht freiwillig gemacht hast.«

»Ich störe Sie ja ungern bei Ihrem Gespräch mit der Leiche. Aber sollten wir jetzt nicht besser die Taucher rufen?«

»Taucher?« Treidler schaute auf den Fluss, der ihn mehr an einen Tümpel erinnerte, und schüttelte den Kopf. »Blödsinn. Da gibt's nichts zu tauchen. Bei dem Niedrigwasser ist der Neckar hier höchstens einen halben Meter tief. Da können Sie vermutlich mit Gummistiefeln durchlaufen, ohne nass zu werden.«

»Trotzdem könnten die was finden.«

»Das glaube ich kaum.«

»Sagen Sie mir auch, warum? Oder wollen Sie, dass ich es errate?«, entgegnete Melchior mit unüberhörbarem Zynismus in der Stimme.

»Weil das hier nicht der Tatort ist. Vermutlich ist es nicht einmal der Ablageort der Leiche. Schauen Sie genau hin. Ich denke, sie wurde angeschwemmt.«

Melchior nahm den Oberkörper des Opfers näher in Augenschein. »Da sind ziemlich viele Schürfungen auf der Haut.«

»Richtig. Und genau deshalb sieht es mir danach aus, als wäre der Körper zumindest eine kurze Strecke vom Wasser mitgeschleift worden. Anstatt in dieser Pissbrühe zu tauchen, wäre es sinnvoller, wenn wir beide Ufer absuchen lassen. Am besten gleich mit den Hunden.«

»Das ist doch lediglich eine Hypothese. Mehr nicht.«

»So? Und was wäre Ihre?«

»Schürfwunden auf der Haut würde es auch geben, wenn das Opfer hier in den Fluss geworfen wurde und erst vor ein paar Tagen mit dem Niedrigwasser aufgetaucht ist.«

»Das ist *Ihre* Hypothese?«

»Nein, nur eine weitere Möglichkeit«, gab Melchior zurück. »Ich will damit lediglich sagen, dass wir ohne genaue Bestimmung der Liegezeit und vor allem ohne Obduktion nichts ausschließen sollten.«

»Vielleicht haben Sie recht. Dann veranlassen wir eben beides: die Hundestaffel und die Taucher.« Treidler wandte sich wieder dem toten Körper zu.

»Da, schauen Sie mal.« Melchior deutete auf den Hals der Leiche. Zwischen Schmutzflecken und einigen Pflanzenfasern schimmerte ein schmaler dunkelblauer Striemen, der um den gesamten Hals zu reichen schien. Zweifellos lag Dorfler mit seiner Vermutung richtig: Es handelte sich um Strangulationsmale. Sie hatten es tatsächlich mit einem Mord zu tun.

3

Anita Schober drehte die Ansichtskarte vom alten Bohrhaus in ihrer Hand hin und her. Ein weiteres Mal betrachtete sie die Zeilen auf der Rückseite. Fraglos, die kindlichen Handschriften stimmten überein. Dazu musste sie die anderen beiden historischen Karten nicht einmal anschauen. Und falls sie sich richtig erinnerte, war der Text eine Art Fortsetzung. Nur die Zeilen von heute wirkten gewalttätiger, direkt brutal. Und sie handelten von einem Toten.

So abstoßend ihr das Gedicht plötzlich vorkam, sie war sich sicher, dass sie es schon einmal gehört oder gelesen hatte. Nur wo?

Sie legte die Postkarte beiseite, zog die Computertastatur zu sich und gab auf einer Internet-Suchseite die ersten vier Wörter ein. Über zwei Millionen Treffer – so konnte sie kaum zu einem vernünftigen Ergebnis kommen. Aber was hatte ihr Treidlers Kollegin erst vor Kurzem erklärt? Wenn man einen exakten Wortlaut mit einer Suchmaschine im Internet finden wollte, musste man diesen in Anführungszeichen setzen.

Sie befolgte Melchiors Ratschlag, und siehe da: sieben Treffer. Zufrieden mit ihrer Ausbeute überflog Anita Schober die Ergebnisseite. »Johannisnacht«, »Neckarsage« und »Neckargeist«, stand dort. Sie klickte auf den ersten Link, und der Internetauftritt eines Vereins erschien, der es sich offensichtlich zur Aufgabe gemacht hatte, deutsche Sagen für die Nachwelt zu erhalten. Schnell fand sie auf der Seite die gesuchte Stelle in einem bestimmt zwanzig Zeilen umfassenden Gedicht. Der Titel lautete: »Neckargeist-Sage, Brüder Grimm – 1848«. Sie begann zu lesen.

In des Sommers Johannisnacht hört man oft an den kühlen Ufern des Neckars ein eigentümliches Singen und Rufen aus den Tiefen des Wassers …

Unwillkürlich hielt Anita Schober die Luft an. Borcherts Kassette im unteren Ablagefach konnte warten. Wo waren die anderen

Ansichtskarten? Sie stieg erneut den Holztritt hoch und suchte die Wand ab. Bald hatte sie die erste Karte gefunden. Sie zeigte das Rottweiler Münster mit seinem windschiefen Turm in einer Schwarz-Weiß-Aufnahme, die mit Sicherheit aus den fünfziger Jahren stammte. Sie nahm die Karte von der Wand und suchte nach der anderen. Auch diese fand sie nach kurzer Zeit. Auf dem Schwarz-Weiß-Bild war die Rottweiler Innenstadt von der Hauptkreuzung bis hoch zum Schwarzen Tor abgebildet. Kein Auto oder Fuhrwerk war auf dem Bild zu erkennen. Es gab keinerlei Anhaltspunkte für das Alter des Fotos.

Sie stieg die Stufen hinunter und richtete die Karten mit der Bildseite nach unten auf ihrem Schreibtisch aus. Noch im Stehen verglich sie das Gedicht von der Website mit den drei Karten vor sich und brachte sie in die richtige Reihenfolge. Mit der Karte vom Rottweiler Münster begann die Neckarsage:

In des Sommers Johannisnacht hört man oft an den kühlen Ufern des Neckars ein eigentümliches Singen und Rufen aus den Tiefen des Wassers. Zuweilen ist es dem einsamen Wanderer auch, als vernehme er den ängstlichen Hilfeschrei eines dem Ertrinken nahen Menschen.

Die Fortsetzung fand sich auf der Karte aus der Rottweiler Innenstadt:

Er hüte sich aber, dem Geschrei nachzugehen oder zu antworten. Denn der Rufer ist der uralte Neckargeist, der in jener Nacht auf ein Menschenleben ausgeht. Wer seinem Rufe folgt, den lockt er mit zauberischem Singsang in den Fluss und zieht ihn zu sich in die kalte Tiefe.

Jedes einzelne Wort stimmte mit der Neckargeist-Sage aus dem Internet überein. Schließlich folgte die letzte Karte mit dem eigenartigen Gebäude und der Aufschrift »Altes Bohrhaus«:

Umsonst erwarten ihn seine Lieben zu Haus; der Geist lässt ihn aber nicht lebendig entkommen. Wer aber gar in jener Nacht in den frischen Fluten ein Bad sucht, der ist fast unrettbar verloren. Einzig ein besonderer Schutz Gottes vermag ihn vor dem tollen Wüten des aufgebrachten Geistes zu wahren.

Sie überflog die restlichen Zeilen auf der Website und drückte auf das Druckersymbol. Ja, sie hatte es tatsächlich geschafft, das Rätsel dieser merkwürdigen Zeilen zu lösen. Im Grunde war es nur eine Frage der Zeit gewesen. Schließlich arbeitete sie auf der Polizeidirektion. Doch dann stutzte sie. Warum hatte wohl jemand dem Kommissariat 1 die ersten drei Absätze der Neckargeist-Sage auf historischen Ansichtskarten geschickt? Wollte sie da etwa einer auf den Arm nehmen?

Sogleich kam ihr Edgar Hausmann, ihr Nachbar und ehemaliger Schulkamerad, in den Sinn. Er hatte sie schon einmal aus dem Urlaub reingelegt. Mit einer Karte vom Karneval in Rio de Janeiro, die er im Internet gekauft und aus Italien verschickt hatte. Erst Wochen später, als Anita Schober die italienische Briefmarke bemerkte, war ihr klar geworden, dass Edgar sich einen Scherz mit ihr erlaubt hatte. Noch Monaten später hatte er sich deshalb über sie lustig gemacht.

Je länger Anita Schober über die drei Postkarten nachdachte, desto mehr war sie davon überzeugt, dass sie von Edgar stammten, der sie wieder einmal hereinlegen wollte. Damit war ihre Euphorie schlagartig verflogen. Sie schob die Karten zusammen und ließ sie in einer der Schubladen im Schreibtisch verschwinden. Missmutig zog sie Borcherts Kassette aus der untersten Ablage hervor und begann mit der Abschrift.

***

Bereits von Weitem vernahm Treidler das Bellen der Hunde und die Kommandos der Hundeführer. Die Männer hatten sich Zeit gelassen. Seit Melchiors Anruf war fast eine Stunde vergangen. Sie selbst hatten die Suche in der näheren Umgebung schon bald abgebrochen. Sie hatten nicht das Geringste entdeckt, das mit dem Mord zu tun haben könnte. Treidlers Gefühl verstärkte sich, dass die Primmündung weder Tatort noch Ablageort der Leiche war. Wenngleich die meisten Spuren sowieso nach ein paar Tagen nicht mehr existierten, fühlte er sich durch die ergebnislose Suche in seiner Vermutung bestätigt.

Einer der Hundeführer, ein älterer Polizeibeamter von kräftiger Statur mit kurzen grauen Haaren, trat zu ihnen. Sein Schäferhund setzte sich artig neben ihn, dennoch wich Treidler einen Schritt zurück.

»Angst?«, fragte der Mann.

Treidler schüttelte den Kopf, auch wenn seine Antwort nicht unbedingt der Wahrheit entsprach.

»Meine Martha macht nichts«, sagte der Hundeführer.

Wie zum Beweis musterte das Tier die Anwesenden. Trotz des desinteressiert wirkenden Blickes fand Treidler, dass der Hund überhaupt nicht aussah wie eine »Martha«. Eher schon wie ein »Hasso« oder »Harro«.

»Polizeiobermeister Schwarzfeld«, stellte sich der Mann mit den kurzen grauen Haaren vor.

»Hauptkommissar Treidler. Das ist meine Kollegin Carina Melchior. Wir leiten die Ermittlungen.«

»Suchen wir nach etwas Bestimmtem?«, fragte Schwarzfeld, nachdem er mit versteinerter Miene die Leiche betrachtet hatte.

»Das Übliche«, antwortete Treidler. »Alles, was man so mit sich herumträgt. Geldbörse, Handy, Schmuck und so weiter.«

»Und Kleidung«, ergänzte Melchior.

»In welchem Umkreis?«

»Wir denken, die Leiche wurde angeschwemmt«, entgegnete Treidler. »Zwei Kilometer flussaufwärts und -abwärts sollten genügen. Auf beiden Uferseiten.«

»Gut.« Schwarzfeld nickte und wandte sich zum Gehen. Er gab den anderen Hundeführern einige Anweisungen und teilte die Männer in zwei etwa gleich große Gruppen auf.

»Wissen Sie, was mich an diesem Leichenfund am meisten stört?«, sagte Melchior, nachdem sich die Hundestaffel in Bewegung gesetzt hatte.

Treidler schüttelte den Kopf.

»Dass wir keine passende Vermisstenanzeige haben.«

Treidler warf erneut einen Blick zur Leiche. »Ich muss mich noch um meinen Wagen kümmern. Können Sie mich fahren?«

»Wieso habe ich heute Morgen den Eindruck, dass wir aneinander vorbeireden?«

»Aneinander vorbeireden? Bestimmt nicht. Dazu müssten schon zwei Leute reden.«

Melchior atmete hörbar aus. »Kommen Sie schon. Ich bring Sie hin.«

Mit aller Macht spie die Klimaanlage in Melchiors Passat kalte Schwaden in den Innenraum. Trotzdem kam sie gegen die allgegenwärtige Hitze kaum an. Treidler war froh, der drückenden Schwüle wenigstens für die Dauer der Fahrt entkommen zu sein. Für seine Kleidung jedoch kam die Kühlung zu spät. Inzwischen breiteten sich die Schweißflecken nicht nur unter den Armen, sondern auch auf der Brust aus. Sogar am Rücken spürte er, wie das T-Shirt klebte.

»Warum heißt der kleine Fluss dahinten eigentlich Prim?«, fragte Melchior, während sie mit Schrittgeschwindigkeit über die Schindelbrücke schlich. »Das ist ein merkwürdiger Name.«

»Das ist nicht merkwürdig, das ist lateinisch.« Treidler sah auf seine Armbanduhr.

»Prim wie … primär? Zuerst?«

»So ähnlich. Das stammt noch aus der Römerzeit und steht für den ersten Zufluss des Neckars.«

Schweigend fuhren sie durch die Au-Vorstadt. Als die Innenstadt in Sicht kam, fragte Treidler: »Können Sie vorher an einem Geldautomaten halten?«

»Klar.« Melchior nickte. »Wo ist der nächste?«

»Gleich da vorne.« Er deutete auf das frisch renovierte Bürgerhaus auf der linken Straßenseite, das den Wohlstand der regionalen Volksbank schon von Weitem ankündigte. Mächtige Fensterfronten und eine ansprechende Fassade mit einer breiten Eingangstreppe ließen die umstehenden Häuser blass aussehen. Allerdings hatten die Planer ein wichtiges Detail vergessen: Weit und breit gab es keine Parkplätze.

»Da kann ich aber nicht anhalten.« Melchior zeigte auf die befahrene Straße vor der Volksbank.

»Doch, wir sind im Dienst. Ich parke hier immer in der zweiten Reihe.«

»Ich aber nicht.« Melchior fuhr an dem Gebäude vorbei.

Treidler stieß einen Seufzer aus. »Das kostet mich bestimmt drei Euro.«

»Warum?«

»Weil ich nur hier kostenlos Geld abheben kann.«

»Drei Euro? Sie werden es überleben.«

»Ich bin Schwabe. Schon vergessen?«

»Das ist nur schwer zu überhören. Aber was wollen Sie mir damit sagen?«

»Ein Schwabe zahlt nie für etwas, das er auch umsonst bekommen kann.«

Melchior schüttelte den Kopf. »Sind denn alle Schwaben so geizig wie Sie?«

»Mit dieser Bemerkung habe ich gerechnet. Ich bevorzuge übrigens den Begriff ›ökonomisch‹. Das würde vielen anderen Bundesländern auch gut stehen.«

»Jetzt kommt bestimmt die Geschichte mit dem Berliner Flughafen und den Baumängeln«, sagte sie halb im Scherz.

Treidler lachte auf. »Klar. Aber immerhin scheint die Sache mit der Lärmbelästigung gelöst. Bisher ist es ein ziemlich geräuschloser Flughafen.«

Auch Melchior musste jetzt lachen. »Statt über den Berliner Flughafen zu spotten, zeigen Sie mir besser den Weg zu einer anderen Bank.«

Treidler lotste sie durch die vor Hitze glühende Innenstadt. Auf den Gehwegen versuchten die wenigen Menschen, so gut es ging der knallenden Sonne auszuweichen. Die meisten hielten sich nur auf der Straßenseite auf, die im Schatten der hohen Bürgerhäuser lag, oder sie blieben unter den bunten Markisen der Geschäfte. Nach einigen Minuten im obligatorischen Stau wieder stadtauswärts erreichten sie das Gebäude der Kreissparkasse. Auf dem Parkplatz des riesigen Neubaus ergatterte Melchior einen freien Platz vor einem dunklen Ford Focus.

»Schauen Sie, Kollege, geht doch.« Melchior stellte den Motor ab.

Treidler beließ es bei einem irritierten Kopfschütteln und stieg aus. Bald würde er seinen Mercedes wiederhaben und müsste sich nicht mehr von Melchior herumkutschieren lassen. Für den Bruchteil einer Sekunde fiel sein Blick in den Innenraum des Ford Focus. Der Fahrer stierte konzentriert auf sein Handy, offensichtlich ohne es zu benutzen. Metallisch glänzte im Sonnenlicht ein winziger Computer auf dem Armaturenbrett. Treidler hätte nicht sagen können, was ihn an der Szene mehr störte: der Computer oder die Tatsache, dass beide Geräte durch ein Kabel verbunden waren.

Er hastete über den Parkplatz, dann durch die gläsernen Schiebetüren in die Eingangshalle. Dort wandte er sich dem ersten Geldautomaten auf der linken Seite zu und kramte in der Brieftasche nach seiner Bankkarte.

Als er sie in den Schlitz stecken wollte, stockte er. Der Einzug sah seltsam erhöht aus. Er schob die Karte zurück in die Brieftasche und betrachtete den Aufsatz genauer. Er bestand aus einem anderen Material, und auch die Farbe unterschied sich vom Rest des Automaten. Treidler tastete den daumendicken Aufsatz ab. Er fühlte sich nach billigem Plastik an und gehörte zweifellos nicht dorthin. Handy, dachte er, Computer, Ford Focus.

Er spürte das Grinsen auf seinem Gesicht, als er an die bevorstehende Zeugenbefragung dachte. Ein Kriminalbeamter, der einen Fall von Automatenbetrug aufdeckt, als er Geld abheben will. Dumm gelaufen für den Typen im Ford Focus.

Er zwang sich zu einer ernsten Miene. Er durfte sich nicht verraten. Wo war die Kamera? Treidler suchte das Gerät ab, dann die Einfassung rundum und schließlich einen Prospekthalter über dem Automaten. Nichts. Viel weiter konnte er nicht suchen. Wenn er sich zu auffällig benahm, wurde der Mann im Ford Focus vorgewarnt. Vermutlich übertrug er das Bild aus der Schalterhalle auf den kleinen Computer auf dem Armaturenbrett. Treidler trat näher an die Scheibe und versuchte einen Blick auf den Ford Focus zu erhaschen. Doch dichtes Gebüsch und ein parkender Transporter versperrten die Sicht auf den Wagen.

Sollte er die Kollegen in der Polizeidirektion alarmieren? Besser nicht. Die kamen möglicherweise zu spät, und dann war der dunkle Ford Focus längst über alle Berge. Treidler nahm sein Mobiltelefon zur Hand und wählte Melchiors Nummer.

Melchior nahm das Gespräch nach dem dritten Klingeln entgegen. »Was ist? Müssen Sie die drei Euro im Voraus bezahlen, oder haben Sie Ihre PIN vergessen?«

»Sehr witzig, Melchior. Aber das ist nicht der richtige Augenblick für Scherze«, sagte er. »Nicht umdrehen, schauen Sie nur in den Spiegel. Steht hinter Ihnen ein dunkler Ford Focus?«

Für einen Moment hörte er ein Rascheln aus dem Hörer, dann wieder Melchior. »Ja, da steht einer. Dunkelblau oder schwarz. Was ist mit dem Wagen?«

»Später. Sitzt dort jemand auf dem Fahrersitz?«

»Ja, da sitzt jemand. Was soll das, Treidler?«

»Was macht er?«

»Telefonieren.«

»Schauen Sie genau hin – da ist ein Kabel.«

»Er hat jedenfalls ein Telefon in der Hand. Ein Kabel kann ich von hier aus nicht erkennen. Vielleicht spielt er auch nur eine Runde Pokémon.«

»Was ist das?« Der Typ spielte ganz bestimmt nicht.

»Vergessen Sie's.«

»Ich denke, dass er mit dem Telefon die Daten von Bankkarten abfängt, um sie dann auf seinem Computer weiterzuverarbeiten. An einem der Geldautomaten hier drinnen ist so ein merkwürdiger Aufsatz.«

»Sind Sie sicher?«

Was sollte die Frage? Natürlich war sich Treidler nicht sicher. Aber alles sah danach aus. »Können Sie das Kennzeichen des Wagens erkennen?«

Wieder hörte er das Rascheln. »Ja, Konstanz Ida Norbert drei sieben drei.«

»Machen Sie da mal eine Halterfeststellung. Ich denke, der Typ hat was mit dem Aufsatz hier am Geldautomat zu tun.«

»Warten Sie.«

Treidler hörte im Hintergrund den Selektivruf des Funksprechgerätes im Passat. Gleich darauf meldete Melchior sich bei der Einsatzzentrale und forderte die Halterfeststellung an.

»Fahrzeug ist als gestohlen gemeldet«, sagte sie nach kurzer Zeit.

»Wann?«

»Gestern Morgen. Polizeidirektion Konstanz.«

»Dann werde ich dem Typ mal zeigen, wo der Barthel den Most holt.«

»Wer in Gottes Namen ist *Barthel*?«

»Das ist nur so eine Redewendung bei uns. Soll ich das für Sie übersetzen?«

»Nein, lassen Sie mal. Ich will's nicht wissen. Verdammt ...«

»Was ist?«

»Jetzt sehe ich das Kabel auch. Es scheint sich tatsächlich um eine professionelle Skimming-Attacke zu handeln. Nehmen Sie das nicht auf die leichte Schulter.«

»Soso, professionell. Der Fahrer sieht mir aber nicht nach einem Schwerverbrecher aus. Und zu zweit werden wir mit dem wohl fertigwerden. Also, ich komme raus.«

»Denken Sie daran, dass solche Leute oft nicht alleine arbeiten. Irgendwo in der Nähe hält sich vielleicht eine weitere Person auf, die das Ganze absichert.«

Treidler legte auf, sah sich in der Schalterhalle um und spähte nach draußen, konnte jedoch nichts Verdächtiges entdecken. Vielleicht war der Fahrer ja doch alleine. Kurzerhand verließ er die Eingangshalle und näherte sich auf Umwegen dem Ford Focus. Der Typ sollte nicht schon von Weitem Verdacht schöpfen.

Die letzten Meter zu dem Ford Focus rannte Treidler. Kurz bevor er ihn erreichte, kam Hektik im Innenraum auf. Der Fahrer schaute sich um, sah ihn und drückte den Knopf, um seine Tür zu verriegeln. Doch Treidler hatte damit gerechnet. Einen Moment später stand er an der Beifahrertür. Bevor der Fahrer auch diese verriegeln konnte, hatte Treidler sie schon aufgerissen.

Er blickte in ein verdutztes Gesicht oder besser gesagt in den Teil, der unter der dunklen Schirmmütze hervorschaute. Treidler ließ sich auf den Beifahrersitz fallen. Es folgte ein Schrei, der ihm viel zu schrill vorkam. Jetzt im Sitzen konnte er mehr vom Gesicht des Fahrers erkennen, und im nächsten Augenblick sah er, dass es nicht zu einem Mann, sondern zu einer jungen Frau gehörte. Sie war dunkel geschminkt und hatte ihre Haare zu einem Pferdeschwanz gebunden, der hinten an der Mütze heraushing. Ununterbrochen huschten ihre dunklen Augen zwischen Treidler, dem Mobiltelefon in ihrer Hand und dem Computer auf dem Armaturenbrett hin und her. Das Auffälligste an ihr war ein gutes Dutzend Piercings an Ohr, Nase und Augenbrauen. Schon alleine der Anblick dieser glänzenden Metallstifte und -ringe in ihrer Haut bereitete Treidler Schmerzen.

»Verpiss dich, du alter Sack«, brüllte die Frau mit einem kaum merklichen alemannischen Akzent. »Oder ich schlag dir deine verdammten Nüsse zu Brei.«

In Anbetracht ihrer schmächtigen Schultern, die sich in einem schwarzen T-Shirt mit dem Aufdruck einer Metal-Band verloren, ließ Treidlers Anspannung trotz der Drohung schnell nach. Dieser winzige Moment der Unachtsamkeit genügte jedoch, und die rechte Faust der jungen Frau traf genau die Stelle in seinem Unterleib, wo es am meisten wehtat. Treidler schrie auf und krümmte sich vor Schmerz. Im gleichen Moment hörte er die Verriegelung der Fahrertür aufspringen.

»Jetzt reicht's aber, verdammt.« Das war Melchiors Stimme. Die Tür schlug wieder zu, und die Verriegelung klackte erneut.

Treidler versuchte den Schmerz zurückzudrängen und kniff die Augen zusammen. Wie durch einen Schleier sah er, dass die Frau unter ihrem Sitz kramte. Womöglich besaß sie eine Waffe. Instinktiv schossen seine Arme nach vorne.

Hart traf sein Unterarm ihren Hals. Die Wucht reichte aus, dass sie mit dem Rücken gegen die Tür und ihr Kopf gegen die Scheibe krachte. Das Mobiltelefon landete auf dem Boden unter den Pedalen.

»Kriminalpolizei Rottweil. Hör endlich damit auf, oder ich werde ungemütlich«, schrie Treidler.

Die Drohung war unnötig. Er war der Frau körperlich weit überlegen. Sie saß in der Falle. Vor der Fahrertür stand Melchior, und den Beifahrersitz blockierte er. Sie hatte nicht die geringste Chance, aus dem Auto zu entkommen – egal, wie sehr sie herumzappelte.

»Okay, du hast gewonnen, Bulle«, presste sie hervor und hob wie zum Beweis beide Arme vor ihr Gesicht. »Aber das kriegst du zurück.«

»Sicher doch.« Treidler lockerte seinen Griff ein wenig und ließ sie dann ganz los, ohne allerdings den Blick von ihr abzuwenden. »Aber zuerst steigst du aus dem Wagen, und zwar in Zeitlupe. Und denk nicht mal daran, irgendwelchen Scheiß zu machen.«

Die junge Frau nahm die Hände herunter und drehte sich langsam zur Tür. Sie öffnete die Verriegelung und setzte einen Fuß nach draußen. Plötzlich stieß sie sich am Einstieg ab und sprang nach vorne. Melchior machte einen Schritt zur Seite. Der Angriff ging ins Leere. Die Frau fiel der Länge nach hin.

Fluchend wälzte sie sich auf dem Boden und versuchte wieder hochzukommen. »Ihr Scheißbullen, ihr habt mir die Schulter gebrochen.«

»Schulter gebrochen?«, wiederholte Melchior belustigt. »Ich hab dich nicht einmal angefasst.«

»Aber der alte Sack hat mich angefasst«, schrie sie. »Der wollte mir an die Titten.«

»Waren da überhaupt welche?«, rief Treidler in einem Anflug von Zynismus. Mit einem Mal spürte er wieder das Ziehen im Unterleib. Er blieb im Auto sitzen und forderte über sein Mobiltelefon einen Einsatzwagen an.

Melchior hielt währenddessen die junge Frau mit dem Knie am Boden fest und legte ihr Handfesseln an.

»Tut's noch weh, Treidler?«, fragte sie, nachdem er das Gespräch mit der Einsatzzentrale beendet hatte.

»Nein.« Er verzog das Gesicht. Natürlich tat es noch weh. Und es würde bestimmt die nächste halbe Stunde weiter wehtun. Er atmete ein paarmal tief durch und hievte sich dann mit einem Stöhnen aus dem Sitz.

Auf der anderen Seite des Fahrzeugs hatte sich die Frau inzwischen auf den Hosenboden gesetzt. Ihre Schildmütze lag auf dem Asphalt. Sie bedachte Melchior mit lautstarken Beleidigungen, während die sich mit dem Computer und Handy im Auto beschäftigte.

»Wie ist dein Name?«, fragte Treidler und musterte die Frau. Sie war jung. Sehr jung sogar. Er schätzte sie auf nur wenig älter als zwanzig Jahre. Durch die pechschwarz gefärbten Haare und die dunkle Schminke an Augen und Mund schimmerte ihre Haut weiß wie Papier.

»Fick dich, Bulle«, gab sie zurück und schaute zur Seite.

»Du kannst so viel fluchen und schimpfen, wie du willst, Mädchen. Am Ende erfahr ich es sowieso.«

»Ich bin nicht dein Mädchen.« Sie spuckte ihm die Worte förmlich ins Gesicht.

Treidler war entschlossen, sich von ihr nicht provozieren zu lassen. »Arbeitest du alleine?«

Statt darauf zu antworten, brüllte die Frau in Richtung Melchior: »Lass deine blöden Griffel von meinem Equipment. Das hat eine Stange Geld gekostet.«

Melchior bedachte sie mit einem finsteren Blick und wandte sich wieder dem kleinen Computer zu.

Treidler musste sich eingestehen, dass es mit dem Ruhigbleiben nicht klappen würde. »Reiß dich jetzt zusammen, oder …«

»Oder was?«, unterbrach sie ihn. »Hast du überhaupt einen Ausweis, Bulle?«

»Ja.«

»Dann zeig ihn her!«

»Nein.«

»Leck mich.«

So ging es die nächsten Minuten weiter. Außer noch mehr Beschimpfungen der übelsten Sorte brachte er nichts aus der Frau heraus. Computer und Handy gaben ebenfalls nichts her. Und Papiere trug sie keine bei sich. Falls sie einen Komplizen gehabt hatte, war dieser längst über alle Berge.

Als die Kollegen der Streifenpolizei eintrafen, war Treidler froh, die Frau endlich los zu sein. Dafür bedauerte er die Beamten auf der Polizeidirektion. Bei der Feststellung ihrer Identität und der anschließenden Vernehmung würden sie sich vermutlich die Zähne an ihr ausbeißen.

Treidler hob schließlich nicht am Automaten, sondern am Bankschalter Geld ab. Kurze Zeit später saß er wieder neben Melchior im Passat. »Wegen mir kann's losgehen.«

Sie steckte den Schlüssel ins Zündschloss. Doch bevor sie den Wagen startete, wanderte ihr Blick zu ihm. »Wie kommen Sie eigentlich darauf, dass Sie Ihren Mercedes so einfach wieder flottkriegen?«

»Ich weiß es eben.« Lange würde es nicht mehr dauern, bis sie auf sein Missgeschick mit dem fehlenden Benzin kam. Er musste sich etwas einfallen lassen.

»Ich weiß es eben …« Melchior wackelte mit dem Kopf. »Natürlich. Das hab ich mir fast gedacht.« Sie startete den Motor und fuhr über den Parkplatz bis zur Ausfahrt. »Welche Richtung?«

Treidler schaute nach rechts, dann in die andere Richtung, wo das gelb-rote Shell-Schild zu sehen war. »Dort.« Er zeigte nach links. »Ich muss noch an der Tankstelle vorbei und ein paar Ersatzteile kaufen.«

»Ersatzteile?«

»Ja, Zündkerzen und so. Dann krieg ich das mit dem Wagen bestimmt selbst hin.«

Melchior fädelte in den Verkehr ein und steuerte die Shell-Tankstelle an. Sie parkte, Treidler stieg aus und betrat den Verkaufsraum.

Der Deckenventilator schaffte es weder, die stickige Luft umzuwälzen, noch die penetrante Benzin-Diesel-Geruchsmischung zu vertreiben. Außer einem jüngeren Angestellten, der sein Gesicht hinter einer riesigen dunklen Sonnenbrille verbarg, befand sich niemand im Raum. Der Angestellte hatte sich vornübergebeugt und stützte seinen offenbar viel zu schweren Kopf mit beiden Fäusten auf einer Langnese-Eistruhe ab. Vermutlich öffnete er ab und zu den Glasdeckel, um etwas Kühle zu genießen.

Treidler grüßte knapp. Der Mann antwortete mit einem Kopfnicken, das mehr an ein Kauen erinnerte. Wahrscheinlich würde er sich erst wieder erkennbar bewegen, wenn der Feierabend nahte.

Treidler suchte die Regale nach Kanistern ab, fand jedoch keine. »Wo sind denn die Ersatzkanister?«

Keine Antwort.

»Können Sie auch sprechen?«

»Da.« Der Angestellte hob den Kopf nur so weit, dass sein Kinn minimal eine Richtung andeutete.

»Geht das auch etwas genauer? Oder kann man durch die Brille nichts sehen?«

Auf die Stirn des Mannes traten Falten. In Zeitlupe verlagerte er das Gewicht seines Kopfes auf die linke Faust und hob den rechten Arm. »Da vorne.«

Treidler fand die Ersatzkanister im übernächsten Regal. »Ich mach den hier zuerst voll und zahl dann alles zusammen«, rief er und wollte den Laden verlassen.

Als er sich der Tür näherte, kam plötzlich Bewegung in den trägen Mann. »Halt! Zuerst zahlen.«

»Warum? Ich komme doch gleich wieder.«

»Zuerst zahlen.«

Treidler stöhnte. Er kramte nach seiner Geldbörse, zog einen Hundert-Euro-Schein aus der Tasche und streckte ihn dem Mann entgegen.

»Haben Sie's nicht kleiner?«, brummte der.

»Doch – aber nicht für Sie.«

Der Mann presste die Lippen aufeinander und gab das Wechselgeld zurück.

Treidler ging nach draußen zu den Zapfsäulen und füllte den Kanister randvoll. Als er in den Laden zurückkam, hatte der Angestellte wieder seine Position über der Eistruhe eingenommen. Missmutig löste er sich und schlenderte hinter den Tresen.

Treidler trat an die Kasse und streckte ihm den zweiten und letzten Hundert-Euro-Schein entgegen, den er zuvor auf der Bank erhalten hatte.

»Lassen Sie mich raten. Sie haben es nicht kleiner?«

Treidler schüttelte stumm den Kopf. Wenigstens hatte er jetzt das Geld gewechselt. Er hatte Hundert-Euro-Scheine noch nie leiden können. Er steckte das Wechselgeld ein und verließ grußlos den Verkaufsraum.

»Das sind aber keine *Ersatzteile*«, sagte Melchior, als er sich auf dem Beifahrersitz niedergelassen hatte. »Das ist ein *Ersatzkanister.*«

»Tatsächlich?«

»Ja.«

»Sie sind ja ein richtiger Schlaumeier.«

Melchior startete den Motor, fuhr jedoch nicht los. »Ihnen ist wirklich der Sprit ausgegangen?«

»Ja, verdammt.«

Nach einem weiteren Moment des Zögerns sagte sie: »Keine Angst, ich erzähle es nicht weiter.«

Treidler sah stur geradeaus. »Finden Sie das witzig?«

»Nein, natürlich nicht, aber …« Melchior hatte sichtlich Mühe, ein Grinsen zu unterdrücken.

»Was, aber?«

»Amüsant finde ich das. Ja, amüsant ist das richtige Wort.«

4

Treidler konnte der digitalen Außentemperaturanzeige im Passat zusehen, wie sie sich auf die Dreißig-Grad-Marke vorarbeitete. Alle paar hundert Meter ein halbes Grad mehr. Noch bevor sie die Innenstadt ganz verlassen hatten, war es so weit. »Dreißig Komma fünf«, drohten die roten Ziffern. Die Uhr daneben zeigte gerade mal kurz vor zwei an. Treidler konnte sich nicht entscheiden, über was er sich mehr aufregen sollte: dass es bis zum Abend unerträglich heiß werden würde oder dass die Temperatur im Mercedes die Grenze zur Unerträglichkeit schon lange überschritten hatte.

Bevor er den Wagen überhaupt zum Laufen bringen konnte, stand noch das Einfüllen des Sprits in sengender Mittagshitze an. Welche Schmach! Hoffentlich fuhr währenddessen niemand vorbei, der ihn kannte. In Gedanken sah er schon die Schlagzeile auf dem Titelblatt der Tageszeitung: »Polizei ohne Benzin: Kommissar geht während Ermittlungen der Sprit aus«. Am besten noch mit einem Foto von ihm, verschwitzt und in kurzen Hosen. Und daneben ein Bericht über den Fund der verwesten Leiche an der Primmündung.

Melchior brachte ihren Wagen direkt hinter dem Mercedes zum Stehen. Die Heckscheibe und das dunkelblaue Blech von Kofferraum und Dach glänzten in der Sonne.

»Da drinnen ist es jetzt bestimmt ziemlich heiß«, sagte Melchior.

»Wär ich nie drauf gekommen.«

»Soll ich Ihnen helfen?«

»Nein, das krieg ich schon allein hin.« Hoffentlich hatte er sich nicht zu viel vorgenommen. Es wäre nicht das erste Mal, dass der Wagen nicht so wollte wie er.

»Gut, dann warte ich hier.« Melchior schaltete die Warnblinkanlage ein.

»Lassen Sie das!«

»Was? Den Warnblinker?«

»Ja.« Heute musste er alles zweimal sagen. »Warum setzen Sie nicht gleich das Blaulicht aufs Dach?«

»Soll ich?«

»Verdammt, nein.« Treidler stieß die Beifahrertür auf und hievte sich mit dem Benzinkanister in der Hand aus dem Sitz.

Die Hitze traf ihn wie ein Keulenhieb. Im Nu brannte die Sonne auf jedes Stückchen unbedeckte Haut, sein Kopf fühlte sich an wie unter einer Trockenhaube. Doch nicht nur von oben brannte die Hitze erbarmungslos. Auch der Asphalt war ein riesiger Glutofen. Treidlers Füße und Unterschenkel waren augenblicklich klatschnass vor Schweiß. Am liebsten hätte er sich gleich wieder in den kühlen Innenraum des Passats gesetzt.

Doch alles Zögern und Jammern half nicht. Treidler trottete zum Mercedes und schüttete den Inhalt des Benzinkanisters in den Einfüllstutzen. Dann wagte er, die Fahrertür zu öffnen. Die Temperatur im Wagen entsprach in etwa der eines Backofens. Über zwei Stunden hatten die Fahrzeugscheiben wie überdimensionale Brenngläser gewirkt. Der Kunststoff des Armaturenbretts schien in der Hitze zu schmelzen, und das Lenkrad traute Treidler sich nur mit den Handballen anzufassen. Wenigstens hatte er Lammfellauflagen auf den Sitzen, sonst könnte er sich nicht mal hinsetzen. Er kurbelte das Fenster herunter.

Treidler steckte den Zündschlüssel in das Schloss und drehte ihn bis zum Anschlag. Das vertraute Geräusch des Anlassers erklang. Wenigstens das! Aber der Motor wollte nicht anspringen. Treidler hielt kurz inne, trat das Gaspedal voll durch und versuchte es erneut. Wieder erfolglos. Nach einer weiteren, diesmal etwas längeren Pause pumpte er mit dem Gaspedal, während er den Zündschlüssel drehte. Doch statt des erlösenden Motorengeräuschs leierte der Anlasser müde vor sich hin. Sekunden später drang penetranter Benzingeruch in seine Nase.

Die verdammte Karre war abgesoffen! Treidler schlug auf das Lenkrad ein und verbrannte sich beinahe die Finger. Den Wagen brachte er nicht mehr so ohne Weiteres zum Laufen, egal, wie lange er es noch versuchte. Vorher war die Batterie leer. Mit einer gehörigen Portion Wut im Bauch stieg er aus und versetzte der Tür einen derartigen Stoß, dass der Wagen in den Federn wackelte. Verflucht, was sollte er jetzt tun? Die Zündkerzen rausschrauben und putzen oder gleich die Werkstatt anrufen, damit die den Wagen abholten? Je länger die Sonne auf seinen Kopf brannte, desto weniger konnte er einen klaren Gedanken fassen. Seine Laune sank weiter. Nein, in dieser Hitze würde er sicher nicht an dem Wagen herumschrauben. Er ging zurück zum Passat und trat neben die Fahrertür.

Melchior ließ die Seitenscheibe herunter. »Was ist?«, fragte sie. »Brauchen Sie meine Hilfe?«

Treidler wischte sich mit dem Ärmel den Schweiß von der Stirn. »Der Wagen springt nicht an.«

»Warum?«

Wie konnte sie bloß so eine Frage stellen? Nur mit Mühe schaffte er es, seinen Ärger zurückzuhalten. »Warum zum Teufel wusste ich, dass Sie das sagen würden?«

»Regen Sie sich nicht auf, Treidler.«

»Verdammt, ich will mich aber aufregen.« Er stapfte um den Wagen herum, ließ sich auf den Beifahrersitz fallen und verschränkte die Arme vor der Brust.

»Haben Sie eigentlich keinen Hunger? Der Wagen kann warten«, sagte Melchior.

Treidler sah zum Mercedes. Vermutlich hatte sie recht. Um seinen Wagen konnte er sich später noch kümmern. Und er verspürte tatsächlich Hunger. »Wir könnten uns bei McDonald's was holen.«

»Schauen Sie, Treidler, und ich wusste, dass *Sie* das sagen würden.«

Diesmal konnte er sich das Grinsen nicht verkneifen. Die angenehme Kühle im Wagen wirkte in kürzester Zeit beruhigend.

»Ich hab kaum was gefrühstückt. Sie kennen doch bestimmt ein gutes Restaurant«, sagte Melchior. »Am besten eines mit Terrasse.«

»Raussitzen?« Er blickte an sich hinunter. Der Schweiß rann ihm aus allen Poren, und das T-Shirt klebte am Oberkörper. Er fühlte sich, als ob er sich langsam auflöste. »Bei der Hitze? Bestimmt nicht!«

»Ich bin auch für anderes offen.«

»Es muss nicht unbedingt McDonald's sein … Burger King wäre auch in der Nähe.«

Melchior verdrehte die Augen. »Ich meinte eigentlich *andere* Vorschläge, nicht *andere* Schnellrestaurants.«

»Da gibt's einen Autoschalter«, fuhr er fort. »Wir können im Auto sitzen bleiben. Hier drinnen ist es schön kühl.«

Melchior atmete tief ein und wieder aus. Es klang beinahe wie ein Seufzen. »Ausnahmsweise.« Ihr Hunger schien größer als ihre Bereitschaft zu einer Debatte über gesundes Essen. »Aber das nächste Mal entscheide ich, wo wir hingehen.«

Eine gute Stunde später erreichten Treidler und Melchior den Parkplatz der Polizeidirektion. Er hoffte auf erste Neuigkeiten von der Hundestaffel.

»Ich komme nach«, sagte Melchior, als sie das angenehm kühle Gebäude betreten hatten. »Ich schaue noch kurz drüben im Personalbüro vorbei.«

»Wollen Sie etwa Gehaltsforderungen stellen?«, sagte Treidler. »Dann fragen Sie für mich am besten gleich mit. Das mit dem Wagen kostet bestimmt ein paar hundert Euro.«

»Ich glaube nicht, dass Ihnen das jemand ersetzt.« Melchior grinste und fügte mit leiser Stimme hinzu: »Dafür gibt's Tankanzeigen.«

»Sie sprühen förmlich vor Witz, Frau Kollegin.« Er hob die Augenbrauen. »Aber Sie erinnern mich daran, dass ich noch die Werkstatt anrufen muss.«

Langsam, um nicht unnötig ins Schwitzen zu kommen, stieg Treidler die Treppen hoch. Doch es half nichts. Schon vor dem ersten Absatz arbeiteten seine Schweißdrüsen auf Hochtouren. Im ersten Stock angekommen atmete er schwer und schlurfte den Flur entlang zu seinem Büro.

»Gut, dass Sie kommen, Herr Hauptkommissar. Ich habe Sie schon an Ihrem Gang erkannt«, sagte Anita Schober, als er die geöffnete Tür zum Sekretariat passierte.

Schlich er tatsächlich immer so langsam durch die Gegend? Treidler hielt inne und wandte ihr den Kopf zu. Was machte sie noch hier? Ihr Vormittagsdienst war doch schon seit ein Uhr beendet.

»Sie haben doch schon lange Feierabend.« Zu spät bemerkte er, dass der Satz wie ein Vorwurf klang.

»Ja«, erwiderte sie schnell. »Aber ich muss dringend mit Ihnen reden.«

Nicht auch das noch. Treidler musterte Anita Schober. Offensichtlich machte ihr die Hitze auch zu schaffen. Ihr dunkler Rock und die hellblaue Bluse sahen mitgenommen aus. In ihrem Gesicht zeigten sich Rötungen und schweißglänzende Stellen. Trotzdem hatte sie einen bedeutsamen Gesichtsausdruck aufgesetzt. Und genau das war der Grund, warum er am liebsten ›Jetzt nicht‹ gesagt hätte.

Schneller, als ihre Köperfülle es vermuten ließ, stand sie neben ihm. »Können wir in Ihr Büro gehen?«

Treidler fühlte sich überrumpelt und zögerte. Schließlich nickte er und ging voran. Dann würde er die Werkstatt eben später anrufen. Er stieß die Bürotür auf. Der Raum mit den beiden Schreibtischen vor der Fensterfront lag im Halbdunkel. Jemand hatte die Jalousien heruntergelassen. Trotzdem war die Luft stickig und drückend warm.

»Verdammt, ist das heute schwül.« Treidler ließ sich auf seinen Schreibtischstuhl fallen und schaltete den Tischventilator auf die höchste Stufe. Er legte den Kopf zur Seite, hielt ihn in den Luftstrom und schaute die Schober von unten herauf an. »Wie kann ich Ihnen denn helfen?«

»Ich will eine Aussage machen«, entgegnete sie wie aus der Pistole geschossen. Offenbar hatte sie nur auf diese Frage gewartet.

»Eine Aussage machen?« Treidler setzte sich aufrecht hin. Er hatte sich an viele ihrer Marotten gewöhnt. Aber eine Aussage hatte sie bisher noch keine bei ihm zu Protokoll gegeben.

»Darf ich mich hinsetzen?«

»Bitte.« Obwohl er noch immer glaubte, sich verhört zu haben, deutete er auf den Stuhl vor seinem Schreibtisch. Solange sie nicht den Luftstrom des Ventilators blockierte, interessierte ihn ihr Sitzplatz nicht sonderlich.

Sie nickte dankbar und ließ sich mit einem Ächzen auf den Stuhl fallen.

»Schießen Sie los, Frau Schober.« Treidler bereute schon, dass er sie gebeten hatte, Platz zu nehmen. Jetzt saß sie vor seinem Schreibtisch, und es gab kein Entkommen. Er war sich sicher, dass nichts

Wichtiges bei diesem Gespräch herauskommen würde. Vielleicht funktionierte der Ventilator im Sekretariat nicht, oder sie hatte mit ihrer Kollegin Ursula Lohrmann eine Meinungsverschiedenheit. Dutzende Male war sie ihm schon wegen derartiger Lappalien auf den Nerv gegangen. Eigentlich hatte er wirklich Wichtigeres zu tun. Zum Beispiel einen Mord aufklären.

»Ich hab mir gedacht«, sie rutschte auf dem Stuhl etwas nach vorne, »es muss ja nicht jeder hören, aber …« Anita Schober schielte kurz über die rechte Schulter und fuhr dann in einem verschwörerischen Tonfall fort: »Da ist etwas komisch … ganz komisch, Herr Hauptkommissar.«

Treidler atmete tief durch. Nein, er würde sich jetzt nicht aufregen. »Komisch …?«, fragte er und versuchte dabei so sachlich wie möglich zu klingen.

»Ja, komisch«, wiederholte sie.

»Frau Schober, ich habe einen Mordfall am Hals, mein Wagen hat den Geist aufgegeben, und diese Hitze macht mich fertig. Also bitte sagen Sie mir erstens so kurz und zweitens so präzise wie möglich, was Sie von mir wollen.«

»Sie wissen doch, ich sammle Postkarten«, sagte sie in einem eher beiläufigen Tonfall.

Noch drei Sekunden, dann riss ihm der Geduldsfaden. Offenbar musste er ihr anders klarmachen, dass er sich nicht über solche Belanglosigkeiten unterhalten wollte. Treidler drückte das »R« seines Telefonregisters, das auf dem Schreibtisch lag. Mit einem hellen Knall sprang die kleine Schublade auf.

Schober zuckte zusammen und blickte ihn irritiert an. »Sie benutzen das immer noch?«

»Was?«, knurrte er.

»Das Telefonverzeichnis.«

»Ja natürlich.« Auf der dunklen Plastikbox mit den cremefarbenen Tasten hatte früher sein farngrünes Wählscheibentelefon gestanden. Vermutlich würde ihn Melchior für verrückt erklären, wenn sie wüsste, dass er das altertümliche Register immer noch für seine Telefonnummern benutzte. Aber da hatte er nun mal unter »R« die Nummer des nächsten Mercedes-Autohauses eingetragen.

»Was ist jetzt, Frau Schober?« Er überflog die Eintragungen. Schließlich fand er die Nummer und nahm den Telefonhörer zur Hand.

»Die Leiche am Neckar …«

»Was ist mit ihr?« Der Mercedes stand immer noch in der glühenden Hitze am Viadukt. Hoffentlich erreichte er gleich jemand, der sich um den Wagen kümmerte. Aber solange ihn Schober in dieses Gespräch verwickelte, war nicht ans Telefonieren zu denken.

»Da stimmt etwas nicht.«

»Da stimmt etwas nicht?« Verdammt, er konnte sich nicht einmal die sechs Ziffern der Telefonnummer merken, solange sie auf ihn einredete.

»Ja, das ist genau so wie in dieser Sage von den Brüdern Grimm.«

»Brüder Grimm?«

»Brüder Grimm, ja. Die Neckargeist-Sage.«

»Jetzt ist aber gut, Frau Schober!« Treidler konnte sich nicht mehr zurückhalten. »Postkarten, Neckargeist-Sage, so ein Blödsinn.« Hoffentlich bemerkte sie wenigstens am harschen Tonfall, dass sie ihn endlich in Ruhe lassen sollte.

»Das ist kein Blödsinn.« Sie richtete sich auf und reckte das Kinn. »Ich denke, es ist wirklich wichtig.«

Treidler war so überrascht von der plötzlichen Härte in ihrer Stimme, dass ihm fast der Telefonhörer aus der Hand gefallen wäre.

»Lassen Sie mich doch endlich mal ausreden«, fuhr sie etwas weniger vehement fort.

»Bitte.« Treidler seufzte. »Wenn es schon so verdammt wichtig ist.« Er warf den Telefonhörer auf die Gabel und lehnte sich zurück.

»Also.« Anita Schober räusperte sich, als wolle sie zu einer Rede ansetzen. »Die Postkarten an meiner Wand. Die haben Sie bestimmt schon mal gesehen.«

Treidler kannte die Postkarten-Wand hinter ihrem Schreibtisch. Allerdings konnte er nicht verstehen, warum Menschen ihre Zeit mit dem Schreiben oder Sammeln von Postkarten vergeudeten.

»Gut.« Schober nickte zufrieden. »Darunter sind zwei so altertümliche Karten aus Rottweil. Ich weiß nicht, von wem die sind. Aber auf den Rückseiten stehen ein paar Gedichtzeilen in einer Kinderschrift.«

»Und was ist daran so wichtig?«

»Letzte Woche kam wieder eine, wieder mit den Gedichtzeilen auf der Rückseite. Vorhin hab ich im Internet nachgeschaut und bin drauf gekommen, dass die Zeilen in der richtigen Reihenfolge einen Teil der Neckargeist-Sage ergeben.«

»Der Neckargeist-Sage.« Treidler seufzte laut auf. Was um alles in der Welt wollte die Frau von ihm?

»Da gibt es noch einen anderen Teil. Und der handelt von einer Leiche im Neckar. Einer Leiche mit einem blauen Ring um den Hals.«

Treidler zuckte zusammen. »Neckar ... Leiche ... blauer Ring? Warum zum Teufel sagen Sie das erst jetzt?«

Anita Schober wich zurück. »Das will ich Ihnen doch schon die ganze Zeit klarmachen. Aber Sie lassen mich ja nicht ausreden.«

»Wo sind die Postkarten jetzt?«

»In meiner Schreibtischschublade«, entgegnete sie, als ob es sich um das Selbstverständlichste der Welt handelte.

»Dann haben Sie sie schon angefasst?«

Sie musterte ihre Hände, als sähe sie diese zum ersten Mal. »Ja, natürlich hab ich die angefasst. Wie sollten die denn sonst in die Schublade kommen?«

»Bringen Sie die Karten her.«

Schober stand auf und wandte sich zum Gehen.

»Nein, warten Sie. Ich komme mit.« Treidler folgte ihr bis zu ihrem Schreibtisch im Sekretariat.

Am Arbeitsplatz gegenüber saß Ursula Lohrmann, Schobers jüngere Kollegin. Im wöchentlichen Wechsel teilten sich die beiden die Ganztagsstelle im Sekretariat. Wie immer trug Lohrmann ihre dunklen Haare zu einem langen Zopf geflochten, den sie wahlweise vor oder hinter der Schulter herunterhängen ließ. Für gewöhnlich betonte sie mit eng anliegender dunkler Kleidung ihre schlanke Figur. Doch heute zollte auch sie mit einem hellen, luftigen T-Shirt den hohen Temperaturen Tribut. Während ihre Finger mit dem knallroten Nagellack flink über die Tastatur huschten, starrte sie gebannt auf den Monitor. Offenbar tippte sie an einem dringlichen Abschlussbericht. In ihren Ohren steckten kleine schwarze Ohrstöpsel. Sie schien nicht zu bemerken, dass sie sich nicht mehr alleine im Zimmer befand.

Vorsichtig, als ob sie etwas kaputt machen könnte, zog Anita Schober die oberste Schublade auf und deutete hinein. »Da sind sie. Alle drei.«

Zwischen Tacker, Locher und Heftklammern entdeckte Treidler die Ansichtskarten, die mit ihren historischen Motiven nach oben zeigten. »Haben Sie eine Pinzette?«

»Warum?«

Statt einer Antwort genügte ihm ein vorwurfsvoller Blick. Sofort kramte Schober in ihrer rucksackgroßen Handtasche auf dem Schreibtischstuhl.

»Haben Sie was gesagt, Chef?«, fragte Ursula Lohrmann und sah auf. Sie nahm einen der Stöpsel aus dem Ohr und schaute ihn erwartungsvoll an.

»Nein.« Treidler starrte mit einem Kopfschütteln auf die Postkarten mit den altertümlichen Aufnahmen von Rottweil. »Oder doch … Rufen Sie bitte Dorfler von der Spurensicherung an. Er soll mit seinem großen Besteck hierherkommen. Und falls er noch unten im Neckartal ist, soll er jemand anderen schicken.«

»Klar, Chef.« Lohrmann nahm den Telefonhörer ab und begann zu wählen.

Treidler griff nach der Pinzette, die Schober ihm reichte. »Und lassen Sie sich nicht abwimmeln. Die sollen sofort kommen.«

»Nicht nötig, Chef. Dorfler ist schon unterwegs«, gab Lohrmann nach einem kurzen Telefonat zurück.

»Gut.« Einzeln nahm er die Karten mit der Pinzette aus der Schublade und drehte sie im Licht. Mit dem Motiv nach unten legte er sie untereinander auf die Schreibtischunterlage.

»Die Reihenfolge stimmt nicht.« Schober deutete auf die untere Karte. »Die hier muss ganz nach oben.«

Er verschob die Postkarte entsprechend. »So richtig?«

Schober nickte und trat von einem Fuß auf den anderen.

Treidler überflog die Rückseiten. Durch die liebevoll geschwungene Handschrift, die augenscheinlich ein und derselben Person gehörte, wirkten die Zeilen auf den ersten Blick, als ob sie aus einem Kindergedicht stammten. Doch statt harmloser Verse waren dies Zeilen, die von einer Art Geist handelten, der Menschen tötet. Sprache und Wortwahl stammten aus dem vorletzten Jahrhundert.

Treidler richtete sich auf. »Und wo ist der Rest der Sage?«

»Den hab ich vorhin ausgedruckt – hier.« Schober wollte in das oberste Ablagefach greifen, hielt jedoch inne und deutete nur darauf.

Er nahm das oberste Blatt von der Ablage. »Neckargeist-Sage, Brüder Grimm – 1848«, lautete die Überschrift. Darunter befanden sich einige kurze Absätze, wovon die ersten drei mit den Zeilen auf den Karten übereinstimmten. Treidler las den letzten Absatz:

Mit wilder Gewalt ergreift es ihn an den Füßen und zieht ihn nieder zum steinigen Grunde des Flusses. Nur die Kleider finden die Seinen am anderen Morgen am Ufer liegen; denn erst am dritten Tage wirft er den Leichnam ans Land. Um den Hals des Toten sieht man dann einen blauen Ring. Das ist ein sicheres Zeichen, dass ihn der Neckargeist in der Johannisnacht erwürgt hat.

Treidler ließ das Blatt sinken. Anita Schober hatte tatsächlich recht. Der Tote aus der Neckargeist-Sage zeigte in drei Dingen eine verblüffende Ähnlichkeit zu der Leiche, die am Morgen gefunden worden war: unbekleidet, angeschwemmt und mit einem blauen Ring um den Hals.

»Glauben Sie mir jetzt, dass ich nicht übertrieben habe, Herr Hauptkommissar?« Schober platzte fast vor Stolz.

»Was zum Teufel ist die Johannisnacht?«

»Die Nacht vor dem Johannistag.«

»Johannistag?« Treidler sah auf. Melchior stand in der Tür zum Sekretariat.

»Der 24. Juni. Das ist Ende der Woche.« Melchior trat neben ihn und schielte auf das Blatt in seiner Hand. »Was haben Sie da?«

»Die Neckargeist-Sage.«

»Eine Sage? Und warum dieser ernste Tonfall?«

»Weil es ernst werden könnte.« Treidler informierte sie in wenigen Worten über die Zusammenhänge, die Anita Schober herausgefunden hatte.

Melchior wandte sich an Schober. »Die Postkarten wurden alle an das Kommissariat 1 geschickt?«

Die nickte und sah zu Boden.

»Und warum landen die dann bei Ihnen?«, fragte Melchior. Ihre Stimme klang vorwurfsvoll.

Die letzten blassen Stellen in Schobers Gesicht liefen knallrot an. »Viele Postkarten werden an das Kommissariat 1 geschickt. Da steht oft kein Name drauf.« Sie nestelte an ihrem Rock. »Bisher hatte nie jemand was dagegen, wenn ich die Karten bei mir an die Wand gehängt habe. Und vorhin habe ich extra noch mal den Herrn Oberkommissar Borchert gefragt.«

»Hat der wenigstens genau hingeschaut?«, fragte Treidler und versuchte seinen Ärger über Schober zu unterdrücken.

Sie schob die Unterlippe vor und schüttelte den Kopf. »Nur ganz kurz. Historische Postkarten interessieren ihn nicht, hat er gesagt.«

»Verdammter Trottel!«

Schober senkte den Blick wieder.

»Woher wissen Sie das überhaupt mit der Leiche im Neckar und den Würgemalen am Hals?«

Sie räusperte sich. Wahrscheinlich wünschte sie sich sehnlichst, sie hätte die Postkarten nie erwähnt.

»Der Notruf von dem Leichenfund kam schon heute Morgen über alle Kanäle«, sagte sie schließlich. »Hier war richtig der Teufel los. Und vorhin kam die erste Schicht vom Tatort zurück.« Etwas leiser fuhr sie fort: »Ich habe gehört, wie die von der Leiche geredet haben. Dass sie schon seit ein paar Tagen dort unten an der Primmündung liegt. Mit den vielen Fliegen und den Maden. Und dem blauen Ring um den Hals.«

Treidler nickte und rief sich die verstörenden Bilder aus dem Neckartal in Erinnerung. Die Ohrmuschel voller Maden, der Schuh aus Segeltuch, der aus dem Wasser ragte – Schuhgröße achtunddreißig.

»Da ist noch was …«, fügte Schober unentschlossen hinzu. Treidler hatte sie noch nie so zögerlich erlebt.

»Und was?«

»Die Postkarte von letzter Woche«, druckste sie herum.

»Was ist damit?«

»Ich kenne die Gebäude.«

Treidler nahm erneut die Pinzette zur Hand und drehte die unterste Karte um. »Altes Bohrhaus«, las er vor.

»Das Gelände zeigt das Salinenmuseum in Rottweil. Die riesige Halbkugel mit einem Dach bis zum Boden ist ein ehemaliger Solebehälter. Und in den Türmen waren die Rohre zur Förderung des Salzwassers untergebracht. Vor zweihundert Jahren hat man so Salz in Rottweil gewonnen. Und wissen Sie, wo die Gebäude stehen?«

Er schüttelte den Kopf.

»Unten an der Prim.«

5

Treidler schluckte. Mit einem Mal fühlte sich sein Mund trocken an. Prim – Primmündung: ein Zufall? Daran wollte er nach derart vielen Parallelen nicht mehr glauben. So gerne er es getan hätte. Aber mit dieser Erkenntnis stand zugleich die drängende Frage im Raum: Mit was zum Teufel hatten sie es hier zu tun?

In diesem Moment trat Dorfler mit einem eckigen Alukoffer ins Sekretariat. »Ihr habt Arbeit für mich?«, rief er fröhlich und grinste so breit, dass sein Schnauzer wackelte. Nicht einmal die drückende Hitze im Raum schien seine Hochstimmung zu beeinträchtigen.

»Die Postkarten hier.« Melchior deutete auf den Schreibtisch. »Vielleicht finden Sie noch ein paar brauchbare Fingerspuren.«

»Wieso *noch*?«

»Die sind bestimmt schon durch einige Hände gegangen.«

»Bei der Post? Nein, die Zeiten sind schon lange vorbei, Frau Melchior. Heutzutage werden Briefe oder Postkarten nicht mehr von Hand sortiert.«

»Umso besser für uns.«

Dorfler fand neben der Schreibtischunterlage einen freien Platz für seinen Alukoffer. »Und wer von uns hat die Postkarten bisher in der Hand gehabt?«

»Ich.« Anita Schober reckte ihre Hand empor.

»Sonst noch wer?«

Treidler warf Lohrmann einen fragenden Blick zu.

Sie schüttelte den Kopf.

Dorfler förderte eine helle Plastikdose sowie einen Pinsel aus dem Koffer zutage und stellte ihn auf dem Boden ab.

Melchior trat einen Schritt näher. »Gibt's schon etwas Neues zu der Leiche im Neckartal?«

»Wenn Sie einen Namen von mir erwarten, muss ich Sie leider enttäuschen, Frau Melchior. Nur so viel: Bisher ist sicher, dass es sich um eine junge Frau handelt. Etwa zwanzig bis dreißig Jahre alt.« Er hob den Deckel von der Dose und platzierte sie neben den

Postkarten. »Nach dem Abtransport der Leiche haben wir unter ihr eine Zigarettenkippe gefunden. Aber ob die in Zusammenhang mit der Tat steht, kann ich noch nicht sagen.«

Mit schnellen Drehbewegungen des Pinsels verteilte Dorfler Grafitstaub auf den Postkarten. Rasch nahmen die weißen Rückseiten eine Schwarzfärbung an.

»Auf den oberen beiden Postkarten ist nichts mehr zu machen. Da ist alles verwischt«, sagte er. »Aber auf der unteren sind zwei Prachtexemplare: beide Male rechter Daumen.«

Er entnahm dem Alukoffer einen Satz Klebestreifen, um die Abdrücke von der unteren Karte zu übertragen. »Einer davon wird wohl unserer Kollegin gehören.« Er sah zu Schober. »Dann benötigen wir gleich noch Ihre Abdrücke.«

»Meine?« Über ihre bisher so ernsten Züge glitt ein zufriedenes Lächeln. »Sie müssen mich als Täter ausschließen, richtig?« Erwartungsvoll hielt Schober ihre Hände vor sich hin.

Dorfler nickte.

»Das geht nur ganz schlecht wieder weg«, sagte Ursula Lohrmann und versteckte ein Grinsen hinter ihrer Hand.

Schnell nahm Schober die Hände wieder herunter und suchte Dorflers Blick.

»Nach ein paar Wochen schon«, sagte der.

»Nach ein paar Wochen …?«

»Das war ein Scherz. Aber Sie sollten darauf achten, dass nichts davon auf Ihre Kleidung gelangt. Da kriegt man das Zeugs wirklich kaum noch raus.«

Schobers Blick wanderte über ihre hellblaue Matrosenbluse hinunter zu ihrem Rock.

»Von wann sind denn die anderen beiden Karten?«, fragte Melchior.

Schober riss den Blick von ihrem Rock los. »Warten Sie mal«, sagte sie zögernd. »Die eine vom Rottweiler Münster kam im Frühjahr, Anfang April oder so. Die andere ist erst ein paar Wochen alt. Im Mai würde ich sagen. Ja«, sie nickte heftig, »20. Mai, jetzt bin ich mir sicher. Da hatte mein Mann Geburtstag.«

Melchior wandte sich an Dorfler. »Können Sie den Poststempel der ersten Karte erkennen?« Ihre Stimme klang seltsam angespannt.

Dorfler kniff die Augen zusammen. »Ja, 5. April dieses Jahres.«

»Kommen Sie, Treidler, ich muss mit Ihnen reden«, sagte Melchior und verließ mit schnellen Schritten das Sekretariat.

Treidler folgte ihr ins gemeinsame Büro.

»Mir ist vorhin ein entsetzlicher Gedanke gekommen«, sagte sie, als die Tür im Schloss lag.

»Warum so geheimnisvoll?«

»Weil es zuerst mal nur ein Gedanke ist und ich nicht will, dass die Schober es herumerzählt.«

»Was herumerzählt?«

»Vielleicht gibt es zu Karte Nummer eins und zwei auch Mordopfer …«

»Das ist schwer zu glauben. In den letzten Jahren gab es bei uns nur einen einzigen unaufgeklärten Mord. Und das war vermutlich ein Raubmord.«

»Und wenn die Opfer nicht im Kreis Rottweil gefunden wurden, sondern irgendwo anders? Oder die Leichen bisher überhaupt nicht entdeckt wurden?«

»Das sollte über die Vermisstenanzeigen relativ einfach herauszubekommen sein.«

»Für eine erste Übersicht reicht das, was wir im Computer finden können.« Melchior setzte sich hinter ihren Schreibtisch und nahm die Tastatur zur Hand.

Treidler zog seinen Schreibtischstuhl herbei und stellte ihn neben den ihren. Als er sich hinsetzen wollte, klingelte ein Mobiltelefon.

»Das ist Ihres«, sagte Melchior.

Er kramte nach dem Gerät, das schwer wie ein Backstein in seiner Hosentasche steckte. Es störte ihn schon den ganzen Tag. Vielleicht sollte er sich doch bald ein neues Gerät anschaffen. Eines dieser flachen und leichten Smartphones, wie Melchior eines hatte. Er sah auf das Display: Winkler. Verdammt, was wollte der schon wieder von ihm? Kurzerhand schaltete er das Telefon aus und quetschte es fluchend zurück in die feuchte Hosentasche.

Melchior sah ihn fragend an.

»Nur Winkler.« Treidler schaute auf den Monitor, wo die Suchmaske der Polizeibehörden Baden-Württembergs auf eine Eingabe wartete. »Was suchen wir?«

»Vermisste Frau unter dreißig. Alleinstehend«, schlug Melchior vor.

»Warum alleinstehend?«

»Ist nur so ein Gefühl.«

»Nein, kein Gefühl, keine weiteren Einschränkungen. Wir werden auch so kaum Treffer haben.«

»Dann begrenze ich die Suche zuerst mal auf die Landkreise Rottweil, Villingen-Schwenningen und Tuttlingen.« Melchior drückte die Schaltfläche, um sich die Trefferliste anzeigen zu lassen.

Binnen Sekundenbruchteilen erschienen zwei Zeilen mit Namen, Ort und Geburtsdatum auf dem Bildschirm. Die Ausbeute war jedoch ernüchternd: zwei Männer, beide über achtzig. Einer war vor über einer Woche aus einem Pflegeheim verschwunden, der andere wurde seit drei Tagen von seinen Nachbarn vermisst.

»Die sind beide zu neu«, sagte Treidler. »Wir brauchen welche aus dem April oder früher, wenn sie mit den Postkarten in Verbindung stehen sollen.«

Melchior fügte drei weitere Landkreise zur Suche hinzu. Doch das brachte sie auch nicht weiter. Bald hatte sie die Gebietseinschränkung derart ausgeweitet, dass ihre Suche den gesamten Süden von Baden-Württemberg einschloss. Doch das Ergebnis blieb immer dasselbe: Die Vermisstenanzeigen waren entweder zu neu, oder die Personen passten in Geschlecht oder Alter nicht zu ihren Suchbedingungen.

»Möglicherweise liege ich doch falsch«, sagte Melchior nach zwei weiteren ergebnislosen Suchen und bedachte Treidler mit einem enttäuschten Blick. Trotz der wenigen Treffer hatte die Recherche viel Zeit in Anspruch genommen.

»Ja, möglicherweise.« Wenigstens sah sie es selbst ein. Je länger Treidler darüber nachdachte, desto abwegiger erschien ihm die Theorie mit den Postkarten-Morden. »Ich muss jetzt aufs Klo. Und danach kümmere ich mich um meinen Wagen. Der steht immer noch unten am Viadukt.«

»Sicher. Ich suche noch etwas weiter.« Melchior wandte sich wieder dem Monitor zu.

Treidler öffnete die Tür und trat auf den Flur. Fast wäre er mit Winkler zusammengeprallt.

»Warum gehst du nicht ans Telefon?«, knurrte der und baute sich vor ihm auf.

Treidler machte einen Schritt zur Seite.

»Wohin willst du?« Winkler stemmte die Fäuste in die Hüften und taxierte ihn mit einem grimmigen Gesichtsausdruck.

»Pissen. Willst du mir zusehen?«

»Und danach?«

»Abschütteln«, antwortete Treidler. »Willst du mir immer noch nicht dabei zusehen?«

»Du sollst meine Frage beantworten, verdammt.«

»Ich wüsste zwar nicht, was dich das angeht. Aber ich sag's dir trotzdem: Danach gehe ich mich um mein Auto kümmern.«

»Du gehst nirgendwohin. Du hast nachher um halb sechs eine Anhörung bei der Staatsanwaltschaft.«

»Staatsanwaltschaft?«

»Ja, Staatsanwaltschaft. Hörst du seit Neuestem schlecht?«

»In welcher Sache?«

»Sexuelle Belästigung.«

»Sexuelle Belästigung?« Treidler lachte kurz auf. »Das kann doch nur ein Witz sein.«

»Ist es nicht, Treidler.« In Winklers Gesicht erschien ein überlegener Ausdruck. Ganz offensichtlich hielt er eine entscheidende Information zurück.

»Sagt wer?«

»Marietta Holst.«

»Kenn ich nicht«, entgegnete Treidler und wollte sich an Winkler vorbeidrängen.

»Du solltest dir den Namen besser merken.«

Treidler hielt inne und hob die Augenbrauen. »Also gut: Wer ist Marietta Holst?«

»Die Frau, die du heute Mittag bei der Kreissparkasse von einer Streife hast festnehmen lassen.«

»Meinst du die Schwarzgeschminkte mit dem vielen Metall im Gesicht?«

»Ja, genau die.«

»Die, die den Geldautomaten leeren wollte?«

»Das ist deine Version. Sie hat dich jedenfalls vorhin angezeigt.«

Erneut formten Winklers Lippen dieses überlegene Grinsen, das Treidler ihm am liebsten aus dem Gesicht geschlagen hätte. Doch diesmal wollte er sich zusammenreißen.

»Und du hast es bestimmt gleich der Staatsanwaltschaft weitergeleitet …«

»Genau, Treidler.« Winklers Grinsen wurde breiter.

»… und freust dich seither, dass du es bist, der mir das mitteilen darf.«

Winkler nickte langsam und nachdrücklich, als würde er mit einem geistig zurückgebliebenen Menschen reden.

»Leck mich«, knurrte Treidler und ließ ihn stehen.

»Landgericht, Zimmer 113«, rief ihm Winkler nach. »Frau Liebermann-Baumgartner. Sie freut sich schon auf dich. Sie ist übrigens auch Frauenbeauftragte bei uns im Gerichtsbezirk.«

Treidler ging einfach weiter und hielt den gestreckten Mittelfinger hoch.

»Du hast noch acht Minuten«, hörte er Winkler noch sagen, bevor die Toilettentür zufiel.

»Soso, Liebermann-Baumgartner.« Was für ein beknackter Doppelname, der vermutlich nicht einmal auf eine Kreditkarte passte. Noch nie hatte Treidler von einer Staatsanwältin in Rottweil mit einem derartigen Namen gehört. Hoffentlich gehörte sie nicht zu diesen karrieregeilen Genossinnen mit politischen Ambitionen: jung, unerfahren, großmäulig und mit dunklem Kostüm.

Kurz vor sechs stieg Treidler die rötlichen Sandsteinstufen zum Eingang des Gerichtsgebäudes empor. Nachdem er erfolglos versucht hatte, jemanden im Autohaus wegen des Wagens zu erreichen, war er den kurzen Weg zu Fuß gegangen. Hoffentlich hatte er genügend Zeit vertrödelt, um Liebermann-Baumgartner nicht mehr anzutreffen. Doch bereits mit dem ersten Klopfen an der Tür zu Zimmer 113 verflog seine Zuversicht.

Nach einem ebenso knappen wie schroffen »Ja« trat er ein und musste feststellen, dass er sich zumindest in der Farbe ihres Kostüms geirrt hatte. Es war nicht dunkel, sondern knallrot und – verdammt kurz. Die Staatsanwältin stand neben dem Schreibtisch und verstaute einen Stapel Unterlagen in einer ledernen Aktentasche. Die verblüffende Länge ihrer Beine betonten passende rote Pumps mit viel zu hohen Absätzen, die sich auch zum Lochen von Akten eignen würden. Mit seiner Vermutung »jung« hatte er allerdings ziemlich richtiggelegen. Er schätzte die Frau auf knapp über dreißig. Vielleicht ließen sie ihr blonder Pagenschnitt und die hellen, großen Kinderaugen jünger aussehen, als sie war. Er hätte sie sofort als attraktiv bezeichnet, wäre da nicht dieser strenge, fast resolute Zug um den Mund gewesen. Und die dunkle Hornbrille, die diesen Eindruck noch weiter verstärkte.

»Sie sind zu spät«, sagte sie mit einer unerwartet kühlen Stimme. »Ich wollte gerade gehen.«

Treidler sah auf seine Armbanduhr. »Ja, aber höchstens ein paar Minuten.« Er versuchte es mit einem Lächeln. Wenn er das gewusst hätte, wäre er noch einige Runden ums Gebäude gelaufen.

Die Staatsanwältin deutete wortlos auf zwei Besucherstühle, die am runden Fortsatz ihres modernen Schreibtischs standen, und nahm selbst dahinter Platz. Treidler konnte sich nicht entscheiden, was frostiger auf ihn wirkte: die Stimme der Staatsanwältin, ihr Gesichtsausdruck oder der klimatisierte Raum mit den hellen Büromöbeln, die auch gut in ein Labor gepasst hätten.

Noch bevor er saß, begann sie in einem Tonfall, der so freundlich klang wie der eines Türstehers: »Mein Name ist Dr. Marianne Liebermann-Baumgartner. Ich bin Staatsanwältin am Landgericht Rottweil.« Sie machte eine kurze Pause und sah ihn streng an. »Trotz meiner kurzen Dienstzeit hier kenne ich bereits Ihre Akte, Herr Treidler. Ich darf Sie doch so nennen – der Einfachheit halber?«

»Gerne, Frau Liebermann«, gab Treidler mit gespielter Liebenswürdigkeit zurück. »Der Einfachheit halber«, fügte er hinzu, als er ihren missbilligenden Blick bemerkte. Und damit hatten sich auch seine übrigen Vorurteile bestätigt: unerfahren und großmäulig.

»Lassen wir das besser, Herr Treidler, und kommen zu der Festsetzung von Marietta Holst, wohnhaft in Rottweil.«

»Festsetzung?«, fragte er. »Das war verdammt noch mal eine Verhaftung, weil sie den Geldautomaten der Kreissparkasse plündern wollte.«

»Das sagen Sie.«

»Das sage nicht nur ich.« Treidler fiel es schwer, sich zurückzuhalten. »Fragen Sie meine Kollegin. Wir haben sie gemeinsam festgenommen.«

»Frau Melchior wird natürlich auch befragt. Sie hat morgen einen Termin bei mir. Aber jetzt geht es um Ihre Aussage.«

»Aussage?«

»Sagen Sie mal, Herr Treidler, spreche ich Suaheli? Oder warum müssen Sie jedes meiner Worte wiederholen?«

Blöde Zicke. Treidler verschränkte die Arme vor der Brust. Er sollte nicht hier sein, sondern sich um seinen Wagen kümmern.

»Dass Sie ein Problem mit Autoritäten haben, weiß ich bereits aus Ihrer Akte. Das müssen Sie mir nicht erst beweisen.« Ein weiteres Mal warf sie ihm einen missbilligenden Blick zu. »Können wir nun fortfahren?«

Treidler nickte, obwohl er sich vollkommen fehl am Platz fühlte.

»Frau Holst sagte bei ihrer Vernehmung aus, dass Sie sie bei der … Festsetzung unsittlich berührt haben.«

»Scheiße.«

»Herr Treidler!«

»Wer hat die Vernehmung durchgeführt?«

Liebermann-Baumgartner blätterte in der Akte auf ihrem Schreibtisch. »KHK Bernhard Winkler.«

»Ihm passiert das andauernd.«

»Was?« Liebermann-Baumgartner klang herausfordernd, als wollte sie einen weiteren Widerspruch von ihm provozieren.

»Dass er falschliegt.«

»So kommen wir nicht weiter. Entweder Sie kooperieren, oder ich veranlasse eine Dienstaufsichtsbeschwerde gegen Sie.« Sie hob den Zeigerfinger und fügte lauter hinzu: »Und glauben Sie ja nicht, dass ich bluffe.«

Treidler atmete tief ein. Nein, er glaubte nicht, dass sie bluffte. Aber er glaubte, dass sie sich wichtiger machte, als sie war.

»Gut, versuchen wir es mit einer weniger strittigen Frage«, sagte Liebermann-Baumgartner, nachdem sie einen Moment schweigend ihre Notizen betrachtet hatte. »Haben Sie Frau Holst darauf hingewiesen, dass Sie von der Polizei sind?«

»Ich sagte: Kriminalpolizei Rottweil.«

»Und wie hat Frau Holst reagiert?«

»Ich glaube mit: Fick dich, Bulle.«

»Als Polizeibeamter müssen Sie eine bevorstehende Gewaltanwendung unmissverständlich androhen.«

»Ich hab ihr gesagt, wenn sie nicht sofort damit aufhört, hau ich ihr eine aufs Maul. War das verständlich genug?«

»Hätten Sie auch so gehandelt, wenn die Person, die Sie festsetzen wollten, ein Mann gewesen wäre?«

»Nein.«

»Warum?«

»Einem Mann hätte ich sofort eine aufs Maul gehauen.«

Sie seufzte und sagte dann kopfschüttelnd: »Warum überrascht mich das nicht, Herr Treidler?«

»Woher zum Teufel soll ich das wissen?«

Liebermann-Baumgartner machte sich ein paar Notizen und sah wieder auf. »Frau Holst hat ausgesagt, Sie hätten ihr an die Brüste gefasst – vorsätzlich.«

»Hab ich nicht.«

»Sicher? Ich werde das jetzt so niederschreiben.«

»Sie hatte überhaupt keine.« Treidler biss sich auf die Unterlippe.

»Wie bitte?«

»Nichts, nichts.« Zu spät bemerkte Treidler, dass sein Blick einen winzigen Augenblick zu lange auf dem Dekolleté der Staatsanwältin ruhte.

»Lassen Sie das.«

»Was?«

»Ihre vulgären Ausdrücke. Und verdammt noch mal, schauen Sie irgendwo anders hin.«

Treidlers Blick wanderte über ihren Schreibtisch und blieb an einem Messingschild hängen. »Dr. Marianne Liebermann-Baumgartner, LL.B.«, stand dort in schnörkeliger Schrift. Was zum Teufel bedeutete wohl die Abkürzung »LL.B.«?

»Meinen Sie ja nicht, dass Sie ein leichtes Spiel mit mir haben, nur weil ich eine Frau bin.«

Bevor Treidler etwas darauf erwidern konnte, klingelte das Telefon auf dem Schreibtisch.

»Entschuldigen Sie bitte.« Mit einem Lächeln und einem lang

gezogenen »Dr. Liebermann-Baumgartner« nahm sie das Gespräch entgegen. Doch ihr freundlicher Gesichtsausdruck hielt nicht lange an. Ihr Lächeln gefror innerhalb weniger Sekunden.

»Es ist für Sie«, sagte sie mit der unterkühlten Türsteher-Stimme und hielt ihm das Telefon hin.

»Wer ist es?«

»Bin ich Ihre Sekretärin?«

»Nein, natürlich nicht. Aber ich hatte Leistungskurs in Ermittlungsarbeit und werde es herausbekommen.« Treidler nahm den Hörer entgegen und meldete sich.

»Sie haben immer noch Ihr Telefon ausgeschaltet«, drang Melchiors Stimme sogleich an sein Ohr.

»Wer hat Ihnen gesagt, wo ich bin?«, fragte Treidler.

»Winkler. Er war vorhin hier.«

»Ah. Dann wissen Sie ja bereits, wo Sie morgen auch noch hinmüssen. Aber warum rufen Sie eigentlich an?«

»Eigentlich wollte ich vorhin schon aufhören. Aber dann habe ich mich gefragt, was wäre, wenn die Morde bisher nicht als solche erkannt wurden.«

Treidler rieb sich über die Bartstoppeln am Kinn. »Was meinen Sie damit? Unfälle?«

»Ja, Unfälle mit Todesfolge.«

»Und?«

»Halten Sie sich fest: Ich habe im Kreis Rottweil genau zwei Treffer, die zu den Daten der Postkarten passen.«

»Vielleicht nur Zufall …«

Melchior lachte leise. »Ach, gleich zweimal?«

Er versuchte die neue Information einzuordnen und sah zu Liebermann-Baumgartner, deren strenge Miene kaum Spielraum zur Interpretation bot. Melchior hatte recht. Das wäre zu viel des Zufalls.

»Sind Sie noch da, Treidler?«, sagte Melchior am anderen Ende der Leitung.

»Ja natürlich.«

»Und was denken Sie?«

»Wir schauen uns das morgen genauer an. Ich muss mich nachher noch um meinen Wagen kümmern.«

»Einverstanden.«

Treidler wollte den Telefonhörer zurückgeben, überlegte es sich jedoch anders und nahm ihn erneut an sein Ohr. »Gute Arbeit, Melchior.«

»Wie bitte?«

»Ich sagte: gute Arbeit.«

»Ich hab Sie schon verstanden«, gab sie mit einem Lachen zurück. »Aber ein Kompliment von Ihnen – das wollte ich unbedingt noch einmal hören.«

Er reichte Liebermann-Baumgartner den Hörer. Sie nahm ihn mit spitzen Fingern entgegen und ließ ihn aus großer Höhe auf die Gabel fallen.

»Wollten Sie mich nicht noch was fragen?« Treidler versuchte zu lächeln.

Liebermann-Baumgartner verengte die Augen und funkelte böse zurück. »Nein, wir sind fertig«, knurrte sie und wandte sich ihren Notizen zu.

Treidler stand auf. Ein weiteres Mal blieb sein Blick am Messingschild auf dem Schreibtisch hängen. Für den Namen und diese Endung benötigte sie vermutlich übergroße Visitenkarten. Er konnte sich die Frage einfach nicht verkneifen. »Was bedeutet denn das ›LL.B.‹ hinter Ihrem Namen?«

»Legum Baccalaureus«, entgegnete sie ohne aufzusehen.

»Und auf Deutsch?«

»Bachelor of Laws.«

»Das ist mal ein netter deutscher Titel. Kannte ich bisher nicht.« Das stimmte nicht ganz. Er kannte zumindest den dauergrinsenden Rosen-Bachelor aus dem Privatfernsehen.

»Was mich nicht im Geringsten wundert.«

Treidler wandte sich der Tür zu. Trotz der angenehm kühlen Temperatur verspürte er keinerlei Verlangen, noch länger im Büro der Staatsanwältin zu verweilen. Er beschloss, ihr zukünftig aus dem Weg zu gehen.

»Da wäre noch was«, sagte sie plötzlich.

Treidler drehte sich ihr zu.

Immer noch sah Liebermann-Baumgartner nicht auf, sondern beschäftigte sich weiter mit ihren Notizen. »Ich leite die Ermittlungen im Fall des Leichenfundes an der Primmündung.« Sie legte ihren Stift beiseite und hob den Kopf. »Das war übrigens der Grund, warum ich Sie zu mir gebeten habe. Ich wollte mein Team kennenlernen.«

»Jetzt kennen Sie mich ja«, entgegnete er und verließ das Büro. Verdammt, er war zielsicher in jedes Fettnäpfchen getreten, das es da drinnen gab. Es reichte wohl nicht, dass er sich auf der Polizeidirektion mit jedem Vorgesetzten anlegte. Nach diesem Auftritt war nun auch die Staatsanwältin nicht mehr gut auf ihn zu sprechen.

Als Treidler aus dem Gebäude des Landgerichts trat, glaubte er seinen Augen nicht zu trauen. Urplötzlich hatte sich das Licht vollkommen verändert; es war, als ob jemand alles Weiß in der Natur gegen einen hässlichen Ockerton getauscht hätte. Obwohl es erst früher Abend war, schien es bereits zu dämmern. Er spürte den Wind auf seiner Haut. Statt des Azurblaus, das seit Tagen den Himmel dominierte, türmten sich schwarze Wolken, im Westen zuckten die ersten Blitze. Die Luft war feucht und elektrisch. Würde es die ersehnte Abkühlung geben? Schon im nächsten Augenblick meinte er, Regentropfen zu spüren. Und tatsächlich hinterließen die ersten Tropfen schwarze Punkte auf dem Asphalt, wo sie sofort wieder verdunsteten. Schon bald würde es heftig zu regnen beginnen.

Unvermittelt kam Treidler die Seitenscheibe seines Wagens in den Sinn. Hatte er sie überhaupt geschlossen? Je länger er darüber nachdachte, desto mehr kam er zur Überzeugung, dass er genau das heute Mittag vergessen hatte. Verdammt, wie konnte er den Innenraum seines Mercedes vor der drohenden Überflutung retten? Sollte er jemanden anrufen, der ihn abholte? Dafür war es sicher schon zu spät.

Treidler schaute erneut nach oben. Der Himmel im Westen hüllte sich in ein schiefriges Grau. Ein heftiger Donner ließ ihn zusammenfahren. Er fluchte laut und setzte sich Richtung Innenstadt in Bewegung. Im nächsten Moment gingen die Windgeräusche in das Prasseln des Regens über. Binnen Sekunden entstanden erste Pfützen auf dem Gehweg. Treidler beschleunigte seine Schritte.

Am Horizont fuhr in wilden Zacken ein armdicker Blitz zu Boden. Fast gleichzeitig krachte ein weiteres Mal der Donner.

Es waren kaum Menschen auf der Straße. Die wenigen, die es nicht in ein Gebäude geschafft hatten, harrten unter Markisen oder Sonnenschirmen aus, in der Hoffnung, dass das Gewitter bald nachlassen würde. Treidler hingegen lief immer schneller und wich so gut es ging den Pfützen aus. Es gelang ihm immer seltener, das Wasser spritzte bis hoch zu seinem T-Shirt. Die Sandalen waren klatschnass, und bald klebte ihm die Kleidung auf der Haut. Sein Gesicht und die Haare fühlten sich an wie unter der Dusche. Auch im Laufschritt brauchte er bis zum Viadukt noch mindestens eine Viertelstunde. Und es sah nicht so aus, als ob der Regen demnächst nachließe.

Treidler schaffte es in zehn Minuten. Trotzdem stand der Regen bereits in der Vertiefung des Fahrersitzes. Immerhin hielt das Lammfell das Wasser davon ab, in den Sitz einzudringen. Von Armaturenbrett, Lenkrad und Seitenverkleidung rann es in Bächen in eine noch größere Wasseransammlung auf die Fußmatte. Es sah aus, als ob jemand einen Eimer im Innenraum ausgeschüttet hatte.

Mit dem Unterarm schob er das Wasser vom Sitz und kurbelte die Seitenscheibe hoch. Er nahm die Kassette und das abgerollte Band vom trocken gebliebenen Beifahrersitz und brachte sich vor dem strömenden Regen in Sicherheit.

So sehnsüchtig Treidler auf diese Abkühlung gewartet hatte, so unvorbereitet hatte sie ihn erwischt. Alle Kleidungsstücke trieften vor Nässe, und er fror. Lediglich seine Unterhose war einigermaßen trocken geblieben. Er zog die Sandalen aus und streifte im Sitzen Shorts und T-Shirt ab.

Treidler fischte sein Mobiltelefon aus der Hosentasche. Sollte er Melchior anrufen? Er schaltete das Gerät ein und wählte ihre Nummer. Auch beim zweiten Versuch kam keine Verbindung zustande. Er deponierte das Handy, seine Geldbörse sowie seine Armbanduhr mit dem völlig durchnässten Lederband in der Mittelkonsole.

Nachdem er die Kleidungsstücke über der Fußmatte ausgewrungen hatte und sie auf dem Rücksitz zum Trocknen ausbreiten wollte, entdeckte er ein Glas Bockwürstchen. Es musste beim Einkauf wohl unter den Sitz gerollt sein. Auch zwei angebrochene Plastikflaschen mit Mineralwasser lagen dort. Keine Ahnung, wie lange er das Zeug schon durch die Gegend fuhr. Aber im Moment interessierte das ohnehin nicht. Der Hunger, den er beim Anblick der Würstchen verspürte, war stärker.

Als er nach dem Glas greifen wollte, fiel sein Blick auf den rot-schwarz karierten Schlafsack hinter dem Beifahrersitz. Treidler besaß das inzwischen verschlissene Teil, seit er das erste Mal ohne seine Eltern in den Urlaub gefahren war. Der Reißverschluss funktionierte schon lange nicht mehr, und so diente der Schlafsack als Decke für alle möglichen Anlässe. Als Lisa noch am Leben gewesen war, hatten sie oft zusammen auf dem alten Schlafsack gelegen. Wie lange mochte das her sein? War es in diesem regnerischen Sommer vor drei Jahren gewesen? Ein Fahrradausflug entlang des Neckars geisterte durch sein Gedächtnis. Lisas braune lange Haare, die im Fahrtwind flatterten, und ihren hellen Shorts. Der geflochtene Weidenkorb auf dem Gepäckträger. Er spürte das Lächeln auf seinem Mund. Doch die Einzelheiten zu diesem Tag waren verloren gegangen. Wohin waren sie gefahren? Was war in dem Korb gewesen? Er hätte nicht sagen können, ob es gut war, dass die Erinnerung an Lisa verblasste.

Treidler beförderte das Glas mit den Bockwürstchen und eine der Wasserflaschen auf den Fahrersitz und kramte nach der Decke. Er schüttelte den Schmutz aus, trocknete sich Haare und Gesicht damit und legte sie dann über sich. Schließlich drehte er den Deckel des Bockwurstglases ab, roch daran und schob sich eines der Würstchen in den Mund. Es war lauwarm, schmeckte aber besser, als er befürchtet hatte. Noch ein paarmal griff er in das Glas und spülte dann den salzigen Geschmack mit dem viel zu warmen Wasser hinunter. Das Gefühl der Kälte, das so gar nicht zu diesem heißen Sommertag passen wollte, ließ allmählich nach.

Blitze jagten durch die aufziehende Nacht. Er schloss die Augen, und dennoch drang das grelle Zucken bis zu seiner Netzhaut vor. Meist folgte nur noch ein fernes Donnergrummeln. Doch der wolkenbruchartige Regen wollte einfach nicht aufhören. Es schien, als ob dieser Abend innerhalb weniger Stunden die fehlende Niederschlagsmenge der letzten Wochen nachliefern wollte.

Treidler stellte die Lehne des Sitzes nach hinten, ließ sich zurückfallen und lauschte dem Rauschen der Bäume und dem Peitschen des Regens gegen den Wagen. Ab und an erfasste eine Windböe den Mercedes und ließ ihn schwanken wie ein kleines Boot im Wasser. Mit einem Mal fühlte sich Treidler ausgebrannt und müde. Der wenige Schlaf in den vergangenen Nächten forderte seinen Tribut. Bald verlor er jegliches Zeitgefühl. Das Letzte, was ihm in den Sinn kam, bevor er einschlief, war der Inhalt des Weidenkorbs auf Lisas Gepäckträger: Haselnusskuchen mit Schokoladenüberzug.

6

Dienstag, 20. Juni – Vier Tage bis zur Johannisnacht

Das Klingeln des Mobiltelefons ließ Treidler aufschrecken. Er fuhr hoch. Sein Rücken quittierte die abrupte Bewegung mit einem stechenden Schmerz. Er hatte tatsächlich auf dem Beifahrersitz des Mercedes geschlafen. Zu den Problemen im Rücken gesellten sich Kopfschmerzen, die mit jedem Klingeln schlimmer wurden. Und unbändiger Durst. Die salzigen Würstchen vom Vorabend kamen ihm in den Sinn. Zuerst jedoch musste er dieses verdammte Klingeln aus der Welt schaffen. Ächzend tastete er in der Mittelkonsole nach dem Quälgeist und fischte das Gerät heraus. Er drückte den grünen Knopf, um das Gespräch entgegenzunehmen, und wollte seinen Namen nennen. Aber aus seiner Kehle drang lediglich ein dünnes Krächzen.

Niemand antwortete.

Der Anrufer hatte bereits wieder aufgelegt. Auf dem Display leuchtete Melchiors Name auf. Treidler warf das Telefon zurück an seinen Platz. Sie würde es bestimmt gleich wieder versuchen.

Das pelzige Gefühl auf der Zunge zwang ihn zum Griff nach der Wasserflasche. Er leerte sie in einem Zug. Stöhnend ließ er sich zurück in den Sitz fallen und schielte auf die Uhr im Armaturenbrett: Viertel vor sieben. Der Morgen war schon lange angebrochen. Er versuchte, draußen etwas zu erkennen, doch noch immer hafteten unzählige winzige Wassertröpfchen auf der Innenseite der Scheiben.

Treidler kurbelte das Seitenfenster hinunter. Sofort strömte die Kühle des Morgens in den Wagen. Mit jedem Atemzug kamen seine Lebensgeister zurück. Die Abkühlung war tatsächlich wahr geworden. Die Temperatur lag gut und gerne zehn Grad niedriger als noch gestern Morgen.

Das Klingeln begann erneut. Schnell, bevor der Ton seine Kopfschmerzen weiter verstärken konnte, griff Treidler nach dem Telefon und meldete sich.

»Hey, ich bin's«, sagte Melchior am anderen Ende der Leitung.

»Ich weiß. Es steht auf dem Display.«

Melchior zögerte einen winzigen Moment. »Habe ich Sie etwa geweckt?«

»Nein, natürlich nicht.«

»Stimmt was nicht?«

Treidler räusperte sich. »Wieso?«

»Sie klingen so komisch …«

»Nein … doch … es ist erst drei viertel sieben.« Seine Stimme normalisierte sich allmählich.

»Drei viertel sieben? Das bedeutet doch Viertel vor sieben, richtig?«

»Sie haben's erfasst.«

»Treidler, Treidler … es ist schon Viertel vor acht.«

Er schielte zur Uhr im Armaturenbrett. »Meine Uhr zeigt drei viertel sieben.«

»Vielleicht sollten Sie die Uhr eine Stunde vorstellen. Die Sommerzeit gilt schon ein paar Monate.«

Treidler kramte in der Mittelkonsole nach seiner Armbanduhr und musste sich nach einem Blick auf die Uhrzeit eingestehen, dass Melchior recht hatte. Die Uhr zeigte tatsächlich eine Stunde später an. »Kann sein«, sagte er kleinlaut. »Aber Sie rufen bestimmt nicht an, um mir zu sagen, dass ich meine Uhr auf Sommerzeit umstellen soll.«

»Nein. Dr. Karchenberg hat gestern Abend noch eine Nachricht im Sekretariat hinterlassen. Er beginnt nachher um halb neun mit der Leichenschau.«

»Können Sie da nicht alleine hin?« Hoffentlich würde sie Ja sagen. Mit Grausen dachte er an den entstellten Leichnam an der Primmündung. Den Anblick hätte er sich an diesem Morgen gerne erspart.

»Können schon. Aber Karchenberg sagte, es gäbe interessante Neuigkeiten.«

Treidler seufzte. »Wenn das so ist, gehe ich besser mit. Ich hab eh noch nicht gefrühstückt.«

»Also treffen wir uns dann in der Rechtsmedizin? So gegen halb neun?«

»Ähm, nein. Ich kann nicht kommen …«

»Wieso?«

»Ich habe kein Auto.« Das stimmte zwar nicht ganz. Aber mehr als in dem Wagen übernachten konnte er im Moment nicht.

»Ach ja. Hatte ich ganz vergessen. Dann fahre ich am besten gleich los und hole Sie zu Hause ab.«

»Nein, nicht zu Hause …«

»Wo dann? Sie sind doch nicht etwa schon im Büro?« Melchior klang überrascht.

»Nein.«

»Wenn ich Sie abholen soll, müssen Sie mir schon sagen, wo Sie sind.«

»Am Viadukt, bei meinem Auto.«

»Wohnen Sie da jetzt?« Melchior hatte ganz offensichtlich Mühe, ein Lachen zu unterdrücken.

»Verarschen kann ich mich selbst. Schauen Sie besser zu, dass Sie sich nicht verfahren.« Ohne auf ihre Reaktion zu warten, beendete er das Gespräch. Verdammt, der Wagen kostete ihn noch den letzten Nerv. Er legte das Telefon beiseite und schob sich einen Kaugummi in den Mund, um den schlechten Geschmack loszuwerden.

Kurze Zeit später lehnte Treidler in T-Shirt, kurzer Hose und Sandalen am Geländer des Viadukts und wartete auf Melchior. Eine kleine Gruppe Schulkinder in bunten Regenjacken stapfte an ihm vorbei in Richtung Innenstadt. Sie waren kaum größer als Gartenzwerge und derart mit den Pfützen auf dem Gehweg beschäftigt, dass sie ihn keines Blickes würdigten. Eine Windböe kam auf, und er begann zu frösteln. Auf dem Rücksitz des Mercedes war seine Kleidung nicht wirklich getrocknet.

Weitere fünf Minuten später erblickte er einen silbernen Passat Kombi, der sich langsam, fast gemächlich aus Richtung Innenstadt näherte. Obwohl er das Kennzeichen noch nicht erkennen konnte, wusste er, dass es Melchior war. Wieso musste sie sich ausgerechnet an jede verdammte Verkehrsregel halten? Ihn hatte die Zwanziger-Zone in der Innenstadt noch nie interessiert. Dort gab es eh keinen Blitzer, der die Geschwindigkeit überwachte.

Treidler löste sich vom Geländer und wartete am Straßenrand, bis Melchior ihren Wagen vor ihm zum Stehen gebracht hatte.

»Morgen. Und wie geht's, Treidler?«, grüßte sie, als er auf dem Beifahrersitz Platz nahm.

»Könnte nicht besser sein.« Das war eine glatte Lüge.

»Schauen Sie mal, was ich Ihnen mitgebracht habe.« Sie hielt ihm einen Pappbecher hin und musterte ihn mit einem kritischen Blick.

Er zögerte einen Moment. »Was ist?«

»Nichts.« Melchior schüttelte den Kopf. »Nehmen Sie schon. Das ist ein Cappuccino.«

Treidler nahm ihr den Becher ab und nippte ein paarmal daran. Zwar war der Kaffee nicht mehr heiß, aber besser als gar kein Koffein.

»Ich habe noch eine Brezel übrig. Wollen Sie?«

Er schüttelte den Kopf und dachte an die bevorstehende Leichenschau. »Nachher vielleicht.«

Melchior startete den Wagen, wendete und fuhr zurück in Richtung Innenstadt. »Soll ich Sie nach der Leichenschau nach Hause fahren?«, fragte sie. »Dann können Sie sich duschen und so.«

»Was meinen Sie mit … *und so*?«

Sie zuckte mit den Schultern. »Na ja, Ihre Klamotten sehen am zweiten Tag nicht besser aus. Besonders nicht, wenn man darin geschlafen hat.«

»Ich habe nicht darin geschlafen. Sie lagen auf dem Rücksitz zum Trocknen.«

»*Das* ist natürlich was ganz anderes.« Die Ironie in ihrer Stimme war nicht zu überhören.

Treidler sah nach draußen. Die Horde Zwerge in den bunten Regenjacken hatte die Hauptkreuzung erreicht und wartete an einer Fußgängerampel. »Wann müssen Sie eigentlich bei der Staatsanwältin antanzen?«

»Um eins.«

»Ich mag die Frau nicht.«

»Das habe ich mir schon gedacht.«

Sein Blick wanderte zurück zu Melchior. »Warum?«

Sie wandte ihm den Kopf zu und lächelte. »Weil sie eine Frau ist – und Ihre Vorgesetzte.«

»Blödsinn. Ich mag auch einige männliche Vorgesetzte nicht.«

»*Einige?* Ich glaube eher alle.«

»Müssen wir das jetzt diskutieren? Sie können sich ja nachher Ihre eigene Meinung von Staatsanwältin Liebermann-Dingsbums bilden. Sagen Sie mir lieber, ob es was Neues zu den Unfällen gibt.«

Melchior schüttelte den Kopf. »Ich weiß nicht mehr als gestern. Ich habe die Unfallberichte angefordert. Die müssten wir heute noch bekommen.«

»Sonst noch was?«

»Nichts, das uns weiterbringt. Die KTU hat angerufen. Sie haben Schobers Daumenabdruck und einen unregistrierten auf der Postkarte gefunden. Eine Schriftanalyse können wir dagegen vergessen. Der Text ist in einer Art Kinderschrift geschrieben. Nennt sich vereinfachte Ausgangsschrift.«

»Vereinfachte Ausgangsschrift?«

»Ja, so heißt die Schrift. Damit lernen Grundschüler das Schreiben.«

»Grundschüler?« Was könnten Schüler mit den Postkarten zu tun haben? Ein Scherz?

»Die von der KTU meinten, dass auch Erwachsene ihre Schrift derart verstellen können.«

»Nicht einmal, ob es ein Mann oder eine Frau geschrieben hat?«, fragte Treidler.

Wieder schüttelte Melchior den Kopf. »Nicht einmal das.«

»Was sagt die KTU zu den Schuhen?«

»Das ist ebenfalls eine Sackgasse.« Melchior zuckte mit den Schultern. »Diese Art von Sneakers gibt's zuhauf beim Discounter um die Ecke.«

»Und die weißen Stofffetzen, die herumgelegen haben?«

»Auch die wurden bereits untersucht. Sie stammen von einem normalen T-Shirt. Das ist Standardware aus Bangladesch und wird verkauft bei Aldi, Lidl, Tchibo. Suchen Sie sich was aus. Sie haben kein Etikett gefunden. Mehr gibt dieser Stoff nicht her.«

Nach einigen roten Ampeln und dem obligatorischen Stau im morgendlichen Berufsverkehr kam das Kreiskrankenhaus in Sicht. Melchior bog ab und ergatterte einen Besucherparkplatz vor der rechtsmedizinischen Abteilung, die im Kellergeschoss des Gebäudes ihre Räume hatte.

Obwohl es unmöglich war, meinte Treidler, schon vor der Eingangstür zur Rechtsmedizin den Geruch des Todes wahrzunehmen. Sofort drang das Bild der auf dem Bauch liegenden Leiche im schlammigen Neckarwasser in sein Bewusstsein. Er konnte sich beim besten Willen nicht vorstellen, wie Karchenberg es schaffte, sich an solch einen Anblick zu gewöhnen.

Der Flur zu den Obduktionssälen fühlte sich an wie immer: kalt und leer. Sie passierten zwei große Kühlräume sowie mehrere Aufbewahrungszimmer für die Leichen. Der linke Saal am Ende des Flurs lag im Dunkeln. Aus dem rechten Saal drang Neonlicht, das ein helles Rechteck auf die schlichten hellgrauen Fliesen zeichnete. Treidler atmete noch einmal tief durch und stieß die Pendeltür auf.

Eine riesige Deckenleuchte warf ein schattenloses Licht auf den Seziertisch in der Mitte des Saales. Darauf lag, halb zugedeckt mit einem hellblauen Tuch, ein Körper. Am Kopfende des metallisch glänzenden Tisches stand Karchenberg in einer moosgrünen Schürze und musterte mit einer überdimensionalen Lupe den Kopf der Leiche. Trotz der niedrigen Raumtemperaturen glänzten Schweißtropfen auf seiner Halbglatze. Wie eh und je hatte er seine noch verbliebenen Haare am Hinterkopf zu einem gut zehn Zentimeter langen Zopf gebunden. Als er Treidler und Melchior bemerkte, sah er auf. Sein Gesichtsausdruck war hinter dem Mundschutz nicht zu erkennen.

»Da sind Sie ja. Und das gleich zu zweit«, sagte Karchenberg. »Sie haben verdammtes Glück, dass dieses Unwetter erst heute Nacht über uns hereingebrochen ist. Das hätte die ganzen Maden weggeschwemmt. So kann ich den Ablagezeitpunkt der Leiche noch ganz genau bestimmen.«

»Ja«, gab Treidler rasch zurück. Er wollte Karchenberg keine Möglichkeit geben, seine Ausführungen weiter zu vertiefen. Dorflers Erklärungen von gestern reichten ihm vollkommen. »Die Bestimmung der Liegezeit wird bereits vom BKA durchgeführt.«

»Soso, das BKA.« Karchenbergs Tonfall ließ keinen Zweifel an seiner Missbilligung aufkommen. »Die haben natürlich die bessere Ausrüstung.« Er schüttelte den Kopf und wandte sich wieder der Leiche zu.

»Welche interessanten Neuigkeiten haben Sie denn für uns?«, fragte Treidler.

»Alles zu seiner Zeit, Herr Hauptkommissar.« Karchenberg war wohl tatsächlich sauer, dass er bei der Bestimmung der Liegezeit übergangen wurde.

»Wir haben es mit einer weiblichen Leiche zu tun«, fuhr er fort. »Die Weisheitszähne kommen gerade erst durch, und die Schädelnähte sind noch nicht vollständig zusammengewachsen. Sie dürfte deshalb höchstens zwanzig Jahre alt geworden sein. Und sie stammt vermutlich aus einem osteuropäischen Land.«

»Wie kommen Sie auf Osteuropa?«

»In ihrem Gebiss gibt es eine auffällige Edelstahlkrone, wie sie fast ausschließlich in Osteuropa verwendet wird. Wollen Sie mal sehen?«

Treidler schüttelte den Kopf und vermied es, Karchenbergs Fingerzeig zu folgen. Trotz des Mundschutzes erkannte er, dass der sich ein Grinsen nicht verkneifen konnte.

»Haben Sie schon eine Ahnung, seit wann die Frau tot ist?«, fragte Melchior.

Karchenberg zog seinen Mundschutz unter das Kinn. »Der Leichnam wurde vom Fluss mitgezogen. Es gibt Treibspuren an Kopf und Knie sowie Schleifspuren auf ihrer Haut. Darin sind Algen und Sand aus dem Flussbett. In Verbindung mit der Waschhautbildung an den Händen spricht das für drei bis vier Tage Liegezeit im Wasser.« Ein gespieltes Lächeln bildete sich auf seinen Lippen. »Und wenn Ihnen das BKA irgendwann die Liegezeit an Land mitteilt, brauchen Sie beides nur noch zu addieren.«

»Kein Tipp von Ihnen?«, fragte Treidler. Karchenberg kannte das Ergebnis der Rechnung natürlich schon.

»Eine Woche«, kam es wie aus der Pistole geschossen.

»Haben Sie Spuren einer Vergewaltigung gefunden?« Melchior ließ ihren Blick über den Leichnam schweifen.

»Nein, auch keine anderen Spuren von Gewaltanwendung, wenn man von den Würgemalen am Hals absieht.«

»War das die Todesursache?«, fragte Treidler.

»Vielleicht«, antwortete Karchenberg seltsam mehrdeutig. Es schien Treidler, als ob er nur auf diese Frage gewartet hatte. »Aber ich hätte da noch etwas anderes anzubieten …«

»Noch etwas anderes?« Sosehr Treidler Karchenbergs Fachwissen schätzte, seine Geheimnistuerei ging ihm schon schwer auf die Nerven.

Karchenberg nickte. »Tatsächlich deuten die Würgemale am Hals auf Strangulation hin. Wollen Sie sich das wirklich nicht genauer anschauen?«

»Nein.« Treidler hielt eine Hand hoch. »Ich kann von hier aus alles ganz gut erkennen.«

»Wie Sie wollen. Aber neben diesen Würgemalen habe ich im Blut Kieselalgen gefunden.«

»Ertrunken?« Melchior hob die Augenbrauen.

»Richtig, Frau Melchior. Dieser Umstand weist tatsächlich auf Ertrinken hin.«

»Was jetzt?« Warum musste der Mann immer in Rätseln sprechen. »Stranguliert oder ertrunken?«

»Das kann ich noch nicht sagen.« Karchenberg zuckte mit den Schultern und fuhr mit gesenkter Stimme fort: »Außerdem ist da noch was …«

»Noch was?« Treidler wechselte einen raschen Blick mit Melchior, die offenbar genauso verwirrt war wie er.

»Sonst hätte ich Sie wohl kaum hergebeten.« Karchenberg reckte das Kinn. »Ich habe Spuren von Gift in ihrem Körper gefunden.«

»Vergiftet?« Treidler glaubte, sich verhört zu haben.

»Ja. Es könnte sich um Cumarin handeln. Das ist ein natürlich vorkommender sekundärer Pflanzenstoff. Der Duft ist würzig und erinnert an frisches Heu oder Waldmeister. In größeren Mengen ist es jedoch gesundheitsgefährdend, sogar tödlich. Es wird als Rattengift der neuen Generation eingesetzt. Ob es tatsächlich Cumarin ist, kann ich aber erst nach der Obduktion mit Gewissheit sagen.«

»Wollen Sie damit andeuten, dass die Frau mit einer Vergiftung ertrunken ist, nachdem sie zuvor erwürgt wurde?« Treidler schaute zum ersten Mal ins Gesicht der Leiche. Auch an den Augenhöhlen hatten die Maden ihre Spuren hinterlassen. Sofort wandte er sich wieder ab.

»Beschreiben Sie es, wie Sie wollen. Aber wir haben es in der Tat mit drei möglichen Todesursachen zu tun: Strangulation, Ertrinken und Vergiftung. Für mich sieht es so aus, als wollte da jemand ganz sichergehen.«

»Dieses Cumarin«, sagte Melchior. »Sie haben es eben als Rattengift der neuen Generation bezeichnet. Was ist daran so besonders … so neu?«

Karchenberg fuhr sich mit dem Handrücken über das Kinn. »Sie müssen wissen«, sagte er, »Ratten sind verdammt intelligente Tiere. Die Viecher wittern eine Falle schon von Weitem und schicken zuerst eine Art Vorkoster.«

Melchior nickte. »Das kenne ich noch von früher bei uns in der Straße. Manche der Köder sind einfach liegen geblieben. Es war, als hätten die Ratten gewusst, dass sie an dem Zeug sterben würden.«

»Genau so ist es, Frau Melchior. Denn erst wenn dieser Vorkoster überlebt, kommen die andern und fressen.« Er hielt den Zeigefinger hoch. »Und da setzt Cumarin an. Nachdem das Gift in den Magen-Darm-Trakt der Tiere gelangt, wird es vom Blutkreislauf aufgenommen. Dort führt es zu einer Störung der Blutgerinnung. Das wiederum erhöht die Durchlässigkeit der Blutgefäße. Es entstehen innere Blutungen, die erst nach einiger Zeit zum Tod führen.«

»Und wie sieht es bei Menschen aus?«

»Die Dosis, die bei Menschen zu einer Hemmung der Blutgerinnung führt, ist ziemlich hoch. Ich möchte sogar behaupten, unerreichbar hoch. Bisher gibt es keine bekannten Fälle.«

In diesem Moment hallte der Klingelton von Melchiors Mobiltelefon durch den Raum. Karchenberg warf ihr einen verärgerten Blick zu.

»Tut mir leid, aber da muss ich rangehen.« Sie kramte ihr Telefon aus der Jackentasche und nahm das Gespräch entgegen.

Karchenberg zog ein mürrisches Gesicht und wandte sich an Treidler. »Statt der Hemmung der Blutgerinnung kommt es bei einer großen Menge Cumarin nach etwa achtundvierzig Stunden zu Lähmungserscheinungen.«

Treidler sah aus den Augenwinkeln, wie Melchior sich wegdrehte.

»Es folgen Koma, dann Atemstillstand und Exitus«, schloss Karchenberg seine Erklärungen.

»Achtundvierzig Stunden, Lähmungserscheinungen bis zum Exitus«, wiederholte Treidler. Melchior wandte sich wieder um und verstaute ihr Telefon in der Jackentasche. »Gibt's was Neues?«

»Das war Dorfler von der KTU. Die Hundestaffel hat ein Handy gefunden. An dieser Schindelbrücke in der Au.«

7

Josef Dorfler saß hinter seinem Schreibtisch im Büro der KTU und starrte auf den Bildschirm seines Notebooks. Wie immer trug er einen grauen, ausgeleierten Arbeitsmantel, obwohl es augenscheinlich keinerlei Veranlassung dafür gab. Sitzend, hinter dem ordentlich aufgeräumten Schreibtisch, konnte Dorfler beim besten Willen nicht schmutzig werden. Hinzu kam, dass es in dem Raum ziemlich warm war. Die Hitze des Vortages stand wie eine Wand in dem kleinen Büro.

»Morgen«, trällerte er gewohnt gut gelaunt, als Treidler und Melchior eintraten. Mit einem triumphierenden Lächeln hielt er ein pinkfarbenes Mobiltelefon hoch.

Treidler kannte sich nicht besonders gut mit Handys aus, aber er sah sofort, dass es sich nicht um ein modernes Smartphone handelte, sondern um ein einfaches Gerät. Es war ein Slider, bei dem sich die obere und untere Gehäusehälfte gegeneinander verschieben ließen.

»Ich habe eine gute und zwei schlechte Nachrichten«, sagte Dorfler, bevor Treidler und Melchior seinen Gruß erwidern konnten. »Fingerabdrücke gibt's keine darauf, und die SIM ist auch nicht mehr lesbar. Also keine Kontakteinträge, keine Telefonnummern, keine Anruflisten. Nur der Provider als Aufdruck.«

»War das schon die gute Nachricht?«, fragte Melchior.

»Nein.« Dorfler schüttelte den Kopf. »Ich konnte die Speicherkarte auslesen.«

»Wie kommen Sie darauf, dass das Handy mit dem Mordfall in Verbindung stehen könnte?« In der kurzen Zeit und ohne Fingerabdrücke und Kontakteinträge hatte er doch unmöglich einen Zusammenhang zu dem Opfer herstellen können.

Dorfler legte das Handy neben sein Notebook und grinste. »Auf der Speicherkarte sind Fotos von einer jungen Frau, die eine beachtliche Ähnlichkeit mit unserem Opfer hat. Die Haare sind zwar viel länger, aber sie sind ebenfalls blond gefärbt. Auch

Größe und Statur könnten hinkommen. Aber schauen Sie selbst.« Er deutete auf das Notebook und fuhr sich dann mit Daumen und Zeigefinger über seinen mächtigen Schnauzbart.

Melchior und Treidler traten um den Schreibtisch herum und betrachteten das Foto auf dem Display. Es handelte sich um ein Selfie, eines jener Selbstporträts, die mit ausgestrecktem Arm gemacht wurden. Das Gesicht einer jungen Frau mit weißblonden, schulterlangen Haaren war darauf zu sehen. Ihre großen grünen Augen standen weit auseinander und verstärkten die ohnehin schon scharf geschnittenen Gesichtszüge. Sie war noch ein halbes Kind. Treidler schätzte sie auf höchstens zwanzig Jahre, wenngleich sie mit einer ernsten Miene und der übermäßigen Verwendung von Schminke versuchte, älter zu wirken.

»Es gibt noch zwei andere.« Dorfler drückte eine Taste, und ein neues Bild erschien auf dem Display.

Das Foto musste etwa zur gleichen Zeit aufgenommen worden sein. Dieses Bild war weniger stark herangezoomt, sodass Treidler Statur und Kleidung der jungen Frau erkennen konnte. Sie war nicht übermäßig schlank, trug eine Jeanshose mit breitem Ledergürtel und ein weißes Oberteil mit Pailletten im Brustbereich, die einen Blumenstrauß formten. Die Schuhe waren nicht zu sehen. Der Hintergrund bestand aus Gartensträuchern sowie der Fassade eines weiß getünchten Hauses mit moosgrünen Fensterläden. Die Hausnummer 42 war zwischen den Zweigen eines Haselnussstrauches deutlich zu erkennen.

»Das Foto sieht ziemlich aktuell aus«, sagte Treidler. »Die blondierten Haare und die Pflanzen im Hintergrund. Das sieht nach Frühling aus.«

»Das Datum der Bilddatei ist der 8. Mai dieses Jahres.« Dorfler fuhr sich ein weiteres Mal über seinen Schnauzbart. »Ach ja, und die SIM-Karte stammt vom Netzbetreiber Beeline.«

»Hab ich noch nie gehört.«

»Ich auch nicht. Aber inzwischen weiß ich, dass Beeline einer der größten Mobilfunkanbieter in Russland und anderen Staaten der GUS ist. Dazu passt auch die SIM-Kartennummer. Die beginnt mit BY für Weißrussland.«

»Weißrussland?«

»Denken Sie auch, was ich denke?«, fragte Melchior.

»Wenn Sie an Karchenbergs Edelstahlkrone aus Osteuropa denken – dann ja.«

Melchior nickte und wandte sich an Dorfler. »Gibt es auch ein Bild, auf dem die Schuhe zu sehen sind?«

Dorfler schüttelte den Kopf. »Leider nein, Frau Melchior. Nur noch das hier.«

Auf dem Display erschien ein weiteres Foto, das in Ausschnitt und Perspektive dem vorherigen ähnelte. Lediglich der Gesichtsausdruck der jungen Frau darauf war verändert.

»Dann gibt es noch ein paar Fotos von dem Haus.« Dorfler drückte eine Taste.

Die folgenden Bilder zeigten das weiß getünchte Haus mit den grünen Fensterläden aus unterschiedlichen Perspektiven: einmal ein Fenster im zweiten Stock und ein weiteres Bild, auf dem das gesamte Haus von der Straße aus zu sehen war. Durch den quadratischen Grundriss und die hohen, symmetrischen Fenster wirkte es wie eine toskanische Villa. Das Dach der angebauten Doppelgarage bildete einen riesigen Balkon, und eine weitläufige Gartenanlage mit wild wachsender Vegetation umschloss das Gebäude. Auch die Hofeinfahrt mit Granit-Pflastersteinen und der Treppenaufgang aus weißem Kalkstein zeugten davon, dass der finanzielle Aspekt beim Bau des Hauses eine untergeordnete Rolle gespielt haben dürfte. Augenscheinlich gehörten die Besitzer zum vermögenden Teil der Gesellschaft. Ein weiteres Bild zeigte die doppelflüglige Eingangstür, die ein goldener Türklopfer schmückte.

»Stopp!«, rief Treidler, als Dorfler das nächste Bild aufrief. »Noch mal zurück.«

Dorfler schaute verwundert auf, drückte dann jedoch die Taste, um das vorherige Bild wieder anzuzeigen.

Treidler beugte sich weiter vor und betrachtete den Türklopfer genauer. Es handelte sich um einen Löwenkopf.

»Was ist, Treidler?«, fragte Melchior.

»Dieses Haus, ich kenne es.«

»Wissen Sie, wo es steht?«

»Schwierig.« Treidler zuckte mit den Schultern. »Vielleicht oben im Neubaugebiet.«

»Dann schlage ich vor, dass wir noch mal bei Karchenberg vorbeischauen, um die Leiche anhand der Bilder zu identifizieren.«

»Das ist nicht nötig«, sagte Dorfler. »Ich habe ihm die Bilder bereits zugemailt. Er meldet sich sicherlich bald. Sobald ich was Neues weiß, rufe ich Sie auf dem Handy an, Frau Melchior.«

Melchior lenkte ihren Passat im Schritttempo durch die Straßen des Rottweiler Neubaugebiets. Trotz der niedrigen Geschwindigkeit hatte sie Mühe, sich einen Weg durch die mit Baufahrzeugen zugeparkte Straße zu bahnen. Diesmal hatte Treidler nichts gegen ihre schleichende Fahrweise einzuwenden. Auf seinem Schoß lag ein Stapel Farbausdrucke der Bilder von der Speicherkarte, die Dorfler ausgelesen hatte. Das oberste Foto zeigte das Haus mit den grünen Fensterläden von der Straße aus. Falls das eindrucksvolle Gebäude tatsächlich im Neubaugebiet stand, sollte es unter den anderen Häusern vom Auto aus schnell zu finden sein. Doch bisher hatte er weder moosgrüne Fensterläden noch Villen im toskanischen Stil entdecken können.

Unvermittelt bremste Melchior ab, legte den Rückwärtsgang ein und fuhr einige Meter zurück. Sie hielt mitten auf der Straße an und deutete in eine Einfahrt. »Da, schauen Sie.«

Treidlers Blick folgte ihrem ausgestreckten Arm, und tatsächlich: Auf der rechten Seite, am Ende der Straße, sah er die Fassade eines Hauses mit grünen Fensterläden. Und mit einem Mal wusste er, woher er das Gebäude kannte: Das Haus mit dem Löwenkopf als Türklopfer war vor einigen Jahren in der Tageszeitung abgebildet gewesen, als Illustration eines Berichts über ein besonderes Einbruchssystem mit Infrarot-Bewegungsmeldern. Damals war es das neueste und teuerste System gewesen, das es auf dem Markt gab.

Melchior bog in den schmalen Durchgang ein und stellte ihren Dienstwagen in der Hofeinfahrt ab. Als sie aussteigen wollte, klingelte ihr Mobiltelefon. Sie ging ran. Es folgte ein »Ja«, dann zweimal ein »Gut« und sie beendete das Gespräch wieder.

»War das Dorfler?«, fragte Treidler.

Melchior nickte. »Karchenberg hat die Leiche eindeutig anhand der Bilder identifiziert. Irrtum ausgeschlossen.«

Treidler pfiff durch die Zähne. »Dann ist das Telefon die erste heiße Spur in unserem Fall. Hoffen wir mal, dass wir hier einen Namen zu unserer Toten bekommen.«

Sie stiegen aus und überquerten den gepflasterten Hof. Über eine Treppe mit drei Kalksteinstufen erreichten sie die doppelflüglige Haustür mit goldfarbenen Beschlägen. Unterhalb des Löwenkopf-Türklopfers befand sich ein poliertes Messingschild mit dem Namen »Wichmann« in verschnörkelter Schreibschrift.

Melchior betätigte die Klingel.

Treidler begutachtete den goldenen Löwenkopf. Ein knappes Jahr würde es dauern, bis er sich mit seinem Gehalt als Hauptkommissar auch nur den Eingangsbereich eines solchen Hauses leisten könnte. Hinter der Tür rührte sich nichts, alles war ruhig.

Diesmal klingelte Treidler und hielt dabei den Knopf einige Zeit gedrückt. Das hartnäckige Klingeln zeigte Wirkung. Sekunden später stand eine brünette, etwas rundliche Mittvierzigerin mit gerötetem Gesicht in der Tür. Sie trug einen rosafarbenen Gymnastikzweiteiler mit farblich passendem Haarband und hielt ein Handtuch in der Hand.

»Ja«, sagte sie kurz, aber angriffslustig. Das Wort hörte sich mehr nach einer Zurechtweisung an als nach einer Begrüßung. Die Frau schaute zwischen Treidler und Melchior hin und her. Dabei kam es Treidler so vor, als ob sie ihn wegen seiner kurzen Hosen und der Sandalen genauer musterte.

»Kriminalpolizei Rottweil«, begann er und hielt dem Gymnastikpummelchen in Schweinchenrosa seinen Ausweis entgegen, um Rückfragen von vornherein auszuschließen. »Mein Name ist Wolfgang Treidler, und das hier ist meine Kollegin Carina Melchior. Sie sind Frau Wichmann?«

Mit einer Mischung aus Abneigung und Ärger blickte die Frau zuerst auf den Ausweis, dann zu Melchior. Sie nickte zögerlich. »Cordula Wichmann, ja.«

Treidler verstaute seinen Ausweis wieder. »Können wir kurz reinkommen?«

Wieder schaute Wichmann zwischen Treidler und Melchior hin und her, bis ihr Blick abermals an seinen kurzen Hosen hängen blieb. »Warum?«

Treidler seufzte. Er hasste dumme Fragen. Statt etwas darauf zu erwidern, kramte er im Papierstapel nach dem Foto, das das Gesicht der jungen blonden Frau in der Totale zeigte, und hielt es hoch. »Kennen Sie diese Frau?«

Wichmann nickte. »Ja, das ist Svetlana.«

»Svetlana – und wie weiter?«

»Svetlana Waganowa, unser Au-pair-Mädchen.«

Treidler warf Melchior einen Blick zu. »Können wir mit Svetlana sprechen?«

»Die ist schon abgereist.«

»Abgereist?«

»Ja. Sie war ein halbes Jahr bei uns. Ende letzter Woche ist sie wieder zurück nach Weißrussland.« Cordula Wichmann zögerte einen Moment und erklärte: »Und ich bin verdammt froh, dass sie endlich fort ist.«

»Warum?«

Wichmann atmete hörbar aus. »Die hat doch jedem schöne Augen gemacht. Dem Briefträger, den Bauarbeitern in der Straße da vorne, unseren Nachbarn. Einfach allen.«

»Auch Ihrem Mann?«

Ihre Mundwinkel zuckten für einen Moment. »Dem vermutlich auch. Aber das interessiert mich nicht.« Sie schien zu überlegen, wie sie ihre nächsten Worte wählen sollte. »Wissen Sie, mein Mann Klaus und ich, wir lassen uns unsere Freiheiten.«

»Freiheiten, soso«, brummte Treidler und sah in den Augen der Frau zum ersten Mal Unsicherheit aufblitzen. »Wie darf ich das verstehen?«

»Ich denke nicht, dass Sie das etwas angeht«, gab sie schnell zurück und blickte an Melchior vorbei zu den anderen Häusern in der Straße.

»Das geht uns sehr wohl etwas an, Frau Wichmann.« Treidler hob seine Stimme an. »Wir müssen davon ausgehen, dass sie tot ist.«

»Tot ist … wer?« In Wichmanns Stimme schwang mehr Verwirrung denn Überraschung.

»Ihr Au-Pair-Mädchen. Svetlana Waganowa.«

»Tot?« Sie presste sich die Hand auf ihr Dekolleté. »Das kann nicht sein. Klaus hat sie letzte Woche zum Bahnhof gefahren.«

»Sie wurde ermordet«, sagte Melchior.

»Ermordet?« Wichmanns Augen weiteten sich vor Schreck, und ihr Blick ging ins Leere.

»Wann haben Sie Frau Waganowa zuletzt gesehen?« Treidler versuchte ihre Reaktion zu deuten, doch sie kratzte sich nur an der Hand.

»Das war Samstag«, antwortete sie. »Nein, Freitagnachmittag vor einer Woche, so gegen vier. Wie gesagt, Klaus hat sie zum Bahnhof gebracht. Sie wollte am Abend mit dem Zug nach Stuttgart auf den Flughafen und von dort zurück nach Weißrussland.«

»Haben Sie eine Adresse in Weißrussland?«, fragte Melchior. »Wir müssen ihre Angehörigen verständigen.«

»Ja, natürlich. Aber besser, Sie kommen herein.«

Wichmann führte die beiden durch die Diele, die mit schneeweißem Marmor gefliest war. Nach einem Windfang aus bunten kassettenartigen Glassegmenten fanden sie sich im Wohn-Essbereich des Hauses wieder. Die rechte Seite des Raumes, der die Größe von Treidlers gesamter Dreizimmerwohnung hatte, bestand aus einem kniehohen Sideboard in Weißlack, einer Rolf-Benz-Sofagarnitur in orangerotem Leder sowie einem Glastisch. Ein riesiger Flachbildschirm nahm fast die gesamte Wand oberhalb des Sideboards ein. An den anderen Wänden hing ein gutes Dutzend Gemälde. Eines davon war ein Stillleben, mit zwei Äpfeln vor einem überdimensionalen Wasserkrug. Auf der linken Seite des Raumes schloss sich der Essbereich sowie eine Küche mit Kochinsel an. Auch dort dominierten die Farben Weiß und Orange. Farblich passende Flächenvorhänge vor den großzügigen Fenstern hielten neugierige Blicke ab.

»Nehmen Sie doch Platz«, sagte Cordula Wichmann und deutete auf die Ledergarnitur mit perfekt arrangierten Kissen. »Kann ich Ihnen etwas zu trinken anbieten?«

»Danke, nein«, entgegnete Melchior. »Nur die Adresse bitte.«

Während Wichmann sich in der Küche an einer Schublade zu schaffen machte, betrachtete Treidler die anderen Gemälde. Zwar wusste er mit Kunst nicht allzu viel anzufangen, aber sein Gefühl sagte ihm, dass es sich weder um Kunstdrucke noch Reproduktionen handelte. Und deswegen war sicher vor Jahren auch diese hochmoderne Alarmanlage mit Bewegungsmeldern und Videoüberwachung installiert worden.

Cordula Wichmann kam zurück und reichte Melchior einen Zettel.

»Svetlana hat doch sicherlich ein Zimmer hier im Haus gehabt?«, fragte Treidler.

Wichmann nickte.

»Können wir uns das Zimmer anschauen?« Er hoffte, einen ersten Eindruck von Svetlana zu bekommen. Wie hatte die junge Frau aus Weißrussland ein halbes Jahr in Rottweil gelebt?

»Kein Problem.« Sie zuckte mit den Schultern. »Es ist unten im Keller. Aber nachdem sie abgereist ist, haben wir alles umgeräumt. Da ist nichts mehr, was von ihr stammt.«

Melchior und Treidler folgten Wichmann die Kellertreppe hinunter in eine Art Fitnessraum mit Crosstrainer und Heimfahrrad. Als Treidler den Schweiß roch, wurde ihm schnell klar, wo sich Cordula Wichmann noch vorhin aufgehalten hatte.

»Da stand ihr Bett, und dort im Schrank hatte sie ihre Klamotten.« Sie deutete auf die entsprechenden Ecken und hielt dann wie erstarrt inne. »Wie ist sie … Svetlana, wie ist sie denn gestorben?«

»Da kann ich Ihnen nichts zu sagen.« Treidler warf einen Blick in den Kleiderschrank aus Buche-Imitation. Er war vollkommen leer. Wichmann hatte recht. Hier unten würden sie von Svetlana Waganowa nichts mehr finden. Vielleicht hatten sie mehr Glück in ihrem Freundeskreis. »Ihr Au-pair hat sich doch sicherlich im letzten halben Jahr auch mit anderen Leuten getroffen, oder?«

»Vermutlich schon.« Wichmann zuckte mit den Schultern. »Aber ich habe nie jemanden bei ihr gesehen.«

»Ist sie nie ausgegangen?«

»Doch, schon.« Sie presste ihre Lippen aufeinander. »Mein Mann hat sie ab und zu ins alte Stellwerk gefahren.«

»Altes Stellwerk?«

»Ja, das ist diese neue In-Kneipe im ehemaligen Stellwerk unten am Bahnhof. Wo sie sich danach herumgetrieben hat, weiß ich allerdings nicht. Sie hatte einen Schlüssel und konnte kommen und gehen, wann sie wollte.«

»Haben Sie eigentlich Kinder?«, fragte Melchior.

Wichmann schüttelte den Kopf.

»Und Ihr Mann, ist er auch da?«

»Klaus ist in der Bank. Wie jeden Tag.«

»Er arbeitet in einer Bank? In welcher?« Melchior schob sich eine Strähne hinter das Ohr.

»Bei der DKB.« Wichmann straffte ihren Rücken. »Er ist der Direktor.«

»Und wann kommt er für gewöhnlich nach Hause?«

»Abends, meist so gegen sieben, manchmal auch erst um acht. Aber … glauben Sie denn, er hat etwas damit zu tun?«

»Wir glauben überhaupt nichts. Wir fragen nur«, sagte Melchior. »Hier ist meine Karte. Da stehen die Dienstnummer und meine Handynummer drauf. Ihr Mann soll sich so schnell wie möglich bei uns melden.«

»Ja, natürlich.« Wichmann nickte und nahm die Karte entgegen. »Ich rufe ihn gleich nachher an.«

»Kinderlos und ein Au-pair-Mädchen. Für was eigentlich?«, fragte Melchior, als sie wieder im Wagen saßen. Sie schüttelte den Kopf. »Was halten Sie von der Frau?«

Treidler schaute zurück zum Hauseingang. »Die dumme Kuh hat sich mit ihrem vorlauten Geplapper ja regelrecht selbst in Verdacht gebracht. Aber ich denke, sie ist harmlos.«

»Immerhin wissen wir jetzt, warum Svetlana Waganowa von niemandem vermisst wurde.«

Damit hatte Melchior natürlich recht.

»Wenn Klaus Wichmann sie tatsächlich am Bahnhof abgesetzt hat, mussten die beiden davon ausgehen, dass Svetlana bereits wieder in Weißrussland ist. Sie konnten überhaupt nichts von ihrem Verschwinden wissen. Und falls die Wichmanns doch etwas mit ihrem Tod zu tun haben, hätten sie keinerlei Interesse daran, sie als vermisst zu melden.«

»Dann sollten wir uns den Bankdirektor Wichmann genauer anschauen. Hat er sie wirklich zum Bahnhof gebracht? Hatte er vielleicht ein Verhältnis mit Svetlana? Denn dann hätten wir ein Motiv.«

»Ja.« Melchior nickte. »Und zwar nicht nur für ihn, sondern auch für seine Frau.«

»Gut, dann sind wir uns ausnahmsweise mal einig.« Treidler grinste.

»Sieht danach aus.« Über Melchiors Gesicht huschte ein Lächeln.

»Als Nächstes statten wir dieser Kneipe im alten Stellwerk einen Besuch ab. Die liegt direkt neben dem Bahnhof. Dort könnte sich Svetlana an jenem Freitagnachmittag noch aufgehalten haben, bevor ihr Zug gefahren ist.«

Melchior startete den Motor und legte den ersten Gang ein. Ihr Blick blieb an der Uhr im Armaturenbrett hängen. Sie kuppelte wieder aus.

»Was ist? Bleiben wir noch eine Weile hier sitzen, oder geht's bald los?«

»Ich kann jetzt nicht.« Melchior presste die Lippen zu einem schmalen Strich zusammen.

»Warum?«

»Ich muss gleich zur Staatsanwältin.«

»Verdammt, daran hatte ich überhaupt nicht mehr gedacht.« Auf Melchior wartete noch diese idiotische Aussage zum Vorfall am Geldautomaten. Vermutlich würde sie ebenso viel Spaß mit Liebermann-Baumgartner haben wie er.

»Manche Dinge können Sie echt schnell verdrängen.« Sie warf einen süffisanten Blick auf Treidlers kurze Hosen. »Ich kann Sie aber noch nach Hause fahren und später wieder abholen.«

8

Während im Backofen die Tiefkühlpizza vor sich hinbrutzelte, stieg Treidler unter die Dusche und schob den Regler für die Wassertemperatur ganz nach links. Im Gegensatz zu den Tagen zuvor war das heiße Wasser heute eine wahre Wohltat, und er ließ es länger als nötig auf sich einwirken. Sein kriminalistischer Spürsinn war erwacht. Mit welchen Wünschen, welchen Hoffnungen war das Au-pair-Mädchen nach Deutschland gekommen? Hatte Svetlana hier jemanden kennengelernt, der ihr etwas bedeutete? Womöglich sogar jemanden, den sie wiedersehen wollte? Vielleicht einen Freund? Was hatte sie an jenem Freitagnachmittag vor zwei Wochen getan, bevor sie mit dem Zug Rottweil verlassen wollte? Und was hatte Bankdirektor Wichmann oder seine Frau im rosa Gymnastikzweiteiler damit zu tun? Alles Fragen, auf die er keine Antwort wusste. Aber er wollte sie möglichst bald beantworten können.

Nachdem Treidler frische Klamotten angezogen hatte und weil die Pizza im Backofen noch immer ziemlich bleich aussah, rief er im Mercedes-Autohaus an.

Er konnte sich noch gut daran erinnern, wie zuvorkommend er früher immer bedient worden war. Immerhin war er ein Kommissar und fuhr Mercedes, wenn auch nicht S-Klasse. Doch diesmal war alles anders, und im ersten Moment dachte er, falsch verbunden zu sein. Doch es war tatsächlich der Mann vom Mercedes-Kundendienst, den Treidler seit Jahren nur unter seinem Vornamen Dankwart kannte. Sein Nachname war derart schwierig auszusprechen, dass ihn kaum jemand benutzte.

»Herr Treidler«, sagte Dankwart in einem eher mitleidigen Tonfall. Und Treidler ahnte schon, dass es vorbei war mit der zuvorkommenden Bedienung. »Inzwischen haben wir Ihr Auto vermutlich einmal komplett durchrepariert. Vielleicht wäre es an der Zeit, sich nach einem neuen Wagen umzuschauen. Ich könnte Sie da weiterverbinden …«

»Weiterverbinden? Warum? Der Wagen ist höchstens zehn … nein, vielleicht zwölf Jahre alt.«

»Ihr Auto ist einundzwanzig Jahre alt«, erwiderte Dankwart und lachte. »Und wenn der Zustand des Wagens besser wäre, könnten Sie bald ein H-Kennzeichen beantragen.«

Treidler war überhaupt nicht nach Lachen zumute. »Einundzwanzig Jahre? Unmöglich! Da muss ein Fehler vorliegen.«

Dankwart räusperte sich. »Nein, da liegt kein Fehler vor.«

Erst mit diesen erbarmungslos klingenden Worten erkannte Treidler, was einundzwanzig Jahre für sein Auto bedeuten könnten: die Schrottpresse. »Gut, trotzdem. Der Wagen muss weg vom Viadukt und repariert werden. Übernehmen Sie das nun, oder muss ich jemand anderen anrufen?«

Dankwart versprach ihm, sich um seinen Wagen zu kümmern und ihn morgen im Laufe des Tages bei der Polizeidirektion abzuliefern.

Treidler legte auf. Das Scheißgefühl, bald verdammt viel Geld ausgeben zu müssen, stieg in ihm hoch. Denn inzwischen benötigte er nicht nur ein neues Mobiltelefon, sondern auch ein neues Auto. Im nächsten Augenblick stieg ihm der Geruch von verbrannter Pizza in die Nase. Fluchend stürzte er in die Küche und holte das viel zu dunkel geratene Stück italienisch-deutscher Fast-Food-Kultur aus dem Ofen. Er ließ es etwas abkühlen und stopfte die Pizza Stück um Stück in sich hinein. Er war so hungrig, dass er viel zu spät bemerkte, wie er sich den Gaumen verbrannte.

Noch bevor er fertig gegessen hatte, klingelte Melchior bereits an der Haustür, und Treidler eilte mit dem letzten Pizzastück im Mund hinunter.

»Sieht doch gleich viel besser aus«, feixte sie, als er im Wagen saß.

»Freut mich, dass es Ihnen gefällt«, brachte Treidler zwischen zwei Kaubewegungen hervor.

»Und vor dem Tomatenfleck hier«, Melchior deutete auf den Kragen, »hat das Hemd gewiss noch besser ausgesehen.«

Treidler schielte an sich herunter und seufzte. Ein orangeroter Fleck von der Größe einer Fünf-Cent-Münze prangte auf dem weißen Stoff. Kurzerhand begann er, mit dem Daumennagel daran zu reiben.

»Nicht – hören Sie auf damit. Sie machen den Fleck doch nur noch größer.«

Es war bereits zu spät. Der Fleck nahm inzwischen gut und gerne die Ausmaße einer Zwei-Euro-Münze an.

»Verfluchte Pizza.« Treidler rubbelte weiter über den Kragen. »Besser, Sie fahren jetzt los, bevor ich mich noch richtig aufrege.«

Melchior startete den Wagen und fädelte in den Verkehr ein.

»Wie war denn Ihr Termin bei Liebermann-Dingsbums?«, fragte Treidler. Hoffentlich hatte diese Farce mit der Anzeige bald ein Ende.

»Eigentlich ganz angenehm. Als ich ihr erzählt habe, dass wir bereits einen Namen zu unserem Opfer haben, wollte sie nicht mehr viel über den Vorfall von gestern wissen. Sie hat sich sogar bereit erklärt, die Anfrage wegen Svetlana Waganowa bei der weißrussischen Botschaft zu übernehmen.«

»Soso.« Wenigstens stand ihnen die Liebermann-Baumgartner bei den Ermittlungen nicht im Weg.

Melchior blickte ihn an. »Glauben Sie mir, Treidler, die Frau will nur ihren Job so gut wie möglich machen. Sie hat nichts gegen Sie.«

»Das habe ich anders in Erinnerung.« Treidler ließ seinen Blick nach draußen gleiten und dachte an die unterkühlte Türsteher-Stimme der Staatsanwältin.

Das ehemalige Stellwerk der Deutschen Bahn lag am östlichen Ende der Gleisanlagen. Hinter dem Gebäude begann die graugrüne Fußgängerbrücke, die über die Gleise und den Neckar zur Primmündung führte. Das Stellwerk sah von außen immer noch aus wie ein Bestandteil der Bahnanlagen. Dem früheren Zweck entsprechend, überwogen im oberen Stock des zweigeschossigen Ziegelsteingebäudes riesige Glasflächen. Im unteren Stock befanden sich nur kleinere Fenster.

Auch den Gastraum der Kneipe dominierten die rotbraunen Ziegelsteine. Doch Spiegel, Bambusmatten und mediterrane Farben an einigen Innenwänden sowie Plakate ließen die Schlichtheit der ehemaligen Eisenbahn-Dienststelle in den Hintergrund treten. Treidler entdeckte Plakate für den Live-Auftritt einer Rockband, deren Name er noch nie gehört hatte, eines Kabarettauftrittes sowie eines »Massive House-Music«-Gigs. DJ Julio präsentierte freitags die »Salsa-Dancenight« und samstags den »Ü-30-Partykracher«. Treidler fühlte sich für alle diese Veranstaltungen zu alt und fragte sich, ob es eigentlich auch Ü-40-Partys gab. Vermutlich nicht. In seinem Alter war man verheiratet und hatte Kinder.

Jetzt am Nachmittag machte die Gaststätte einen verwaisten Eindruck. Lediglich an der Theke, die links vom Eingang bis zur gegenüberliegenden Wand mit einer Treppe führte, stierte ein Gast auf sein halb leeres Bierglas. Dahinter langweilte sich eine Frau Mitte zwanzig mit langen roten Haaren und Pippi-Langstrumpf-Zöpfen. Sie rieb ein Weizenbierglas trocken und kaute unablässig auf einem Kaugummi. Unterhalb der Treppe standen einige Bistrotische. Sie waren leer, ebenso die Stehtische im hinteren Teil des Raumes und die Sitzbänke im Stil amerikanischer Diner, die sich an der rechten Wand bis fast zum Eingang reihten.

Treidler trat an die Theke, präsentierte seinen Ausweis und stellte sich und Melchior vor.

Die Rothaarige warf einen kurzen Blick auf den Ausweis und rieb unbeeindruckt weiter an dem Glas. »Sie haben da Tomatensoße auf Ihrem Hemd.«

»Ich weiß.« Treidler hielt ihr eines der Bilder von Svetlana Waganowas Speicherkarte hin. »Haben Sie diese Frau schon mal gesehen?«

Sie zuckte mit den Schultern und kaute weiter auf ihrem Kaugummi. »Kann schon sein.«

»Wie – kann schon sein? Geht das auch etwas genauer?«

»Nee.«

Treidler konnte derart lässiges Getue nicht ausstehen. Und dieses ununterbrochene Kaugummikauen noch viel weniger. »Wie ist denn Ihr Name?«, fragte er scharf.

»Penny.« Sie setzte ein falsches Lächeln auf.

»Penny? Wie der Supermarkt?«

»Nein, Mann«, kam es nach einigen Augenblicken intensiven Kaugummikauens von ihren Lippen. »Penny wie Penelope.«

»Gut, Penny.« Treidler versuchte, ihr Lächeln nachzuahmen. »Wir haben die Leiche dieser Frau im Neckar gefunden.«

Seine Hoffnung, dass Penny nun gesprächiger sein könnte, wurde schnell enttäuscht. »Hören Sie mal, Herr Polizist. Hier gehen täglich viele Leute aus und ein, die aussehen wie die da. Ich kann mir nicht jedes blöde Gesicht merken.« Betont gelangweilt formte sie mit der Zunge eine Blase.

»Schauen Sie sich das Bild gefälligst genauer an!« Lange würde er ihr diese verdammte Gleichgültigkeit nicht mehr durchgehen lassen.

Die Blase vor Pennys Mund platzte, und Treidler explodierte. »Verflucht, wir suchen einen Mörder. Wollen Sie da mitmachen oder bloß dumm rumquatschen?«

Penny verzog ihr Gesicht zu einer Grimasse und stellte das Glas provokativ langsam ab.

»Mein Kollege meint es nicht so«, sagte Melchior und tätschelte Treidlers Unterarm.

Er zog den Arm weg. »Doch verdammt. Ich meine es genau so.«

Penny nahm ein weiteres Weizenbierglas aus der Spülmaschine.

»An welchen Tagen arbeiten Sie denn hier?«, fragte Melchior in einem betont ruhigen Tonfall. Offenbar wollte sie die Situation entschärfen.

»Ich bin jeden Scheißtag hier. Immer von zwei bis zehn, und am Wochenende von sechs bis der Laden zumacht. Außer montags. Da ist hier zu.«

»Waren Sie auch am Freitag vor zwei Wochen da?«

»War das ein Montagnachmittag?« Penny kniff die Augen zusammen.

Statt einer Antwort blickte Melchior sie kalt an.

Penny seufzte. »Ja, natürlich war ich auch am Freitag vor zwei Wochen da. Hab ich doch gerade gesagt.«

Melchior hob die Augenbrauen. »Wer arbeitet sonst noch hier?«

»Der Chef, die in der Küche und zwei, nein drei andere Bedienungen. Das sind aber alles Aushilfen. Und – Julio.«

»Wer ist Julio?«

»Julio Koschwitz.« Sie deutete mit dem Kinn zu den Veranstaltungsplakaten. »Der kommt um halb acht und macht Musik.« Zum ersten Mal zeigte sich auf Pennys Gesicht eine Regung, die nicht vom Kaugummikauen stammte.

»Hat dieser Julio ein besseres Gedächtnis als Sie?«, fragte Treidler und erntete postwendend einen vorwurfvollen Blick von Melchior.

»Wenn Sie ihn heute Abend sehen, geben Sie ihm bitte das hier von mir.« Melchior streckte Penny eine Karte entgegen. »Er soll sich bis spätestens morgen bei uns melden.«

Penny stoppte für einen Moment ihre Kaubewegungen, und ihre Pippi-Langstrumpf-Zöpfe erstarrten. Sie nahm die Karte entgegen und blies noch eine Blase, die sogleich platzte. Dann nickte sie knapp und verstaute die Karte hinter der Theke.

Treidler seufzte und bedeutete Melchior, ihm zu folgen. Doch statt zum Auto zu gehen, steuerte er das nahe Bahnhofsgebäude an.

»Wohin wollen Sie?«, rief ihm Melchior nach.

»Wenn Svetlana am Freitag zwischen vier und fünf am Bahnhof angekommen ist, muss irgendwann danach ein Zug nach Stuttgart gefahren sein. Und ich will wissen, wann das war.«

Im Bahnhofsgebäude entdeckte Treidler die Fahrplanauskunft an einem Pfeiler. Er ließ seinen Zeigefinger über den gerahmten Aushang gleiten und suchte nach Abfahrtsmöglichkeiten ab sechzehn Uhr. Der erste Zug, den er fand, fuhr um sechzehn Uhr fünfunddreißig ab. Zu knapp, wenn man erst um halb fünf ankam. Rasch fand er die nächste Verbindung. »Dieser hier muss es sein: neunzehn Uhr fünfunddreißig.«

Melchior schüttelte den Kopf. »Sie fahren selten Zug, richtig?«

»Nicht selten, sondern nie.«

»Dieses Symbol hier bedeutet, dass eine Abfahrtszeit werktags nicht bedient wird. Somit wäre die nächste Verbindung nach Stuttgart ... warten Sie mal ... ja, die hier, die um einundzwanzig Uhr fünfunddreißig.«

»Einundzwanzig Uhr fünfunddreißig?« Die Uhrzeit passte nicht. »Und was hat sie dann fünf Stunden hier gemacht?«

»Abschied gefeiert?«

»Dann wäre die nächste Frage: mit wem?« Treidler rieb sich das

Kinn, während er seinen Blick über die Fahrgäste in der Bahnhofshalle gleiten ließ. »Und wo ist ihr Gepäck?«

»Da gibt's eigentlich nur eine Möglichkeit.«

»An welche denken Sie?«

»Schließfach.« Melchior deutete mit dem Kinn in Richtung der Schließfächer.

»Und der Schlüssel?«

»Wieso sollten wir bei Svetlana ausgerechnet einen Schließfachschlüssel finden, wenn die Hundestaffel außer ihrem Handy nichts entdecken konnte?«, erwiderte Melchior und ging voran.

Treidler folgte ihr, und nach wenigen Schritten standen sie in einem kleineren Nebenraum, der den Charme eines Militärbunkers versprühte. Jeweils vier Schließfach-Reihen waren in den Wänden rundum eingelassen. In der Mitte des Raumes stapelten sich vier übereinanderliegende Reihen mit einem guten Dutzend Schließfächer. Alles in allem schätzte Treidler die Anzahl der Fächer auf etwa fünfzig.

»Hier steht: Höchstnutzungsdauer zweiundsiebzig Stunden«, las Melchior von einem blauen Zettel ab, der auf jedem Schließfachdeckel klebte.

»Und was passiert mit Gepäck, das nach zweiundsiebzig Stunden nicht abgeholt wurde? Es bleibt sicherlich nicht im Schließfach.«

»Die Schließfachaufsicht öffnet die Fächer, und man kann das Gepäck gegen eine Gebühr abholen.«

»Dann machen wir jetzt genau das.«

Treidler und Melchior entdeckten die Schließfachaufsicht auf der gegenüberliegenden Seite der Bahnhofshalle in einem kleineren Schalterraum, der sich als »DB Service-Point« ausgab. Leider existierte sie in Personalunion mit dem Fahrkartenverkauf und der Fahrplanauskunft. Nur ein Schalter war besetzt. Nach Melchiors Ermahnung beschloss Treidler, sich nicht vorzudrängen und hinter zwei weiteren Besuchern des Service-Points auszuharren, bis sie an der Reihe waren.

Wider Erwarten dauerte es keine Minute, bis der füllige Mann hinter dem Schalter Zeit für sie hatte. Treidler schätzte sein Alter auf irgendwo zwischen fünfzig und sechzig. Für sein rundliches Gesicht trug er eine viel zu kleine Nickelbrille und hatte die rotblonden Überreste seiner Haare zur Seite gekämmt. Dennoch schaffte er es nicht, die kahlen Stellen zu überdecken. Im harten Neonlicht schimmerte seine bleiche Kopfhaut durch die Strähnen. Die dunkelblaue Uniform mit der roten Weste schien ihm mindestens eine Nummer zu klein zu sein. Ein weißes Plastikschild auf dem Jackett, das aufgrund des Bauchumfanges garantiert immer offen stand, verkündete seine Zugehörigkeit zur Deutschen Bahn AG und natürlich seinen Namen: Friedhelm Gerber.

Gerber hob den Kopf und blinzelte durch die winzigen Brillengläser. Er schien sich nicht für einen Ansprechpartner entscheiden zu können und schaute zwischen Treidler und Melchior hin und her. Ohne jemanden direkt anzusehen, formten seine Lippen schließlich ein stummes »Bitte«.

Melchior hielt ihren Ausweis hoch und stellte sich und Treidler vor. »Wir untersuchen den Fall der Leiche drüben am Neckar. Sicherlich haben Sie schon davon gehört.«

Gerber nickte in Zeitlupe.

»Wir nehmen an, dass das Opfer zuvor hier ein Schließfach angemietet hatte, das Gepäck aber nicht mehr abgeholt hat.«

Friedhelm Gerber blies die Backen auf und ließ die Luft stoßweise und geräuschvoll entweichen. Er hörte sich an wie das Überdruckventil eines Dampfkessels.

»Wie kommen wir an das Gepäck?« Melchior musterte den Mann hinter dem Schalter aufmerksam.

Gerber holte Luft, und für einen Augenblick sah es so aus, als ob er etwas sagen wollte. Doch stattdessen schaute er Melchior nur an.

»Ja?« Melchior riss die Augen erwartungsvoll auf.

»Da müssen Sie einen Antrag stellen«, sagte Gerber schließlich mit der Langsamkeit eines batterieschwachen Kassettenspielers.

»Blödsinn, Antrag«, entgegnete Treidler. Viel Geduld hatte er mit dieser Trägheit in Person nicht. »Wir haben keine Zeit für so einen Scheiß.«

»Tja dann.« Gerber hob die Hände. »Ohne Antrag kann ich nichts für Sie tun.«

So einfach konnte Treidler ihn nicht davonkommen lassen. »Wie oft kontrollieren Sie denn die Schließfächer?«

»Einmal am Tag.«

»Und wie viel Mal in den letzten beiden Wochen mussten Sie Gepäckstücke aus den Schließfächern entnehmen, weil die Zeit überzogen war?«

»Zeit überzogen? Sie meinen vermutlich die … die maximale Nutzungsdauer …« Gerbers Sprechtempo erhöhte sich trotz Treidlers forderndem Tonfall kaum.

»Wegen mir auch die maximale Nutzungsdauer.«

»Woher soll ich das wissen?«

»Nun ja, so viele Menschen scheinen hier in … in Ihrem Service-Point nicht zu arbeiten.«

»Stimmt – lassen Sie mich überlegen.« Gerber massierte sich über die Schläfen.

»Ja, aber wenn möglich, heute noch.« Den Kommentar hätte er sich wahrscheinlich besser verkniffen.

»Nur einmal.«

»Was? Nur einmal?« Aus den Augenwinkeln bemerkte Treidler Melchiors hoffnungsvollen Blick.

Gerber schob die Unterlippe nach vorne und schien über seine Aussage nachzudenken.

Melchior beugte sich nach vorne. »Und was war das für ein Gepäckstück?«

Gerber setzte ein übertrieben freundliches Lächeln auf, das er vermutlich bei der letzten Schulung für DB-Service-Point-Mitarbeiter gelernt hatte. »Wir haben da unsere Anweisungen.«

»Und diese wären?«

Erneut blinzelte Gerber einige Male durch die Brillengläser. »Ich kann mich gerne wiederholen. Sie müssen einen Antrag ausfüllen. Darauf sind die Gepäckstücke so genau wie möglich zu beschreiben.«

»Wir können das Gepäck nicht beschreiben. Wir wissen nicht einmal, wie es aussieht.« Melchiors schnippischer Tonfall signalisierte, dass auch ihre Geduld sich langsam dem Ende zuneigte.

»Außerdem müssen Sie sich ausweisen und die Nachgebühr in Höhe von sieben Euro fünfzig bezahlen.«

»Soso, sieben Euro fünfzig.« Treidler spürte, wie sich sein Gesicht verkrampfte.

Gerber zuckte mit den Schultern. »Wir geben Gepäckstücke nicht einfach raus. Denn wenn wir sie einfach so rausgeben würden, wenn sie bei uns liegen, hätten wir sie nicht erst zu uns nehmen müssen.«

Trotz Gerbers bedächtiger Sprechweise erschloss sich Treidler die Logik hinter diesen Worten nur langsam. Unwillkürlich musste er den Kopf schütteln. Zuerst die Gewitternacht im Mercedes, am Morgen eine Leichenschau, gefolgt von Cordula Wichmann im rosa Gymnastikzweiteiler. Dann die Gewissheit, dass sein Auto bald den Geist aufgeben würde, und im Anschluss daran eine desinteressierte Bedienung, die er am liebsten mit auf die Polizeidirektion genommen hätte. Schließlich noch dieser Friedhelm Gerber vom DB Service-Point, dessen einzig schnelle Körperbewegung das Blinzeln seiner Augen war. Was würde dieser Scheißtag noch alles für ihn bereithalten?

»Sie könnten mir auch einen staatsanwaltlichen Beschluss vorlegen«, sagte Gerber. »Dann kann ich Ihnen das Gepäck aushändigen.«

Treidler kehrte dem Mann den Rücken zu. Er benötigte eine Pause. Eine Pause von der Sturheit deutschen Beamtentums und vor allen Dingen von Friedhelm Gerbers Trägheit.

Inzwischen hatte sich hinter ihnen eine Schlange von vier Personen gebildet, und der erste Unmut entlud sich in zornigem Gemurmel. Treidler schaute in das missmutige Gesicht einer älteren Dame mit Hut. Das Anstehen schien ihr Mühe zu bereiten. Eine dünne Spur Schweiß rann seitlich über ihre Stirn bis hinunter zum Kinn, und ihr Atem ging schnell.

»Wissen Sie was?«, sagte Melchior, und Treidler drehte sich wieder um. »Wir rufen jetzt Frau Dr. Liebermann-Baumgartner an. Das ist die Staatsanwältin, die die Ermittlungen in diesem Mordfall leitet. Sind Sie mit der Vorgehensweise einverstanden?«

Gerber reagierte zuerst nicht, nickte dann jedoch unerwartet energisch.

Melchior zog ihr Mobiltelefon aus der Jackentasche und wählte. Nur Sekunden später kam das Gespräch zustande, und sie schilderte den Sachverhalt. Nach einem »Ja, er sitzt direkt vor mir« gab sie ihr Telefon an Gerber weiter, der es zögerlich entgegennahm.

Treidler versuchte, in Gerbers Gesicht eine Reaktion zu erkennen. Und tatsächlich machte sich da plötzlich Anspannung breit. Gerbers Miene schwankte zwischen Unsicherheit und Ehrfurcht. Er straffte den Rücken. Offensichtlich schlug Liebermann-Baumgartner am anderen Ende der Leitung den gleichen herrischen Tonfall an wie tags zuvor schon bei ihm. Schließlich nickte Gerber ein paarmal und sagte: »Ja, Frau Staatsanwältin, das muss schon alles seine Ordnung haben.«

Das »Ja, Frau Staatsanwältin« wiederholte er noch zwei weitere Male, bevor er das Telefon Melchior zurückgab.

»Sie können das Gepäckstück jetzt einsehen«, sagte Gerber in geschäftsmäßigem Tonfall und erhob sich mit einer Schnelligkeit von seinem Stuhl, die Treidler nicht für möglich gehalten hätte. Er stapfte davon und verschwand hinter einer Tür, die mit »Schließfachaufsicht« beschriftet war.

»Wird auch Zeit«, brummte die ältere Frau mit Hut. »So ein sturer Bock.«

Melchior schob ihr Telefon zurück in die Jackentasche und grinste. »Wie ich vorhin schon sagte: Frau Liebermann-Baumgartner ist ganz auf unserer Seite.«

Treidler kam nicht dazu, etwas zu erwidern. Schnaufend und mit einem pinkfarbenen Rollkoffer im Schlepptau kam Gerber zurück. Die Farbe könnte passen. Aber ob der Koffer wirklich Svetlana gehörte, musste sich zuerst noch herausstellen.

»Das ist er!«, rief Melchior aus.

Außer einigen bunten Aufklebern und einem Anhänger aus Plastik konnte Treidler keinen stichhaltigen Beweis an dem Koffer entdecken. »Und wie kommen Sie darauf?«

»Na da …« Melchior deutete auf den Anhänger.

»Der Anhänger?« Treidler musterte das ausgebleichte Schild genauer. Doch bis auf Bleistift-Buchstaben in krakeliger Kinderschrift konnte er nichts erkennen. »Das kann ich nicht lesen.«

»Es sind kyrillische Buchstaben.«

»Und was steht da?«

»Svetlana Waganowa … Schlobin und ein Straßenname.«

»Schlobin?«

Melchior nickte. »Ja, Schlobin. Wenn ich mich richtig entsinne, ist das eine Stadt im Süden Weißrusslands. Ich denke, wir haben ihr Gepäck …« Das Klingeln ihres Mobiltelefons ließ sie innehalten. Abermals zog sie es heraus, meldete sich und lauschte.

»Und?«, fragte Treidler, nachdem sie das Gespräch beendet hatte.

»Das war die Zentrale«, gab Melchior zurück. »Klaus Wichmann ist aufgetaucht. Er will eine Aussage machen.«

9

Eine gute Viertelstunde später trafen Treidler und Melchior auf der Polizeidirektion ein und lieferten den pinkfarbenen Rollkoffer bei der KTU ab. So erfolgreich die Sicherung von Svetlana Waganowas Gepäck war, so ernüchternd war auf den ersten Blick der Inhalt: getragene Frauenkleidung in allen erdenklichen Farben, Gürtel, Mützen und diverse Tücher. Dann eine Schneekugel mit einem Schwarzwaldmotiv, ein kleiner Porzellanelefant, diverse Bücher und Zeitschriften sowie ein grau gefleckter Plüschhase. Außerdem fanden sie ein dickes weißes Briefkuvert, das rundum mit Klebestreifen verschlossen war. Sie hatten es nicht geöffnet. Zuerst musste die Spurensicherung den Umschlag in Augenschein nehmen. Vielleicht ließen sich darauf Fingerabdrücke sicherstellen.

Klaus Wichmann wartete im kleinen Besprechungszimmer. Der Mann wirkte auf den ersten Blick genau so, wie Treidler sich den Direktor einer Bank vorstellte. Akkurat geschnittene dunkle Haare, die an den Schläfen schon leicht ergrauten, umrahmten sein ebenmäßiges Gesicht. Die leicht gebräunte Haut wirkte gepflegt wie sein gesamtes Äußeres. Vermutlich benötigte er ebenso viel Zeit vor dem Spiegel wie seine Frau, wenn sie etwas anderes als den rosafarbenen Gymnastikzweiteiler anzog. Wahrscheinlich war Wichmann älter, als er aussah. Treidler schätzte ihn auf gute fünfzig Jahre. Zum obligatorischen dunklen Anzug mit blütenweißem Hemd und hellblauer Seidenkrawatte trug er elegante, auf Hochglanz polierte Lederschuhe. Seine Körpergröße und die Statur mit einem leichten Bauchansatz verstärkten den Eindruck von Seriosität.

Gar nicht zu ihm passen wollte jedoch sein Gesichtsausdruck. Treidler hatte einen Mann erwartet, der sicheres Auftreten perfekt beherrschte. Stattdessen stand ihm Cordula Wichmanns Gatte mit hängenden Schultern und einem Lächeln gegenüber, das unsicher wirkte.

»Nehmen Sie doch Platz.« Melchior deutete auf einen der Stühle.

Nur zögernd kam Wichmann der Aufforderung nach.

Melchior stellte sich und Treidler vor, und sie setzten sich ihm gegenüber. »Man hat uns informiert, dass Sie eine Aussage machen wollen«, sagte Melchior.

»Das ist richtig.« Wichmann faltete seine Hände und legte sie auf den Tisch. Sie waren glatt und zart, ohne Schwielen und Schrammen. »Meine Frau hat mich angerufen und gesagt, ich soll mich bei Ihnen melden. Dem wollte ich so schnell wie möglich nachkommen.« Nur kurz blieb sein Blick auf Melchior gerichtet, dann sah er auf seine Hände.

Trotz der gegenteiligen Beteuerung hatte Treidler den Eindruck, dass Wichmann nicht auf eigenen Wunsch hier war.

»Das ist alles sehr, sehr unangenehm für meine Bank und mich«, sagte Wichmann und schaute wieder auf.

Treidler seufzte innerlich. Von dem Mann würde sie heute sicher nicht alles erfahren.

»Das ist kein Verhör, Herr Wichmann«, sagte Melchior. »Sie können jederzeit gehen oder einen Anwalt hinzuziehen.«

Auf Wichmanns Gesicht zeigte sich ein vorsichtiges Lächeln.

Wollte er nun eine Aussage machen oder nicht? War er einfach nur nervös, wie jeder in seiner Situation? Oder hatte er etwas zu verbergen?

Treidler blickte Wichmann direkt in die Augen und versuchte seiner Stimme einen scharfen Klang zu geben. »Aber wir können Sie jederzeit zu einem offiziellen Verhör vorladen.«

Wichmanns Lächeln gefror augenblicklich. Nervös wanderten seine Augen hin und her, bis sie schließlich wieder an seinen Händen hängen blieben. »Können Sie mir zusichern, dass alles, was ich heute hier sage, nicht an die Öffentlichkeit dringt? Sie wissen schon … die Bank.«

»Möglicherweise«, erwiderte Treidler.

»Nur möglicherweise?« Wichmann schaute auf.

»Wenn Sie keine Straftat ansprechen, kann ich es Ihnen zusichern.« Treidler nahm den Blick nicht von Wichmann.

»Straftat? Ich habe keine Straftat begangen.«

»Das habe ich Ihnen auch nicht vorgeworfen.« Jetzt würde Wichmann kaum noch mutig genug sein, um etwas zu verschweigen.

»Svetlana und ich …«, sagte er und sah erneut auf seine Hände, die inzwischen vor Schweiß glänzten.

»Was ist mit Svetlana und Ihnen?«

»Wie soll ich sagen, wir … wir hatten ein Verhältnis miteinander.«

»Und seit wann?«

»Seit der Fasnacht.« Wichmann hob langsam den Kopf. Ein Netz aus Falten hatte sich in sein Gesicht gegraben. Aus dem seriösen Bankdirektor war binnen Minuten ein erschöpfter und ängstlicher Mann geworden.

»Weiß Ihre Frau davon?«

Wichmann nickte. »Aber sonst niemand. Und das soll auch so bleiben wegen …«

»… wegen der Bank. Ich weiß, Herr Wichmann«, ergänzte Treidler.

Wichmann ließ die Schultern hängen.

»Kommen wir zum Freitag vor zwei Wochen«, sagte Melchior. Sie wartete, bis Wichmann sie anblickte. »Wann haben Sie Svetlana am Bahnhof in Rottweil abgesetzt?«

»Das muss so gegen halb fünf gewesen sein. Ich habe extra früher bei der Bank aufgehört.« Offenbar hatte er sich wieder gefangen. Seine Antwort kam, ohne nachzudenken.

»Und dann? Was ist dann geschehen?«

»Ich habe sie vor dem Bahnhof abgesetzt und bin wieder nach Hause gefahren.«

Treidler schlug mit der flachen Hand auf den Tisch. Melchior und Wichmann zuckten gleichermaßen zusammen. »Das glaube ich Ihnen nicht, verdammt.«

»Doch, wirklich. Wir hatten uns zuvor schon ausgesprochen.«

»Was ausgesprochen?«

»Dass wir uns nicht mehr sehen, uns nicht schreiben. Und in der Öffentlichkeit hat uns eh niemand zusammen gesehen.«

Wegen der Bank, vervollständigte Treidler in Gedanken. »Sie haben Svetlana aussteigen lassen und Auf Wiedersehen gesagt?

Und das, nachdem Sie ein Vierteljahr mit ihr ins Bett gestiegen sind? Für wie blöd halten Sie mich eigentlich?«

Wichmann schaute erneut auf seine Hände.

»Antworten Sie!«, rief Treidler.

Wichmann nickte vorsichtig.

»Nein, das nehme ich Ihnen nicht ab.«

»Es war aber so.«

Treidler atmete tief durch. Vielleicht sagte Wichmann ja tatsächlich die Wahrheit. Seine größte Sorge war offenbar gewesen, dass er mit Svetlana hätte gesehen werden können. Und besonders am Freitagnachmittag wimmelte es im Bahnhof von Menschen. Menschen, die den Bankdirektor Wichmann sofort erkennen würden. »Wenn ich Ihnen glauben soll, beweisen Sie mir, wo Sie sich nach siebzehn Uhr für die darauffolgenden Stunden aufgehalten haben.«

Wichmann überlegte nur kurz. »Ich war zu Hause. Wie jeden Freitagabend. Meine Frau kann das bezeugen.«

»Ihre Frau reicht mir aber nicht.«

»Wann sind Sie denn wieder zu Hause angekommen?«, fragte Melchior.

Wichmann zuckte mit den Schultern. »Ich denke, eine halbe Stunde später. So gegen Viertel vor sechs. Meine Frau kann das sicher bezeugen.«

»Genau das überprüfe ich jetzt.« Melchior stand auf und verließ das Besprechungszimmer.

»Wo geht sie jetzt hin?« Wichmanns Mundwinkel zuckten ganz leicht. »Was meint sie mit nachprüfen? Wo nachprüfen?«

»Ich habe keine Ahnung«, antwortete Treidler. »Aber ich würde Ihre Frau anrufen.« Er lehnte sich zurück und verschränkte die Arme. Manchmal ließ sich die Wahrheit auch einfach aussitzen.

Wichmann hielt seinem Blick nur kurze Zeit stand. Er senkte den Kopf und sah wieder auf seine Hände. Nach einer Weile begann er, mit einem Daumen auf den anderen einzuklopfen. Das Klopfen wurde schneller, bis er abrupt innehielt und die Hände flach auf den Tisch legte. Er schaute auf. »Wie lange müssen wir noch auf Ihre Kollegin warten?«

Treidler antwortete nicht und versuchte so gleichgültig wie

möglich dreinzuschauen. Über seinem Kopf surrte die Klimaanlage wie ein entfernter Bienenstock.

»Ich habe Sie was gefragt.« Wichmann reckte das Kinn, als suche er die Konfrontation mit Treidler.

»Und ich hab es gehört.«

»Und warum antworten Sie nicht?«

»Weil ich es nicht weiß.« Melchior fehlte schon ziemlich lange. Was trieb sie nur?

»Was?«

»Wie lange wir auf meine Kollegin warten müssen.«

Wichmann rieb die Hände ein paarmal über den Tisch, zog sie weg und faltete sie vor dem Bauch.

»Sie schwitzen«, sagte Treidler, als er die Schweißreste auf der Tischplatte sah.

»Hier drinnen ist es verdammt heiß.« Wichmann lockerte seinen Hemdkragen ein wenig.

»Das kann nicht sein. Die Klimaanlage läuft.«

Erneut machte sich Wichmann an seinem Kragen zu schaffen. Der Stoff raschelte wie Sandpapier. Inzwischen standen die ersten Schweißtropfen auf seiner Stirn.

Das Geräusch der Tür erklang. Wichmann zuckte zusammen.

Treidler schielte zur Tür, wo Melchior ihm ungeduldig zuwinkte, raus auf den Flur zu kommen.

»Wo bleiben Sie denn so lange?«, fragte Treidler, als er neben ihr auf dem Flur stand und die Tür hinter sich zugezogen hatte.

»Schauen Sie mal.« Melchior hielt ihm ein quadratisches Stück Papier hin. Er musste zweimal hinschauen, damit er erkannte, um was es sich handelte.

»Das ist ein Ultraschallbild.« Melchior schaute ihn erwartungsvoll an.

»Ich weiß, was das ist.« Treidler nahm das Bild und betrachtete es genauer. »Woher stammt das?«

»Es war in dem Briefumschlag in Svetlanas Koffer. Dorfler wollte es uns gerade bringen.«

»Dann war sie also schwanger?« Treidler kniff die Augen zusammen, um die kleine Schrift besser lesen zu können. »Hier am Rand, das ist doch ihr Name.«

Melchior schüttelte den Kopf. »Das hab ich schon überprüft. Karchenberg sagt Nein.«

»Die Untersuchung wurde am 2. Mai gemacht. Das ist fast zwei Monate her.« Treidler hielt sich das Bild näher vor die Augen. Verdammt, wieso mussten die so winzige Buchstaben verwenden? »Da steht: Dr. Peter Haberland. Einen Arzt mit diesem Namen gibt es in Rottweil nicht.«

»Irgendwo da steht auch der voraussichtliche Geburtstermin: 14. November. Sie wäre also heute im …«, Melchior runzelte die Stirn, »… im fünften Monat.«

»Da ist eine Schwangerschaft nur noch schwer zu verbergen.« Treidler begann zu rechnen. »Wichmann sagt, dass er seit Fasnacht ein Verhältnis mit Svetlana hatte. Und neun Monate vor dem 14. November war Mitte Februar. Das könnte passen. Die Fasnacht hat dieses Jahr Anfang Februar begonnen.«

»Dann stellt sich nur noch die Frage, was mit dem Kind geschehen ist. Entweder hat sie es verloren oder …«

»… eine Abtreibung vornehmen lassen.« Verdammt, das gab dem Fall eine brisante Wendung.

»Ich hab noch eine interessante Neuigkeit.« Melchior schaute triumphierend auf.

»Lassen Sie mich raten: Wichmanns Frau kann nicht bezeugen, dass er gleich wieder vom Bahnhof zurückkam.«

»Doch, doch. Sie bestätigt seine Geschichte. Etwa eine halbe Stunde später sei er bereits wieder da gewesen.«

»Was ist es dann?«

»In dem Umschlag befanden sich außerdem fünftausend Euro. Und zwar in Zweihundert-Euro-Scheinen.«

Treidler pfiff durch die Zähne. »Woher hatte sie so viel Geld? Entlohnung für ihre Au-pair-Dienste wird es wohl nicht gewesen sein.«

Melchior nahm Treidler das Ultraschallbild wieder ab und wedelte damit. »Vielleicht hängt es ja mit dem Bildchen hier zusammen.«

»Dann bringen wir doch einfach den feinen Herrn Bankdirektor Wichmann weiter ins Schwitzen.« Treidler öffnete die Tür und trat ein.

Sofort schaute Wichmann auf. Sein Blick blieb auf Treidler geheftet, bis er vor dem Tisch stehen blieb. Melchior setzte sich auf ihren Platz und legte das Ultraschallbild mit der Rückseite nach oben auf den Tisch.

Wichmanns Gesicht glänzte schweißnass. Es fehlte nicht mehr viel, und die ersten Tropfen würden auf seinem Jackett landen, das er trotz seines Schweißausbruches weiter anbehielt. Nur den Hemdkragen hatte er inzwischen so weit gelockert, dass die Krawatte nur noch lose herunterhing.

»Was schauen Sie mich so an?«, fragte Wichmann und blinzelte heftig. »Was sagt meine Frau?«

»Sie bestätigt Ihr Alibi«, sagte Treidler und versuchte, seiner Stimme einen beiläufigen Klang zu geben.

Hoffnung glomm in Wichmanns Augen auf.

»Das beweist nichts. Das hätten Sie auch zuvor absprechen können.« Treidler machte einen Schritt auf Wichmann zu, sodass er direkt neben ihm stand.

Wichmann wandte Treidler den Kopf zu und zuckte mit den Schultern. »Das muss Ihnen reichen. Einen anderen Beweis habe ich nicht.«

Melchior drehte das Ultraschallbild um und schob es Wichmann hin.

Der schaute erst zu ihr und dann auf das Bild. Einen Moment zu lange schloss er die Augen, und Treidler wusste, dass Wichmann das Ultraschallbild nicht zum ersten Mal sah.

»Das kenne ich nicht«, sagte er.

Treidler machte einen weiteren Schritt und blieb direkt hinter Wichmann stehen. »Das ist eine glatte Lüge.«

Wichmann schaute über die Schulter und suchte Treidlers Blick. Seine Augen glänzten fiebrig.

»Wissen Sie, was ich glaube?« Treidler ahnte, was Wichmann die ganze Zeit über zurückgehalten hatte. »Ich glaube, Sie haben Svetlana Waganowa ein Kind angehängt und sie dann mit fünftausend Euro zu einer Abtreibung überredet.«

»Nein, nein. Das stimmt nicht«, rief Wichmann schnell aus und wandte sich wieder dem Tisch zu. Er stützte seinen Kopf mit den Händen ab und starrte auf die Tischplatte.

»Was ist? Wollen Sie jetzt eine Aussage machen?« Treidler war sich sicher, dass es nicht mehr lange dauern konnte.

Wichmann reagierte nicht.

»Hat's Ihnen die Sprache verschlagen?«

Da richtete sich Wichmann auf und sagte mit einer unerwartet festen Stimme: »Es war wohl ein Fehler, hierherzukommen.« Er erhob sich. »Ich werde jetzt gehen. Falls Sie noch etwas von mir wissen wollen, machen Sie bitte einen Termin mit meinem Anwalt. Ich lasse Ihnen Adresse und Telefonnummer zukommen.« Ohne ein weiteres Wort verließ er den Raum.

So konnte man sich täuschen. Treidler hätte nicht gedacht, dass Wichmann noch zu solch einem beherzten Abgang in der Lage war. »Verdammt, das war wohl zu viel Druck.« Er sah zu Melchior.

Sie nickte nachdenklich. »Vielleicht. Aber zum Schwitzen haben wir ihn schon mal gebracht.«

Eigentlich hätte er damit rechnen müssen, dass Wichmann die Vaterschaft leugnete. »Der würde sich doch eher einen Finger abschneiden, als sich oder seine Bank in Misskredit zu bringen«, sagte Treidler. »Aber ich bin mir sicher, dass der Dreck am Stecken hat.«

»Dreck am Stecken?«

»Ja. Ich weiß nur noch nicht, wie viel.«

»Gut. Entscheiden wir später, wann wir Wichmann zu einer offiziellen Vernehmung vorladen.« Melchior stand auf. »Ich schaue mir jetzt die beiden Unfallberichte an, die ich angefordert habe. Die liegen nämlich inzwischen auf meinem Schreibtisch.«

»Da komme ich mit«, sagte Treidler. Wichmanns Vorladung konnte tatsächlich warten.

»Ich habe Riccarda Seregano«, sagte Treidler, als er mit seinem Bericht durch war. Wie Melchior saß er hinter seinem Schreibtisch und hatte einen der beiden Aktenhefter mit den Unfallberichten zu sich genommen. Die Fakten auf den wenigen Seiten waren ziemlich unspektakulär. »Geboren am 28. Dezember 1980 in Bari. Alleinstehend, wohnhaft in Göllsdorf, Felsenweg 14. Keine Angehörigen.«

»Wo wurde ihre Leiche gefunden?«

Treidler blätterte zur entsprechenden Stelle in der Akte. »Schwenninger Straße. Sie lag im Neckar hinter dem Vinzenz von Paul Hospital, hatte sich in den Ästen verfangen. Das war am 9. April dieses Jahres.«

»Wo ist diese Klinik?« Melchior sah von ihrem Aktenhefter auf und schob sich eine Strähne hinter das Ohr.

Treidler deutete mit dem Kinn auf die Straßenkarte von Rottweil, die direkt neben der Eingangstür an der Wand hing. »Ganz im Süden, bei der Umgehungsstraße da.«

Melchior schaute kurz zur Karte, dann wieder zu ihm. »Obduktion?«

Treidler schüttelte den Kopf. Zwar hatten sich einige Hämatome an Hals und Schulter der Leiche gefunden, aber offenbar hatte die Staatsanwaltschaft keine Veranlassung gesehen, deshalb eine Obduktion anzuordnen.

»Meine heißt Melanie Brugger.« Melchior blickte wieder auf den Bericht in ihrer Hand. »Siebenundzwanzig Jahre, aus Rottweil, Bergstraße 12. Ihr Freund hat sie am Samstagmorgen, den 18. Mai, als vermisst gemeldet, weil sie die Nacht zuvor nicht nach Hause gekommen ist. Ihre Leiche wurde erst vier Tage später von einem Mitarbeiter der Stadtwerke gefunden.«

»Was steht da als Todesursache?«

»Unfall mit Todesfolge. Sie muss die Böschung neben der Neckarbrücke in der Au hinuntergefallen sein. Jedenfalls hat sie sich beim Sturz ins Wasser den Kopf an einem Felsvorsprung aufgeschlagen.«

Neckarbrücke, Au, Stadtwerke? »Die Schindelbrücke, über die wir gestern gefahren sind, als wir auf dem Weg zum Leichenfundort waren?«, rief Treidler aus.

Melchior blätterte durch die Seiten und zuckte mit den Schultern. »Könnte sein.«

»Hat die Hundestaffel nicht Svetlanas Handy dort gefunden?« Das wäre bereits das zweite Mal, dass die Schindelbrücke in diesem Fall eine Rolle spielte.

Melchior nickte. »Da scheint sich einiges auf die Gegend am Bahnhof zu konzentrieren. Und zwar auf den Bereich zwischen dieser Schindelbrücke und der Primmündung.«

Der Neckartal-Radweg. Könnte das die Verbindung zwischen den drei Toten sein? Die These war ziemlich vage. »Gab es sonst noch Verletzungen bei Melanie Brugger?«, fragte Treidler.

Melchior sah auf ihren Bericht. »Schädelverletzung und Hämatome am Oberkörper. Auf dem Totenschein steht Tod durch Ertrinken.«

»Hämatome am Oberkörper?« Treidler richtete sich auf. Schon wieder Hämatome? Er blätterte zurück zum Totenschein in seiner Akte. »Die habe ich hier auch stehen. Allerdings an Hals und Schulter.«

»Und wie bei Melanie Brugger kam niemand auf die Idee, wegen Fremdeinwirkung zu ermitteln?«

Treidler hob die Achseln. »Dafür gab es wohl keine Anhaltspunkte. Die Ärzte sind beide Male davon ausgegangen, dass die Hämatome vom Sturz ins Wasser stammten. Und mit dem Tod durch Ertrinken ist auch die Todesursache offiziell geklärt. Wenn das so im Totenschein steht, wird keine Staatsanwaltschaft in Deutschland eine Obduktion anordnen.«

Melchior nickte. Aber ihr Blick verriet, dass ihr nicht gefiel, was sie hörte. »Haben Sie sonst noch was?«

Treidler schüttelte den Kopf. Mehr gaben die wenigen Akten nicht her.

»Dann fasse ich mal zusammen.« Melchior klappte ihren Aktenhefter zu und legte ihn vor sich hin. »Wir haben also drei tote Frauen zwischen zwanzig und fünfunddreißig Jahren. Alle sind im letzten Vierteljahr im Neckar ertrunken. Und mindestens zwei davon waren schon einige Tage davor verschwunden. Außerdem wurde das Handy von Svetlana Waganowa in der Nähe des Fundorts von Melanie Bruggers Leiche gefunden.«

»Die Schindelbrücke in der Au«, sagte Treidler. »Aber sonst sehe ich keine Gemeinsamkeiten.«

»Tatsächlich? Für mich sind das genügend Gemeinsamkeiten für einen gemeinsamen Fall.«

»Der Fundort der ersten Leiche liegt kilometerweit vom Bahnhof entfernt. Wo soll da die Gemeinsamkeit sein?«

»Die gibt es. Wir müssen nur suchen.«

Sie war hartnäckig. Treidler seufzte und blätterte ein weiteres

Mal durch die Seiten seines Berichts. Totenschein, Unfallbericht, Zeugenaussage sowie eine Klarsichthülle mit einem Foto. Im Hintergrund lag die Leiche. Er stockte. Dass er das nicht vorhin schon bemerkt hatte. »Verfluchte Scheiße. Das müssen Sie sich ansehen, Melchior. Ich denke, ich habe die Gemeinsamkeit gefunden.«

10

Seit bald einer Stunde fuhr Klaus Wichmann mit seinem neuen Mercedes S-Klasse ziellos durch die Gegend. Aus dem Bose-Soundsystem schallte das »Brandenburgische Konzert Nummer fünf« von Johann Sebastian Bach. Wie es sich für einen Bankdirektor gehörte, verfügte sein Dienstwagen über einige Annehmlichkeiten: Leder, Teakholz-Ausstattung, Navi und vieles andere mehr. Doch seine Gedanken galten heute weder dem Mercedes noch den Cembaloklängen aus den Konzertlautsprechern.

Er konnte jetzt nicht nach Hause zu seiner Frau. Cordula würde ihm endlose Vorhaltungen machen, weil sie wegen Svetlana Besuch von der Polizei bekommen hatte. Die Kleine hätte leicht seine Tochter sein können. Aber vielleicht war es genau das, warum sie ihm das geben konnte, was er seit Jahren bei seiner Frau vermisste: Spaß, Sex und Entspannung.

Schon früh hatte er sich mit Cordula geeinigt: Jeder akzeptierte die Freiheiten des anderen. Alles war gut gegangen. Fast ein halbes Jahr lang. Doch jetzt konnte er nichts mehr geheim halten. Die beiden Kommissare würden alles in die Öffentlichkeit zerren: ihn, die Bank und seine Lust auf junge Mädchen. Ganz Rottweil würde hinter seinem Rücken tuscheln, und hässliche Worte würden fallen. Dann die Schwangerschaft. Vermutlich würde die Polizei auch bald herausbekommen, dass er wegen der Abtreibung vor ein paar Monaten mit Svetlana in Arnheim gewesen war. Aber spielte das überhaupt noch eine Rolle?

Der süße Klang der Violinen aus den Lautsprechern vertrieb seine düsteren Gedanken. Er nahm eine Hand vom Lenkrad und dirigierte mit dem Zeigefinger, bis die Violinen verstummten und nach einer winzigen Pause die hellen, leichtfüßigen Akkorde des Cembalos erklangen.

Musste diese dumme Kuh auch unbedingt die fünftausend Euro in ihrem Koffer aufbewahren? Mitsamt diesem elenden Ultraschallbild? Er hätte ihr das Bild schon damals wegnehmen sollen, als sie von der Untersuchung kam und damit vor seiner Nase herumwedelte. Sie hatte das Kind behalten wollen. Erst mit den fünftausend Euro konnte er sie umstimmen. Glücklicherweise. Schließlich wollte er noch eine Weile seinen Spaß haben und nicht bis ans Lebensende für ein Kind zahlen.

Das Geld und die Abtreibung hatte er locker aus der Hosentasche bezahlen können. Doch wer sagte ihm, dass sie sich nicht einfach mit den fünftausend Euro aus dem Staub machte? Ihm war nichts anderes übrig geblieben, als Svetlana nach Arnheim zu begleiten. Sie gab vor, eine Woche ihre Eltern in Weißrussland zu besuchen, während er Cordula weismachte, dass er überraschend für ein paar Tage in der Frankfurter Zentrale erwartet wurde. Abtreibung statt Urlaub. Alles war perfekt arrangiert, und direkt nach dem Eingriff fuhr er zurück. Svetlana war eine Woche später mit dem Zug nachgekommen.

Die Tastenanschläge des Cembalos gewannen an Dynamik und ließen es zunehmend tiefer und rauer klingen. Es hörte sich an, als würde der Organist Energie für die folgenden Abschnitte sammeln.

Cordula hatte von alldem nichts bemerkt. Sie interessierte sich nicht für ihn, genauso wenig wie für seine Arbeit. Nur für das Ansehen, das ihr in seiner Begleitung entgegengebracht wurde. Die werte Frau Bankdirektor genoss es wie ein Urlauber am Mittelmeer die Sonne.

Wichmann sah auf den Tacho. Inzwischen hatte er die schwere Limousine auf mehr als hundertzwanzig Stundenkilometer beschleunigt. Die Fahrgeräusche gingen in den rauen Tönen des Cembalo-Solos unter. Er drückte auf das Gaspedal. Der Mercedes machte einen Satz, und binnen weniger Sekunden stand die Tachonadel auf hundertsechzig. Viel zu schnell für die Umgehungsstraße. Die Bäume rechts und links der Fahrbahn huschten an ihm vorbei, sodass er sie nur mehr als Schatten wahrnahm.

Der nächste Augenblick brachte die Lösung für all seine Probleme. Warum war er nicht früher darauf gekommen? Er drehte die Lautstärke weiter hoch und lauschte den Traversflöten, die ganz langsam vom Cembalo übernahmen. Wundervoll, wie Bach die drei Ebenen überblendete, als ob sie sich gegenseitig antworteten. Die perfekte Symbiose von Leidenschaft und Hingabe. So wie die Bank und er.

Am Horizont führte die Straße in einer Linkskurve um einen Bachlauf herum und verschwand in einer Senke. Trotz der Tageszeit befand sich kaum jemand auf der Straße. Es gab keinen Gegenverkehr, und vor ihm fuhren nur einige Autos.

Machtvoll rissen erneut die Violinen die Führung an sich. Wichmann spürte das Lächeln auf seinem Mund und drückte das Gaspedal ganz durch. Der schwere Wagen gehorchte sofort. Er wechselte auf die linke Spur und überholte die Fahrzeuge, als ob sie stehen würden.

Die leere Fahrbahn vor ihm war wie eine Befreiung. Keine Kreuzung weit und breit, nur zwei oder drei Feldwege mündeten zwischen den Bäumen auf die Straße. Wichmann öffnete den Sicherheitsgurt.

Die Violinen steigerten Tempo und Lautstärke. Dann setzten die Traversflöten ein. Die Kurve raste auf ihn zu. Auch wenn er gewollt hätte, hätte er jetzt nicht mehr bremsen können.

Als der schwere Mercedes auf den Baum prallte, ging das grelle Kreischen des Blechs im rauschenden Finale von Cembalo, Violinen und Traversflöten unter. Nur ganz leise nahm Wichmann die Explosionen der Airbags um sich herum wahr.

***

Melchior sprang auf und stand mit drei, vier schnellen Schritten neben Treidlers Schreibtisch.

»Schauen Sie mal auf die Haare.« Er deutete auf das Bild in der Klarsichthülle. »Die sind zwar nicht blond wie bei Svetlana, sondern dunkel, aber verdammt kurz.«

Melchior betrachtete das Bild eine Weile. »Wissen Sie, was ich glaube, Treidler?«, sagte sie und sah ihn mit ernster Miene an. »Wir haben es mit drei Morden zu tun. Und die sind alle inszeniert worden …«

Das war verdammt harter Tobak. »Sie sprechen gerade von einem Serientäter.«

»Warum nicht?« Melchiors Stimme klang angriffslustig. Ihre Augen fixierten ihn.

Ein Serientäter? Völliger Blödsinn. »Weil es außer den kurzen

Haaren und den Hämatomen bei zwei der Opfer keinerlei Gemeinsamkeiten gibt.«

»Sie sind alle drei ertrunken.« Melchior sah ihn herausfordernd an.

»Ja, ich weiß. Aber wir haben jedes Jahr welche, die im Neckar ertrinken.«

»Alles Frauen und alle am Bahnhof?«

Treidler seufzte und fuhr sich durch die Haare. »Die drei sind nicht am Bahnhof ertrunken. Svetlanas Leiche wurde nur dort angeschwemmt, und die von Riccarda Seregano hat man einige Kilometer weit entfernt gefunden.«

»Dann haben wir etwas übersehen.« Melchior presste die Lippen aufeinander.

»Was zum Beispiel?«

Sie zuckte mit den Schultern. »Ich weiß es noch nicht.«

»Anders ausgedrückt, Sie wollen einfach, dass Ihre Serientäter-Theorie wahr ist.«

»Ja, verdammt.«

»Das sind genau die harten Fakten, die uns noch gefehlt haben.« Treidler schüttelte den Kopf. Manchmal konnte sie ihn mit ihrer Starrköpfigkeit zur Weißglut treiben.

»Wir nehmen die Karte.« Melchior stapfte zur Wand mit der Straßenkarte von Rottweil.

Vielleicht hatte Melchior recht. Sie sollten sich zuerst einen Überblick über die verschiedenen Fundorte und die vermuteten Tatorte verschaffen. Treidler hievte sich aus dem Stuhl und trat vor die Karte. Sie war alt, hing bestimmt schon viele Jahre dort. Die Ecken lösten sich wie Eselsohren vom Untergrund, und stellenweise fanden sich bräunliche Flecken auf dem Papier. Vermutlich fehlten auch einige der neueren Straßen. Aber für ihren Zweck sollte das allemal reichen.

Melchior verschwand für einen Augenblick hinter ihrem Schreibtisch und kam mit einer Handvoll Pinnwandnadeln in verschiedenen Farben zurück. »Helfen Sie mir, Treidler, Sie kennen sich besser aus.«

»Hier ist das Vinzenz von Paul Hospital. Am Neckar hinter dem Park wurde im März die Leiche von unserem ersten Opfer gefunden.« Treidler pickte eine blaue Nadel aus Melchiors Hand und drückte sie ein. »Riccarda Seregano.«

Er suchte im oberen Teil der Karte nach dem Bahnhof. »Hier ist die Primmündung.« Er tippte auf den Zusammenfluss von Neckar und Prim im unbebauten Nordosten der Stadt. »Da haben wir Svetlanas Leiche gefunden.«

Melchior drückte eine Nadel mit gelbem Kopf ein.

»Und hier, an der Schindelbrücke, wurden Melanie Bruggers Leiche und Svetlanas Handy gefunden.« Treidler deutete auf einen kreisrunden braunen Fleck, der nur wenige Zentimeter von der gelben Nadel entfernt lag.

Melchior drückte eine zweite gelbe sowie eine grüne Nadel in den Fleck.

»Sehen Sie den Radweg da?« Treidler zeigte auf eine gestrichelte Linie direkt am nördlichen Neckarufer. »Der verbindet die Schindelbrücke mit der Primmündung.« Er fuhr mit dem Zeigefinger zwischen den beiden gelben Pinnwandnadeln hin und her und stockte.

»Was ist?« Melchior hing an seinen Lippen.

»Der Radweg führt weiter nach Göllsdorf.«

»Und?«

»Da hat Riccarda Seregano gewohnt.« Hier war die Verbindung zwischen dem ersten Opfer und dem Radweg, nach der sie gesucht hatten.

Melchior nahm eine weitere blaue Nadel zur Hand und drückte sie an die Stelle, wo die gestrichelte Linie auf die erste Straße von Göllsdorf traf. »Und wo wohnt Wichmann?«

Treidler suchte das Neubaugebiet, fand es jedoch nicht. Er deutete auf einen unbebauten Bereich im Westen der Stadt. »Hier irgendwo. Das Gebiet ist neuer als unsere Karte.« Er versuchte, eines der Eselsohren platt zu drücken. Kaum nahm er den Finger wieder weg, stand die Ecke wieder ab.

»Das ist schon verdammt weit entfernt. Bestimmt drei oder vier Kilometer.« Melchior steckte eine weitere gelbe Nadel in die Karte.

»Bei Wichmann fällt mir ein, dass wir nicht vergessen dürfen, seine Vorladung zu beantragen. Machen Sie das? Sie haben den besseren Draht zu Frau Liebermann-Dingsbums.«

Melchior nickte. »Klar, mach ich nachher. Sobald wir hier fertig sind.«

Bevor Treidler etwas darauf erwidern konnte, klingelte sein Telefon am Schreibtisch. Er wandte sich ab und nahm das Gespräch entgegen.

»PM Meyer hier, Notrufzentrale«, drang eine ihm unbekannte Stimme aus dem Hörer. »Ich hab vorhin Ihre Kollegin, die Frau Melchior, angerufen, wegen eines Klaus Wichmann, der eine Aussage machen wollte.«

»Ja. Der ist schon wieder fort«, gab Treidler zurück. Vielleicht wollte Cordula Wichmann ihren Mann sprechen.

»Ich weiß«, sagte PM Meyer schnell. »Gerade kam die Meldung rein: schwerer Verkehrsunfall auf der Umgehungsstraße. Das Fahrzeug von Klaus Wichmann ist darin verwickelt.«

»Eine Kollision mit einem anderen Fahrzeug?«

»Nein. Es gab kein anderes Fahrzeug. Er ist mit überhöhter Geschwindigkeit auf einen Baum geprallt.«

Für Unfälle, in die nur ein Fahrzeug verwickelt war, gab es im Prinzip nur drei Gründe: Selbstüberschätzung, Alkohol oder Suizidversuch. »Gibt es Bremsspuren?« Treidler beschlich das merkwürdige Gefühl, dass der Unfall etwas mit Wichmanns Aussage von vorhin zu tun hatte.

»Der Unfallbericht liegt noch nicht vor.«

»Wissen Sie was über seine Verletzungen?«

»Auch dazu kann ich im Moment nichts sagen. Er wird gerade von einem Rettungshubschrauber nach Tübingen geflogen.«

»Danke.« Treidler legte auf. »Die Vorladung für Wichmann kann warten. Er hatte soeben einen schweren Verkehrsunfall.«

Melchior blickte ihn mit großen Augen an. »Einen Verkehrsunfall? Gerade eben?«

Treidler nickte und gab weiter, was er von PM Meyer erfahren hatte. Auch seine Vermutung über die Unfallursache verschwieg er nicht.

Melchior schien keinen Gedanken an Wichmanns möglichen Selbstmordversuch zu verschwenden und deutete sogleich wieder auf die Karte. »Der Wohnort von Melanie Brugger fehlt noch: Bergstraße 12.«

»Das ist nicht direkt in der Stadt. Sondern hier, in diesem Vorort.« Treidler deutete auf eine Ansammlung von Häusern zwei bis drei Kilometer südwestlich von Rottweil.

Melchior steckte eine weitere grüne Nadel ein, ging einen Schritt zurück und betrachtete ihr Werk. »Svetlana hat drei gelbe Pins für den Wohnort sowie den Fundort ihrer Leiche und des Handys. Für Riccarda Seregano habe ich zwei blaue Pins, ebenfalls für den Wohnort und den Fundort ihrer Leiche. Die zwei grünen Pins kennzeichnen den Fundort von Melanie Bruggers Leiche und ihren Wohnort in der Bergstraße.«

Treidler musterte jede Stelle auf der Karte, die Melchior markiert hatte. Mit Ausnahme von Melanie Bruggers Wohnort lagen alle am Neckar. Am meisten irritierte ihn jedoch die Häufigkeit der bunten Nadeln in der Nähe des Bahnhofs.

Melchior hegte offensichtlich den gleichen Gedanken. »Da sind vier der sieben Pins im Umkreis von weniger als einem Kilometer um den Bahnhof. Und zwar von jeder Farbe mindestens einer. Vielleicht haben die drei ja ihren Mörder dort irgendwo kennengelernt?«

»Auf dem Radweg?« Treidler fuhr sich über das Kinn. Ihre Schlussfolgerung war nicht so leicht von der Hand zu weisen.

»Vielleicht.« Melchior deponierte die restlichen Pinnwandnadeln auf ihrem Schreibtisch. Ihr Blick blieb am Computerbildschirm hängen. »Das BKA hat uns übrigens den Bericht zur Liegezeit der Leiche zugemailt.«

»Und, was schreiben die?«

»Ich muss zuerst die Anlage öffnen.« Sie setzte sich auf ihren Stuhl und bearbeitete ihre Tastatur.

Treidler sah wieder zur Karte und ließ seinen Bick den Neckar entlanggleiten: vom Vinzenz von Paul Hospital über den Triebwerkskanal bis hoch zur Primmündung und dann parallel zum Radweg bis zur Schindelbrücke in der Au.

»Drei Tage«, sagte Melchior. »Zusammen mit der Liegezeit im Wasser ergibt das sieben Tage.«

Treidler drehte sich zu ihr und grinste. »Und Karchenberg hat eine Woche gesagt.« Den Bericht hätte sich das BKA sparen können. Wie so vieles andere auch.

»Dann wurde sie«, Melchior blickte in den Kalender auf ihrem Schreibtisch, »am Montag oder Dienstag letzter Woche getötet.«

»Davon können wir ausgehen.« Das war nicht unbedingt eine neue Information.

Auf Melchiors Stirn trat eine senkrechte Falte. Sie zog den Aktenhefter mit dem Unfallbericht zu sich, blätterte darin und hielt dann plötzlich inne.

»Worauf wollen Sie eigentlich hinaus?«

»Verdammt.« Melchior tippte ein paarmal auf eine Stelle im Unfallbericht und hob den Kopf.

»Was ist?«

»Wann wurde Riccarda Sereganos Leiche gefunden?«

»Das war Anfang April«, gab Treidler zurück und wandte sich wieder der Karte zu. Mindestens zwei der Opfer hatten vermutlich in der Nähe des Bahnhofs, vielleicht sogar auf dem Radweg ihren Mörder getroffen.

»Wann genau?« Melchiors Stimme hatte wieder diesen scharfen Klang.

Treidler riss den Blick erneut von der Karte los und sah in ihr angespanntes Gesicht. »Keine Ahnung, aber das steht sicher im Bericht.«

Melchior hob die Augenbrauen. »Dann schauen Sie nach, er liegt auf Ihrem Schreibtisch.«

Treidler seufzte und zog den Aktenhefter von seinem Schreibtisch. »9. April.«

»9. April, 9. April«, wiederholte sie und blätterte durch ihren Kalender. »Ein Dienstag. Wie bei Svetlana und Melanie Brugger.«

»Das kann Zufall sein«, sagte Treidler.

»Sie und Ihre Zufälle.« Melchior blickte kurz zur Decke. »Aber da ist noch was, das verdammt merkwürdig ist.«

»Und was?«

»Nehmen wir mal an, dass unser Bankdirektor Wichmann die Wahrheit gesagt hat und er Svetlana tatsächlich nur am Bahnhof abgesetzt hat. Dann wurde sie an einem Freitag das letzte Mal gesehen. Richtig?«

Treidler nickte.

»Melanie Bruggers Freund hat sie an einem Samstagmorgen

als vermisst gemeldet. Das bedeutet, dass sie ebenfalls an einem Freitag verschwunden ist.«

»Freitag, Freitag.« Ein verdammter Freitag war ihm heute schon irgendwo aufgefallen. Er schaute wieder zur Karte und musterte die Gegend um den Bahnhof. Schindelbrücke, Bahnlinie, Radweg, Primmündung, Brücke. Verdammt, er fasste sich an den Kopf: das alte Stellwerk, immer freitags – Salsa-Dancenight. »Melchior«, rief er, ohne seinen Blick von der Karte zu nehmen. »Bringen Sie noch mal einen von Ihren Pins.«

»Welche Farbe?«

Welche Farbe? Eine neue. »Rot.«

»Schauen Sie«, sagte Treidler, als Melchior neben ihm stand. »Hier ist der Radweg von der Schindelbrücke in der Au bis zur Primmündung. Und von dort führt eine Fußgängerbrücke über den Neckar. Bis hierhin, bis zum alten Stellwerk.« Er tippte auf ein schwarzes, fingernagelgroßes Viereck.

»Svetlanas Stammkneipe?«

»Unter anderem. Und jeden Freitag findet dort die Salsa-Dancenight mit DJ Julio statt.«

»Verdammt, Treidler, das ist gut.« Melchior drückte die rote Pinnwandnadel mitten in das schwarze Viereck des alten Stellwerks. »Dann rufe ich jetzt Frau Liebermann-Baumgartner an.«

»Wieso? Wichmann können wir im Moment doch nicht vorladen.«

Melchior wandte sich ihrem Schreibtisch zu. »Das ist richtig. Aber ich beantrage die Exhumierung der Leichen von Riccarda Seregano und Melanie Brugger.«

***

In einigen Minuten landete Christoph 11 auf dem Platz hinter dem Universitätsklinikum Tübingen. Seit dem Start in Rottweil kämpften der Notarzt und ein Sanitäter um Klaus Wichmanns Leben. Der lag bewusstlos auf dem Traggestell im hinteren Teil der Kabine des rot-weißen Rettungshubschraubers. Eine Larynxmaske bedeckte fast sein gesamtes Gesicht. Alle acht Sekunden presste ihm das Beatmungsgerät ein Sauerstoffgemisch in die Lungen. In seinem blutüberströmten Kopf steckten Dutzende Glassplitter. Über eine Kanüle im rechten Handrücken floss eine Infusionslösung in seinen Blutkreislauf. Das Hemd war aufgerissen, der Brustkorb darunter beklebt mit Elektroden. Auf dem EKG-Monitor rannten die grünen Wellen um die Wette: Kammerflimmern.

Plötzlich blinkten zwei rote Lichter am EKG, und das Bild einer glatten Linie erschien auf dem Monitor. Klaus Wichmann war pulslos.

Mit der Faust schlug der Notarzt auf den unteren Teil seines Brustkorbs und zog sie schnell zurück. Das EKG zeigte keine Reaktion. Noch einmal schlug er zu und erzielte wieder keine Wirkung. Der Notarzt beugte sich vor und stellte den Defibrillator auf dreihundert Joule. Er wartete, bis die Paddles aufgeladen waren, und legte sie auf. Schuss! Wichmanns Oberkörper bäumte sich auf. Das EKG schlug aus, um sogleich wieder eine flache Linie anzuzeigen.

Der Notarzt legte die Paddles für einen weiteren Ladevorgang zurück und formte mit seinen Fingern ein A in Richtung des Sanitäters: Adrenalin.

Dieser nickte. Mit routinierter Schnelligkeit förderte der Sanitäter eine Spritze sowie ein Fläschchen aus einem grellorangefarbenen Koffer zutage. Über die gut acht Zentimeter lange Nadel zog er die Spritze auf und hielt sie dem Notarzt hin.

Ein blinkendes grünes Licht signalisierte, dass die Paddles geladen waren, und der Notarzt positionierte sie erneut. Wieder bäumte sich Wichmanns Oberkörper auf. Doch die flache Linie auf dem EKG-Monitor veränderte sich nur für den winzigen Augenblick des Stromstoßes.

Der Notarzt legte die Paddles zurück, nahm die Spritze entgegen und drückte sie Wichmann in den Oberschenkel. Ein weiteres Mal nahm er die Paddles vom Defibrillator, drückte ab und starrte zum Monitor: drei, zwei, eins, Sinusrhythmus! Wichmanns Herz schlug wieder von selbst. Innerhalb kürzester Zeit kamen sein Blutdruck und Pulsschlag zurück und blieben den Rest des Fluges stabil.

Die Triebwerksgeräusche wurden noch lauter, die Kabine bebte. Der Rettungshubschrauber setzte zur Landung an. Der Sanitäter nahm die Larynxmaske von Wichmanns Gesicht und presste ihm eine kleine Maske, die an einem Beatmungsbeutel hing, auf den Mund. Die Rotorblätter kamen zum Stillstand, Sekunden später wurde von außen die Heckklappe geöffnet.

Draußen warteten zwei weitere Sanitäter mit einem Rollgestell. Vorsichtig zogen sie die Trage aus dem Heck des Hubschraubers und luden sie auf. Einer der beiden übernahm den Beatmungsbeutel.

Der Notarzt zog den Helm vom Kopf. »Puls hundertsechzig, Kreislauf stabil. Patient nicht ansprechbar.«

11

Mittwoch, 21. Juni – Drei Tage bis zur Johannisnacht

In den Straßen glänzten die Pfützen der vergangenen Regennacht. Der Frühnebel über den dunklen Schieferdächern der alten Reichsstadt löste sich nur allmählich auf. Bald würde die Sonne durchdringen und nach einem trüben Tag die Luft wieder aufheizen. Zwar würden nicht mehr die Temperaturen vom Anfang der Woche erreicht werden, gleichwohl war es nur eine Frage der Zeit, bis sich in diesem Treibhausklima erneut unwetterartige Gewitter bildeten.

Sicherheitshalber hatte sich Treidler für eine lange Jeans und Halbschuhe mit Socken entschieden. Obwohl er da schon geahnt hatte, dass Melchior in ihrem Dienstwagen die Heizung aufdrehen würde. Er wandte den Blick von der verregneten Straße ab und betrachtete ein weiteres Mal die Farbausdrucke in seinen Händen: drei tote Frauen und ein Bankdirektor, der mit lebensgefährlichen Verletzungen in der Tübinger Universitätsklink lag. So jedenfalls hatte es Cordula Wichmann am Abend zuvor bei einem Telefongespräch verlauten lassen. Die Ärzte hatten Wichmann in ein künstliches Koma versetzt. Er würde für die nächsten Tage nicht ansprechbar sein. Erst dann war eine Prognose über seine Genesung möglich.

»Woher haben Sie denn so schnell die ganzen Bilder?«, fragte Treidler, während Melchior ihren Passat durch den morgendlichen Verkehr steuerte. Gleich nach Dienstbeginn hatten sie sich entschlossen, Julio Koschwitz aufzusuchen. Wegen der neuen Erkenntnisse konnten sie nicht darauf warten, dass der DJ vom alten Stellwerk sich von selbst bei ihnen meldete. Alle drei Opfer waren freitagabends während seiner Salsa-Dancenight verschwunden.

Melchior grinste. »Das war nicht so schwer. Das Foto von Svetlana aus ihrem Handy kennen Sie. Und das von Riccarda Seregano ist ein Ausschnitt vom Tatortfoto.«

Treidler betrachtete das wächserne Gesicht der Toten. Es stammte unzweifelhaft von der Aufnahme direkt nach dem Leichenfund. Ihr Kopf mit den kurz geschnittenen schwarzen Haaren war stark vergrößert und pixelig.

»Klaus Wichmanns Foto konnte ich von der Website seiner Bank nehmen«, fuhr Melchior fort. »Und das von Melanie Brugger stammt von ihrem öffentlichen Facebook-Profil.«

»Öffentliches Facebook-Profil, soso.« Treidler nahm den Ausdruck von Melanie Bruggers Gesicht zur Hand. Eine junge, hübsche Frau mit brünetten halblangen Haaren und einem charmanten Lächeln. Und wie die anderen zwei Frauen viel zu früh gestorben.

»Wo muss ich abbiegen?«, fragte Melchior.

Treidler schaute auf. Ein dunkelroter Linienbus des Stadtverkehrs verstopfte die Straße. Er deutete nach rechts. »Die zweite da hinter dem Bus, das ist die Weimarer Straße.«

»Wir können froh sein, dass Koschwitz in Rottweil gemeldet ist. Sonst hätten wir die Adresse nie so schnell herausgefunden. Ich weiß allerdings nicht, ob er zu Hause ist. Vorhin hat niemand das Telefon abgenommen.« Als der Bus endlich die Kreuzung frei gemacht hatte, bog Melchior in die Straße ein. Sie ließ den Passat auf einer freien Parkbucht vor dem ersten Mehrfamilienhaus auf der rechten Straßenseite ausrollen. »Hier sind wir: Nummer 4.«

Treidler musterte das hellgraue Gebäude, an dem der Putz stellenweise abbröckelte. Es erinnerte ihn an das Haus, in dem er selbst wohnte: trist, einfach und Hauptsache, billig. Und wie dort gab es auch hier in der Weimarer Straße gleich eine Handvoll dieser unansehnlichen Mehrfamilienhäuser.

»Was ist?«, fragte Melchior.

»Nichts.« Treidler schüttelte den Kopf, rollte die Ausdrucke zusammen und stieg aus.

Auf dem gegenüberliegenden Gehweg unterhielt sich eine ältere Frau mit Einkaufskorb lautstark mit einer Nachbarin, die im zweiten Stock aus einem Fenster lehnte.

Melchior deutete auf die Eingangstür aus Glas neben einer wahren Batterie aus Briefkästen und setzte sich in Bewegung. Auf dem verdorrten Rasen spielten zwei zwölf- oder dreizehnjährige Jungen Fußball. Als Torpfosten dienten ihnen eine Getränkeflasche sowie eine Plastiktüte. Die Schulpflicht schien den beiden an diesem Morgen egal zu sein. Zwei Fahrräder mit Rucksäcken, wie sie heutzutage von Schulkindern als Ranzen verwendet wurden, lagen achtlos abseits.

Treidler folgte ihr, als der Fußball der beiden Jungen vor seine Füße rollte.

»He, Opa!«, brüllte jemand.

Treidler hielt inne und wandte den Kopf den beiden Fußballspielern zu.

Der dickliche Rotblonde gestikulierte wild. »Komm, kick mal rüber.«

Treidler schaute auf den Ball, dann wieder zu dem Jungen.

»Aber heut noch!«, rief der.

Treidler nahm zwei Schritte Anlauf und schoss den Ball mit voller Wucht in die entgegengesetzte Richtung. Weit hinter dem gegenüberliegenden Gebäude mit den beiden tratschenden Frauen blieb er liegen.

Ein lang gezogener Fluch drang an seine Ohren.

Ohne den Rotschopf eines weiteren Blickes zu würdigen, ging Treidler weiter. »Dieser Koschwitz, wie alt ist der Typ überhaupt?«, fragte er, nachdem er Melchior wieder eingeholt hatte.

»Keine Ahnung. Ich habe nichts über ihn bei uns im Computer gefunden. Aber als DJ im alten Stellwerk sollte er höchstens dreißig sein.«

»Wieso gerade dreißig?«

»Ab dann wird's unglaubwürdig«, entgegnete Melchior, ohne ihren Schritt zu verlangsamen.

Höchstens dreißig? Treidler stellte sich auf einen jungen Burschen ein, kaum älter als ein Schüler. Vermutlich hatte er das gleiche vorlaute Mundwerk wie seine rothaarige, kaugummikauende Kollegin Penny, die Treidler tags zuvor schon auf die Nerven gegangen war.

Melchior suchte die Klingelschilder ab und drückte den Knopf neben dem Namen »Koschwitz«, den jemand in winzigen Buchstaben auf das Schild gekritzelt hatte.

Als sich nach einiger Zeit niemand gemeldet hatte, drückte Melchior ein weiteres Mal auf die Klingel. Diesmal länger.

»Wie kommen Sie darauf, dass überhaupt jemand zu Hause

ist, wenn vorhin schon niemand das Telefon abgenommen hat?«, fragte Treidler.

In diesem Moment kam ein schwaches »Hallo« aus der Gegensprechanlage. Zu Treidlers Überraschung handelte es sich eindeutig um eine ältere, weibliche Stimme. Und sie hatte einen starken Akzent.

Melchior beugte sich etwas vor. »Julio Koschwitz – sind wir hier richtig?«

»Wer sein da?«, kam es in gebrochenem Deutsch aus dem Lautsprecher.

»Kriminalpolizei Rottweil. Mein Name ist Carina Melchior. Wir wollen mit Julio Koschwitz sprechen.«

»Schlafen.«

»Schlafen?« Melchior schaute zu Treidler auf und runzelte die Stirn. »Dann wecken Sie ihn auf.«

»No.« Die Stimme klang entschlossen.

»Dann muss er heute noch auf die Polizeidirektion kommen und dort eine Aussage machen.«

Der Lautsprecher blieb für einige Sekunden stumm. Schließlich folgte ein »Warten«.

»Spanisch oder italienisch«, sagte Treidler, als nach einer Weile immer noch nichts aus der Gegensprechanlage drang.

»Was?«

»Der Akzent – spanisch oder italienisch.«

Da ertönte der Türsummer, und Melchior drückte die Glastür auf. Sogleich stieg Treidler der Geruch von abgestandenem Rauch in die Nase.

»Kommen erster Stock«, hallte es durch das Treppenhaus.

Treidler stieg den ersten Absatz nach oben und fand sich vor einer geöffneten Wohnungstür auf der rechten Seite wieder. Eine zierliche Frau mittleren Alters mit zerzausten schwarzen Haaren stand in der Tür. Der Rauch der Zigarette in ihrer Hand stieg in einem dünnen blauen Streifen senkrecht nach oben. Die Frau war barfuß, und vermutlich trug sie unter ihrem mintgrünen Frottee-Bademantel auch nicht viel mehr als an den Füßen. Mit der freien Hand hielt sie sich den Kragen des Bademantels zu.

»Frau Koschwitz?« Treidler war direkt froh, keine junge Rothaarige vom Typ Penny vor sich zu haben. Viel jünger als sie war ihr Mann sicher nicht. Melchior hatte sich mit den höchstens dreißig Jahren für einen Discjockey wohl geirrt.

Die Frau nickte.

»Ist Ihr Mann zu sprechen?«

Ein erstaunter Ausdruck trat auf ihr Gesicht. »Mann? Nein, nix Mann.«

Treidler stockte. Wohnte Julio Koschwitz doch nicht hier? Vor nicht einmal einer Minute hatte sie doch noch behauptet, er schliefe.

»Treidler, er ist bestimmt ihr Sohn«, raunte Melchior ihm zu. Laut sagte sie: »Julio, Julio Koschwitz, können wir mit ihm sprechen?«

Die Frau nickte ein weiteres Mal und machte einen Schritt zur Seite, um die Tür freizugeben.

Treidler und Melchior traten ein und fanden sich in einer überraschend großen Wohnung wieder. Ein langer Flur führte zur Küche, die halb verdeckt hinter einem bunten Kettenvorhang lag. Rechts und links führten drei Türen ab. Einige Bilder mit mediterranen Motiven hingen an den Wänden. Zusammen mit den warmen Farben an Wand und Decke ließen sie den Raum modern und freundlich wirken. Von der Tristheit, die das Gebäude von außen verströmte, war hier drinnen nichts zu erkennen.

»Mamá, la policía ya está aquí?«, sagte eine verschlafene Stimme.

»Sí, en la cocina«, antwortete die Frau und ging in Richtung der Küche voran. *»Date prisa!«*

»Sí, sí, estoy casi listo«, kam es in gereiztem Tonfall zurück. Es folgte ein Poltern, dann ein unterdrückter Fluch auf Deutsch.

Frau Koschwitz lächelte verlegen und deutete auf die Stühle am Küchentisch. Treidler und Melchior nickten dankbar und setzten sich. Sie hingegen lehnte sich an den Kühlschrank, nahm ein paar hektische Züge von ihrer Zigarette und beäugte die beiden.

Treidler legte die zusammengerollten Fotos auf den Tisch. Verschlissenes und ausgebleichtes Furnier zeugte davon, dass die Küche in die Jahre gekommen war. In der Spüle standen die Reste des Frühstücks für eine Person: eine Kaffeetasse sowie ein Teller mit einem angebissenen Croissant und einem dunkelroten Marmeladenklecks.

»Kommen gleich.« Erneut nahm die Frau einen Zug von der Zigarette und ließ den Rauch langsam entweichen.

»Danke.« Melchior schob sich eine Strähne hinter das Ohr.

Julio Koschwitz war klein, verdammt klein sogar. Auf den ersten Blick erinnerte er an seinen Namensvetter, den spanischen Schlagerstar zu Dieter Thomas Hecks »Hitparaden«-Zeiten. Sogar die pechschwarzen Haare bildeten an der Stirn schon jene auffälligen Geheimratsecken, die auch Julio Iglesias bereits mit Mitte zwanzig gehabt hatte. Koschwitz' bronzefarbene Haut spannte sich über spitze Wangenknochen und ein ausgeprägtes Kinn mit Grübchen. Treidler konnte sich beim besten Willen nicht vorstellen, wie der kleine, schmächtige Mann überhaupt über das DJ-Pult im alten Stellwerk hinwegschauen konnte. Er war höchstens so groß wie Melchior. Vermutlich stand er auf einem kleinen Bock, wie damals Alt-Bundeskanzler Schröder, wenn der von einem deutlich größeren Journalisten interviewt worden war.

»Das Julio, *mi hijo*«, verkündete Frau Koschwitz mit Stolz in ihrer Stimme. Sie drückte die Zigarette im Aschenbecher aus.

»Guten Morgen«, sagte Julio Koschwitz in lupenreinem Deutsch und blieb für einen Moment vor dem Kettenvorhang stehen, um sein hellblaues T-Shirt mit dem knallroten Aufdruck »I didn't kill Bill« in die Jeans zu stopfen. Schließlich trat er ganz ein.

Melchior erwiderte den Gruß und stellte sich und Treidler vor. Koschwitz nahm ihr gegenüber Platz und musterte sie aus mandelbraunen Augen.

»Te dejaré solo ahora, mi cariño«, sagte Frau Koschwitz.

»Sí, sí, Mamá.« Julio Koschwitz wartete, bis sie hinter dem Kettenvorhang verschwunden war. »Meine Eltern haben sich scheiden lassen, als ich sechzehn war. Mutter kann nicht mehr arbeiten, wegen ihrem kaputten Rücken, und zurück nach Spanien, zu meinen Großeltern, will sie auch nicht. Mit dem Geld, das sie von Vater kriegt, und dem, was ich im alten Stellwerk verdiene, reicht es gerade so.« Er hob die Schultern. Seine Worte klangen fast, als wolle er sich für seine Lebensumstände entschuldigen.

Melchior räusperte sich. »Herr Koschwitz, wir hätten da ein paar Fragen.«

»Penny hat mir schon gesagt, ich soll mich bei Ihnen melden

wegen dem toten Mädchen.« Koschwitz kratzte sich an der Hand und schaute zwischen Treidler und Melchior hin und her.

»Und warum haben Sie es nicht gemacht?« Treidler konnte nicht vermeiden, dass seine Stimme schärfer klang, als er beabsichtigte. Allerdings konnte es nicht schaden, von vorneherein für klare Fronten zu sorgen.

»Sie hat gesagt, dass es heute noch reicht. Ich wäre nachher eh zu Ihnen gekommen.« Er blinzelte.

Treidler musterte Koschwitz. Warum blinzelte er? Log er?

»Ehrlich«, beeilte sich der zu sagen, als er den Blick bemerkte.

»Gut, nun sind wir ja hier.« Melchior nahm die Papierrolle mit den Bildern zur Hand und breitete die Fotos von Svetlana Waganowa, Melanie Brugger und Riccarda Seregano vor Koschwitz auf dem Tisch aus.

Er beugte sich vor und betrachtete eine Weile die Bilder. Im Gegensatz zu Penny schien er sich ernsthaft damit auseinanderzusetzen.

»Kennen Sie die Frauen?«, fragte Melchior.

Koschwitz sah auf. »Zwei davon.«

»Welche?«

»Die hier«, er deutete auf das Bild von Svetlana, dann auf das von Melanie Brugger, »und die.« Er lehnte sich wieder zurück.

»Und die hier nicht?« Melchior zeigte auf Riccarda Seregano.

Koschwitz beugte sich erneut nach vorne, musterte ein weiteres Mal das Bild und schüttelte den Kopf. »Nein, die Frau habe ich noch nie gesehen.«

»Woher kennen Sie die beiden anderen?« Treidler hoffte, dass Koschwitz' Bereitschaft, auszusagen, nicht gleich wieder schwand.

»Na, aus dem alten Stellwerk«, sagte er wie aus der Pistole geschossen.

»Und wann haben Sie die beiden zuletzt gesehen?«

Koschwitz atmete tief ein und wieder aus. »Bis zu ihrem Tod war Melanie jedes Wochenende bei uns.«

»Sie wissen, dass Melanie Brugger tot ist?« Erst jetzt kam Treidler in den Sinn, dass es nicht ungewöhnlich sein musste, wenn Koschwitz von ihrem Tod gehört hatte.

»Jeder im Stellwerk kannte Melanie. Ein nettes Mädchen.«

Koschwitz' Augen strahlten und verdüsterten sich einen Moment später. »Und alle wussten auch, dass es ihre Leiche war, die im Mai drüben an der Schindelbrücke gefunden wurde. Ein Unfall, hat in der Zeitung gestanden.«

»Melanie, ist sie immer alleine ins Stellwerk gekommen, oder war sie auch in Begleitung?«, fragte Melchior.

Koschwitz schüttelte den Kopf. »Meistens mit Marvin. Das ist der Typ, mit dem sie zusammengewohnt hat. Nur manchmal ist sie auch alleine gekommen.«

Treidler deutete auf Svetlanas Foto. »Und die hier? Wann haben Sie diese Frau zuletzt gesehen.«

Koschwitz schaute auf das Foto, dann zu Treidler. »Ist das die Tote, die man Anfang der Woche im Neckar gefunden hat?«

Treidler nickte.

»Die war auch oft bei uns. Zuletzt … warten Sie …«, Koschwitz kratzte sich an der Stirn, »Freitag vor zwei Wochen. Bei meiner Salsa-Dancenight.«

»Kennen Sie den Namen des Mädchens?«

Koschwitz schüttelte den Kopf. »Ich habe nie mit ihr gesprochen.«

»War sie an jenem Freitag alleine ins alte Stellwerk gekommen?«, fragte Melchior.

Koschwitz blickte kurz zur Decke, dann wieder zu Melchior. »Nein, da war so ein Mann dabei. Wir nennen ihn Hugo. Weil er den Mädels immer Hugos ausgibt.«

»*Hugos* ausgibt?«, wiederholte Treidler. Was zum Teufel war das schon wieder?

»Ja, Hugo, den Cocktail. Prosecco, Holundersirup, Limetten. Kennen Sie das nicht?«

»Ich trinke keinen Alkohol.« Gerade noch konnte Treidler das Wort ›mehr‹ zurückhalten. Tatsächlich hatte er seit über einem Vierteljahr keinen Tropfen Alkohol angerührt. Nach dem Tod seiner Frau war er in ein derart tiefes Loch gefallen und hatte wegen seiner elenden Sauferei nicht mal den Versuch unternommen, dort wieder herauszukommen.

Koschwitz wandte sich wieder an Melchior. »Jedenfalls kommt dieser Hugo manchmal freitags zur Salsa-Dancenight. Seinen richtigen Namen kenne ich nicht.«

»Wie alt ist der ungefähr?« Melchior zupfte an Wichmanns Foto, das immer noch mit der Rückseite nach oben vor ihr lag.

»Schon älter.« Koschwitz deutete mit dem Kinn auf Treidler. »Vielleicht so wie er.«

Melchiors Mundwinkel zuckten. Offensichtlich konnte sie sich gerade noch ein Lachen verkneifen.

Treidler schluckte seinen Unmut hinunter. Er war bei Befragungen schon als alles Mögliche bezeichnet worden. Aber noch nie als älterer Mann. Fehlte nur noch der Krückstock, mit dem dieser Hugo zur Salsa-Dancenight ins Stellwerk kam.

Melchior drehte das Bild von Klaus Wichmann um und schob es Koschwitz hin. »War es dieser Mann?«

Der schaute nur für einen kurzen Moment auf das Foto und schüttelte den Kopf.

Ein enttäuschter Zug erschien auf Melchiors Gesicht. »Sind Sie sich ganz sicher? Schauen Sie bitte nochmals genau hin.« Sie schob ihm den Ausdruck näher hin.

Wie Treidler hätte Melchior wohl ebenfalls gerne Wichmann der Lüge überführt. Aber wenn Koschwitz bei seiner Aussage blieb, hatte Wichmann Svetlana tatsächlich nur am Bahnhof abgesetzt. Damit konnten sie ihn im Grunde als Verdächtigen ausschließen. Und einen anderen hatten sie nicht.

»Ich muss nicht noch mal hinschauen. Der ist es nicht. Der Typ da auf dem Foto ist zu alt.«

»Zu alt?«, wiederholte Melchior.

»Ja, und außerdem hat Hugo so halblange blonde Haare.«

Insgeheim freute es Treidler, dass Koschwitz einen Typen wie Wichmann für älter hielt als ihn. Nachdem ihn der fußballspielende Rotschopf vor dem Haus schon als Opa bezeichnet hatte, musste Koschwitz dies nicht auch noch mit seinen blöden Vergleichen breitwalzen.

»Können Sie ihn näher beschreiben?« Melchior kniff die Augen zusammen. »Größe, Statur?«

Wieder deutete Koschwitz mit dem Kinn zu Treidler. »Auch so wie er. Groß, breite Schultern und … Bauchansatz.«

Treidler schaute an sich hinunter, zog seinen Bauch ein und hielt die Luft an.

Melchior warf ihm einen kurzen Blick zu und wandte sich wieder an Koschwitz. »Irgendwas besonders? Nase, Augen, Narben, Tätowierung?«

Koschwitz schob die Unterlippe nach vorne und schüttelte wieder den Kopf.

Treidler atmete aus. »Dieser Hugo, wie Sie ihn nennen, kannte der auch Melanie Brugger?«

Koschwitz zuckte mit den Schultern. »Ich denke, ja. Die beiden müssten sich schon kennen. Sie waren oft bei meiner Salsa-Dancenight.«

»Gab es noch andere, mit denen sich Svetlana im alten Stellwerk herumgetrieben hat?«

»Herumgetrieben hat?« Koschwitz lachte auf. »Meist ist sie nur für 'ne Stunde oder so dageblieben und dann mit irgendeinem Typen verschwunden.«

»Können Sie uns ein paar Namen nennen? Am besten gleich den richtigen?«

Koschwitz zuckte abermals mit den Schultern. »Zwei oder drei kenne ich mit richtigem Namen. Die anderen nicht.«

»Und?«, fragte Treidler.

Koschwitz legte die Stirn in Falten. »Was und?«

»Die Namen …«

»Haben Sie was zu schreiben?«

»Brauch ich nicht. Ich hab ein gutes Gedächtnis.« Treidler grinste. »Trotz meines Alters.«

»Gregor … warten Sie … ja, Gregor Pollack aus Rottweil und Mario di Vincenzo, der ist aus Florheim, denke ich. Mit den beiden war sie eine Zeit lang zusammen. Ich glaub sogar gleichzeitig.«

»Gleichzeitig?«, echote Treidler. Dass Svetlana kein Kind von Traurigkeit war, hatte Cordula Wichmann schon angedeutet. Aber mit Koschwitz' Behauptungen drängte sich ihm ein Verdacht förmlich auf: Hatte Wichmann die Abtreibung bezahlt, um seine Vaterschaft zu beenden oder die eines anderen? Und wusste er davon?

Später saßen Treidler und Melchior im Dienstwagen vor dem Haus in der Weimarer Straße 4. Außer den beiden Namen von Svetlanas

Begleitern hatte Koschwitz nichts mehr zu ihrem Fall beizutragen gehabt. Bevor sie die Wohnung verlassen hatten, versprach er allerdings, sich im alten Stellwerk nach weiteren Bekannten von ihr umzuhören. Zwei andere kannte er noch vom Sehen. Und sobald er einen Namen dazu erfuhr, wollte er sich auf der Polizeidirektion melden.

»Was halten Sie von ihm?«, fragte Melchior und kramte in ihrer Hosentasche nach dem Autoschlüssel.

Treidler zuckte mit den Schultern. Koschwitz war wider Erwarten ein eher umgänglicher Typ.

»Kommen Sie, Sie haben sich doch schon längst Ihre Meinung über ihn gebildet.«

Treidler blickte hoch zum Fenster im ersten Stock und bemerkte für einen Augenblick den mintgrünen Frottee-Bademantel, der hinter dem Vorhang verschwand. »Wussten Sie, dass Koschwitz aussieht wie Julio Iglesias vor vierzig Jahren bei Dieter Thomas Hecks ›Hitparade‹?«

»Wie wer?«

»Julio Iglesias – ›Wenn ein Schiff vorüberfährt‹.«

Melchior verdrehte die Augen. »Und ich dachte, Sie hören nur AC/DC.«

»Vielleicht hat ihn seine Mutter deswegen so genannt.« Noch immer schaukelte der Vorhang am Fenster.

»Vielleicht auch nicht. Würden Sie sich wieder auf den Fall konzentrieren? Oder wollen Sie lieber Musik hören?«

Treidler riss seinen Blick vom Fenster los und deutete mit dem Kinn auf das Funksprechgerät im Armaturenbrett. »Hier drinnen gibt's keine.«

Melchior seufzte.

»Ich denke, Koschwitz sagt die Wahrheit.« Auf dem Rasen vor dem nächsten Gebäude rannten immer noch die beiden Jungen ihrem Fußball hinterher. Inzwischen hatten sie sich ihrer Jacken entledigt. Einer spielte im T-Shirt, der andere hatte nur noch ein Unterhemd an. In der Schule hatte vermutlich schon die dritte Stunde begonnen.

»Das denke ich auch«, entgegnete Melchior und steckte den Schlüssel ins Zündschloss. »Er hat nichts mit unserem Fall zu tun.

Und Wichmann können wir nun wohl auch als Verdächtigen abschreiben.«

Treidler wandte sich ihr zu. »Vielleicht. Inzwischen bin ich mir nicht einmal mehr sicher, dass Svetlanas Kind von ihm stammt.«

»Wegen der vielen Männer, mit denen sie sich herumtrieb?«

Treidler nickte.

»Vergessen wir mal für einen Moment Wichmann.« Melchior lehnte sich zurück. »Koschwitz' Aussage bestärkt eindeutig den Zusammenhang dieser Salsa-Dancenight im alten Stellwerk mit den Morden der letzten Monate.«

»Glauben Sie wirklich, es ist eine Mordserie?« Treidler schüttelte vehement den Kopf. Er weigerte sich nach wie vor, an eine Mordserie zu glauben. »Wir sind hier in Rottweil, nicht in New York. Da gibt es keine Serienmörder.«

Melchior verschränkte die Arme vor der Brust. »Aber Sie müssen doch zugeben, Treidler, dass das, was Koschwitz gesagt hat, in keinster Weise meiner Theorie widerspricht.«

»Bis auf eine Kleinigkeit.«

»Und die wäre?«

»Koschwitz kennt Riccarda Seregano nicht. Ich schließe daraus, dass sie nie im alten Stellwerk war.«

»Und?«

»Woher kennt unser Mörder sie dann?«

12

Zurück im Büro lag auf Melchiors Schreibtisch eine Nachricht von Anita Schober.

»›Liebermann-Baumgartner zurückrufen‹«, las sie vor.

»Dann machen Sie das mal.« Treidler war froh, dass die Notiz nicht auf seinem Schreibtisch lag. »Ich versuche derweil, die Adressen von diesem Gregor Pollack und Mario di Vincenzo herauszubekommen.«

Er setzte sich auf seinen Platz und griff nach dem Telefonhörer. Bevor er sich um die Adressen kümmerte, rief er erst einmal in der Werkstatt an.

»Der ist schon seit gestern Abend fertig«, antwortete Dankwart, der Kundendienstleiter, auf seine Frage, wie weit die Reparatur an dem Mercedes wäre.

»Die Einspritzpumpe war verstopft«, fuhr Dankwart fort. »Passiert bei diesen alten Modellen öfters.«

Natürlich konnte der Mann das Gespräch nicht führen, ohne ihn auf das Alter seines Wagens hinzuweisen. Heute schien nicht nur Treidler selbst verdammt alt zu sein, sondern auch sein 190er-Mercedes.

»Und was kostet mich der Spaß?«, fragte er.

»Ich hab die Rechnung noch nicht fertig. Aber so zweihundert Euro mit der Abholung am Viadukt und dem Bringen müssen Sie schon anlegen.«

»Bringen?«

»Ja, Bringen«, wiederholte Dankwart. »Zwei unserer Mechaniker haben den Wagen heute Morgen auf dem Parkplatz hinter der Polizeidirektion abgestellt und den Schlüssel vorne am Eingang abgegeben.«

»Das nenne ich Service.«

Wenigstens stand er jetzt nicht mehr ohne Wagen da. Nochmals ein paar Tage von Melchior durch die Gegend gekarrt zu werden, machten seine Nerven schon wegen ihrer langsamen

Fahrweise nicht mit. Er bedankte sich bei Dankwart und wollte auflegen.

»Da ist noch was … anderes«, kam es zögerlich aus dem Hörer.

»Was meinen Sie?«

»Der Motor. Er verbrennt verdammt viel Öl. Haben Sie das noch nicht bemerkt?«

»Nein«, log Treidler, obwohl er bei jedem zweiten oder dritten Tankvorgang einen Liter Öl in den Motor kippen musste, damit der Ölstand nicht unter die Min-Markierung fiel.

»Da sind entweder die Ventilschaftdichtungen oder die Kolbenringe hinüber.« Dankwart hörte sich an, als ob er über eine tödliche Krankheit sprach.

»Und das bedeutet?« Treidler schwante Böses.

»Dass es teuer wird.«

Treidler schluckte. »Wie teuer?«

»Locker tausend Euro. Vielleicht hat der Motor sogar schon 'ne Macke, und wir müssen ihn austauschen. Das wird dann noch teurer. Mehr als der Wagen noch wert ist.«

»Ich weiß. Und Sie können mich bestimmt an jemanden weiterverbinden, der mir einen Wagen verkauft.«

»Soll ich?« Dankwart hatte die Ironie in Treidlers Stimme offenbar nicht bemerkt. Oder er wollte sie nicht bemerken.

»Nein, verdammt«, entfuhr es Treidler lauter, als er beabsichtigte. Er atmete kurz durch. »Wie lange hält der Motor noch?«

Dankwart ließ langsam und hörbar die Luft entweichen. »Ich weiß nicht, zwei oder drei Monate. Kommt darauf an, wie viel Sie damit fahren. Je weniger, desto besser. Vielleicht schafft er auch noch ein halbes Jahr.«

Treidler bedankte sich und legte den Hörer auf die Gabel. Natürlich hatte er damit gerechnet, dass ihn der Wagen bald im Stich lassen würde. Aber jetzt hatte er eine letzte Frist bekommen: maximal ein halbes Jahr.

»Die Staatsanwaltschaft hat beide Exhumierungen genehmigt«, holte ihn Melchior aus den Gedanken. »Morgen werden beide Leichen der Rechtsmedizin überstellt. Wie weit sind Sie mit den Adressen?«

»Ich such sie gleich raus.«

»Und die Anzeige gegen Sie wegen sexueller Belästigung hat sie fallen gelassen«, fuhr Melchior fort.

»Wird auch gut sein«, brummte Treidler und nahm das Telefon erneut zur Hand. Er hätte auch nichts anderes akzeptiert. Sonst wäre er Liebermann-Dingsbums aufs Dach gestiegen.

Es kostete ihn nur zwei Anrufe auf dem Einwohnermeldeamt von Rottweil sowie dem Florheimer Rathaus, und er hielt die beiden Adressen auf zwei separaten Zetteln in die Höhe.

»Wir teilen uns auf«, schlug Treidler vor. »Sie nehmen einen, ich den anderen. Wen wollen Sie? Pollack aus Rottweil oder di Vincenzo aus Florheim?«

»Florheim, das ist doch das kleine Kaff, in dem letzten Winter der Tote in der Bushaltestelle gefunden wurde?«

Treidler nickte.

»Dann fahre ich nach Florheim zu diesem Vincenzo. Dort kenne ich mich inzwischen aus.« Melchior stand auf und hielt inne. »Und Sie? Wie kommen Sie zu diesem Pollack?«

»Ich nehme mir ein Taxi.«

»Ich kann Sie fahren.« Melchior zog ihren Wagenschlüssel aus der Hosentasche.

»Nein, danke. Ich wollte gegen Abend wieder zu Hause sein.« Es sollte ein Scherz sein.

Melchior runzelte die Stirn. »Sie waren auch schon mal witziger, Treidler.«

»Beim nächsten Mal gebe ich mir mehr Mühe, okay?« Er grinste. »Die Werkstatt hat meinen Wagen repariert und heute Morgen unten auf dem Parkplatz abgestellt. Damit bin ich endlich wieder mobil.«

Gregor Pollack wohnte in einer der schmalen, verwinkelten Gassen des spätmittelalterlichen Stadtkerns. Treidler hasste die dortige Verkehrsführung. Es gab nur Einbahnstraßen, natürlich meist von der falschen Seite, und garantiert nie einen Parkplatz. Sobald ein Fahrzeug anhielt, um etwas ein- oder auszuladen, mussten alle anderen warten, bis die Straße wieder frei war. Besonders morgens, wenn viele Geschäfte in der Rottweiler Innenstadt beliefert wurden, stellte das ein nerviges Problem dar.

Doch trotz aller Befürchtungen ergatterte Treidler einen der wenigen Anwohnerparkplätze und stellte kurzerhand seinen Mercedes darauf ab. Wenn er sich beeilte, kam er vielleicht ohne Strafzettel davon.

Das orangefarbene vierstöckige Bürgerhaus mit der Nummer 13 war schmal und wirkte zwischen den anderen Gebäuden wie eine bunte Tapetenbahn. Neben einer verzierten und mit Geranien bepflanzten Erkerreihe passte gerade mal ein Fenster in die Fassade. Das Gebäude lehnte windschief an seinem himmelblauen Nachbarhaus. Nichts Ungewöhnliches für eine Rottweiler Fassade: Kaum ein Haus in der Innenstadt verfügte über lotrechte Wände oder parallele Traufen und Dachfirste. Treidler hatte sich schon immer gewundert, wie die Bewohner ihre Möbel an die Innenwände stellen konnten, ohne zu verzweifeln. Schon alleine das Aufhängen eines Bildes in so einer Wohnung würde ihn vermutlich in den Wahnsinn treiben.

Die beiden Klingelschilder mit den Namen »G. Pollack« und »Ilzmec« neben der niedrigen Türpforte machten die Auswahl leicht. Treidler drückte auf den Knopf und musste einige Zeit warten, bis er ein knappes »Ja« vernahm.

»Treidler ist mein Name. Kriminalpolizei Rottweil. Kann ich mit Ihnen reden?«

Niemand antwortete. Ein weißer Paketlieferwagen fuhr im Schneckentempo an ihm vorbei. Offenbar suchte der Fahrer nach einer Adresse.

»Sorry eh, keine Zeit. Ich muss gleich zur Berufsschule«, drang es schließlich aus dem Lautsprecher.

Treidler warf einen Blick auf seine Armbanduhr: zehn Uhr fünfunddreißig. »Eine ziemlich ungewöhnliche Zeit, um in die Berufsschule zu gehen.«

»Doch, ich muss jetzt los.« Pollack log, das war klar.

»Sie müssen nicht zur Berufsschule. Und machen Sie endlich auf. Ich habe keine Lust, mich mit Ihnen durch die Gegensprechanlage zu unterhalten.«

Der weiße Paketlieferwagen tuckerte weiter und verschwand hinter der nächsten Biegung. Treidler nahm sich vor, bis fünf zu zählen und dann so lange die Klingel zu drücken, bis Pollack endlich aufmachte. Doch da ertönte der Türsummer, und er trat ein. Na, ging doch.

Er fand sich in einem kleinen Vorraum wieder, der im Halbdunkel lag. Nur von oben drang etwas Licht ein. Es roch nach fettigem Essen und Tabakrauch. Irgendwo dudelte orientalische Musik. Ein Hund kläffte. Direkt vor Treidler führte eine schmale Treppe mit hellgrauen Linoleumstufen hoch in den nächsten Stock. Wenn er die Tür auf der rechten Seite nahm, landete er vermutlich im Keller.

»Herr Pollack?«, rief Treidler.

Niemand antwortete, und so ging Treidler kurzerhand die Treppe nach oben.

Jede der Stufen reagierte auf sein Körpergewicht mit einem unüberhörbaren Knarren. Vermutlich war die Treppe genauso alt wie das Haus selbst.

»Herr Pollack?«, rief Treidler ein weiteres Mal.

Es raschelte, dann ein Poltern. Es kam eindeutig von weiter oben. Treidler sah hoch, konnte aber außer zwei weiteren Treppenabsätzen nichts entdecken. Noch einmal rief er Pollacks Namen, ohne eine Antwort zu bekommen.

Der Essensgeruch und die Lautstärke der Musik ließen nach, während Treidler die nächsten vier Treppenabsätze emporstieg. Hätte ihn auch gewundert, wenn Pollack sich um diese Zeit Mittagessen kochte und dabei orientalische Musik hörte. Er tippte auf einen jungen Mann, der den Sinn einer Berufsausbildung nur dann einsah, wenn nichts Besseres im Fernsehen kam.

Als Treidler die letzte Treppenstufe erreichte, stieg ihm ein leicht süßlicher Geruch in die Nase, den er im ersten Moment nicht zuordnen konnte. Doch unzweifelhaft kam er aus der Wohnung vor ihm. Die Tür stand offen. Über dem Rahmen hing gelbes Kartonpapier von der Größe eines Zeichenblocks. Mit Filzstift hatte jemand »Gregors Muscle Beach« daraufgekritzelt. Treidler trat ohne zu zögern ein.

»Brauchen Sie dafür nicht eine Genehmigung?«, hörte er eine helle Stimme aus der gegenüberliegenden Ecke.

Gregor Pollack entpuppte sich als großer, schlaksiger Mann mit blasser Gesichtsfarbe und dünnen blonden Haaren. Wenn Treidler nicht bereits durch den Anruf beim Einwohnermeldeamt erfahren hätte, dass er dreiundzwanzig Jahre alt war, dann hätte er ihn deutlich jünger geschätzt. Ein grauer Schatten am Kinn deutete auf den bald einsetzenden Bartwuchs hin. Er trug ein weißes Muskel-Shirt, das sein schmächtiger Oberkörper nicht annähernd ausfüllen konnte. Darunter kam eine grün-weiß karierte, ausgeleierte Boxershorts zum Vorschein, aus der seine haarlosen Beine ragten wie Stelzen. Die Füße steckten in ehemals weißen, löchrigen Tennissocken.

Pollack atmete schwer, als ob er gerade eine Stadionrunde im Dauerlauf hinter sich gebracht hätte.

»Ich habe nur ein paar Fragen an Sie.« Der süßliche Geruch wurde stärker. Treidler schaute sich im offenbar einzigen Zimmer der Wohnung um. »Und dafür brauch ich keine Genehmigung.«

An den Wänden hingen Poster von irgendwelchen Muskelmännern, die Treidler nicht kannte. Meist hielten die ihren tief gebräunten Bizeps oder ein anderes muskelbepacktes Köperteil in die Kamera und zeigten ihre gebleichten Zahnreihen. Falls Gregor Pollack einmal so aussehen wollte, hatte er noch viel vor sich. Neben der täglichen Schinderei in einem Fitnessstudio bräuchte er auch viel Fleisch und Eiweiß. Doch Treidler vermutete, dass sogar eimerweise Anabolika nicht ausreichen würden, um aus Pollack einen Typen wie auf den Postern zu machen.

Die Möblierung des Raums bestand aus einem großen Bett mit zerwühlter Leoparden-Bettwäsche und einer umgedrehten Obstkiste als Nachttisch. An der gegenüberliegenden Wand hing ein Flachbildfernseher von der Größe eines Scheunentors, der das Standbild eines Computer-Fußballspiels zeigte. Die Mitte des Raumes nahm eine durchgesessene Couch mit einer zweiten Obstkiste als Tisch ein. Neben einem übervollen Aschenbecher, in dem die Reste einer selbst gedrehten Zigarette schwelten, lag der Controller für eine Spielekonsole.

Und Pollack hatte ihm doch tatsächlich weismachen wollen, dass er gleich in die Berufsschule musste.

An der rückwärtigen Wand entdeckte Treidler eine mikroskopisch kleine Küchenzeile, die entweder kürzlich gereinigt oder noch nie verwendet worden war. Nur einige braune McDonald's-Papiertüten fanden ihren Platz auf den Herdplatten.

Durch ein geöffnetes Fenster neben dem Kühlschrank drang das einzige Licht ins Zimmer. Auf der weißen Fensterbank entdeckte Treidler die dunklen Ränder mehrerer Blumentöpfe und einige Wassertropfen. Und mit einem Mal wusste er, woher der süßliche Geruch stammte.

»Was ist?« Pollack trat von einem Fuß auf den anderen und musterte ihn.

»Dadrunter gehen die Pflanzen ziemlich schnell kaputt.« Treidler deutete mit dem Kinn zur Obstkiste, die als Couchtisch diente. »Die sind sehr empfindlich.« Rillen im Teppichboden zeugten davon, dass die Kiste erst kürzlich verschoben worden war.

»Welche Pflanzen?« Pollack spielte doch tatsächlich den Ahnungslosen.

»Das Marihuana«, entgegnete Treidler so beiläufig wie möglich.

»Marihuana, hier? Wie kommen Sie denn da drauf?« Pollack versuchte, ein unschuldiges Gesicht aufzusetzen. Doch längst hatten ihn seine Augen verraten, als er für einen winzigen Augenblick zur Obstkiste schielte.

»Sollen wir nachschauen?«

Pollack senkte den Kopf.

»Was jetzt?« Treidler konnte nur mühsam ein Grinsen zurückhalten.

»Nein«, kam es leise zurück.

»Dann hören Sie mir jetzt gut zu, Herr Pollack.« Treidler wartete auf eine Reaktion von ihm. Als keine kam, sagte er: »Ich bin nicht von der Drogenfahndung.«

Pollack schaute auf.

»Aber ich möchte auf jede meiner Fragen eine schnelle und vor allem ehrliche Antwort. Die Jungs vom Drogendezernat interessieren sich auch für«, in Gedanken zählte Treidler die Abdrücke auf der Fensterbank, »sechs Marihuana-Kübel.« Er war sich sicher, dass Pollack nach dieser Drohung kooperieren würde. Dass er mit seinem Vorschlag die Dienstvorschriften verletzte, war ihm in diesem Augenblick herzlich egal. »Haben Sie das verstanden?«

Pollack wippte auf seinen Füßen. »Ich lass mich aber nicht *under pressure* setzen.«

Treidler zog die vier Farbausdrucke aus der Hosentasche, die ihm Melchior kopiert hatte, und hielt sie Pollack entgegen. »Kennen Sie jemanden davon?«

Nur zögernd griff der danach. Mit zittrigen Fingern, gelb vom vielen Nikotin, blätterte er durch die Seiten und schaute nach jedem Foto auf. Vermutlich wäre es doch besser gewesen, ihm die Marihuana-Pflanzen abzunehmen. Dann würde nicht nur das Zittern nachlassen, sondern auch die Wahrscheinlichkeit, dass er versehentlich eine der Herdplatten unter den McDonald's-Papiertüten einschaltete.

»Das ist Melanie«, erklärte Pollack nach einer Weile und tippte auf das Foto von Melanie Brugger.

»Sonst noch jemand?«

»Ja.« Er druckste herum.

»Was, ja? Wir haben eine Abmachung.«

»Die hier.« Er deutete auf Svetlana Waganowas Bild. »Die kenn ich auch. Das ist Svetlana.«

»Svetlana, und wie weiter?«

»Weiß ich nicht.« Pollack zuckte mit den Achseln. »Eine Russin oder so. Ich habe sie vor ein paar Wochen unten im Stellwerk kennengelernt. Das war eine echt blöde Kuh.«

»War?« Pollack benutzte die Vergangenheitsform. Wusste er schon von ihrem Tod?

»Ja, war. Warum?«

»Weil sie tot ist.«

»Tot?« Pollack riss die Augen auf.

»Ja, tot.« Treidler glaubte ihm die Überraschung. Pollack sah nicht so aus, als ob er täglich Zeitung las. Trotzdem würde Treidler ihn weiter unter Druck setzen. Womöglich erfuhr er das eine oder andere Detail über Svetlana, das er bisher nicht kannte. »Und wir haben eine Zeugenaussage, dass Sie mit ihr zusammen waren.«

»Ich? Mit der zusammen? Die hat mich überhaupt nicht rangelassen. Nur für die reichen Bonzen hat sie ihre Beine breitgemacht.«

Treidler kniff die Augen zusammen, obwohl er mit einer Aussage wie dieser gerechnet hatte. Nach allem, was er bisher über Svetlana gehört hatte, sah Pollack bei Weitem nicht so aus, als ob er in ihr Beuteschema passte.

»Es stimmt.« Pollack hob die Arme. »Sportwagen war das Mindeste, sonst ist da gar nichts gelaufen. Und ich hab nicht mal einen Führerschein.«

Auch das überraschte Treidler nicht. »Ich glaube Ihnen.«

Pollack atmete erleichtert aus. Er schaute auf und gab ihm die Ausdrucke wieder zurück.

Treidler suchte Wichmanns Konterfei und hielt es ihm vor die Nase. »Und Sie sind sich ganz sicher, dass Sie den hier nie gesehen haben?«

Pollack betrachtete einen Moment das Bild und schüttelte dann den Kopf.

»Stellen Sie sich den Mann mit einer leicht veränderten Frisur vor. Ohne Anzug und Krawatte, vielleicht in Jeans und T-Shirt.«

Pollack schüttelte abermals den Kopf.

Treidler fluchte innerlich. Damit war Wichmann als ihr Hauptverdächtiger nicht mehr zu halten. Aber worauf sollten sie nun ihre Ermittlungen konzentrieren? Auf einen ominösen Gast, den alle nur unter dem Namen Hugo kannten?

»Brauchen Sie mich noch?«, sagte Pollack.

Treidler registrierte erst jetzt, dass er eine Weile nur vor sich hingestarrt hatte. »Nein … ich denke nicht.« Er wandte sich zum Gehen, verharrte jedoch mitten in der Bewegung. »Kennen Sie eigentlich Hugo?«

»Hugo?« Pollack runzelte die Stirn. »Prosecco, Holundersirup, Limetten?«

»Nein, nicht den Cocktail. Ein … Mann aus dem Stellwerk.« Gerade noch konnte Treidler das Wörtchen ›älterer‹ zurückhalten, das Julio Koschwitz benutzt hatte.

»Ach, *den* Hugo meinen Sie.« Pollacks Blick hellte sich auf. »Na klar. Der ist ab und zu auf der Salsa-Dancenight.«

»Können Sie ihn näher beschreiben?«

»Das ist so ein echt reicher Sack mit einem Sportwagen. Er hat eine eigene Firma, irgendwas mit Maschinen oder so. Svetlanas Kragenweite.«

Eigentlich hatte Treidler eine andere Art der Beschreibung erwartet: Körpergröße, Haarfarbe, Statur. Doch diese Aussage war mindestens genauso aufschlussreich. »Hatte Svetlana was mit ihm?«

»Klar. Wenn Hugo da war, hing sie immer bei ihm rum. Meistens sind sie dann zusammen verschwunden.«

»Wissen Sie, wohin?«

Pollack schnaubte. »Wahrscheinlich eine Nummer schieben.«

»Kennen Sie zufällig Hugos richtigen Namen?«

»Nein.« Pollack schüttelte den Kopf, hielt jedoch inne. »Doch, warten Sie. Ich habe mal gehört, wie Svetlana ihn Hansi genannt hat.«

»Hansi? Einfach nur Hansi?«

»Ja, Hansi. Ein ganz schön antiker Name. Aber irgendwie passte der auch zu ihm. Der war ja schon ziemlich alt.«

Treidler verzichtete auf einen Kommentar zu Pollacks Altersschätzung, bedankte sich bei ihm und verließ das Haus.

Die Befragung hatte außer dem Namen »Hansi« nichts gebracht. Aber was hatte er überhaupt erwartet? Dass ihm Pollack den Namen des Serientäters nannte? Möglicherweise existierte dieser Serientäter nur in Melchiors Einbildung, und sie rannten blind einem Gespenst hinterher. Die Ermittlungen drehten sich im Kreis.

Als er sich seinem Mercedes näherte, sah er schon von Weitem den Strafzettel an seiner Windschutzscheibe. Verflucht. Hoffentlich war Petersen gut aufgelegt und konnte die Angelegenheit mit einem Telefonat aus der Welt schaffen. Ansonsten würde er einen ellenlangen Bericht schreiben müssen. Und dann war es weniger nervtötend, wenn er die Strafe einfach selbst bezahlte.

Treidler zog den Strafzettel unter dem Scheibenwischer hervor: fünfzehn Euro für eine halbe Stunde Parken. Das hätte er einfacher haben können. Gerade noch konnte er sich davon abhalten, das Papier zu verknüllen.

Im Wagen stopfte er den Strafzettel kurzerhand ins Handschuhfach und drehte den Zündschlüssel. Anstandslos startete der Motor. Die Werkstatt hatte gute Arbeit geleistet.

In dem Moment, als er losfahren wollte, klingelte sein Mobiltelefon, das noch immer in der Mittelkonsole lag, es war Melchior. Das konnte länger dauern. Er stellte den Motor wieder ab und nahm das Gespräch entgegen. »Hallo, Frau Kollegin. Schon fertig mit der Befragung?«

»Natürlich, ich komme gerade aus Mario di Vincenzos Wohnung.« Melchior klang aufgeregt.

»Und gibt's was Neues?«

»Das kann man wohl sagen«, platzte sie heraus. »Ich habe das Puzzlestück, das Riccarda Seregano mit unserer Mordserie in Verbindung bringt.«

Puzzlestück? Langsam hörte sie sich an wie in einem amerikanischen Fernsehkrimi. »Kommen Sie, Melchior, es gibt keine Mordserie. Bisher jedenfalls nicht. Wir haben lediglich einen Mord und zwei Unfälle. Die Überschneidungen können auch rein zufällig sein.«

»Rein zufällig? Na, dann müssen Sie mir jetzt einen weiteren Zufall erklären.«

»Und der wäre?«

»Ich weiß, was Riccarda Seregano mit dem alten Stellwerk in Verbindung bringt.«

»Und was soll das sein?«

»Sie ist Haushälterin bei einem katholischen Pfarrer. Der heißt …« Ein Rascheln drang aus dem Hörer. »Eberhardt, Paul Eberhardt, und wohnt unten in der Au. Und wir wissen beide, wie man von dort zu Fuß nach Göllsdorf zu Sereganos Wohnung kommt.«

Mit einem Mal war Treidlers Mund wie ausgetrocknet. »Über den Neckartal-Radweg am Bahnhof.«

13

Der Himmel über den Dächern der alten Reichsstadt hatte sich verdunkelt, und die ersten Blitze zuckten am Horizont. Die Luft dampfte förmlich, aber bisher schaffte es kein Regentropfen bis auf den Boden. Gleichwohl war der herannahende Regen bereits zu riechen.

Treidler hatte die Seitenscheibe seines Mercedes heruntergekurbelt und stand im Stau vor der Hauptkreuzung. Er wusste nicht, zum wievielten Mal der Verkehr stillstand, um sich gleich darauf wieder ein paar Meter voranzuschieben.

Zwar hatte Mario di Vincenzo Riccarda mit den kurzen Haaren auf dem pixeligen Tatortfoto nicht erkannt, dafür aber kannte er ihren Namen. Die beiden hatten sich schon vor Jahren in einem italienischen Kulturverein kennengelernt und herausgefunden, dass sie in Kalabrien, nur wenige Kilometer voneinander entfernt, geboren worden waren. Über Paul Eberhardt hatte Melchior bereits in Erfahrung gebracht, dass er seit bald zehn Jahren Pfarrer der Rottweiler Marienkirche war. Unter seiner Wohnadresse hatte sie ihn telefonisch nicht erreichen können.

Eigentlich hätte Melchior Eberhardt gerne zu Riccarda Seregano befragt. Doch sie musste zur Staatsanwaltschaft, da noch eine Unterschrift zu den Exhumierungen fehlte. So hatte Treidler sich bereit erklärt, der Marienkirche einen Besuch abzustatten. Vielleicht würde er ja dort Eberhardt antreffen. Nicht dass er sich von der Befragung des Pfaffen allzu viel erhoffte, aber immer noch besser, als Melchior zu dieser Liebermann-Dingsbums zu begleiten. Außerdem wollte Treidler wissen, ob Riccarda tatsächlich den Neckartal-Radweg als Arbeitsweg benutzt hatte. Melchiors Serientäter-Theorie war inzwischen nur noch schwer von der Hand zu weisen. Wieder mal hatte sie ganze Arbeit geleistet.

Nach einer weiteren Viertelstunde unerträglicher Kriecherei durch die Rottweiler Innenstadt stellte Treidler seinen Mercedes kurzerhand vor dem Eingangsportal der Marienkirche ab und stieg aus. Er blickte hoch zum Kirchturm: Viertel nach zwei. Sein Magen knurrte. Und im Gegensatz zur Befragung des Pfaffen konnte sein Hunger nicht mehr warten.

Treidler hastete in das gegenüberliegende Stehcafé und betrachtete das Angebot: Brötchen mit unterschiedlichen Belägen, Pizzastücke sowie Quarktaschen, Berliner und ein halbes Dutzend andere Zuckerbomben. Er deutete auf zwei belegte Sesambrötchen mit Käse und Ei. Die mollige Verkäuferin quittierte seine Bestellung mit einem breiten Lächeln. Eine Kreidetafel an der Wand hinter der Theke pries eine sogenannte »Morgenlatte« an. Ein derartiges Angebot konnte nur aus der Feder einer Frau stammen. Glücklicherweise war der Morgen vorbei. Er grinste in sich hinein.

»Bekomme ich nachmittags auch einen ganz normalen Kaffee?«, fragte Treidler vorsichtig.

Die Verkäuferin zögerte einen Moment, schenkte ihm dann aber sofort wieder ihr pausbäckiges Lächeln. »Natürlich. Groß, mittel oder klein?«

Treidler entschied sich für mittel. Und tatsächlich schob die Verkäuferin wenig später ein schwarzes Gebräu über die Theke, das verdammt gut nach Kaffee roch.

Er trat an einen Stehtisch mit Blick auf die Straße und sah zur Marienkirche. Der Regen der letzten Jahrzehnte hatte dunkle Spuren auf der gekalkten Fassade entstehen lassen. Nie hätte er sich träumen lassen, jemals in einer Kirche eine Befragung durchführen zu müssen. Treidler versuchte sich daran zu erinnern, wann er überhaupt das letzte Mal eine Kirche von innen gesehen hatte. Die Hochzeit eines entfernten Cousins? Das musste zehn, wenn nicht gar zwanzig Jahre her sein. Und als Tourist hatte er um sakrale Bauten immer einen großen Bogen gemacht.

Die ersten bleibenden Erinnerungen an die katholische Kirche kamen ihm in den Sinn. Es musste die zweite oder dritte Klasse der Grundschule im Religionsunterricht gewesen sein. Als Aufgabe hatten sie die Arche Noah malen sollen. Und er konnte verdammt gut malen: Menschen, Tiere, sogar Gesichter. Er malte die Arche Noah, schöner als alle anderen. Trotzdem bekam er vom damaligen Pfarrer, an dessen Name er sich nicht mehr erinnern konnte, eine Strafarbeit. Und dabei hatte er nur »USS Enterprise« auf den

Rumpf des Schiffes geschrieben. Heute hätte er vermutlich einen Kreativ-Punkt dafür erhalten. Doch damals war die Zeit noch nicht reif gewesen für eine Arche Noah unter dem Kommando von Captain James T. Kirk und Mister Spock.

Treidler blickte zum Himmel. Dichte dunkle Wolken standen über dem Kirchturm. Falls er trockenen Fußes in die Kirche kommen wollte, musste er sich beeilen. Das zweite Sesambrötchen mit Käse lag noch unangetastet neben ihm. Er griff danach und biss hinein.

Nach dieser ersten Erfahrung mit Captain Kirks Arche Noah hatte er auf die Bitte seiner Mutter hin der katholischen Kirche nochmals eine Chance gegeben und war Ministrant geworden. Allerdings konnte Treidler bis heute nicht sagen, welcher Teufel ihn bei dieser Entscheidung geritten hatte. Denn dieses Kapitel war sehr bald schon zu einem Ende gekommen. Spätestens als er herausgefunden hatte, dass er dazu jeden Sonntagmorgen um acht Uhr aufstehen und in der Kirche den qualmenden Weihrauchbehälter vor sich hin und her schwenken musste.

Böiger Wind kam auf und wirbelte Staub und Blätter von der Straße herein. Die mollige Verkäuferin murmelte etwas von »umegliches Wätter« und brachte den Stapel Berliner auf der Verkaufstheke in Sicherheit. »Solli die Dier zumacha?«, fragte sie und verzog ihr Gesicht erneut zu diesem pausbäckigen Lächeln.

Treidler schüttelte den Kopf. »Geht schon, danke.«

Draußen auf den hellen Pflastersteinen des Gehwegs zeugten die ersten kreisrunden schwarzen Flecken davon, dass es angefangen hatte zu regnen. Es wurde Zeit zu gehen.

Treidler nickte der Verkäuferin zu und verließ das Stehcafé. Er eilte über die Straße zur Eingangspforte der Marienkirche und drückte die schwere Tür auf. Sogleich empfing ihn der Mief des alten Gemäuers und – wie konnte es anders sein: der Geruch von Weihrauch. Und noch immer verabscheute er diesen Geruch.

Wie ein Donnerschlag knallte die armdicke Eingangstür aus Eiche ins Schloss. Treidler schrak zusammen. Dann herrschte Stille. Nur gedämpft drang der Lärm des Straßenverkehrs an sein Ohr.

Mit einem leichten Unbehagen betrat er den Steinboden des Mittelschiffs. Ohne die Sonnenstrahlen schluckten die bunten

Kirchenfenster das ohnehin nur spärlich vorhandene Tageslicht. Auch die zahllosen Kerzen, die unterhalb einer Heiligenfigur auf einer Lichterbank flackerten, schafften es nicht, das Halbdunkel zurückzudrängen. Vier mächtige Säulen trennten die Bankreihen von den finsteren Seitenschiffen rechts und links. Es war wärmer, als er vermutet hatte. Noch immer hing die Hitze der letzten Tage in den dicken Mauern. Vermutlich würde es noch eine Weile dauern, bis sie sich abgekühlt hatten.

Wo könnte Eberhardt sich aufhalten? Auf den ersten Blick befand sich niemand in der Kirche. Sofern Treidler seine Erinnerung nicht täuschte, gab es in jeder Kirche in Altarnähe einen Durchgang zur Sakristei, in der sich Pfarrer, Messdiener und Ministranten auf die Messe vorbereiteten.

Auf halbem Weg zwischen den Bankreihen Richtung Altar vernahm er rechts von sich ein Flüstern. Treidler hielt inne, stierte in das Halbdunkel des Seitenschiffes und entdeckte eine Tür in der Holzeinfassung. Dann sah er zwei weitere Türen und lilafarbene Vorhänge. Hinter den Türen befand sich der Beichtstuhl der Marienkirche. Und es gab keinen Zweifel: Das Flüstern kam von dort.

Offenbar war Eberhardt gerade dabei, eine Beichte abzunehmen. Treidler hasste Beichten. Vor allem hasste er es, darauf zu warten. Er fluchte leise vor sich hin und ließ sich auf einer Bank in der Nähe des Beichtstuhls nieder.

Seine letzte Beichte hatte mit einer Ohrfeige geendet. Er war damals vierzehn gewesen und hatte sich mit ein paar anderen Kindern die Füße in den Bauch gestanden. Alle waren sie voller Hoffnung, nicht allzu viele Vaterunser für die Seelenreinigung herunterleiern zu müssen. Aus diesem Grund hatte Treidler sich auch nur ein paar der einfacheren Sünden, die an diesem Tag herumgereicht wurden, auf seinen Zettel geschrieben. Bis heute wusste er nicht, weshalb der Pfarrer aus dem Beichtstuhl gestürmt war und ihn geohrfeigt hatte. Der mitleidige Blick der Mädchen und das Gelächter der anderen Jungs waren ihm gewiss. Eine Kirche hatte Treidler danach für Jahre nicht mehr betreten.

Im Beichtstuhl vor ihm regte sich noch immer nichts. Der Zettel dieses Beichtenden schien deutlich länger zu sein als seiner damals.

Nach weiteren fünf Minuten war Treidler die Lust an der Warterei endgültig vergangen. Er stand auf. Sollte sich doch Melchior um den Pfaffen kümmern. Da öffnete sich eine der Türen, und der lilafarbene Vorhang schwang zur Seite. Doch statt dass ein Pfarrer auf ihn zustürmte und ihm eine Ohrfeige verpasste, geschah überhaupt nichts. Dann erschien ein Gehstock, der den Boden abtastete. Dem folgte ein Schuh, schließlich eine ältere Frau in einem für die Jahreszeit viel zu warmen braunen Wollmantel. Sie hatte ihre weißen Haare mit einem Netz zu einem Dutt zusammengebunden. Ohne von Treidler Notiz zu nehmen, schlurfte sie in gebückter Haltung auf eine nahe Bank und kniete nieder.

Jetzt knarrte auch die andere Tür und schwang auf. Heraus trat ein hochgewachsener Mann mit rotblonden halblangen Haaren. Das musste Paul Eberhardt sein, der Pfarrer der Marienkirche. Er trug eine schwarze Soutane mit weinroter Schärpe. Als er Treidler entdeckte, faltete er seine mächtigen Hände vor der Brust und sagte in einem beinahe väterlichen Tonfall: »Oh, wir haben noch einen Kunden.«

Treidler hatte keine Ahnung, wen Eberhardt mit ›wir‹ meinen könnte. Um keinerlei Missverständnisse aufkommen zu lassen, schüttelte er schnell den Kopf. »Nein.«

Eberhardt zog die Stirn in tiefe Falten, sodass sich seine daumendicken rotblonden Augenbrauen wie Raupen aufeinander zubewegten.

Treidler hätte nicht sagen können, was ihn an Eberhardt mehr überraschte: die halblangen Haare oder das junge Alter. Er schätzte ihn auf höchstens Anfang vierzig. Hatte Koschwitz diesen Hugo aus dem alten Stellwerk nicht als Typen mit halblangen blonden Haaren mittleren Alters beschrieben? Blond und Rotblond lagen nicht so weit auseinander, besonders im Halbdunkel des alten Stellwerks. Auch die Körpergröße könnte hinkommen. Aber ein Pfarrer, der sich freitagnachts auf der Salsa-Dancenight herumtrieb und mit jungen Frauen Cocktails trank? Ein eher unwahrscheinliches Szenario, und außerdem fehlte Eberhardt der Bauchansatz. Doch in seiner zwanzigjährigen Tätigkeit bei der Kriminalpolizei hatte Treidler die Erfahrung gemacht, dass man erst etwas ausschließen sollte, wenn man das Gegenteil beweisen konnte.

Rein äußerlich hatte Eberhardt keinerlei Ähnlichkeit mit den Geistlichen, die Treidler aus seiner Jugendzeit kannte. Eberhardt stellte eher das genaue Gegenteil dar: sportliche Figur, helle, wache Augen und freundliches Auftreten. Womöglich trainierte er täglich in einem Fitnessstudio.

»Hauptkommissar Wolfgang Treidler, Kriminalpolizei Rottweil.« Treidler hatte keine Ahnung, wie er den Pfarrer korrekt ansprechen sollte. Nachname oder Berufsbezeichnung? Er räusperte sich. »Herr Pfarrer Eberhardt, ich untersuche den … äh, den Tod von Riccarda Seregano.«

Kaum hatte Treidler den Namen von Eberhardts ehemaliger Haushaltshilfe erwähnt, erschien ein trauriger Zug um seinen Mund. Er nickte leicht.

»Es gibt neue Erkenntnisse, die, sagen wir mal … die ein paar Fragen aufwerfen. Können wir uns hier irgendwo unterhalten?«

»Ja, natürlich, folgen Sie mir bitte. In der Sakristei sind wir ungestört.« Eberhardt deutete in Richtung des Altars.

Er ging mit schnellen Schritten voran, und erst jetzt sah Treidler die neongelben Adidas-Turnschuhe unter seiner Soutane. Eberhardt ging durch eine unscheinbare Tür, die in einen kleinen dunklen Nebenraum führte. Drinnen gab es nur ein winziges Kassettenfenster, das kaum Licht hereinließ. Treidler beschlich ein Gefühl, das er nicht genau beschreiben konnte. Es lag irgendwo zwischen Beklemmung und Abneigung.

Eberhardt betätigte den Lichtschalter, zwei Neonröhren blinzelten auf, und die Sakristei verlor schlagartig ihre geheimnisvolle Atmosphäre.

Bis auf eine Seite standen an allen Wänden Regale oder Schränke in dunklem Nussbaumholz. Ein Schrank, dicht gefüllt mit bunten Kirchengewändern für verschiedene Anlässe, war offen. In den Regalen entdeckte Treidler Dutzende teils verstaubte Bücher, die sich auch gut in einem Antiquariat machen würden. An der freien Wand hing ein hölzernes Kreuz von der Größe eines Strommastes. Direkt darunter standen zwei Stühle vor einem Tisch mit diversen Kirchenutensilien wie Altarleuchter, silberne Pokale, Kerzenständer, Weihrauchgefäße und Weinflaschen. Eigentlich sah alles aus wie zu Treidlers Zeiten als Ministrant. Bis auf die Menge und die Herkunft des Weins. Der damalige Pfarrer hatte kistenweise Bischoffinger Müller-Thurgau, Spätlese halbtrocken, getrunken. Eberhardt hingegen schien Orvieto zu bevorzugen. Und ihm reichten offenbar zwei Flaschen des italienischen Weißweins.

Ein Gegenstand allerdings wollte überhaupt nicht in den Raum passen: ein feuerrotes Rennrad mitsamt Radhelm, das den Platz vor der rechten Schrankwand einnahm.

»Ich fahre jeden Tag mit dem Rad zur Arbeit«, erklärte Eberhardt, als er Treidlers Blick bemerkte. »Auch wenn's regnet, so wie jetzt.« Er warf einen missmutigen Blick durch das Kassettenfenster. »Ich trainiere auf den Stausee-Triathlon in Schömberg. Das ist zwar einer der kleineren, aber trotzdem, Ende September muss ich so weit sein.«

Treidler nickte. »Kommen wir zu Frau Seregano. Sie war Ihre Haushälterin?«

»Über drei Jahre lang.« Erneut erschien auf Eberhardts Gesicht dieser traurige Zug. »Eigentlich gehöre ich zu der Generation Männer, die gut für sich selbst sorgen kann. Aber die Diözese besteht darauf, dass ich mir eine Haushaltshilfe nehme.«

»Besteht darauf? Tatsächlich?« Treidler dachte an den Berg ungemachter Wäsche, der zu Hause auf ihn wartete, und das eintönige Essen, das er sich seit Jahren selbst kochte. Schade, dass die Polizeidirektion Rottweil nicht auch auf eine Haushaltshilfe für alleinstehende Polizisten bestand.

Eberhardt nickte. »Sonst gibt es den Zuschuss nicht.«

Eigentümliche Argumentation. Anscheinend gab es trotz der Kostenexplosion beim Bau des Limburger Bischofssitzes immer noch genügend Kirchensteuer, die ausgegeben werden musste. Und für die Wohltätigkeit der Kirche gab es schließlich Spenden.

»Sie sagten, Sie haben ein paar Fragen.« Eberhardt zupfte am Kragen seiner Soutane.

»Nach unseren Informationen wohnte Frau Seregano in Göllsdorf. Wissen Sie, wie sie hierher zur Arbeit kam?«

»Sie ist meist zu Fuß gegangen. Es ist ja nicht weit auf dem Radweg von Göllsdorf hierher.«

Melchiors Vermutung stimmte schon mal. Der Neckartal-Radweg stellte die Gemeinsamkeit bei allen drei Opfern dar. Treidler zog die Farbausdrucke aus seiner Hosentasche und hielt sie ihm hin. »Schauen Sie sich bitte die Fotos an. Kennen Sie jemanden darauf?«

Eberhardt blätterte durch die Bilder. Nur bei einem stockte er. Treidler musste nicht hinschauen, um zu wissen, wen er sich genauer ansah.

»Ja, das ist Riccarda.« Eberhardt legte Sereganos Foto obenauf und gab sie Treidler zurück. »Sonst kenne ich niemanden.«

»Sie waren per Du?«

»Natürlich, warum nicht?« Die Antwort kam viel zu schnell und viel zu laut. Treidler würde ein Monatsgehalt darauf verwetten, dass Eberhardt und Seregano noch ein ganz anderes Verhältnis gehabt hatten. Zwar lebte Eberhardt nicht mit seiner Haushälterin zusammen wie viele andere Pfarrer, aber das hatte nichts zu bedeuten.

»Solche Fragen sind leider unvermeidlich.« Treidler zuckte mit den Schultern. »Wir müssen uns ein möglichst umfassendes Bild von Frau Seregano machen.«

Trotz Treidlers Beschwichtigung entspannten sich Eberhardts Gesichtszüge nicht. Sein Blick blieb ernst, seine Augen wachsam. Er hatte etwas zu verbergen und Angst, dass es jemand ans Tageslicht zerren könnte.

»Ich muss Sie das jetzt fragen, Herr Eberhardt.« Treidler zögerte einen Moment. »Hatten Sie und Riccarda Seregano ein Verhältnis miteinander?«

»Ich?« Eberhardt tippte sich auf die Brust. »Nein, natürlich nicht.«

Du sollst nicht lügen. Treidler nickte. »Gut, dann hätten wir das geklärt.«

Eberhardt zupfte am weißen Kragen unter seiner Soutane und zog ihn schließlich ganz heraus.

»Wann haben Sie Frau Seregano zuletzt gesehen?«

»Das habe ich damals schon alles der Polizei erzählt.« Eberhardt wollte offenbar seine Nervosität mit dieser empörten Antwort überspielen.

»Das kann schon sein, aber ich möchte es trotzdem noch einmal von Ihnen hören.«

Eberhardt seufzte. »Das war an diesem Freitagnachmittag. An dem Wochenende, bevor ihre … ihre Leiche gefunden wurde.«

»Hat sie sich an diesem Tag anders verhalten als sonst?«

»Wie meinen Sie das?« Eberhardt lehnte sich an den Tisch.

»Nun ja, war sie nervös, beunruhigt, besonders nett oder irgendwie anders, was auf eine Veränderung in ihrem Leben hindeuten könnte?«

Das erste Mal schien Eberhardt nachzudenken. Oder vielleicht wollte er nur Zeit gewinnen für seine Antwort. »Nicht dass ich wüsste«, entgegnete er nach einer Weile.

»War Frau Seregano mit jemandem befreundet, hatte sie vielleicht sogar eine Beziehung?«

»Ja.« Wieder kam Eberhardts Antwort viel zu schnell und viel zu laut.

»Was, ja? Befreundet oder eine Beziehung?«

»Sie hat mir einmal erzählt, dass sie jemanden kennengelernt hat. Hans hieß er wohl. Er soll ein Geschäftsmann aus Rottweil gewesen sein.«

»Wann war das?« Pollacks Hansi und dieser Hans mussten ein und dieselbe Person sein.

Eberhardt runzelte die Stirn. »Das war irgendwann im Frühjahr. Ein paar Wochen vor ihrem Tod.«

»Kennen Sie den Nachnamen von diesem Hans?«

Eberhardt schüttelte den Kopf.

»Gab es jemanden, mit dem sie sich kurz vor ihrem Tod gestritten hat? Hatte sie womöglich Feinde?«

»Feinde? Riccarda? Das kann ich mir beim besten Willen nicht vorstellen.« Er löste sich von der Tischplatte und knöpfte die Soutane auf. Ein buntes Rad-Trikot kam zum Vorschein.

»Und außer diesem Hans hatte sie keine anderen Bekannten hier in Rottweil? Das ist schon ungewöhnlich. Sie war eine junge, hübsche Frau.«

»Nicht dass ich wüsste.« Eberhardt zog die Soutane ganz aus. Über seinen muskulösen Oberschenkeln spannte sich eine schwarze Radlerhose.

Du sollst nicht lügen. »Kennen Sie einen Mario di Vincenzo aus Florheim?«

Eberhardt legte seine Soutane über die Stuhllehne und strich sie glatt. »Nein, wer soll das sein?«

»Jemand aus dem alten Stellwerk.«

Eberhardt reagierte nicht auf das Wort »Stellwerk«. Entweder hatte er sich so unter Kontrolle, oder er kannte die Kneipe unten am Bahnhof tatsächlich nicht.

»Haben Sie noch weitere Fragen? Ich muss gleich noch zum Schwimmen. Sie wissen ja, der Triathlon.«

Treidler schüttelte den Kopf. »Nein, das sollte es fürs Erste gewesen sein. Aber ich muss Sie bitte, sich zur Verfügung zu halten.«

Eberhardt schaute ihn mit einer Mischung aus Erleichterung und Besorgnis an. »Verdächtigen Sie mich etwa?«

»Sollte ich?«, gab Treidler zurück.

Eberhardt nahm den neongelben Radhelm vom Lenker und zog ihn über. Er schloss den Gurt am Kinn, zurrte ihn fester. »Natürlich nicht«, sagte er dann.

Nichts mehr an dem Mann erinnerte an einen Geistlichen. Treidler bedankte sich und spazierte aus der Sakristei. Hinter sich vernahm er das charakteristische Klicken, als Eberhardt sein Fahrrad ebenfalls nach draußen schob.

Als er den Beichtstuhl passierte, sah er die ältere Dame mit dem Dutt wieder. Noch immer kniete sie in der Bank und murmelte Rosenkränze vor sich hin.

Er trat auf den Vorplatz der Marienkirche. Der Regen hatte bereits wieder nachgelassen, es nieselte nur noch leicht. Treidler wusste nicht, was er von der Unterhaltung mit Eberhardt halten sollte. Wie er schon vermutet hatte, konnte der Pfaffe wenig zur Aufklärung des Falles beitragen. Aber womöglich hatten sie mit ihm einen neuen Verdächtigen. Nicht für alle drei Morde, aber vielleicht für den an Riccarda Seregano. Denn bei einem war sich Treidler sicher. Eberhardts Beziehung mit ihr ging weit über ein klassisches Angestelltenverhältnis hinaus. Vielleicht kam er mit ihrem neuen Verhältnis zu diesem Hans nicht klar. Eifersucht war ein starkes Motiv. Bestimmt auch bei Geistlichen.

14

Donnerstag, 22. Juni – Zwei Tage bis zur Johannisnacht

»Der Neckarteufel geht um!« Die Schlagzeile der Tageszeitung vor seiner Nase sprang ihm förmlich ins Auge. Im ersten Moment kam Treidler der Bi-Ba-Butzemann in den Sinn und der Gedanke, dass Liebermann-Baumgartner sich mit dem Zeitungsartikel lediglich einen Scherz erlaubt hatte. Doch schon nach der ersten Zeile begriff er, dass es der Staatsanwältin und dem Autor des Artikels bitterer Ernst war. Der schrieb nicht nur von den drei toten Frauen am Neckar, sondern verwendete zum ersten Mal öffentlich den Begriff ›Serienmörder‹ im Zusammenhang mit der Stadt Rottweil. Und zu allem Übel prangte im oberen Teil der Seite ein handtellergroßes Foto von der Primmündung mit Svetlana Waganowas Leiche im Hintergrund. In ihrer Nähe hantierte ein halbes Dutzend Beamte in weißen Einweg-Overalls und mit Mundschutz.

Treidler schaute hoch und blickte in das vorwurfsvolle Gesicht von Liebermann-Baumgartner. Sekunden zuvor war sie wie eine Furie ins Büro gestürmt und hatte ihm die Zeitung auf den Schreibtisch geknallt – nicht Melchior, sondern ihm. Als ob er persönlich für die Berichterstattung des Schwarzwald-Kuriers an diesem Morgen verantwortlich wäre. Auch interessierte es sie überhaupt nicht, dass er in diesem Moment Melchior von seiner Vermutung über das Verhältnis zwischen Eberhardt und Seregano berichtet hatte. Wie er es hasste, so unterbrochen zu werden. Was glaubte die blöde Kuh eigentlich, wen sie vor sich hatte?

»Wer war das?«, fragte sie nun zum zweiten Mal und stemmte die Fäuste in die Hüften wie ein Preisboxer. Es hörte sich an, als ob sie sich nicht nochmals wiederholen würde, bevor ihr der Kragen der rosafarbenen Bluse unter dem dunkelblauen Nadelstreifen-Kostüm platzte.

»Wer war was?« Treidler schob die Zeitung beiseite und bemühte sich, betont desinteressiert zu wirken, obwohl er selbst auf hundertachtzig war. Nicht wegen des Artikels, sondern wegen des Fotos. Am liebsten würde er dem Fotografen den Hals umdrehen.

Mit versteinertem Gesichtsausdruck deutete Liebermann-Baumgartner auf die Zeitung.

Treidlers Blick blieb an dem roten Plastikkugelschreiber hängen, der halb verdeckt von der Zeitung auf seinem Schreibtisch lag. Er griff danach und drehte ihn in der Hand. »Fußball-WM der Frauen 2011«, stand darauf. Woher zum Teufel stammte dieses Ding überhaupt?

»Herr Treidler, stellen Sie sich nicht dämlicher, als Sie sind. Wieso weiß der Schwarzwald-Kurier von den beiden Exhumierungen? Die wurden doch vorgestern erst beantragt.« Liebermann-Baumgartner kniff die Augen zusammen, sodass ihr Gesicht noch eine Spur finsterer wirkte.

Treidler schraubte ein paarmal Hülse und Spitze des Kugelschreibers auseinander und wieder zusammen. Da knackte das Plastik. Mine, Feder und Druckknopf sprangen heraus und landeten auf der Schreibtischunterlage.

»Jetzt ist er kaputt.« Treidler ließ Spitze und Hülse fallen. Sie kullerten umher und blieben neben den anderen Einzelteilen des Kugelschreibers liegen.

Liebermann-Baumgartner reagierte nicht.

Treidler griff nach der Spitze des Kugelschreibers und hielt sie wie ein Fernrohr vors Auge. Er schaute hindurch und konnte durch das kleine Loch für die Mine tatsächlich die Rottweiler Straßenkarte an der Wand erkennen.

»Herr Treidler! Ich habe Sie etwas gefragt.«

»Und ich habe Sie gehört.«

Er richtete die Spitze auf Melchior, die hinter ihrem Schreibtisch saß und wie ein tadelnder Lehrer immer wieder den Kopf schüttelte.

Liebermann-Baumgartner schlug mit einem lauten Klatschen auf seine Schreibtischplatte. Die einzelnen Teile des Kugelschreibers hüpften umher. »Verdammt, legen Sie endlich das blöde Ding weg und antworten Sie mir: Woher haben die das?«

»Was weiß ich?« Treidler nahm die Spitze vom Auge und sah auf. »Fragen Sie doch den verdammten Schwarzwald-Kurier. Die Schober vom Sekretariat kann Ihnen bestimmt die Nummer raussuchen.«

Liebermann-Baumgartner atmete geräuschvoll aus. Sie hörte sich an wie ein Dampfkochtopf, der kurz vor der Explosion stand.

Es wurde Zeit, dass er eine halbwegs vernünftige Antwort gab, sonst würde sie ihm die Spitze des Kugelschreibers noch ins Auge rammen. Er schob die anderen Teile zusammen, legte die Spitze daneben und fixierte Liebermann-Baumgartner. »Können Sie sich das nicht denken?«

»Was denken?«

»Von den Exhumierungen wussten nur Melchior, ich und«, Treidler klopfte mit den Fingern einen Trommelwirbel auf die Tischplatte, »die Staatsanwaltschaft.«

»Was soll das heißen?«

»Vielleicht beginnen Sie zuerst in *Ihrer* Behörde mit den Nachforschungen. Das sollte es heißen. Womöglich braucht da jemand etwas Taschengeld.«

Liebermann-Baumgartner nahm die Fäuste von den Hüften und schnaufte wie ein Marathonläufer beim Zieleinlauf.

Treidler steckte Mine, Feder und Druckknopf zusammen, drückte sie in die Kugelschreiberspitze und schraubte die Hülse daran fest. Wider Erwarten fielen die beiden Teile nicht auseinander. Er betätigte ein paarmal den Druckknopf und hielt dann den Kugelschreiber hoch. »Doch nicht kaputt.« Betont langsam legte er den Stift beiseite. »Sie haben Ihre Antwort. Und jetzt lassen Sie uns weiterarbeiten.« Er versuchte sich an einem Lächeln.

»Verdammt, Treidler, Sie können mich mal.« Liebermann-Baumgartner drehte sich um und stapfte in ihren dunkelblauen hochhackigen Schuhen aus dem Büro.

Der eng anliegende, knielange Rock stand ihr. Wenn sie nicht so ein unerträgliches Scheusal wäre, würde er ihr glatt nachschauen. Treidler wandte seinen Blick ab.

»So sammeln Sie keine Punkte bei ihr.« Melchior kam hinter ihrem Schreibtisch hervor. Erst jetzt erkannte Treidler, dass ihre Jeans ein verschnörkeltes Blumenmuster aufwies. Obwohl sie schon seit einer halben Stunde im Büro saß, hatte sie immer noch eine Lederjacke an und den Kragen über ihr buntes Halstuch geschlagen. Vermutlich war es ihr bei Temperaturen von zwanzig Grad bereits zu kalt.

»Wer sagt, dass ich bei der Punkte sammeln will?« Treidler ballte die Fäuste. »Nur weil diese blöde Kuh studiert hat, meint sie, dass sie mich von oben herab behandeln kann. Verfluchte Legum-Baccara-Scheiße. Die kann mich mal.«

»Legum Baccalaureus.« Melchior musterte ihn. »Sie sollten gelassener werden, Treidler.«

Er knallte die Faust auf den Tisch. »Ich bin gelassen, verdammt.« Hülle und Spitze des Kugelschreibers sprangen auseinander. Mine, Druckknopf und Feder schlitterten umher.

Melchior grinste. »Natürlich. Ich kann es ganz deutlich sehen.«

»Machen Sie sich ruhig lustig über mich.« Seine Wut über die Verdächtigungen der Staatsanwältin ließ allmählich nach. Nicht jedoch der Zorn auf den Fotografen.

»Würde ich mich nie trauen.« Mit einem Augenzwinkern deutete Melchior einen Schwur an. Dann nahm sie sich die Zeitung und lehnte sich an seinen Schreibtisch.

Treidler versuchte derweil, den Kugelschreiber wieder zusammenzusetzen. Doch diesmal hatte er kein Glück: Hülse und Spitze ließen sich nicht mehr zusammenschrauben.

»Das hier sollten wir ernst nehmen«, sagte Melchior nach einer Weile. »Die sind ziemlich nah dran. Die Namen der drei toten Frauen, das mit dem Rattengift Cumarin, sogar von der Neckargeist-Sage ist in diesem Artikel die Rede. Woher zum Teufel wissen die das alles?«

Treidler positionierte seinen Papierkorb unterhalb der Tischkante und kehrte mit der Hand die einzelnen Teile des Kugelschreibers hinein. Er gab dem Papierkorb einen Fußtritt, sodass er wieder an seinem Platz landete. »Ich denke, von den Anträgen zur Exhumierung der beiden Toten.«

»Aus dem Büro der Staatsanwaltschaft?« Melchior ließ die Zeitung sinken.

»Habe ich ja schon der Liebermann-Dingsbums gesagt. In diesen Scheiß-Anträgen steht alles drin. Bis auf das mit diesem idiotischen Neckargeist.«

»Und das Foto? Das wurde aufgenommen, bevor wir am Fundort der Leichen angekommen sind. Sie wissen noch, wegen Ihrer Wagenpanne am Viadukt. Nur die von der KTU sind zu sehen.«

Melchior runzelte die Stirn. »Wer hat diesem Journalisten überhaupt Zugang zum Tatort gewährt? Das kann nichts mit einer undichten Stelle im Büro der Staatsanwaltschaft zu tun haben.«

»Stimmt. Aber dieser Fotograf hatte keinen Zugang zum Tatort. Das Foto ist mit einem Teleobjektiv von der anderen Neckarseite aus gemacht worden. Und dort war garantiert nicht abgesperrt.«

»›Bild Ko Jak‹, steht hier. Ist das sein Kürzel?« Melchior legte die Zeitung wieder auf den Schreibtisch.

»Konrad Jakobs.« Ein Mann, den er zu gut kannte.

»Hält sich wohl für Kojak.« Melchior schob sich eine Strähne hinters Ohr.

»Sie kennen Kojak?«

Melchior hob die Augenbrauen. »Treidler, Westfernsehen gab es bei uns auch schon in den Siebzigern.«

»Na gut. Jedenfalls tut dieser Jakobs sein Möglichstes, damit er so aussieht wie Telly Savalas.«

»Kennen Sie ihn schon lange?«

»Klar. Und Sie wollen jetzt von mir wissen, warum er so schnell unten an der Primmündung war, richtig?« Genau das wüsste er auch gerne. Womöglich konnte Jakobs tatsächlich etwas zu dem Fall beitragen. Und außerdem hatte Treidler noch eine Rechnung mit ihm offen. Schon früher hatte Jakobs Fotos gemacht, die er einfach nicht machen sollte.

Melchior nickte.

»Gleich?«

Melchior kramte in ihrer Jackentasche.

»Aber ich fahre.« Treidler griff nach seinem Autoschlüssel.

Vor etlichen Jahren hatte Treidler Konrad Jakobs als Reporter für Lokalsport auf dem Fußballplatz kennengelernt. Wie Kojak aus der amerikanischen Krimiserie trug der schon damals eine dunkle Piloten-Sonnenbrille und bedeckte seine Glatze mit einem schwarzen, etwas zu kleinen Filzhut. Als Kojak-Double fehlte ihm lediglich ein Lolli. Inzwischen musste er Mitte fünfzig sein.

»Ist dieser Jakobs auch beim Schwarzwald-Kurier?«, fragte Melchior, nachdem sie die Stadtgrenze hinter sich gelassen hatten.

Treidler schüttelte den Kopf. »Seit ein paar Jahren nicht mehr. Er hat heute eine Agentur namens Neckar-Press-Services.«

»Das heißt, er macht Fotos und verkauft sie dann an den Meistbietenden?«

»Oder an mehrere. Seine Fotos finden Sie vermutlich auch in anderen Magazinen oder Zeitungen. Einmal hat er es sogar bis ins Regionalfernsehen geschafft.« Bis heute hatte Treidler nicht herausgefunden, mit wessen Hilfe Jakobs den Aufstieg vom relativ erfolglosen Sportreporter zum Fotoreporter mit eigener Agentur fertiggebracht hatte.

»Ist seine Agentur erfolgreich?«

»Ich weiß nicht, wie viel Gewinn er macht oder ob er überhaupt Angestellte hat. Aber seit ein paar Jahren gelingt es ihm immer wieder, im richtigen Augenblick zur Stelle zu sein und das entscheidende Foto zu schießen.« Treidler bremste leicht, weil ein Sattelschlepper mit Stahlrohren vor ihm auf die Straße einbog.

»Dann hat er einen Informanten. Vielleicht sogar bei uns auf der Polizeidirektion.«

»Vermutlich.« Der Sattelschlepper vor ihm fuhr so langsam, dass Treidler einen kleineren Gang einlegen musste.

»Und deswegen wollen Sie ihn besuchen. Nicht wegen des Fotos im Schwarzwald-Kurier von heute.«

Treidler nickte und lenkte seinen Mercedes etwas auf die Gegenfahrbahn. Bis zur nächsten Kurve kam kein Auto.

»Der Mordprozess gegen Sie, letztes Jahr?«

Treidler musste nicht hinschauen, um zu wissen, dass sie ein vorwurfsvolles Gesicht machte.

Er setzte den Blinker und gab Gas. Im nächsten Augenblick tauchte ein dunkler Sportwagen in der Kurve auf und raste auf ihn zu.

»Verdammt!« Er bremste scharf ab und zog den Wagen zurück auf die rechte Spur.

Melchior trat mit dem rechten Fuß auf den Boden vor dem Beifahrersitz. »Passen Sie doch auf.«

»Ich kann ja nicht riechen, dass dieser Spinner mit hundertfünfzig um die Kurve kommt.« Der Sportwagen rauschte derart schnell vorbei, dass Treidler nicht einmal die Marke erkennen konnte. Irgendwas Italienisches.

»Es ist wegen des Mordprozesses, richtig?«, wiederholte Melchior ihre Frage.

Treidler schaltete wieder hoch. Er sah zu Melchior, die sich mit beiden Händen am Armaturenbrett festhielt. »Sie können wieder loslassen. Hier kann ich eh nicht mehr überholen.«

Melchior nahm ihre Hände vom Armaturenbrett und lehnte sich zurück. »Na, dann können Sie ja in aller Ruhe meine Frage beantworten.«

Treidler seufzte. »Während der Untersuchungshaft und der Verhandlung hat Jakobs ebenfalls einige Fotos gemacht. Und da waren einige dabei, die hat er nur schießen können, wenn er die Hilfe eines Informanten hatte. Einem von uns.«

»Wie kommen Sie darauf?« Melchiors Stimme hatte einen kritischen Unterton.

»Wo und wann ich damals befragt oder hingebracht wurde, das hat er vielleicht ein- oder zweimal erraten können. Aber er konnte es nicht wissen. Und er wusste es immer.«

»Und was glauben Sie, wer der Informant ist?«

»Natürlich habe ich gleich an Winkler gedacht. Aber so viel Blödheit traue ich diesem Arschloch nicht zu. Dann wäre seine Karriere ein für alle Mal erledigt.«

Melchior zuckte mit den Schultern. »Vielleicht hat dieser Jakobs nur den Polizeifunk abgehört.«

»Blödsinn, der ist auch bei uns auf dem Land bereits seit Jahren digital. Da gibt's nichts mehr abzuhören.«

»Außer, Jakobs hat die entsprechende Ausrüstung für ein paar tausend Euro.«

»Die hat er garantiert nicht. Außer seinem Fotoapparat und dem Handy kann der nichts bedienen.«

Melchior kicherte. »Dann hat er Ihnen ja was voraus.«

Treidler schaute für einen Augenblick zu Melchior und grinste. »Soll ich nochmals versuchen, den Lastwagen vor uns zu überholen? Vielleicht schaffen Sie es diesmal, das Bodenblech durchzudrücken.«

Melchior presste die Lippen aufeinander. »Unterstehen Sie sich. Das nächste Mal fahre ich wieder.«

»Das werden wir noch sehen.«

Einige Minuten später ließ Treidler den Wagen auf der Schotterpiste zwischen einem flachen, garagenartigen Bau und einem Fußballplatz mit nur wenigen grünen Stellen ausrollen. Lediglich ein S-Klasse-Mercedes neueren Baujahres mit Tuttlinger Kennzeichen stand dort. Wasserperlen glänzten auf dem schwarzen Lack.

Melchior zog die Stirn kraus. »Wo sind wir hier?«

»Zwischen Rottweil und Spaichingen. Und die Bude hier ist das Sportheim von einem der Fußballvereine in der Gegend.«

»Ich dachte, Jakobs hat eine Agentur oder zumindest ein Büro.« Melchior zupfte ihr buntes Halstuch zurecht.

»Hat er auch. Aber morgens sitzt er oft noch hier im Sportheim und tratscht mit der Wirtin. Und das da ist sein Wagen.« Treidler deutete mit dem Kinn auf den schwarzen Mercedes. »Er stand schon immer auf fette Limousinen.«

»Was heißt *noch hier*?«

»Mit der Hannelore steigt er ab und zu ins Bett. Und außerdem braucht er kein Büro, sondern nur ein Handy, damit er den entscheidenden Anruf entgegennehmen kann.«

»Woher wissen Sie das alles?«

»Ich bin Polizist.« Treidler grinste und stieg aus.

Im Gastraum, der nur wenig größer als ein Wohnzimmer war, schwebte der Zigarettenrauch wie dunkelgraue Nebelschwaden an einem Herbsttag. Die Gaststätte war eine Raucherkneipe, was nicht unbedingt zum Charakter eines Sportheims passte. Es gab nur einen Gast, der mit dem Rücken zur Eingangstür an einem der vier Tische saß. Er trug einen schwarzen Filzhut und starrte auf den Flachbildschirm an der Wand. An den Spielern und Trikots erkannte Treidler, dass es sich um die Wiederholung des WM-Finalspiels Deutschland–Argentinien aus dem Jahre 1990 handelte. Heutzutage übertrugen die Sportsender wirklich jeden Blödsinn, wenn es darum ging, Sendezeit zu füllen. Was gab es Langweiligeres als ein Finale aus dem letzten Jahrhundert? Doch Jakobs war da offensichtlich anderer Meinung.

Wenigstens brachte die Wiederholung Treidler in Erinnerung, dass Diego Maradona in früheren Zeiten tatsächlich eine athletische

Sportlerfigur besessen hatte. Und Lothar Matthäus damals noch Fußball gespielt und keine Zeit für dämliche Auftritte in Promi-Doku-Soaps gehabt hatte.

Rechts neben der Eingangstür befand sich eine zu kurz geratene Theke mit zwei durchgesessenen Barhockern. Aus einem Raum dahinter drang das Klappern von Gläsern und Geschirr.

An den Wänden ringsum hingen vereinzelt bunte Wimpel und ein gutes Dutzend Fotos von Fußballmannschaften. Sie mussten Jahre alt sein. Auf den Regalbrettern unterhalb der Holzdecke bedeckte eine Staubschicht eine Reihe Pokale unterschiedlicher Größe, die mit Spinnweben verbunden waren. Offenbar hatte der Verein seine beste Zeit längst hinter sich.

Obwohl Jakobs sie gehört haben musste, drehte er sich nicht um. Stattdessen rief er: »Hannelore«, und zündete sich eine filterlose Zigarette an.

Treidler blieb direkt hinter ihm stehen. Jakobs' Ohren standen derart weit vom kahlen Schädel ab, dass die Hutkrempe nicht ausreichte, sie zu bedecken. Der Abstand zwischen Tisch und Stuhllehne lag bei gut und gerne einem halben Meter, damit sein mächtiger Bauch Platz fand. Im Aschenbecher neben der halb leeren Kaffeetasse sammelte sich ein gutes Dutzend Zigarettenstummel, die Jakobs offenbar erst ausgedrückt hatte, als er sich die Finger daran verbrannte. Ein orangefarbenes BIC-Plastikfeuerzeug und eine fast leere Schachtel Roth-Händle ohne Filter lag neben einem klobigen Handy, gegen das Treidlers altes Siemens beinahe wirkte wie ein aktuelles Topmodell.

»Wenn das nicht der Konradi ist«, sagte Treidler lauter als notwendig.

Jakobs fuhr herum. Sein Mund blieb offen stehen, und Treidler wurde klar, warum er Jakobs nie mit einem Lolli gesehen hatte. Spätestens jetzt wäre der ihm aus dem Mund gefallen.

»Wartest du mal wieder auf einen wichtigen Anruf?« Treidler deutete zum Mobiltelefon auf dem Tisch. »Schließlich muss die fette Karre da draußen ja auch bezahlt werden.«

Schnell hatte sich Jakobs wieder unter Kontrolle. Seine Gesichtszüge entspannten sich, und es sah für eine Sekunde so aus, als würde er lächeln. »Wenn das nicht der Wolfes ist, der ewige Bulle.

Und wie immer neidisch auf meinen Wagen. Du hast bestimmt noch deinen alten 190er Schrotthobel.« Er zog einen Mundwinkel nach oben und blickte zu Melchior. »Aber wer ist denn die hübsche Lady neben dir?«

Treidler fuhr sich übers Kinn. Jakobs' Arroganz war inzwischen anscheinend grenzenlos geworden. »Das ist meine Kollegin Carina Melchior. Sie ist Hauptkommissarin und mag es überhaupt nicht, wenn man sie als *Lady* bezeichnet. Du solltest dir eine anständige Anrede einfallen lassen. So was wie Frau Hauptkommissarin.«

Jakobs musterte sie unverhohlen. »Frau Hauptkommissarin, natürlich.«

Melchior verschränkte die Arme vor der Brust und warf ihm einen bitterbösen Blick zu.

Jakobs grinste und wandte sich wieder an Treidler. »Was führt dich hierher, Wolfes? Du willst sicher nicht mit mir Fußball schauen. Und außerdem kennst du das Ergebnis von diesem Spiel bereits.«

Treidler bereute, dass er seit ewigen Zeiten mit diesem Stinkstiefel per Du war. »Ich will etwas über deinen letzten Auftrag wissen.«

»Und was?« Jakobs reckte das Kinn.

»Wer hat dir das mit dem Leichenfund an der Primmündung gesteckt?«

Jakobs nahm einen Zug von seiner filterlosen Roth-Händle. »Betriebsgeheimnis.«

»Betriebsgeheimnis?« Logisch, dass Jakobs seinen Informanten kaum so mir nichts, dir nichts preisgeben würde.

»Ich denke, du hast mich verstanden, Wolfes.« Jakobs ließ langsam den Rauch zwischen den Lippen entweichen. »Aber das Foto ist erstklassig geworden, oder?« Er strahlte, als wäre er wegen der Aufnahme für das Pressefoto des Jahres vorgeschlagen worden. »Ich hab die Leiche noch viel schärfer auf dem Film. Aber der Schwarzwald-Kurier hat's ein bisschen verpixelt, wegen der Kinder und so.«

»Kinder und so …« Treidler schüttelte den Kopf.

»Ich zeig dir das Original.« Jakobs nahm einen weiteren Zug von der Roth-Händle und deponierte sie dann im Aschenbecher.

»Warte mal.« Trotz seines fülligen Körpers kam er schnell aus dem Stuhl hoch. Er zog die Hose nach oben und marschierte breitbeinig wie ein Cowboy davon.

Kaum war Jakobs im Raum hinter der Bar verschwunden, fischte Melchior blitzschnell das Mobiltelefon vom Tisch und drückte darauf herum.

»Was soll das?«, raunte Treidler ihr zu.

»Ermittlungsarbeit.« Melchior grinste und hielt ihm Sekunden später das Display vor die Nase.

»*Max B?* Wer soll das sein?«

Melchior verdrehte die Augen. »Wie viele Max B kennen Sie?«

Darüber musste er nicht lange nachdenken. Er zuckte mit den Schultern. »Keinen.«

»Und wie viele Maximilians kennen Sie, deren Nachnamen mit B beginnen?«

15

Verflucht, Melchior hatte ihm womöglich gerade den Namen des Maulwurfs geliefert. »Borchert, Maximilian Borchert!«, stieß Treidler laut aus.

»Psst!« Melchior legte den Zeigefinger an den Mund. »Können Sie sich die Nummer merken?«

Treidler nickte und kniff die Augen zusammen. Dafür brauchte er keine zwei Sekunden.

Einen Moment später schaltete das Display ab, und Melchior legte das Telefon wieder zurück auf den Tisch. Keine Sekunde zu früh, denn Jakobs kam mit einem zufriedenen Lächeln aus dem Raum hinter der Bar. In der Hand schwenkte er ein schulheftgroßes Foto. »Ich hab's für meine Hall of Fame vergrößert.«

»Hall of Fame? Du hast tatsächlich einen an der Klatsche, Konradi«, sagte Treidler. Vielleicht sollte er ihn gleich auf ›Max B‹ ansprechen. Dann würde ihm wenigstens sein überhebliches Gerede erspart bleiben.

Scheinbar unbeeindruckt legte Jakobs das Bild auf den Tisch, fischte seine Roth-Händle aus dem Aschenbecher und nahm einen tiefen Zug. Abwechselnd schaute er zu Treidler und Melchior, als wartete er auf einen Kommentar.

Treidler betrachtete das Bild genauer. Im Gegensatz zum Foto im Schwarzwald-Kurier war es in Farbe und umfasste einen größeren Ausschnitt. Jakobs hatte recht. Sogar die Kratzer und Schürfungen auf Svetlanas Rücken waren im Detail zu erkennen. Und wenn Treidler nicht bereits gewusst hätte, was die hellroten Zäpfchen waren, würde er auf Maden tippen.

»Achthundert Millimeter Zeiss Telezoom. Das kriegst du nicht einfach so im Supermarkt. Kostet ein verdammtes Vermögen. Aber wie du siehst … alles gestochen scharf. Sogar die Viecher auf dem Rücken kann man erkennen.« Jakobs zog ein weiteres Mal die Hose hoch und beugte sich nach vorne. »Siehst du die Blätter der Bäume hier?«

Treidlers Blick folgte seinem Finger. Jedes einzelne Blatt, sogar noch im Hintergrund, erschien wie gemalt. Ganz am linken Bildrand war ein fingernagelgroßes Etwas zu erkennen. Er beugte sich ebenfalls nach vorne und kniff die Augen zusammen. Soweit Treidler erkennen konnte, handelte es sich um eine männliche Gestalt mit halblangen Haaren. Sie trug einen braunen Anzug und kam offenbar aus Richtung des Fundorts der Leiche. Treidler hatte den Eindruck, dass dieser Mann nicht dorthin gehörte. Kein halbwegs vernünftiger Mensch würde bei dem Treibhausklima im Anzug einen Spaziergang auf dem Neckartal-Radweg machen.

»Und woher hat der Schwarzwald-Kurier die anderen Informationen? Ebenfalls von Ihnen?« Melchior hatte die Arme wieder vor der Brust verschränkt.

Jakobs blickte sie irritiert an. Offenbar hatte er ein Wort der Anerkennung zu seinem Bild erwartet. »Bestimmt nicht, Lady. Ich mach nur die Fotos.«

Melchior presste die Lippen aufeinander. Ihre Augen funkelten. »Und Sie haben auch keine Idee?« Sie hatte hörbar Mühe, ihre Stimme ruhig zu halten.

»Die haben eine Superstory daraus gemacht.« Jakobs zog mit der Hand eine imaginäre Schlagzeile vor sich hin. »›Serienmörder in Rottweil‹. Daneben eines meiner Bilder. Wie cool ist das denn?«

»Das ist nicht cool, das ist völlig aus der Luft gegriffen, überhaupt nicht zu beweisen«, fuhr ihn Treidler an. Jakobs interessierte tatsächlich nur, dass sein Bild möglichst viel Beachtung fand. Und der Artikel im Schwarzwald-Kurier war dafür wie geschaffen.

»Wer will das schon wissen?« Jakobs zuckte mit den Schultern und zog seinen Filzhut tiefer in die Stirn. »Und wo bitte schön steht, dass Journalisten etwas beweisen müssen, bevor sie es veröffentlichen?«

»Du bist ein verdammtes Arschloch, Konradi«, gab Treidler zurück.

»Und du bist ein verdammter Ignorant. Hast du schon mal darüber nachgedacht, was wäre, falls dieser Journalist vom Schwarzwald-Kurier recht hat?«

Treidler schluckte. Genau darüber hatte er schon einige Male nachgedacht. Aber im Gegensatz zu Melchior neigte er bisher dazu, es zu ignorieren. Noch immer weigerte sich sein Verstand, an eine Mordserie in Rottweil zu glauben.

»Es ist dein verfluchter Job«, fuhr Jakobs fort, »diesen Serienmörder zu finden. Wenn ich du wäre, würde ich mich auf die Socken machen und den Spinner suchen, der hier reihenweise Frauen umbringt.«

»Reihenweise Frauen umbringt? Warum müsst ihr Journalisten immer so übertreiben?«

»Ja, reihenweise Frauen umbringt. Falls du zählen kannst: Es sind inzwischen drei.« Jakobs hielt zwei seiner nikotingelben Finger nebst Daumen hoch. »Und morgen, am Freitag, ist die Johannisnacht.«

Treidler schüttelte den Kopf. Von was zum Teufel redete Jakobs da?

»In des Sommers Johannisnacht … hört man oft an den kühlen Ufern des Neckars …«, leierte Jakobs herunter, als würde er im Deutschunterricht ein Gedicht aufsagen. Er hielt einen Moment inne. »Die Neckargeist-Sage«, sagte er dann. »Hast du den Zeitungsbericht heute Morgen überhaupt gelesen oder nur nicht verstanden?«

Verflucht, soweit er sich erinnern konnte, stand in dieser verdammten Sage tatsächlich, dass es in der Johannisnacht am Neckar einen Toten geben soll. Und die Leiche würde erst drei Tage später und mit einem blauen Ring um den Hals wieder auftauchen. So wie bei Svetlana.

Jakobs musterte Melchior. »Versuch es doch mal mit vollem Körpereinsatz. Deine Kollegin hier wäre nicht ungeeignet. Mit offenen Haaren und so …«

Treidler reckte das Kinn. »Nicht ungeeignet für was?«

»Überleg doch mal. Sie könnte sich unten am Bahnhof ein wenig umschauen, vielleicht Freitagnacht?«

Melchior sog scharf die Luft ein. Ihr Gesichtsausdruck wurde eine Spur finsterer.

Treidler tippte sich an die Stirn. »Als Lockvogel? Wir sind doch hier nicht in einem verdammten Fernsehkrimi.«

»Als Lockvogel würde ich die Lady nicht unbedingt bezeichnen. Aber wenn du den Spinner fassen willst, wäre morgen kein schlechter Tag dafür.«

»Du bist doch nicht ganz dicht.« Treidler winkte ab.

»Das war nur ein Vorschlag.« Jakobs hob die Hände. »Dann mache ich eben nächste Woche wieder so ein klasse Foto wie am Montag.«

Das war der falsche Kommentar zur falschen Zeit. Treidler kniff die Augen zusammen und machte einen Schritt auf ihn zu. »Hat dir damals auch Borchert die Tipps gegeben?«

»Borchert? Wer ist das?«, gab Jakobs schnell zurück – zu schnell. »Und was meinst du mit *damals*?«

Treidler ballte die Fäuste. »Du weißt genau, von was ich rede. Nach meiner Verhaftung hat er dir doch gesteckt, wo und wann du die besten Fotos von mir machen kannst. Und er hat dir am Montagmorgen von dem Leichenfund an der Primmündung erzählt.«

Jakobs schüttelte den Kopf. »Du spinnst doch, Wolfes. Ich kenne diesen Typen nicht einmal.« Erneut nahm er einen langen Zug von seiner inzwischen lächerlich kurzen Roth-Händle und drückte sie dann umständlich aus. Langsam, wie in Zeitlupe, blies er den Rauch Richtung Decke.

Nur das Klappern von Geschirr aus dem Raum hinter der Bar übertönte die jäh einsetzende Stille. Treidler schaute dem Qualm nach, der in Wirbeln nach oben stieg und sich unterhalb der Zimmerdecke ausbreitete.

Melchior räusperte sich. »Sie wollen uns also weder etwas über Ihre Quelle verraten, noch haben Sie etwas zur Lösung des Falles beizutragen. Habe ich das richtig zusammengefasst?«

»Genau.« Jakobs grinste sie an.

»Ich warne Sie, Herr Jakobs.« Melchior legte die Hand auf den Tisch. »Wenn uns während der Ermittlungen auch nur der kleinste Verdacht kommt, dass Sie uns etwas verschweigen, lassen wir Ihre verdammte Fotoausrüstung beschlagnahmen. Egal, ob sie ein Vermögen gekostet hat oder aus einem Supermarkt stammt.«

»Das können Sie nicht so einfach.« Jakobs' Stimme klang weniger sicher, als seine Worte glauben machen wollten. Er nahm die Roth-Händle-Schachtel vom Tisch und fingerte eine Zigarette heraus.

»Natürlich können wir das.« Treidler griff nach dem Foto auf dem Tisch und reichte es Melchior weiter. »Und mit der Aufnahme hier fangen wir an.«

»Was wollen Sie eigentlich mit dem Bild?«, fragte Melchior, als sie wieder im Auto saßen und zurück nach Rottweil fuhren.

Treidler deutete auf das Foto, das auf Melchiors Schoß lag. »Sehen Sie den Mann da am linken Bildrand?«

Melchior suchte das Bild ab. »Groß, helle Haare, brauner Anzug. Was ist mit dem?«

»Ich weiß nicht. Irgendetwas stimmt da nicht. Es ist schon merkwürdig genug, dass er bei der Hitze im Anzug einen Spaziergang unten am Neckar macht.«

»Ist das alles?«

»Nein. Warum entfernt er sich vom Leichenfundort, anstatt wie jeder Gaffer näher ranzugehen?«

»An was denken Sie?«

»Es ist nur vage Idee. Aber Koschwitz hat uns von Svetlanas Begleiter im Stellwerk erzählt – diesem Hugo. Alter, Größe und Haarfarbe etwa so wie ich.«

»Der ältere Mann mit Bauchansatz?« Melchior grinste.

»Warum zum Teufel wusste ich, dass Sie das sagen würden?« Treidler schüttelte den Kopf. »Können Sie sich wieder auf den Fall konzentrieren?«

Melchior wurde ernst. »Gut, erzählen Sie weiter.«

»Pollack hat diesen Hugo ebenfalls mit Svetlana zusammen im alten Stellwerk gesehen. Von ihm weiß ich auch, dass sie ihn Hansi nannte. Jetzt kommt Eberhardt, der Pfaffe, ins Spiel, der vermutlich was mit Riccarda Seregano, seiner Haushälterin, hatte. Und der hat mir erzählt, dass sie einige Wochen vor ihrem Tod einen Geschäftsmann namens Hans getroffen haben soll.« Treidler schaute kurz auf das Foto, um erneut einen Blick auf den Mann im braunen Anzug zu erhaschen. »Ich glaube, dass Hans und Hansi ein und dieselbe Person sind. Vielleicht ist er ja nur ein weiterer Zeuge.« Er räusperte sich. »Aber wenn wir Ihre Serientäter-Theorie weiterspinnen, suchen wir einen Mann, der alle drei Frauen kannte. Und das Bild könnte die erste Spur zu ihm sein.«

Melchior strich über das Foto. »Sie meinen, der Mann hier ist unser großer Unbekannter, dieser Geschäftsmann, Hans?«

Treidler zuckte mit den Schultern. »Ich weiß nicht. Aber möglich wäre es.« Seine Schlussfolgerung war mehr als vage. Hinzu kam, dass dieses Foto nie und nimmer für eine vernünftige Fahndung ausreichen würde. Das Gesicht war nur von der Seite zu sehen und trotz Jakobs' Hightech-Ausrüstung viel zu undeutlich für eine weitere Vergrößerung.

»Und was soll dieser Hans an dem Morgen am Fundort der Leiche getan haben?«

»Auch das weiß ich nicht. Aber er wäre nicht der erste Mörder, der zum Tatort – in unserem Fall: zum Fundort der Leiche – zurückkehrt.«

Schweigend fuhren sie einige Minuten. Treidler nahm die Abfahrt Richtung Stadtmitte, als Melchior fragte: »Haben Sie die Nummer aus Jakobs' Telefonspeicher noch im Kopf?«

Treidler nickte. »Klar.«

»Falls ich mit Borchert recht habe, finden wir sie wohl kaum im Telefonregister der Polizeidirektion.«

»Das denke ich auch. Borchert ist zwar ein selten dämlicher Trottel. Er wird aber nicht so dumm sein und Jakobs die Nummer seines Diensthandys geben.«

Melchior kratzte sich an der Stirn. »Ich könnte auch einfach anrufen, mit unterdrückter Nummer. Mal sehen, ob er sich meldet.«

»Dann machen Sie mal.« Eigentlich hätte er selbst darauf kommen können. Mit den einfachsten Mitteln erzielte man oft die besten Ergebnisse.

Treidler nannte ihr die Nummer, die Melchior gleich eintippte. Sie drückte auf das Display, um die Verbindung aufzubauen, und hielt sich ihr Telefon ans Ohr.

»Machen Sie den Lautsprecher an«, bat Treidler. »Ich erkenne diese Scheißstimme sofort.«

Melchior drückte ein weiteres Mal auf das Display und hielt ihr Telefon vor sich hin.

Blechern drang das Rufsignal aus dem Gerät. Immer und immer wieder. Doch niemand nahm ab. Schließlich meldete sich die

Mailbox und verkündete, dass der Inhaber der Nummer zurzeit nicht erreichbar sei. Kein Name, keine Möglichkeit, eine Nachricht aufzusprechen.

Melchior zuckte mit den Schultern. »Wir versuchen es später noch einmal.« Sie beendete den Anruf und verstaute ihr Telefon wieder in der Jackentasche.

Als Treidler einige Straßen vor der Polizeidirektion an einer roten Ampel warten musste, klingelte Melchiors Telefon.

Sie blickte ihn fragend an.

»Nehmen Sie ab«, sagte Treidler. »Das kann er nicht sein. Sie haben doch Ihre Nummer unterdrückt, oder?«

»Ich denke schon.« Melchior kramte nach ihrem Mobiltelefon und schaute auf das Display. »Es ist nur das Sekretariat«, sagte sie mit einiger Erleichterung in der Stimme und nahm das Gespräch entgegen.

Treidler versuchte zu verstehen, um was es ging.

Melchior murmelte ein paarmal zustimmend und sagte schließlich: »Gut. Dann fahren wir besser gleich vorbei.« Noch bevor die Ampel auf Grün gesprungen war, hatte sie bereits wieder aufgelegt.

»Die Schober?«, fragte Treidler.

Melchior nickte. »Karchenberg hat angerufen. Er hat die exhumierten Leichen von Melanie Brugger und Riccarda Seregano obduziert.«

»Sonst hat er nichts gesagt?« Treidler hatte erhofft, dass Karchenberg mit neuen Informationen zu ihrem Fall aufwartete.

»Doch. Wir könnten vorbeikommen oder wahlweise seinen Bericht abwarten.« Melchior steckte ihr Telefon zurück in die Jackentasche.

»Ich habe seine unverständlichen Berichte schon immer gehasst. Und wenn er sich schon die Mühe macht, anzurufen, wird er wohl etwas Interessantes herausgefunden haben.« Die Ampel schaltete endlich auf Grün.

»Das tut mir jetzt aber leid«, begrüßte sie Karchenberg in Obduktionssaal zwei. Mit gelben Gummihandschuhen hielt er einen Schlauch in der Hand und spritzte den metallenen Sektionstisch in der Mitte des Raumes ab. Blut und andere Körperflüssigkeiten, von denen Treidler gar nicht wissen wollte, woher sie stammten, verschwanden im Abfluss.

»Was tut Ihnen leid?«, fragte Treidler.

»Dass Sie nicht früher kommen konnten. Sie haben das Beste verpasst. Die beiden Leichen liegen bereits im Kühlfach.« Er grinste, wurde aber sofort wieder ernst. »Aber gut, dass Sie überhaupt kommen.«

»Was haben Sie für uns?«

»Interessante Neuigkeiten.« Karchenberg drehte das Wasser am Hahn ab.

»Das habe ich mir bereits gedacht. Bekommen wir die Kurzversion von Ihnen?«

Karchenbergs Miene wurde säuerlich. »Es gibt keine *Kurzversion.*« Er wickelte den Schlauch um den Unterarm und hängte die Rolle über den Wasserhahn am Kopfende des Sektionstisches. »Wir sind hier in der Rechtsmedizin. Das ist eine Wissenschaft: präzise und nicht einfach hoppla-hopp. Sie müssen sich schon ein wenig gedulden.«

Melchior verdrehte die Augen. »Keine Sorge, wir haben etwas Zeit mitgebracht.«

Treidler bereute bereits, dass er Karchenberg gedrängt hatte. Schon immer verstand der sich als die Institution schlechthin, die im Kreis Rottweil keinesfalls bei der Aufklärung von Verbrechen fehlen durfte. Und diese Auffassung würde er jetzt vertreten.

Karchenberg zog die Gummihandschuhe aus und trat vor ein Waschbecken an der gegenüberliegenden Wand, um sich die Hände zu waschen. »Sie müssen wissen, dass die Obduktion von exhumierten Leichen viel höhere Anforderungen stellt als die von gewöhnlichen Leichen. Schon zwei Wochen nach dem Tod sind Verfärbungen oder Hämatome nur schwer nachzuweisen. Einzig die toxikologischen Substanzen könnten auch noch nach längeren Zeiträumen aufgespürt werden …«

Im gleichen Maße, wie Karchenbergs Mitteilungsbedürfnis anstieg, ließ Treidlers Aufmerksamkeit nach. Ein minutenlanger Monolog würde nun folgen, der allgemeiner Natur war. Dabei wollten sie doch nur etwas über die Todesursache der zwei Frauen wissen. Sein Blick schweifte ab und blieb am metallenen Sektionstisch hängen, auf dem kurz zuvor noch die beiden toten Frauen obduziert worden waren. Alle Blut- und Gewebereste waren inzwischen im Abfluss verschwunden. Lediglich einige Wassertropfen hielten sich noch auf dem blanken Metall. Darunter ragte eine Art Schublade aus Lochblech hervor. Darin lag ein gutes Dutzend Messer und Skalpelle in verschiedenen Größen, Sägen, Scheren, Pinzetten sowie einige andere Instrumente, von denen er nicht einmal die Namen wusste.

Insgeheim war Treidler froh, als er hörte, wie Karchenberg ein Papierhandtuch aus dem Spender neben dem Waschbecken zog und sich die Hände trocken rieb. Karchenberg kam mit einem dunkelgrünen in der linken und einem schwarzen Klemmbrett in der rechten Hand zurück.

Er hielt das schwarze Klemmbrett vor sich hin. »Das hier ist das Ergebnis der Obduktion von Melanie Brugger, tot aufgefunden am 21. Mai dieses Jahres. Ihr Leichnam wurde gestern exhumiert und mit mäßigen Verwesungsspuren angeliefert.« Karchenberg sah auf das dunkelgrüne Klemmbrett. »Und hier habe ich den Obduktionsbericht von Riccarda Seregano. Tot aufgefunden am 9. April dieses Jahres. Ebenfalls gestern exhumiert und angeliefert. Fortgeschrittene Verwesung.« Er schaute fragend in die Runde. »Sind Sie an einer weiteren Beschreibung des äußerlichen Zustands der Leichen interessiert?«

Treidler und Melchior schüttelten den Kopf.

»Habe ich mir schon gedacht.« Ein flüchtiges Lächeln zuckte um Karchenbergs Mundwinkel. »Nur die Todesursache, wie immer?«

Treidler und Melchior nickten.

Karchenberg seufzte. »Beide Leichen lagen nur kurze Zeit im Wasser. Vierundzwanzig bis achtundvierzig Stunden, höchstens. Bei exhumierten Leichen kann das nicht genauer bestimmt werden. Bei Brugger fand ich Verfärbungen am Hals, was auf Strangulation hindeuten könnte.« Er wandte sich dem dunkelgrünen Klemmbrett zu. »Bei Seregano ist das nach so langer Zeit schwierig. Jedenfalls habe ich bei ihr nichts gefunden. Was aber nicht heißt, dass es keine Verfärbungen gegeben haben könnte.« Er blickte auf das schwarze Klemmbrett.

Melchior räusperte sich. »Melanie Bruggers Haare, waren die ebenfalls kurz geschnitten wie bei Riccarda Seregano?«

Karchenberg kniff die Augen zusammen. »Woher wissen Sie, wie lang Sereganos Haare waren?«

»Das ist auf den Fotos vom Fundort der Leiche zu erkennen.«

»Die Haare von Brugger waren tatsächlich auch kurz. Ich würde aber eher das Wort ›geschoren‹ benutzen.«

Melchior presste die Lippen aufeinander. Damit gab es eine Übereinstimmung mehr in dieser immer länger werdenden Liste. Und bei den kurz geschorenen Haaren an allen Opfern handelte es sich eindeutig um ein wiederkehrendes Verhaltensmuster oder gar Ritual.

»Viel aufschlussreicher als die Haare finde ich allerdings das Ergebnis der toxikologischen Untersuchung. Und jetzt halten Sie sich fest: Ich konnte bei beiden Leichen eindeutig Spuren von Cumarin nachweisen – genau wie bei dem Opfer vom Montag.« Karchenberg knallte nacheinander die Klemmbretter auf den Obduktionstisch. »Ich denke, Sie haben es mit einem Serientäter zu tun.«

16

Serientäter, Serienmörder. Die Worte hämmerten ununterbrochen in Treidlers Kopf, auch noch Minuten später, als sie sich bereits wieder auf dem Rückweg in die Polizeidirektion befanden. Lange hatte er sich geweigert, an Melchiors Theorie zu glauben. Doch mit Karchenbergs Bericht gab es keinen Spielraum für Interpretation mehr: In Rottweil ging ein Serienmörder um. Ein Serienmörder, dem im letzten Vierteljahr mindestens drei Frauen zum Opfer gefallen waren.

»Jetzt ist es offiziell«, sagte Melchior. »Der Staatsanwaltschaft wird nichts anderes übrig bleiben, als das Landeskriminalamt zu informieren.«

Treidler brachte seinen Mercedes hinter dem Anhänger eines Tanklastzugs zum Stehen, der ebenfalls in die Hauptstraße einbiegen wollte.

Melchior suchte seinen Blick. »Wissen Sie, was das bedeutet?«

Verflucht, daran hatte er nicht gedacht. »Das LKA wird den Fall übernehmen und eine Sonderkommission hier in Rottweil einrichten.«

»Und wenn Sie mit der undichten Stelle im Büro der Staatsanwaltschaft recht haben, wird die Presse schnell Wind davon bekommen. Der Druck, einen Verdächtigen zu präsentieren, wird jeden Tag größer werden.«

»Eine Sonderkommission des LKA, der Zeitungsbericht, Jakobs' Foto … Wie die Heuschrecken werden sie in Rottweil einfallen und die Leute verrückt machen: das Fernsehen, das Radio, die Zeitungsreporter. Und bald wird die Angst vor einem irren Serienmörder in der Stadt umgehen. Vermutlich traut sich dann nach Einbruch der Dunkelheit niemand mehr vors Haus.« In Gedanken malte sich Treidler bereits die verlassenen Straßen und Plätze der Stadt aus.

Melchior nickte und sah nach draußen. »Und wir haben nicht mehr viel Zeit, das zu verhindern.«

»An was denken Sie?« Der Tanklastzug vor ihm fuhr an. Treidler ließ den Wagen bis zur Einmündung vorrollen und schaute nach dem Verkehr.

Sie stieß ein gequältes Lachen aus. »Ich mache es.«

»Was wollen Sie denn machen?« Die Kreuzung war frei. Treidler ließ die Kupplung kommen.

»Jakobs' Vorschlag.« Melchior wandte ihm den Kopf zu. »Die Johannisnacht und die Salsa-Dancenight. Beides ist morgen Abend. Und ich gehe ins alte Stellwerk.«

Treidler trat so abrupt auf die Bremse, dass er den Motor abwürgte. »Wie verdammt stellen Sie sich das vor? Gerade eben haben wir erfahren, dass wir es hundertprozentig mit einem Scheiß-Serienmörder zu tun haben. Und Ihnen fällt nichts Besseres ein, als den Lockvogel zu spielen?«

»Ich spiele nicht den Lockvogel.« Melchior lockerte ihren bunten Schal etwas. Um ihren Mund lag ein ernster Zug.

»Wie würden Sie das sonst bezeichnen?« Hinter ihnen hupte es laut. Treidler sah in den Rückspiegel. Am Steuer eines roten VW Golf saß ein älterer Mann, der ihn mit eindeutigen Gesten aufforderte, weiterzufahren.

»Verdeckte Ermittlungen. Ich will mich nur umschauen, die Leute beobachten … und zwar alleine. Vielleicht kann ich dabei diesen Hans identifizieren.«

»Alleine?«, brüllte Treidler. »Das kommt überhaupt nicht in Frage.«

Erneut ertönte das Hupen. Treidler drehte die Seitenscheibe hinunter, streckte den Arm hinaus und winkte dem Fahrer, damit der vorbeifuhr.

Melchior lächelte schief. »Eine verdeckte Ermittlung wird nicht funktionieren, wenn Sie mich begleiten.«

»Und was wollen Sie ganz alleine tun, falls Sie unseren Serienmörder tatsächlich treffen? Ihm Handschellen anlegen?« Melchior war eine toughe Polizeibeamtin, aber das schützte sie nicht vor einem durchgeknallten Mörder.

»Ich kann gut auf mich alleine aufpassen.« Melchiors Gesicht hatte einen seltsam versteinerten Ausdruck angenommen.

»Soso«, knurrte Treidler.

»Außerdem beobachten die meisten Serienmörder ihre Opfer erst über einen gewissen Zeitraum und schlagen nur selten sofort zu.«

»Schlagen nur selten sofort zu …« Treidler tippte sich an die Stirn. Was für ein Blödsinn. »Und wenn doch? Verschonen Sie mich mit diesem Psycho-Schwachsinn.«

»Schon mal etwas von Criminal Profiling gehört?«

»Verdammt, ja. Aber dieser Stuss aus den Handbüchern des BKA interessiert mich einen Scheiß.« Ein weiteres Mal erklang das Hupsignal. Treidler hielt den Kopf zum Fenster hinaus und schrie: »Fahr doch endlich vorbei, du Depp.«

»Sie sind ein Ignorant«, sagte Melchior.

»Das höre ich öfters.« Nach Jakobs war sie bereits die zweite Person, die ihn an diesem Tag als Ignoranten bezeichnet hatte. »Vielleicht ist dieser Hans ja gar kein Zeuge, sondern ein krankes Arschloch. Einer, dem Ihr *Profiling* scheißegal ist.«

Melchior wandte ihren Kopf ab. Sie hatte ihre Entscheidung längst getroffen. Und sie würde sich nicht mehr umstimmen lassen. Schon gar nicht von ihm.

Erneut drang das unerträgliche Hupsignal an Treidlers Ohr. Er stieß die Fahrertür auf und sprang aus dem Wagen. Mit gesenktem Kopf stapfte er zu dem VW Golf. Er klopfte an die Seitenscheibe, stemmte die Fäuste in die Hüften und schrie: »Wenn du noch einmal auf deine Scheißhupe drückst, kannst du was erleben. Ist das jetzt angekommen?«

Der ältere Mann mit weißem Haarkranz und Schnauzbart starrte ihn mit großen Augen und offenem Mund an. Er drückte den Verriegelungsknopf der Tür und nickte wie ein Wackeldackel.

Treidler überlegte, seinen Dienstausweis vorzuzeigen, deutete dann jedoch dem Weißhaarigen an, einen Bogen um den Mercedes zu fahren.

Sogleich hantierte der am Schaltknüppel herum. Mit einem Knacken signalisierte das Getriebe, dass der Rückwärtsgang eingelegt war. Der Wagen setzte ein paar Meter zurück und passierte Treidler und den Mercedes in großem Abstand.

»Geht doch«, knurrte Treidler und setzte sich wieder in den Wagen.

Noch immer würdigte Melchior ihn keines Blickes.

Treidler lehnte sich zurück. »Erzählen Sie mir etwas über diese Verhaltenstheorie und das Criminal Profiling.«

Melchior wandte ihm den Kopf zu. »Gerade haben Sie noch gesagt, ich soll Sie mit dem Scheiß aus den Handbüchern des BKA in Ruhe lassen.«

»Ich hab's mir anders überlegt.«

Melchior kratzte sich an der Schläfe. »Ein Serienmörder entsteht nicht aus heiterem Himmel. Er hat eine Vergangenheit, die ihn dazu gebracht hat, so zu sein, wie er ist. Dabei macht er eine Entwicklung durch, die oft Spuren in den Polizeiakten hinterlassen hat.«

»Das liegt auf der Hand. Aber um das zu verstehen, braucht es keinen Profiler.«

Melchior verdrehte die Augen. »Vergessen Sie am besten alles, was Sie bisher über Profiler, Fallanalytiker oder Ähnliches gehört haben. Niemand erstellt psychologische Profile für einzelne Personen. Es wird Sie überraschen, aber auch beim FBI gibt es keine Profiler.«

»Das enttäuscht mich aber. Bisher habe ich amerikanische Krimiserien immer für die reine Wahrheit gehalten. Vielleicht sollte ich zukünftig die ›Rosenheim-Cops‹ anschauen.«

»Treidler, bitte, wollen Sie nun was über Verhaltenstheorie und Criminal Profiling wissen oder nur blöde Sprüche raushauen?«

Offenbar war Melchior im Moment nicht für Scherze über Krimiserien zu haben. »Okay, ich halte die Klappe. Reden Sie.«

»Es gibt grob zwei Typen von Serienmördern. Die Mehrheit plant ihre Taten, nur ganz wenige morden spontan. Beiden Typen ist jedoch gleich, dass sie nach der Tat eine Art Hochgefühl erleben, aus irgendeinem Grund, den der Rest der Menschheit nicht versteht.«

»Planen? Blödsinn.«

»Ja, planen.« Melchior warf ihm einen vorwurfsvollen Blick zu. »Das kann man sogar beweisen. Und zwar durch die Spuren, die sie während ihrer Entwicklung in den Polizeiakten hinterlassen haben. Fast alle Serientäter sind schon vor ihrem ersten Mord bei der Polizei aktenkundig geworden. Sei es durch Tierquälerei, Exhibitionismus, Vergewaltigung und so weiter.«

Statt etwas darauf zu erwidern, winkte Treidler ab. Besser, er hielt sich jetzt zurück.

Melchior räusperte sich. »Den Typus Jack the Ripper, ein blutrünstiges, schlitzendes Monster, das aus heiterem Himmel ein halbes Dutzend Frauen tötet, sollte es eigentlich überhaupt nicht geben. Außer im Fernsehen vielleicht.«

»Und Ende des 19. Jahrhunderts in Whitechapel. Da lag die Verhaltenstheorie des BKA wohl daneben. Die hätten es besser mit Criminal Profiling versucht. Vielleicht wäre dabei der Ripper ja als Zufallstreffer herausgekommen. Zu London passt der englische Begriff schon mal.« Treidler konnte den zynischen Unterton in seiner Stimme nicht unterdrücken.

»Nochmals«, Melchior lächelte milde, »die spezifische Fallanalyse, wie Profiling beim BKA offiziell heißt, steckt noch in den Kinderschuhen. Bisher ist es schlicht nicht möglich, eine Psychoanalyse für eine unbekannte Person zu erstellen. Auch wenn das in den Krimiserien so dargestellt wird. Ich rede aber von Criminal Profiling.«

»Kann das BKA mit diesem Criminal Profiling nun etwas über den Täter aussagen oder nicht?«

»Ja.« Melchior nickte. »Criminal Profiling beschreibt im Prinzip die operative Fallanalyse bei schweren Verbrechen. Man betrachtet dabei Indizien und Spuren einer Straftat und versucht, daraus Verhaltensweisen und Muster zu erkennen, die auf statistischer Basis mit bestimmten Merkmalen in Verbindung gebracht werden können. Beispielsweise mit dem Geschlecht oder dem Alter des Täters. Es wird aber nie eine gezielte Psychoanalyse erstellt.«

»Das ist wohl eine Sache von mehreren Wochen.«

»Bestimmt. Und das BKA ist die ganze Zeit vor Ort. Die machen Tatortbegehungen, Tathergangsanalyse, Opferanalyse, das gesamte Programm. Einiges davon wird auch an die Öffentlichkeit dringen.«

Genau das wollte Treidler vermeiden. »Wenn das LKA eine Sonderkommission bildet, werden die auch die Fallanalytiker des BKA anfordern, richtig?«

»Vermutlich ja.«

Neben dem Aufmarsch des BKA blieb als Alternative in der Tat nur Melchiors verdeckter Einsatz. »Falls Sie immer noch morgen Abend ins alte Stellwerk wollen, dann komme ich mit. Und wir nehmen ein kleines, unauffälliges Überwachungsteam dazu. Zwei oder drei Leute reichen bestimmt aus.«

Melchior hob die Augenbrauen. »Das kriegen wir bis morgen nie genehmigt.«

»Dafür brauchen wir keine Genehmigung. Ich versuche, beim Grauen ein paar Leute für die Überwachung zu bekommen.«

»Bei Kriminalrat Petersen?« Melchior schüttelte den Kopf. »Das erregt zu viel Aufsehen. Wenn Borchert mitkriegt, dass wir morgen Abend eine Überwachung im alten Stellwerk durchführen, können wir auch gleich Jakobs davon erzählen.«

Verflucht, an Borchert hatte er nicht gedacht. Jakobs würde mit seiner Kamera in der Nähe des alten Stellwerks herumlungern. Und mit ihm womöglich eine ganze Horde Journalisten.

»Das müssen wir alleine machen.« Melchior schob sich eine Strähne hinter das Ohr. »Ich will ihn nur identifizieren. Außerdem ist überhaupt nicht gesagt, dass dieser Hans unser Serienmörder ist.«

»Und falls doch?« Treidler war immer für einen Alleingang zu haben, aber bei dieser Sache hatte er ein mulmiges Gefühl.

»Dann haben wir es mit einer Einzelperson zu tun. Und mit einem Mann werden wir beide wohl fertigwerden.«

Treidler rieb sich das Kinn. »Sie sind eine verdammte Nervensäge.«

»Und das höre *ich* öfters.« Melchior lächelte schwach. »Also, wie entscheiden Sie sich?«

Da gab es nicht viel zu entscheiden. Entweder er ging mit, oder sie ging alleine. Melchior war ein derartiger Sturkopf. Aber vielleicht war ein verdeckter Einsatz wirklich die richtige Vorgehensweise. Die richtige Person dafür war Melchior auf jeden Fall. Schließlich hatte sie ihr halbes Leben bei der Internen kaum etwas anderes gemacht als verdeckt ermittelt.

»Nur identifizieren.« Treidler nickte. »Und unter einer Bedingung: Sie lassen sich von der KTU mit Mikro und Funksender verkabeln. Und ich bin mit dem Empfänger ebenfalls im alten Stellwerk. Diese Lautsprecher fürs Ohr sind inzwischen so klein, dass sie im Halbdunkel kaum auffallen.«

Melchior zupfte an ihrem Halstuch. »Einverstanden. Aber dann muss ich mich auch auf Sie verlassen können. Meine Bedingung lautet: Sie besorgen sich ein Handy, das geladen ist und auch funktioniert. Am besten nicht das hier.« Sie deutete auf Treidlers Mobiltelefon, das in der Mittelkonsole lag. »Vielleicht können Sie sich durchringen und kaufen sich ein neues Telefon.«

Treidler betrachtete das Gerät, das er seit bald zehn Jahren besaß. Es war groß, klobig und altertümlich. Wahrscheinlich war schon wieder der Akku leer. Aber auch aufgeladen hätte er den schweren Klotz morgen Abend vermutlich einfach im Auto liegen lassen. Und eigentlich wollte er schon länger eines dieser leichten, flachen Geräte, die alles konnten. »Dann besorgen wir uns jetzt ein neues Telefon für mich. Aber ich will so eines wie Sie.«

»Ein Smartphone? *Sie*?« Melchior zog die Augenbrauen hoch. »Sind Sie sich da sicher?«

»Was ist daran so ungewöhnlich, dass Sie es derart betonen müssen?«

»Nichts. Überhaupt nichts.« Melchior grinste. »Wir finden sicher was Passendes für Sie.«

Eine Viertelstunde später retteten sich Treidler und Melchior vor einem einsetzenden Regenschauer in den Telekom-Laden in der Fußgängerzone.

Das Geschäft war gut besucht, ein gutes Dutzend Kunden belagerte das Verkaufspersonal. Ein älterer Herr in beigefarbenem Sommerblouson schwang ein zigarettenschachtelgroßes hellgraues Kästchen mit zwei Kabeln in der Hand und beschwerte sich über dessen Funktionsweise. Ein jüngerer Mann mit dunklen Locken hörte ihm mit gelangweilter Miene zu. Das Schild auf seiner Brust verkündete »Auszubildender«. Treidler konnte sich des Eindrucks nicht erwehren, dass die Worte des älteren Mannes einfach an dem Azubi abprallten.

Einen Verkaufstisch weiter ließ sich ein junges Paar mit Regenjacken im Partnerlook ein weißes Handy mit Apfellogo erklären. Ihnen gegenüber stand eine Frau mittleren Alters mit gebleichten Zähnen und knallrotem Lippenstift. An ihrem schwarzen Blazer prangte ebenfalls ein Namensschild, auf dem Treidler nur den

Vornamen »Renate« entziffern konnte. Sie hatte sichtlich Freude an der Vorführung des Geräts. Vermutlich besaß sie das gleiche Modell. Ein Schild über dem dritten Verkaufstisch verkündete in riesigen magentafarbenen Lettern »Highspeed Internet«. Vor den beiden Verkäufern in dunklem Anzug und Krawatte hatten sich zwei kleinere Schlangen gebildet. Aus der Ecke rechts vom Eingang fiepte und piepste es. Ein paar Schulkinder drückten an den ausgestellten Handys herum.

Treidler beschloss, sich hinter den Regenjacken anzustellen und zu warten, bis Renate Zeit hatte, ihm das Telefon zu erklären. Immerhin verkündete das Schild über ihrem Kopf »Erleben, was verbindet«.

»Das Telefon da«, raunte er Melchior zu, »das ist doch so eines, wie Sie haben.«

Melchior schüttelte den Kopf. »Nein, ich habe kein iPhone. Die Dinger sind völlig überteuert und leisten auch nicht mehr als andere Smartphones. Und außerdem sind Apple-Geräte mit nichts sonst kompatibel. Das ist eher was für Leute, die hip sein wollen.«

Nein, hip wollte er eigentlich nicht sein. Er wollte einfach nur ein leichtes, flaches Mobiltelefon. Treidler sah zur Ecke mit den ausgestellten Geräten. Vielleicht sollte er sich zuerst einen Überblick verschaffen.

Eine kleine, dunkel gekleidete Gestalt erregte seine Aufmerksamkeit. Die jüngere Frau mit schmächtigen Schultern hatte ihre pechschwarz gefärbten Haare zu einem Pferdeschwanz gebunden. In ihrem Gesicht blitzten einzelne Piercings auf. Auf ihrem T-Shirt prangte ein roter Aufdruck mit einem Totenkopf. Das Einzige, das an ihr nicht schwarz war, trug sie in der Hand: eine weiße Telekom-Papiertüte. Und plötzlich wusste Treidler, wer dort zwischen den Schulkindern an den Mobiltelefonen herumhantierte: Marietta Holst, die Schwarzgeschminkte mit dem vielen Metall im Gesicht, die einen Geldautomaten hatte erleichtern wollen. Mit der hatte er noch eine Rechnung offen.

Das durfte einfach nicht wahr sein. Wie konnte eine auf frischer Tat ertappte Diebin überhaupt frei herumlaufen? Ihre Version der Geschichte interessierte ihn brennend. Gerade als Treidler sich

Marietta Holst nähern wollte, ließ sie etwas in ihrer Papiertüte verschwinden und löste sich aus der Gruppe. Etwas zu schnell ging sie Richtung Eingangstür.

Als sie hinter seinem Rücken vorbeihuschen wollte, stellte er sein Bein zurück. Holst stolperte. Blitzschnell drehte er sich um. Gerade noch konnte er sie am Oberarm festhalten, sonst hätte sie der Länge nach auf dem Boden gelegen.

»He, was soll das, du Wichser? Du brichst mir den Arm«, rief sie und versuchte sich aus seinem Griff zu befreien.

Renate verstummte. Das Paar in den Regenjacken sah herüber und tuschelte. Stille breitete sich im Laden aus. Nur das Piepsen der Mobiltelefone war zu hören.

Obwohl Treidler sich nicht vorstellen konnte, dass ihr sein Griff mehr Schmerzen bereitete als die Metallstifte in Nase, Mund und Augenbrauen, lockerte er seinen Griff. »Warum, verdammt noch mal, bist du nicht in Gewahrsam?«

Schlagartig veränderte sich Holsts Gesichtsausdruck. Ihr Mund verzog sich zu einem breiten Grinsen. »Ja, das würdest du gerne wissen, Bulle.«

»Ja, das würde ich gerne wissen.« Treidler konnte sich gerade noch den Zusatz »dumme Kuh« verkneifen.

»Vielleicht, weil ich einen festen Wohnsitz habe.« Holsts Stimme klang mehr als überheblich.

»Weil ich einen festen Wohnsitz habe«, äffte Treidler sie nach. »Und wo?«

Holsts Grinsen wurde noch eine Spur breiter. »Das geht dich einen Scheißdreck an.«

Treidler griff wieder fester zu. Natürlich, was hatte er schon erwartet? Holst war nicht aussagefreudiger als am Montag. Von ihr bekam er nur Beleidigungen zu hören. Er verkniff sich einen Kommentar und versuchte es nochmals in sachlichem Tonfall. »Und was hast du da gerade in der Tüte verschwinden lassen?«

»Das geht dich auch einen Scheißdreck an.« Holst kniff die Lider zusammen. Sie sah aus, als wolle sie ihn im nächsten Moment anspringen und ihm die Augen auskratzen.

»Wenn das nicht unsere werte Frau Holst ist«, sagte da Melchior und stellte sich neben Treidler. »Hast du schon Freigang?«

»Du kannst mich mal«, gab Holst zurück und funkelte Melchior gefährlich an.

Treidler nutzte den Moment der Ablenkung, zog an der Papiertüte und warf einen Blick hinein: ein Seitenschneider und ein Mobiltelefon, an dem noch ein Stück Draht hing.

»Ladendiebstahl?«, fragte Treidler. »Das ist doch eigentlich unter deinem Niveau.«

Holst quetschte die Papiertüte mit dem freien Arm fest an ihren Körper. »Mir bleibt ja nichts anderes übrig. Ihr habt mir mein gesamtes Equipment weggenommen.«

Es war nicht zu fassen. »Und dann klaust du dir einfach so alles neu zusammen?«

Holst zuckte mit den Schultern.

»So blöd kann doch niemand sein.« Treidler schüttelte den Kopf. »Zweimal auf frischer Tat ertappt. Ich denke nicht, dass der Richter ein weiteres Mal die Untersuchungshaft wegen eines festen Wohnsitzes aussetzt.«

Neben ihm tauchte Renate, flankiert von zwei stämmigen Männern in grauen Poloshirts mit Telekom-Logo, auf. »Danke, dass Sie uns behilflich waren«, sagte sie mit einer befehlsgewohnten Stimme, die Treidler an Liebermann-Baumgartners Türsteher-Tonfall erinnerte. »Unser Sicherheitsdienst übernimmt den Rest. Wir zeigen den Diebstahl an und werden die Frau dann der Polizei übergeben.«

Treidler ließ Holsts Arm los.

»Können Sie sich ausweisen?«, wandte sich Renate an Holst.

»Leck mich, du blöde Tussi«, gab die zurück und schleuderte die Papiertüte fort. Das Mobiltelefon fiel heraus und schlitterte über den Boden. Der Seitenschneider segelte zufällig so durch den Raum, dass er einige Geräte von den Verkaufsständern herunterriss, ohne dabei jemanden zu treffen.

Vor Schreck standen Renates Augen weit offen. Sie schaute zwischen Treidler und Holst hin und her. Dann gab sie den beiden Männern des Sicherheitsdienstes ein Zeichen. Die griffen Holst rechts und links am Arm und schleiften sie Richtung Ausgang.

Treidler war froh, dass sich jemand anderes der Sache annahm. Er hatte keine Lust, sich weiter Beleidigungen anhören zu müssen.

Sollten sich die Sicherheitskräfte um Holst kümmern. Er wollte nur ein leichtes, flaches Telefon kaufen.

Renate atmete geräuschvoll aus und strich ihren Blazer zurecht. Danach widmete sie sich ihren Haaren. Zum Glück befand sich kein Spiegel in der Nähe. Vermutlich hätte sie sonst ihren knallroten Lippenstift nachgezogen.

»Kann ich Ihnen weiterhelfen?«, fragte sie schließlich in übertrieben höflichem Tonfall und lächelte ein Verkäuferlächeln.

»Ja«, gab Treidler zurück. »Ich möchte mir ein neues Telefon zulegen. Aber kein iPhone.«

Schlagartig fielen Renates Gesichtszüge in sich zusammen wie ein Zelt ohne Gestänge.

Melchior räusperte sich. »Wir dachten an ein einfach zu bedienendes Android-Smartphone mit wenig Schnickschnack. Haben Sie da was?«

Renate setzte einen mitleidigen Gesichtsausdruck auf. »Wollen Sie das wirklich? Sie können sich nicht vorstellen, was Sie ohne iPhone verpassen. Ich habe Ihnen da …«

»Frau …«, Treidler kniff die Augen zusammen, um Renates Nachnamen auf dem Schild an ihrer Brust zu entziffern. Doch zwischen dem »Psy« am Anfang und dem »ski« am Ende waren kaum Selbstlaute, und so blieb es beim Versuch. »Wenn meine Kollegin sagt, dass ich kein iPhone nehmen soll, dann tue ich das auch nicht.« Treidler versuchte, ihr Verkäuferlächeln nachzuahmen. »Also haben Sie nun etwas für mich?«

Renate nickte. »Ich denke schon. Haben Sie denn einen Vertrag?«

Treidler zog sein backsteinförmiges Siemens Mobiltelefon hervor. »Klar, und hier drin ist die SIM.«

Der mitleidige Blick kehrte auf Renates Gesicht zurück. Ganz ernst nahm sie ihn sicher nicht. »Puh. Das ist schon ein ziemlich altes Gerät. Fast museumsreif. Die SIM-Karte können Sie vergessen. Für die neuen Geräte brauchen Sie eine Mikro-SIM. Aber ich kann Ihnen eine mitgeben. Die müssen Sie dann nur noch aktivieren.«

Jetzt klang Renate wie Dankwart von der Mercedes-Werkstatt, der ihm ein H-Kennzeichen aufschwatzen wollte. Und wenn

Treidler daran dachte, dass Koschwitz ihn als älteren Mann bezeichnet hatte, müsste er eigentlich mitsamt Auto und Telefon in Rente gehen. Glücklicherweise fand morgen Abend nicht die Ü-30-Party im alten Stellwerk statt. Wahrscheinlich tanzten auch Ü-40er Salsa. Hoffte er zumindest. Sonst würde er unter all den jungen Leuten auffallen wie der sprichwörtliche bunte Hund.

Wider Erwarten einigten sich Renate und Melchior innerhalb kürzester Zeit auf ein leichtes und flaches Smartphone, etwa halb so groß wie Treidlers Hand. Der Preis allerdings trieb ihm beinahe Tränen in die Augen. Wie zum Teufel war es möglich, dass hundert Gramm plastikummantelter Elektronik dreihundertneunundvierzig Euro kosteten? Die Summe riss ein kleines Loch in das Budget für den neuen Wagen.

Mit dem Telefon und der neuen SIM-Karte in einer weißen Telekom-Papiertüte verließ Treidler mit Melchior den Laden in der Fußgängerzone. Der Regenschauer hatte nachgelassen.

17

Freitag, 23. Juni – Der Tag vor der Johannisnacht

Nur noch wenige, beinahe ausgetrocknete Pfützen standen auf der Straße, als sich Treidler am nächsten Morgen auf den Weg in die Polizeidirektion machte. Ganz im Osten verzogen sich die Reste einer dunklen Wolkenwand und machten Platz für die ersten Sonnenstrahlen.

Die Hitze im Schlafzimmer und erste Zweifel an seinem vorschnellen Ja zum verdeckten Einsatz im Stellwerk hatten dafür gesorgt, dass er gestern lange wach gelegen war. Erst spät nach Mitternacht hatte er noch ein paar Stunden Schlaf gefunden und war gegen sechs Uhr nackt und fröstelnd neben seiner Bettdecke aufgewacht. Die Zweifel jedoch waren geblieben.

Im Büro platzierte Treidler sein neues Smartphone neben der Tastatur. Zufrieden stellte er fest, dass der Akku noch immer fünfundneunzig Prozent anzeigte, obwohl er das Gerät vor bald zwei Stunden vom Netz getrennt hatte. Es wurde Zeit, das Telefon mit einem Anruf zu testen.

Die Rufnummer von »Max B« aus Jakobs' Telefonspeicher konnte er immer noch auswendig aufsagen. Sollte er einfach anrufen, um zu überprüfen, ob es sich tatsächlich um Borcherts Nummer handelte? Allerdings müsste Treidler seine Nummer unterdrücken. Borchert würde garantiert nicht abnehmen, falls er die Nummer erkannte.

Was Melchior konnte, sollte er auch hinbekommen. Sogar mit dem neuen Smartphone. Treidler nahm das Gerät zur Hand und hangelte sich durch das Menü. Alles funktionierte vollkommen anders als bei seinem alten Telefon, und so fand er auch nach längerem Suchen keine Möglichkeit, die Rufnummer zu unterdrücken. Aber warum überhaupt die Geheimniskrämerei? Er konnte auch einfacher herausfinden, ob es sich bei »Max B« um Borchert handelte. Treidler machte sich mit dem Handy auf den Weg zu Borcherts Büro, das der mit Winkler teilte.

Als er vor der Tür stand, versuchte er sich ins Gedächtnis zu rufen, wann er das Büro das letzte Mal betreten hatte. Es musste Jahre her sein. Treidler tippte die Nummer von »Max B« ein, drückte die Wahltaste und legte sofort wieder auf. Mit dem Telefon in der Hand schob er die nur angelehnte Tür auf und trat ein.

Winklers Schreibtisch war verwaist. Borchert saß gegenüber und bearbeitete mit versteinerter Miene seine Computertastatur. Wie immer trug er einen dunklen Anzug mit hellem Hemd und Krawatte mit Krawattennadel. Treidler hatte noch nie verstanden, wie sich ein Mann bei diesen Temperaturen freiwillig derart unbequem anziehen konnte. Aber vielleicht versuchte Borchert damit nur, seinem Chef auch äußerlich möglichst ähnlich zu sein.

Borchert sah auf und blinzelte in Treidlers Richtung, als würde er geblendet. »Der Herr Hauptkommissar Treidler«, begrüßte er ihn und lächelte. »Sie wollen sicher zu meinem Chef.« Seine großen, überraschten Augen verstärkten den kindlichen Gesichtsausdruck.

Treidler schüttelte den Kopf. »Nein. Eigentlich wollte ich zu Ihnen.«

»Wirklich?« Borchert zog die Stirn kraus, was ihn nur wenig älter wirken ließ.

»Ja, wirklich«, gab Treidler zurück und trat vor seinen Schreibtisch.

Borchert schob die Tastatur beiseite. »Eigentlich habe ich ja überhaupt keine Zeit. Ich muss noch einen Bericht überarbeiten. Die Schober macht ja seit Neustem, was sie will. Postkarten sammeln zum Beispiel, oder welche an die Wand nageln.« Er schüttelte den Kopf.

Daran hatte Treidler nicht mehr gedacht. Eigentlich hätte er Borchert wegen der vergessenen Postkarten schon vor Tagen einen Verweis erteilen sollen. Aber wenn sich seine Vermutung bestätigte, war das nicht mehr nötig.

»Wie kann ich Ihnen helfen?« Borchert zog seine Krawatte zurecht.

Treidler betrachtete die rot-blau gestreifte Krawatte. Er selbst konnte vermutlich nicht einmal mehr den Knoten binden.

»Also?« Borchert sah ihn auffordernd an.

»Das Smartphone hier.« Treidler hielt sein Telefon hoch. »Ich hab es mir gestern gekauft und versteh es noch nicht ganz. Melchior ist noch nicht hier, da dachte ich, dass Sie mir das mit der Wahlwiederholung kurz erklären.«

Borchert musterte ihn einen Augenblick, dann lächelte er. »Ja, ja, die neuen Geräte. Die sind nicht jedermanns Sache – insbesondere, wenn man nicht damit aufgewachsen ist.«

Dämlicher Trottel, dachte Treidler.

»Das ist ein Android-Smartphone«, fuhr Borchert fort. »Die sind eigentlich ganz einfach.« Er stand auf und kam in einer Wolke Rasierwasser um seinen Schreibtisch herum. Dutzende kleiner Pickel und Schnitte an Kinn und Hals zeugten davon, dass bei seiner morgendlichen Rasur so einiges schiefgelaufen war. »Ich erkläre es Ihnen. Geben Sie mal her.«

Treidler reichte ihm das Telefon. »Sie können die letzte Nummer verwenden. Das ist die von Melchior. Ich wollte sie gerade anrufen und fragen, wo sie bleibt.«

Borchert nickte, wischte mit dem Zeigerfinger über das Display und hielt Treidler das Telefon hin. »Hier das Symbol mit den zwei Punkten ist die Wahlwiederholung. Soll ich einfach mal draufdrücken?«

Treidler nickte. Ja, mach das. Ich kann dir gar nicht sagen, wie ich mich schon darauf freue.

Borchert tippte auf das Display und gab ihm das Telefon zurück. »Aber sprechen müssen Sie schon selbst mit ihr.«

Treidler lauschte. War da ein Klingeln zu hören?

Verdammt, nein. Kein Klingeln.

Da, ein leises Summen. Das musste ein Vibrationsalarm sein.

»Oh, ein Gespräch für mich«, sagte Borchert und drehte sich um. Mitten in der Bewegung hielt er abrupt inne.

Treffer. Treidler drückte die Taste, um den Ruf zu beenden. Das Summen erstarb. »Soll ich noch mal?«

Borchert wandte sich wieder an Treidler. »Was … was hat das zu bedeuten?«

»Borchert, Borchert.« Treidler schüttelte den Kopf. »Sie stellen einfach immer die falsche Frage.«

»Und welche wäre die richtige?« Borcherts Gesicht hatte an Farbe verloren.

»Woher habe ich diese Telefonnummer, obwohl es nicht Ihre offizielle ist?«

Borchert antwortete nicht.

»Ich werde es Ihnen sagen: Sie stammt von Konrad Jakobs' Handy. Das ist so ein verdammter Zeitungsfotograf, der zu oft zur richtigen Zeit am richtigen Ort ist.«

»Was … wollen Sie damit andeuten?« Borcherts Augenlider flackerten leicht.

Treidler verstaute sein Smartphone in der Hosentasche. »Ihnen blüht ein Disziplinarverfahren. Und bei der Verletzung von Dienstgeheimnissen oder der unerlaubten Weitergabe von Informationen kann das schnell mit der Entlassung aus dem Staatsdienst enden.«

Der letzte Rest Farbe wich aus Borcherts kindlichem Gesicht.

»Sie müssen wissen, Borchert, dass ich Sie nicht ausstehen kann. Ich kann Ihren Scheiß-Anzug nicht ausstehen und Ihr Scheiß-Rasierwasser noch viel weniger. Es stinkt nach Winkler. Aber wenn ich mir Ihr Pickelgesicht so anschaue … Sie sind verdammt jung und haben das ganze Leben noch vor sich. Ich will keine Schuld daran haben, dass Sie aus dem Polizeidienst fliegen.« Treidler grinste. »Obwohl ich nicht sicher bin, ob das eine gute Idee ist.«

Borchert atmete aus.

»Als Gegenleistung will ich Ihr Versetzungsgesuch sehen. Und zwar bis spätestens Montagmorgen, vorne beim Grauen auf dem Schreibtisch.«

Borchert senkte den Kopf. Einen Herzschlag später schaute er auf und tippte sich an die Stirn. »Und wenn nicht?«

»Dann mach ich Sie fertig. Und das ist das Ende dieser Unterhaltung.« Treidler wandte sich ab.

»Das schaffen Sie garantiert nicht. Winkler ist hier bald der Boss«, rief ihm Borchert nach. »Und dann bin ich eine Stufe über Ihnen.«

Das war die falsche Antwort. Treidler drehte sich auf dem Absatz um. »Pass auf, du kleiner Pisser, was du sagst.« Er hob den Zeigefinger. Seine Hand zitterte. »Du kannst deinen Arsch darauf verwetten, dass ich das schaffe. Ich war schon hier, da hast du noch in die Windeln gemacht. Und du solltest froh sein, dass ich dich noch nicht hab auffliegen lassen.«

Borchert presste die Lippen zu einem schmalen Strich.

»Wichser.« Treidler knallte die Tür hinter sich zu und wäre auf dem Flur beinahe mit Melchior zusammengestoßen.

»Was machen Sie denn in Winklers Büro?«, fragte sie. Zum ersten Mal im Dienst hatte sie ihre Haare nicht zu einem Knoten am Hinterkopf zusammengebunden. Die schulterlangen Strähnen verliehen ihrem Gesicht einen mädchenhaften Ausdruck, den ihre großen braunen Augen noch verstärkten.

Treidler atmete durch. Borcherts überhebliches Gerede hakte er erst mal unter Größenwahn ab. »Ich habe Borchert mein neues Handy gezeigt.«

»Borchert?« Melchior lachte auf »Sie wollen mich wohl auf den Arm nehmen.«

Treidler grinste. »Die Nummer aus Jakobs' Handy. Ich hab's rausbekommen. Es ist tatsächlich Borcherts Nummer.«

»Und wie haben Sie das angestellt?«

»Ich hab ihn angerufen – nein, falsch: Er hat sich selbst angerufen.« Treidler erzählte ihr, was passiert war, während sie den Flur entlanggingen.

Im Büro angekommen, setzte sich Melchior an ihren Schreibtisch und startete den Computer. »Dann gibt es wohl bald eine neue Stelle zu besetzen. Und wenn Winkler Ende des Jahres Nachfolger von Kriminalrat Petersen werden sollte, fällt das ganze Team weg.«

Treidler zuckte mit den Schultern. »Damit kann ich gut leben. Ich hab die beiden noch nie ausstehen können.«

»Da wär ich jetzt nie drauf gekommen.« Melchior lächelte schief.

»Wo waren Sie eigentlich?«, fragte Treidler. »Wir hatten uns eigentlich für neun Uhr verabredet. Jetzt ist es schon nach zehn.«

»Kontrollieren Sie mich jetzt etwa?«

»Nein, bestimmt nicht.« Immer musste sie jedes seiner Worte auf die Goldwaage legen. Er lehnte sich an seinen Schreibtisch und verschränkte die Arme vor der Brust.

»Das hörte sich aber so an.« Melchior schaute auf.

»Wir haben für heute Abend noch einiges vorzubereiten.« Und da spürte Treidler sie wieder: die Zweifel, mit dem Einsatz die richtige Entscheidung getroffen zu haben. Er durfte seine Kollegin nicht in Gefahr bringen.

»Heute könnte es tatsächlich mal heiß werden.« Melchior zog ihre Lederjacke aus und legte sie über den Schreibtisch.

Wie recht sie hatte. Treidler lief der Schweiß bereits aus allen Poren.

Melchior kramte in ihrer Hosentasche und förderte ein Haargummi zutage. »Ich bin auf dem Weg ins Büro noch mal bei Julio Koschwitz vorbei und habe ihm ein Foto von Pfarrer Eberhardt gezeigt. Er sagt, dass er ihn noch nie gesehen hat.« Sie nahm das Gummi in den Mund, strich ihre dunklen Haare nach hinten und band sie zu einem Zopf.

Treidler schloss für einen Moment die Augen und atmete durch. »Einen Versuch war es auf jeden Fall wert.«

Melchior nahm ihre Lederjacke vom Tisch und hängte sie an die Garderobe. In der rechten Gesäßtasche ihrer Jeans zeichneten sich Handschellen ab. »Nach Klaus Wichmann können wir jetzt wohl Eberhardt ebenfalls als Verdächtigen ausschließen.« Sie nahm das Pistolenholster vom Gürtel und verstaute es in einer Jackentasche.

»Ist eigentlich irgendwas mit Ihnen?«, fragte Melchior, als sie wieder am Schreibtisch saß.

Treidler schüttelte den Kopf. »Nein, wieso?« Er konnte sich nur schwer von ihrem Anblick losreißen.

»Sie schauen so komisch.« Über Melchiors Gesicht huschte ein Lächeln.

Treidler räusperte sich. »Ich fragte mich nur, ob Sie Salsa tanzen können.«

»Salsa?« Melchior bewegte rhythmisch ihre Hüften. »Ich denke, das schaffe ich zur Not.«

Treidler stand auf und öffnete das Fenster. Leichter Wind blies ins Zimmer. »Wissen Sie etwas über Wichmann – gibt's da was Neues?«

»Nicht, dass ich wüsste. Aber ich denke, der Mann spielt in unserem Fall eh keine Rolle mehr. Oder glauben Sie, dass er ein Doppelleben als Serienmörder führt?«

»Bestimmt nicht.« Wichmann war lediglich ein armer Teufel.

Genau genommen tat er ihm sogar leid. »Lassen wir uns von Dorfler dann die Ausrüstung geben?«

»Ich komme nach.« Melchior nahm die Computertastatur zur Hand. »Ich checke nur noch meine Mails.«

Dorfler sah von seinem Notebook auf, als Treidler das Büro der KTU betrat. »Der Herr Treidler. Sie wollen sicherlich die Ausrüstung abholen.«

Treidler nickte. »Haben Sie alles fertig?«

»Natürlich.« Dorfler strich über seinen imposanten Schnauzbart. »Den Akku des Empfängers habe ich über Nacht geladen. Auch der Sender funktioniert einwandfrei.«

»Lassen Sie mal sehen.« Außer dem Notebook konnte Treidler nichts auf dem Schreibtisch entdecken. Trotzdem war er sich sicher, dass Dorfler alles organisiert hatte, um was Treidler ihn gestern noch telefonisch gebeten hatte.

»Gleich. Aber ich hab da noch etwas Interessantes gefunden.« Dorflers Stimme nahm einen geheimnisvollen Tonfall an. »Schauen Sie mal.« Er deutete auf den Bildschirm des Notebooks.

Treidler kam um den Schreibtisch herum.

»Ich hab mir die Fotos von Svetlanas Handy noch mal angeschaut.«

Der Bildschirm zeigte ein Foto von Svetlana, das er noch nicht gesehen hatte. Es war keines ihrer Selfies. Auf dem Foto stand sie vor dem Schaufenster einer Boutique und lächelte stolz. Sie hielt zwei Papiertüten teurer Modelabels in den Händen. Im Hintergrund erkannte Treidler zwei Schaufensterpuppen mit knappen Dessous über kurvigen Rundungen. Er kniff die Augen zusammen und entzifferte den Schriftzug »Victoria's Secret« auf einem Plakat mit halb nackten Frauen.

»Interessant«, sagte Treidler, obwohl er auf dem Bild eigentlich nichts Interessantes entdeckten konnte. Mit viel Glück könnten sie feststellen, wo das Foto gemacht worden war.

»Was ist interessant?«, fragte Melchior von der Tür her.

»Kommen Sie, Frau Melchior.« Dorfler winkte ihr, ebenfalls um den Schreibtisch herumzukommen. »Alle Fotos auf dem Handy, auf denen Svetlana zu sehen ist, hat sie selbst aufgenommen.« Er wartete, bis Melchior auf den Bildschirm sehen konnte. »Nur das hier nicht.« Er deutete auf das Bild.

»Das Schaufenster«, stellte Melchior fest. »Darin spiegelt sich der Typ, der das Foto gemacht hat.«

»Gut beobachtet.« Dorfler nickte.

»Die Schaufensterpuppen lenken schon verdammt ab.« Melchior schaute zu Treidler und grinste.

Jetzt sah er es auch. Im Schaufenster war tatsächlich das Spiegelbild eines Mannes zu erkennen: groß, halblange blonde Haare, heller Wollmantel über brauner Stoffhose. Leider verdeckten das Mobiltelefon und die Hände das meiste seines Gesichtes.

»Passt zur Beschreibung«, sagte Melchior. »Das könnte unser Hans sein. Aber es ist wie verhext: kein Gesicht.«

»Ja, leider.« Dorfler klappte den Deckel des Notebooks zu. »Aber Sie wollen jetzt sicherlich Ihre Ausrüstung mitnehmen.«

Treidler und Melchior nickten.

Dorfler bückte sich, zog eine Schreibtischschublade auf und förderte ein transparentes Etui zutage. Darin befand sich ein winziges metallenes Etwas von der Größe einer Euromünze. Lediglich die kurze Drahtschlaufe an einem Ende deutete darauf hin, dass es sich um ein elektronisches Gerät handelte. »Das ist Ihr Miniatursender. Er verfügt über ein hochempfindliches Mikrofon und hat eine Reichweite von zwei- oder dreihundert Metern – auf freiem Feld, wohlgemerkt. In Gebäuden allerdings weniger, da hängt die Reichweite von der Mauerstärke ab.«

»Keine Kabel?«, fragte Treidler. Das letzte Mal, als er eine Abhöreinheit zu Gesicht bekommen hatte, war diese so groß wie eine Zigarettenschachtel gewesen und musste umständlich am Körper verkabelt werden.

»Kabel? In welchem Jahrhundert leben Sie?«, sagte Melchior. »Das BKA hat noch kleinere.«

Dorfler nickte. »Bei dem Teil hier handelt es sich nicht gerade um das neueste Modell. Die neuen haben eine Reichweite von bis zu zwei Kilometern. Aber dafür hat das hier schon eine sprachgesteuerte Schaltung.«

»Sprachgesteuerte Schaltung?« Treidler griff nach dem Etui und drehte es in der Hand.

»Um Energie zu sparen, schaltet sich der Sender erst bei einem Geräusch ein. Im Prinzip wie bei einem Babyphone.«

Treidler klappte vorsichtig den Deckel auf, nahm den Sender heraus und begutachtete ihn von allen Seiten. Das Größte daran war ein schwarzes stecknadelkopfgroßes Kügelchen, das offensichtlich das Mikrofon darstellte. »Verdammt klein, diese Dinger.« Er reichte das Etui an Melchior weiter.

»Sie müssen darauf achten, dass sich das Mikro nahe der Geräuschquelle befindet. Das heißt, wenn Sie ein Gespräch mithören wollen, sollten Sie es in der Nähe des Kopfes platzieren. Sonst schaltet es sich nicht ein.«

Melchior legte das Etui zurück auf den Schreibtisch. »Ganz ausschalten kann ich es nur, indem ich die Knopfzelle entferne, richtig?«

Dorfler nickte. »Genau. Und das sollten Sie auch tun, wenn Sie nicht wollen, dass der Empfänger mithört.«

»Wo ist dieser Empfänger?« Falls der ebenfalls so klein war, konnte er Melchiors Gespräche völlig unauffällig mithören.

Dorfler nahm ein weiteres Etui sowie eine Art Mobiltelefon mit einer kurzen gummiummantelten Antenne aus der Schublade. »Digitalempfänger mit zugehörigem Bluetooth-In-Ear-Hörer.«

Treidler konnte kaum glauben, was er dort im Etui liegen sah. Der In-Ear-Hörer war nicht viel größer als eine Erbse, die ein halb durchsichtiges Gummi umgab.

»Sobald der Sender mit dem Empfänger gekoppelt ist und das Signal schwach wird, piepst es. Das hört sich dann so an.« Dorfler drückte eine Taste am Empfänger, und ein hoher Ton, ähnlich dem Piepsen eines Faxgerätes, erklang. »Sie hören das natürlich nur im Ohrhörer. Wenn Sie dann nicht aufpassen, kann es sein, dass gleich darauf die Reichweite des Senders überschritten ist. Sobald der Sender wieder in Reichweite zum Empfänger ist, schaltet er sich bei einem Geräusch automatisch wieder ein. Verstanden?«

»Piepston außerhalb der Reichweite«, wiederholte Treidler. »Hab ich verstanden.«

»An den Kopfhörerausgang lassen sich auch Digital Recorder oder andere Geräte zum Audiomitschnitt anschließen. Soll ich Ihnen da was mitgeben?«

Melchior schüttelte den Kopf. »Mithören reicht für unsere Zwecke. Und die Reichweite wohl auch.«

»Wie Sie wollen.« Dorfler nickte. »Hier ist noch das Ladegerät für den Empfänger. Bevor Sie die Ausrüstung einsetzen, testen Sie am besten noch Position und Entfernung des Mikros unter reellen Bedingungen.« Er legte die beiden Etuis aufeinander und schob sie mit dem Empfänger samt Ladegerät Treidler hin. »Im Voraus kann man nie genau sagen, wie die Ausrüstung reagiert. Ich habe da schon alles Mögliche erlebt.«

Treidler nickte. Den Rest des Nachmittags würden sie die Ausrüstung ausführlich testen. Er wollte jeden Unsicherheitsfaktor von vorneherein ausschließen.

»Was oder wen wollen Sie eigentlich damit abhören?« Dorfler reckte den Kopf. »Die Ausrüstung, die vor Ihnen liegt, ist verdammt teuer. Ich könnte Ihnen ein paar Tipps geben.«

»Wir haben eine Observation, hier in Rottweil.« Treidler lächelte. »Wenn ich das Zeugs am Montag zurückbringe, erzähle ich Ihnen alles.«

Dorfler machte ein enttäuschtes Gesicht. Treidler konnte sich des Eindrucks nicht erwehren, dass er am liebsten an ihrem verdeckten Einsatz teilgenommen hätte. Ganz im Gegensatz zu ihm selbst. Er hoffte, alles so schnell und vor allem so unspektakulär wie möglich hinter sich zu bringen. Noch war nicht klar, mit wem sie es heute Abend im alten Stellwerk zu tun haben würden. Es konnte ein harmloser Zeuge, aber auch ein durchgeknallter Serienmörder sein.

18

Das alte Stellwerk war kaum wiederzuerkennen, als Treidler nach halb neun den Gastraum betrat. Trotz der kleinen Fenster und der hereinbrechenden Dämmerung brauchte es Vorhänge, um den Raum abzudunkeln. Dennoch empfand es Treidler immer noch als zu hell. Niemand sollte seinen Ohrhörer bemerken. Für Licht sorgte eine wahre Batterie von Spots. Sie warfen ihre bunten Strahlen auf einige Discokugeln, die sie dann tausendfach reflektierten und über die Wände, die Einrichtung und den hellen Fliesenboden tanzen ließen.

Statt eines einzelnen biertrinkenden Passanten wie bei seinem letzten Besuch bevölkerte nun ein gutes Dutzend Frauen die Stehtische im hinteren Teil des Raums. Die meisten trugen kurze gemusterte Kleider oder bunte T-Shirts über noch kürzeren Shorts. Eine Handvoll Pärchen hatte auf den Sitzbänken rechts des Eingangs und an den Bistrotischen unterhalb der Treppe an der Wand gegenüber Platz gefunden. Männer waren eindeutig in der Unterzahl. Neben den Begleitern zählte Treidler fünf solariumgebräunte Möchtegern-Latinos. In hellen Sommerhosen und bunten, brustweit geöffneten Seidenhemden standen sie mit dem Rücken zur Theke, die links des Eingangs bis fast zur Treppe gegenüber reichte.

Eines hatten alle Gäste gemeinsam: Sie starrten wie hypnotisiert auf die verlassene Tanzfläche in der Mitte des Raums.

Obwohl die Salsa-Dancenight erst in zwanzig Minuten begann, hatte die Temperatur in dem tennisplatzgroßen Raum längst die Grenze des Erträglichen erreicht. Wenn jede Person etwa zweihundert Watt Wärme abstrahlte, ersetzten die Anwesenden bereits jetzt eine Heizung mit zehn Kilowatt. Allerdings würde die im Verlauf der Nacht wohl kaum nötig sein. Im alten Stellwerk wurde es sicher nicht kühler als die dreißig Grad, die immer noch draußen herrschten.

Treidler fand unter der Treppe einen freien Bistrotisch mit zwei Stühlen. Er setzte sich mit dem Rücken zur Wand und konnte so die Theke und den großen Raum überblicken, während er selbst im Halbdunkel nur schlecht zu sehen war.

Er war ausgeschlafen und voller Tatendrang. Nachdem er und Melchior die Ausrüstung getestet hatten, war er nach Hause gefahren, um den fehlenden Schlaf der letzten Nacht nachzuholen. Und trotz seiner Nervosität, die im Vorfeld des Einsatzes stündlich anstieg, hatte er etwas schlafen können. Er schaute auf seine Armbanduhr. Melchior wollte um Viertel vor neun kommen. Noch genügend Zeit, die anwesenden Männer näher zu betrachten. Keiner hatte auch nur im Entferntesten Ähnlichkeit mit ihrem großen Unbekannten, dem Geschäftsmann Hans. Nur zwei hatten kurze blonde Haare, ein Dritter eine Glatze und der Rest braune oder schwarze Haare. Sein Blick blieb an einer Gruppe von vier Frauen mittleren Alters hängen, alle in knielangen Sommerkleidern in Rot, Grün, Gelb und Weiß. Wegen ihrer durchweg kleinen und eher molligen Statur erinnerten sie Treidler an eine Handvoll Gummibärchen. Die vier hielten nach einem Platz Ausschau und schienen unschlüssig, ob sie die Theke nahe den Möchtegern-Latinos oder einen separaten Stehtisch ansteuern sollten.

Wie schon am vergangenen Dienstag hatte Penny an der Theke den Schankservice übernommen, für die Salsa-Dancenight jedoch ohne Pippi-Langstrumpf-Zöpfe. Sie trug ein grünes, tief dekolletiertes Kleid aus Satin oder einem ähnlich glänzenden Material. Aber wo war Julio Koschwitz? Sein Discjockey-Pult in der Ecke zwischen den Bistro- und den Stehtischen war verwaist. Als Hintergrundmusik lief seichter Disco-Pop vom Band.

Inzwischen hatte sich die Gummibärchen-Bande für einen Stehtisch ganz in Treidlers Nähe entschieden. Die Frauen brachten eine ungeheure Parfümwolke mit sich.

Es schien, als ob zur Salsa-Dancenight im Stellwerk die Geschlechterteilung noch funktionierte wie im Mittelalter. An den Stehtischen links von Treidler befanden sich die Frauen, rechts von ihm an der Theke standen nur Männer. Zwischen ihnen lag die Tanzfläche, über die die Discokugeln bunte Lichtkleckse jagten. Paare oder Unentschlossene wie er hatten als Zuschauer ihre Plätze an den Bistrotischen oder auf den Sitzbänken gegenüber eingenommen. Jetzt fehlte nur noch der Startschuss.

Als einer der Hauptakteure des Abends hatte wenig später Julio Koschwitz seinen Auftritt. In der weißen Anzughose mit passender Weste über dem schwarzen Hemd sah er aus wie eine zu kurz geratene Mischung aus Julio Iglesias und John Travolta in »Saturday Night Fever« – Schmalztolle und sichtbare Brustbehaarung inklusive. Federnden Schrittes marschierte er über die Tanzfläche zu seinem Arbeitsplatz. Er schaute nicht links, nicht rechts. Gleichwohl schien er zu wissen, dass die Blicke der allermeisten Frauen im Raum auf ihn gerichtet waren.

Während Koschwitz an seiner Anlage herumhantierte, tauchte neben Treidlers Tisch eine Bedienung auf, die vom Alter her seine Tochter sein könnte. In ihrer minimalistischen Kleidung würde sie auch gut und gerne als Beachvolleyball-Spielerin durchgehen. Sie erkundigte sich mit einer mädchenhaften Piepsstimme nach seinem Wunsch, und er bestellte ein alkoholfreies Weizenbier.

Die Hitze des Raums erfasste auch Treidler. Vielleicht war es ein Fehler gewesen, ein Hemd und die Cargohose mit den vielen Seitentaschen anzuziehen. Doch nur so konnte er sicherstellen, dass niemand den Empfänger und die Pistole in seiner Kleidung bemerkte.

Er schaute ein weiteres Mal auf seine Armbanduhr. Die zeigte inzwischen zehn vor neun an. Wo zum Teufel blieb Melchior?

Die leicht beschürzte Bedienung kam mit seinem Bier zurück. Die Hitze hatte ihn durstig gemacht, und er trank einen großen Schluck. Als er wieder aufschaute, stand in der Eingangstür eine zierliche Frau in einem weinroten knielangen Kleid. Um ihr hübsches Gesicht lockten sich dunkelbraune Haare bis hinab zu den schmalen Schulterträgern. Die Erkenntnis traf ihn wie ein Schlag: Melchior. Er kniff die Augen zusammen und musterte sie. Das eng anliegende Kleid betonte ihre Figur, und in den roten High Heels erschien sie viel größer als sonst. Mit ihrem dunklen Teint und den fast schwarzen Augen wirkte sie wie eine waschechte Kubanerin, eigens angereist, um an der Salsa-Dancenight teilzunehmen.

Melchior blieb im Eingangsbereich stehen und schaute sich um. Für einen kurzen Moment kreuzten sich ihre Blicke. Wie zufällig führte sie die riemenlose weinrote Clutch in ihrer Hand am Mund vorbei.

»Treidler, Sie glotzen mich an«, vernahm er ihre Stimme im Ohr.

»Tue ich nicht«, sagte Treidler schnell. Zu schnell. Sie konnte ihn natürlich nicht hören. Immerhin wusste er jetzt, dass der Empfang auch im alten Stellwerk perfekt funktionierte.

Melchior nahm einen Platz an der Theke ein und legte ihre Handtasche auf den Tresen. Es dauerte nur wenige Sekunden, bis die fünf Möchtegern-Latinos sie ungeniert anstarrten.

Treidler hörte, wie Melchior bei Penny ein großes Mineralwasser mit Eiswürfeln bestellte. Dann drehte sie sich auf dem Barhocker Richtung Tanzfläche. Sie hatte ihren Platz so geschickt gewählt, dass sie den gesamten Raum überblicken und jeden neuen Gast beim Eintreten sehen konnte.

Allmählich füllte sich das alte Stellwerk. Dutzende Paare und kleinere Gruppen von Frauen und Männer traten durch die Eingangstür. Das Schaulaufen hatte etwas von einem verspäteten Fastnachtsball. Die Frauen hatten bunte, eher kurze Kleider, eng anliegende Shorts oder Leggins an, während die Männer farbige Hemden oder T-Shirts zu hellen, weiten Leinenhosen trugen. Einige hatten sogar einen weißen Leinenhut oder eine Schiebermütze auf. Obwohl sich inzwischen bestimmt zwei oder drei Dutzend Männer im Raum befanden, passte keiner auf die Beschreibung von Hans.

Dafür fand sich eine Person im alten Stellwerk ein, die mit dem Fall in Verbindung stand: Gregor Pollack. Auch er trug eine beige Leinenhose zu einem weit ausgeschnittenen schwarzen T-Shirt. Mit seinen dünnen Armen lehnte er sich neben den Möchtegern-Latinos an die Theke. Doch statt Richtung Tanzfläche zu starren, wie die meisten im Raum, betrachtete er die fünf Männer neben sich.

Die Salsa-Dancenight begann mit dem Trommeln von Congas. Obwohl vermutlich nicht allzu viele Spanisch sprechende Gäste anwesend waren, begrüßte Koschwitz sie in Spanisch. Nach seiner kurzen Ansprache wurden die Congas lauter, und die typischen Salsa-Rhythmen mit Piano und Posaunen setzten ein. Sogleich trieb es einige Paare auf die Tanzfläche. Zwei der Möchtegern-Latinos wanderten schnurstracks Richtung Stehtische und forderten das rote und das weiße Gummibärchen zum Tanzen auf. Die Frauen ließen sich nicht lange bitten und schwangen einen Augenblick später ihre Hüften auf der Tanzfläche. Sie sahen nicht nur aus wie Gummibärchen, sondern ihre Körper verfügten offenbar auch über eine ähnliche Konsistenz. Von der Hüfte an abwärts bogen, wippten und schüttelten sie sich, als ob sie nur aus Gummi bestünden. Ein dunkelhäutiger, schlaksiger Mann mit Paul-Breitner-Gedächtnisfrisur und glänzend gelbem Hosenanzug schien den Job des Vortänzers übernommen zu haben. Breitbeinig und mit ausladenden Hüftschwüngen schob er sich über die Tanzfläche.

»Du bist neu hier«, hörte Treidler eine tiefe Stimme über den Ohrhörer. Sie hatte einen leicht südländischen Akzent. Er schaute zu Melchior. Der glatzköpfige Möchtegern-Latino hatte sie angesprochen.

»Könnte man so sagen«, entgegnete Melchior.

»Woher stammst du? Italien, Spanien oder irgendwo aus Südamerika?«

»Pankow.«

»Pankow?«

»Ja.« Melchior seufzte. »Das liegt im Osten Berlins.«

Der Glatzkopf kratzte sich am Kopf. »Ich komme auch aus dem Osten«, sagte er schließlich.

»Tatsächlich?« Ein gleichgültiger Unterton schwang da in Melchiors Frage mit.

»Südosten, ja. Ich bin Grieche.«

»Griechenland ist nicht gerade bekannt fürs Salsatanzen«, kam es wie aus der Pistole geschossen von Melchior zurück.

Offenbar war sein Stichwort gefallen. »Salsa – willst du Salsa?« Der Grieche legte seinen Ellenbogen auf den Tresen und rutschte mit seinem Oberkörper auf Melchior zu. »Ich zeig dir ein paar heiße Moves«, flüsterte er in verschwörerischem Tonfall.

»Heiße Moves?« Melchior stieß ein Lachen aus.

Auch Treidler musste lachen. Er würde jede Wette eingehen, dass sie sich innerhalb der nächsten Minuten den Griechen vom Hals schaffen würde.

»Was ist? Willst du nicht?«

»Ich denke nicht«, fuhr Melchior mit zuckersüßer Stimme fort. »Aber wenn du warten willst, kann dir mein Freund das auch selbst sagen. Vielleicht vertreibst du dir bis dahin die Zeit mit Sirtaki.«

Rums – das saß. Ohne ein weiteres Wort wandte sich der Grieche von Melchior ab und ging wieder zu seinem angestammten Platz neben den beiden anderen Möchtegern-Latinos. Das Gespräch hatte gerade mal zehn Sekunden gedauert. Treidler konnte Griechisch nicht von den Lippen ablesen, sonst hätte er sicher noch einen Schwall griechischer Verwünschungen mitbekommen.

»Was ist denn so lustig?« Das grüne Gummibärchen stand vor ihm. »Darf ich mitlachen?«

Unwillkürlich fasste sich Treidler ans rechte Ohr. Der Hörer saß tief genug, sodass die Frau ihn nicht entdecken konnte. Sie war etwa so alt wie er und hatte ihre blonden welligen Haare zu einem straffen Pferdeschwanz gebunden. Ihr olivgrünes Kleid war etwas zu eng, vor allem aber zu kurz geraten. Unter den Schulterbändern blitzten die Träger ihres Büstenhalters hervor: rote Spitze hatte Treidler noch nie leiden können.

Er schüttelte den Kopf und hoffte inständig, dass sie schnell wieder das Interesse an ihm verlor.

»Was ist? Bist du stumm?« Noch immer fixierte ihn die Frau und lächelte dabei. Ihr Blick hatte etwas von einem Duell.

»Nein.« Jetzt bloß kein Gespräch beginnen.

»Darf ich mich zu dir setzen?« Sie legte eine Hand auf die Stuhllehne.

Treidler seufzte. »Ich will nicht tanzen.«

»Warum? Kannst du keinen Salsa? Ich zeig's dir.«

Alles an der Frau war zu viel: zu blond, zu viel Schminke, zu lange Fingernägel, zu viel Glitzerschmuck. Außerdem hatte er weder Zeit noch Lust, mit jemandem zu reden. Er musste Melchior im Auge behalten. »Sie haben die falsche Haarfarbe. Ich stehe nicht auf Blond.«

Ein ähnlicher Erfolg wie Melchior blieb ihm verwehrt. Die Frau schob den Stuhl zurecht, legte ihre dunkelgrüne Handtasche auf den Tisch und setzte sich. »Mein Name ist Britta. Und wie heißt du?«

Am liebsten hätte er geantwortet: »Hauptkommissar Treidler, gehen Sie bitte weiter. Hier gibt's nichts zu sehen.« Doch stattdessen sagte er: »Wolfgang.«

»Gut, Wolfgang.« Britta musterte ihn aus ihren grünen Augen. Treidler kam sich vor wie die Auslage in der Wursttheke bei Edeka.

»Und? Genug gesehen?« Er nahm einen Schluck vom Bier.

»Ich weiß noch nicht.« Britta verzog die Lippen. »Aber das, was ich sehe, interessiert mich.«

»Ich warte auf jemanden.«

Britta lächelte. »Das glaube ich dir nicht. Du starrst die ganze Zeit hinüber zur Bar, zu der Kleinen im roten Kleid.«

Verdammt, er durfte Melchior nicht so auffällig beobachten. »Und wenn schon?«

»Das kannst du vergessen. Die Kleine ist bestimmt zehn Jahre jünger …«

»Darf ich dich zu einem Hugo einladen?«, drang da eine leise männliche Stimme aus Treidlers Ohrhörer. Hugo? Es war wie ein elektrischer Schlag. Treidler riss den Blick von Britta los und schaute zur Bar. Ein großer, breitschultriger Mann stand mit dem Rücken zu ihm gewandt bei Melchior. Er trug eine helle Leinenhose, ein schwarzes Hemd mit hochgekrempelten Ärmeln und eine weiße Schiebermütze auf dem Kopf. Von den Haaren darunter konnte Treidler nur erkennen, dass sie hell waren.

»Hörst du mir überhaupt zu?«, sagte Britta neben ihm.

»Ja … nein.« Treidler nahm den Blick nicht von Melchior und dem Mützenträger. »Aber ich möchte jetzt einfach nur alleine sein.«

»Was ist mit dir?«, fragte Britta.

»Ja, warum nicht?«, drang Melchiors Stimme aus dem Ohrhörer.

»Verdammt noch mal.« Treidler wendete sich ab. »Lass mich in Ruhe.«

Endlich gab Britta auf. Wortlos zog sie die Handtasche vom Tisch, stand auf und watschelte zurück zum gelben Gummibärchen, das immer noch alleine an seinem Stehtisch auf einen Tanzpartner wartete.

Treidler blickte wieder zu Melchior und hörte, wie der Mann bei Penny zwei Hugos bestellte. Er hob für einen Augenblick die Schiebermütze an und strich seine Haare zurück: dunkelblond und halblang. Verflucht, Koschwitz' Beschreibung von Hans passte. Und Koschwitz stand drüben am Discjockey-Pult. Er könnte ihn einfach fragen.

»Ich bin Hanns, Hanns mit zwei n«, vernahm er die männliche Stimme.

Schlagartig nahm die Hitze Treidler die Luft weg. Schweißperlen bildeten sich auf seiner Stirn und den Schläfen. Er wischte sie nicht ab, traute sich nicht, sich zu bewegen. War das tatsächlich ihr großer Unbekannter, der da neben Melchior stand? Hans – nur mit zwei n?

»Und wie weiter?« Melchior klang, als hätte sie bereits auf Verhörmodus geschaltet.

»Du bist ziemlich neugierig.«

»Und du? Bist du Geheimagent?«

Der Mann mit der Schiebermütze lachte kurz auf. »Du sagst mir deinen Namen, ich dir dann meinen, okay?«

»Jana«, sagte Melchior. »Jetzt bist du dran.«

»Aber nur wenn du versprichst, nicht zu lachen.«

Melchior nickte.

»Hanns Nikolaus Philip Eugen«, er zögerte einen winzigen Moment, »von Rothstein.«

»Du Angeber«, murmelte Treidler. »Ist das deine Masche?«

»Ein adliger Salsa-Tänzer?«, fragte Melchior.

Rothstein lachte. Es war ein angenehmes, warmes Lachen. »Ich bin weder adelig, noch mag ich Salsa.«

»Was machst du dann hier?«

»Ich schaue gern zu. Hierher kommen immer viele hübsche Frauen. So wie du zum Beispiel.«

So wie du zum Beispiel? Treidler konnte sich nur zu gut vorstellen, welchen Scheiß-Gesichtsausdruck Rothstein bei diesen Worten aufgesetzt hatte. Das schmierige Getue des Typen ging ihm jetzt schon gehörig auf den Sack. Doch ihm blieb nichts anderes übrig, als sich diesen Müll weiter anzuhören.

Penny brachte zwei Gläser mit Limettenscheiben am Rand, und Rothstein bezahlte. Er prostete Melchior zu, und die beiden tranken aus ihren Strohhalmen.

Melchior stellte als Erste das Glas wieder zurück. »Dann bist du also öfters hier?«

»Eigentlich jeden Freitag zur Salsa-Dancenight. Ich bleib aber nie lange.«

»Warum?«

»Wer weiß schon, was der Abend so bringt?« Rothstein stellte ebenfalls sein Glas ab. Treidler wusste, dass er Melchior anlächelte, auch wenn er es über die Tanzfläche hinweg nicht sehen konnte. »Willst du tanzen?«

»Ich dachte, du kannst keinen Salsa?«

Wieder lachte Rothstein auf. »Ich habe nie behauptet, dass ich den Salsa nicht tanzen kann. Ich sagte nur, dass ich Salsa nicht mag.«

Was für ein Arschloch. Treidler kippte den Rest seines Weizenbiers hinunter, knallte das Glas auf den Tisch und hielt nach der Bedienung Ausschau. Sie war nicht zu sehen.

Nicht weit von seinem Platz entfernt führte Rothstein derweil Melchior auf die inzwischen gut gefüllte Tanzfläche. Manchmal unfreiwillig komisch wackelten und fuchtelten einige Tanzpaare vor sich hin. Einige von ihnen vergaßen dabei offenbar, dass Europäern das Hüftwackeln nicht in die Wiege gelegt war.

Im bunten Licht auf der Tanzfläche konnte Treidler Rothsteins Gesicht genauer sehen. Obwohl er jünger wirkte, schätzte Treidler ihn auf Anfang vierzig. Mit seinen feinen, ebenmäßigen Gesichtszügen, den wasserblauen Augen und dem verdammten Zahnpasta-Lächeln traf Rothstein bestimmt den Geschmack der allermeisten Frauen. Die breiten Schultern und schmalen Hüften ließen auf einen athletischen Körperbau schließen. Lediglich seine riesigen Hände wirkten wie unförmige Schaufeln. Dennoch sah Rothstein keinesfalls so aus, als ob er jemals körperlich schwer gearbeitet hätte. Wenn überhaupt, hatte er einen Schreibtischjob inne.

Wuchtig vibrierten die Salsa-Rhythmen zwischen den harten Schlägen der Congas und dem Piano. Es war auch das Einzige, was Treidler durch den Ohrhörer mitbekam. Den Tanzschritt schaffte Melchior nicht nur zur Not, wie sie am Nachmittag noch behauptet hatte, sondern sie stellte sich als wahres Talent heraus. Ihre Hüften wippten auf und ab oder kreisten einladend vor und zurück. Sie bewegte Schultern und Oberarme, ließ sich von Rothstein rechts- und linksherum drehen. Manchmal schienen sich ihre Arme dabei regelrecht zu verknoten. Auch Rothstein mit seinem modelhaften Äußeren und dem strahlenden Lächeln sah aus, als nähme er an einem Tanzwettbewerb teil.

Eins war sicher: Mit seinen uralten und inzwischen eingerosteten Discofox-Tanzschritten würde Treidler hier wahrlich alt aussehen. Seit ein paar Minuten verabscheute er Salsa. Aber vor allem verabscheute er Rothstein. Gleichwohl musste Treidler sich eingestehen, dass er hinter dem Mann kaum einen Serienmörder vermuten würde. Serienmörder waren meistens Menschen, die von der Gesellschaft geächtet oder benachteiligt waren. Oder sich zumindest so fühlten. Und in dieses Schema passte Rothstein nicht.

Als ob auf der Tanzfläche Wiener Walzer getanzt werden würde, schrie Koschwitz vor jedem neuen Song *»Bailamos Salsa«* ins Mikrofon. Der Typ mit der Paul-Breitner-Gedächtnisfrisur fühlte sich offenbar angesprochen und verstärkte seinen Hüftschwung. Inzwischen tanzte er seit mehr als einer Stunde ununterbrochen. Auch Melchior und Rothstein blieben noch einige Runden, bis er sie mit seiner mächtigen Hand zurück zur Bar führte.

»Ich bin gleich wieder da.« Melchior nahm ihre Handtasche vom Tresen und ging Richtung Toiletten.

»Aber gleich wiederkommen«, rief Rothstein ihr nach.

Treidler hörte, wie eine Tür geöffnet wurde und gleich darauf ins Schloss fiel. Dann das Strömen von Wasser. Melchior stand vor dem Waschbecken in der Toilette. Etwas entfernt nahm er das Getuschel von zwei oder drei Frauen wahr. Soweit Treidler verstehen konnte, unterhielten sie sich über irgendeinen Kerl. Es folgte Gelächter, und wieder ging die Tür. Dann herrschte Ruhe.

»Das könnte unser Hans sein«, drang Melchiors Stimme aus Treidlers Ohrhörer. »Koschwitz' Beschreibung passt ziemlich gut auf ihn. Auch das mit dem Cocktail.«

»Dann geben Sie sich zu erkennen«, murmelte Treidler vor sich hin, wohl wissend, dass sie ihn nicht hören konnte.

»Ich brauche noch letzte Gewissheit, dann zeige ich ihm meinen Dienstausweis. Keine Angst, Treidler. Ein Typ wie Rothstein ist kein Serienmörder. Aber vermutlich ist er ein wichtiger Zeuge.«

Dass Melchior überhaupt darüber nachdachte, ob sie sich enttarnen sollte, gefiel Treidler nicht. Auch wenn er Minuten zuvor Rothstein ebenfalls als ungefährlich eingestuft hatte.

»Ich spiele noch eine Weile mit.« Melchior stellte den Wasserhahn ab, und das Gebläse eines Handtrockners röhrte.

Verflucht noch mal, nur identifizieren war ausgemacht. Und sie hatten einen Namen, sie konnten Rothstein zur Not bis nach Hause verfolgen. Welche letzte Gewissheit brauchte Melchior da noch? Sie brachte sich mit dieser Planänderung nur unnötig in Gefahr.

Ein weiteres Mal vernahm Treidler das Klappern der Toilettentür im Ohrhörer.

»Ziemlich heiß hier«, sagte Melchior, als sie wieder auf dem Barhocker neben Rothstein Platz genommen hatte.

»Draußen ist es angenehmer«, gab der zurück und zog an seinem Strohhalm.

»Vermutlich.« Sie nahm ihr Glas mit dem Mineralwasser und trank einen großen Schluck.

»Drüben auf der anderen Neckarseite gibt's einen hübschen Spazierweg.«

Melchior stellte ihr Glas ab und schaute zu ihm hoch. »Du verlierst wohl keine Zeit.«

Und du spielst mit dem Feuer, Carina Melchior. Am liebsten wäre Treidler hinüber zur Bar gegangen und hätte diesen Rothstein auf die Polizeidirektion mitgenommen. Er würde schon rausbekommen, was es mit ihm auf sich hatte.

Die leicht beschürzte Bedienung schlenderte an seinem Tisch vorbei. Treidler winkte sie zu sich und bestellte ein weiteres alkoholfreies Weizenbier.

»Zeit habe ich immer zu wenig«, hörte er Rothstein sagen. »In meinem Job ist das Luxus.«

»So? Was arbeitest du denn?«, fragte Melchior.

»Das langweilt dich bestimmt.«

»Nein, tut es nicht.«

»Meine Familie hat eine Maschinenfabrik hier in Rottweil.« Rothsteins Stimme klang mit einem Mal nicht mehr so unbeschwert wie zuvor.

»Und du bist der Chef?«

»Wenn du es so ausdrücken willst: ja.«

Hanns, der Geschäftsmann. Alles passte. Sie hatten ihren Unbekannten gefunden. Melchior sollte sich zu erkennen geben. Treidler stand auf. Bei einem Gang zur Toilette konnte er ihr vielleicht ein Zeichen zum Abbruch des Einsatzes geben.

Just in dem Moment, als er die Bartheke passierte, schaute Melchior weg und beschäftigte sich mit ihrer Handtasche. Er konnte nicht warten, ohne dass es Rothstein auffiel, und ging deshalb einfach weiter. Er würde es auf dem Rückweg nochmals versuchen.

In der Toilette stellte Treidler sich an das erste Pissoir. »Tritt näher – er ist kürzer, als du glaubst«, stand da mit rotem Filzstift auf den Fliesen. Er fragte sich, welche geistreichen Sprüche wohl auf der Damentoilette standen. Dieser hier sicher nicht.

Rothstein schwallte derweil Melchior voll. Treidler konnte seine dämliche Anmache nicht mehr hören. Es wurde Zeit, dass diese Farce ein Ende hatte.

Da ging die Tür auf, und jemand stellte sich neben ihn. Aus den Augenwinkeln erkannte Treidler Gregor Pollack. Doch der hatte ihn offenbar nicht wiedererkannt.

»Und, was macht die Berufsschule?«, fragte Treidler, nachdem er mit Pinkeln fertig war.

Pollack schaute zu Treidler und zuckte zusammen, als ob er einen elektrischen Schlag bekommen hätte. Vermutlich pinkelte er sich vor lauter Schreck über die Hose. »Berufsschule?«

»Gibt es hier drinnen ein Echo?«

»Echo? Ich … ich weiß jetzt gar nicht, was ich darauf antworten soll«, stammelte Pollack. Seine Augen schimmerten glasig, und Treidler war sich sicher, dass er schon den einen oder anderen Joint intus hatte.

»Ist egal. Es interessiert mich nicht wirklich.« Treidler ging zum ersten Waschbecken, ließ das Wasser laufen und wusch sich die Hände.

»Wa… warum fragen Sie das dann?«, rief Pollack.

»Ist mir so rausgerutscht.«

Pollack stellte sich vor das andere Waschbecken, direkt neben der Tür. Er drehte ebenfalls den Wasserhahn auf und hielt seine Hände darunter. »Rausgerutscht? Das … das verstehe ich nicht.«

»Vergessen Sie's einfach.«

Aus dem Ohrhörer drang Melchiors heiter-gelöstes Lachen. Immerhin schien ihr der Abend in Rothsteins Gesellschaft Spaß zu machen.

Pollack drehte das Wasser ab und hielt seine Hände unter den Handtrockner. Wie eine Turbine röhrte das Gebläse los.

»Dann … lassen …« Die Worte aus Treidlers Ohrhörer drangen nur lückenhaft durch den Lärm. Verdammt, was hatte Rothstein gesagt?

Treidler stellte den Wasserhahn ab und lauschte. Doch das Gebläse machte es ihm unmöglich, etwas zu verstehen.

Da verstummte Pollacks Handtrockner. Er lehnte sich mit dem Rücken an die Toilettentür und schob die Hände in die Taschen. »Ihren Kollegen … haben Sie denen was erzählt?«

Im Ohrhörer herrschte Ruhe – zu viel Ruhe. Die Musik, das Gemurmel der Gäste und das Klirren der Gläser fehlten völlig. Nur leise Atemgeräusche waren zu hören.

»Erzählt von was?« Treidler versuchte, an Pollack vorbeizukommen.

»Von … den Pflanzen und so …« Pollack machte keine Anstalten, Platz zu machen.

»Nein. Das interessiert mich nicht.« Zum zweiten Mal kam Treidler nicht an ihm vorbei.

»Versprochen?« Pollack sah ihn an wie ein Mischlingswelpe, der um Futter bettelte.

»Wir sind hier nicht im Kindergarten. Und verdammt noch mal, lass mich endlich vorbei!«, knurrte Treidler und schob Pollack kurzerhand beiseite.

Melchior und Rothstein saßen nicht mehr an ihrem Platz. Auch ihre Handtasche fehlte. Er schaute sich um: nichts. Mit schnellen Schritten ging er zurück zu seinem Platz und suchte die Tanzfläche ab. Dicht gedrängt schoben sich Dutzende Paare über das Parkett. Mittendrin der Typ mit der Paul-Breitner-Gedächtnisfrisur. Auch zwei der Gummibärchen tanzten. Doch keine Spur von Melchior und Rothstein.

Die Bedienung trat neben seinen Tisch, stellte das Weizenbier ab und forderte drei Euro neunzig von ihm. Als Treidler nach dem Geldbeutel tastete, ertönte ein schriller Piepston in seinem Ohr.

19

Johannisnacht

Die Grillen zirpten um die Wette, als gäbe es kein Morgen. Melchior lief der Schweiß in Strömen über den Rücken. Rothstein hatte sie auf der Tanzfläche gehörig gefordert. Es war, als ob sie noch immer die Hitze seines Körpers spürte. Auch der laue Luftzug hinter dem alten Stellwerk brachte kaum Abkühlung. Inzwischen war es nach elf Uhr, und trotzdem kam es ihr vor, als ob eine unsichtbare Wärmequelle die Umgebung aufheizte wie ein Hochofen.

»Kommst du mit, Jana? Spazieren wir drüben ein bisschen am Ufer entlang?« Rothstein deutete zur Fußgängerbrücke, die auf die andere Neckarseite führte. »Dort ist es bestimmt kühler.«

Melchior blickte zurück zum alten Stellwerk. Das Mondlicht vom sternenklaren Himmel und die unzähligen Lichter der Umgebung reichten aus, sodass sie immer noch die Gesichter der Leute vor dem Eingang erkennen konnte. Manche rauchten, die meisten lachten und unterhielten sich lautstark. Einige bewegten ihre Hüften oder Schultern im Takt der Salsa-Rhythmen, die dumpf durch die dicken Ziegelsteinmauern drangen. Warum eigentlich nicht? Sie war sich sicher, dass Treidler Rothsteins Worte mitbekommen hatte.

»Einverstanden. Auf der anderen Neckarseite ist es wirklich schön. Ich kenne den Radweg dort«, sagte sie zur Sicherheit. Treidler müsste schon taub sein, wenn er nicht mitbekommen hatte, dass sie mit Rothstein zum Radweg wollte. Allerdings dürfte er von ihrem Plan keineswegs erfreut sein.

Gewiss, Rothstein war identifiziert. Doch jetzt musste sie unbedingt noch herausfinden, in welcher Beziehung er zu den drei toten Frauen gestanden hatte. Noch wusste sie nicht, wie sie das anstellen sollte. Denn falls Rothstein Verdacht schöpfte, blieb ihr nur noch seine Festnahme und vermutlich eine langwierige Vernehmung, die zu nichts führte. Schon alleine deshalb wollte sie noch eine Weile Jana spielen.

Sie schlenderten Richtung Neckarufer, und allmählich übertönte das Rauschen des Flusses das Zirpen der Grillen. Auch die Straße und die Menschen vor dem alten Stellwerk waren bald nicht mehr zu hören. Kurz vor der Brücke beschleunigte Rothstein seine Schritte und erklomm in Windeseile die Stahlstufen. Oben angekommen drehte er sich um und winkte sie zu sich.

Melchior blieb vor dem Treppenaufgang stehen und sah zur anderen Neckarseite. Sollte sie wirklich weitergehen? Die zweihundert Meter Reichweite, die der Sender mindestens leistete, reichten locker bis hinüber zum Stellwerk. Und falls nicht, konnte sie es auch mit einem kräftigen Mann wie Rothstein aufnehmen. Schließlich hatte sie das jahrelang trainiert. Allerdings erschien ihr Rothstein überhaupt nicht gefährlich. Er kam ihr vor wie ein Mensch, der keiner Fliege etwas zuleide tun konnte. Trotzdem beschloss sie, vorsichtig zu sein. Es wäre nicht das erste Mal, dass sie sich in einer Zielperson getäuscht hatte.

Melchior folgte Rothstein auf die Brücke. Leichter Wind wirbelte ihr die Haare ins Gesicht. Unter ihr strömte schwarz und tosend der Neckar. Hie und da blitzten weiße Schaumkronen auf, wenn die Strömung einen Felsen erfasste. Die schweren Unwetter der letzten Tage hatten den Fluss enorm anschwellen lassen. Kein Vergleich zu Anfang der Woche, als das Flussbett noch stellenweise ausgetrocknet dagelegen war.

Sie überquerten die Fußgängerbrücke und erreichten das andere Ufer. Wegen der üppigen Vegetation und der fehlenden Lichter war es auf dieser Neckarseite deutlich dunkler. Trotzdem reichte das Mondlicht aus, um die Umgebung gut zu erkennen. Rechts floss die Prim in den Neckar. Genau dort hatten die drei Walkerinnen am Montag Svetlana Waganowas Leiche gefunden. Linker Hand schlängelte sich der Radweg für etwa einen Kilometer am Neckar entlang bis zur Schindelbrücke in der Au.

»Komm, Jana.« Rothstein setzte sich in Richtung der Schindelbrücke in Bewegung.

***

Außer Reichweite! Treidler stürmte zum Ausgang, trat nach draußen und schaute sich um. Dutzende Menschen tratschten, rauchten oder tanzten auf dem Platz vor dem alten Stellwerk. Aber vor allen Dingen taten sie eines: Sie versperrten ihm die Sicht. Unmöglich, Melchior und Rothstein in dem Pulk von Menschen zu entdecken. Auch wenn er nach ihr rief, könnte sie ihn nicht hören. Die Geräuschkulisse glich der einer Bahnhofshalle.

Er schob und zwängte sich zwischen Leuten hindurch und entschuldigte sich nach allen Seiten. Hie und da erntete er einen Fluch. Plötzlich stieß er rücklings mit jemandem zusammen.

»Hey, was soll das?«, knurrte eine tiefe Stimme hinter ihm.

Treidler fuhr herum. Ein groß gewachsener Glatzkopf musterte ihn mit zusammengekniffenen Augen.

»Tut mir leid. Aber ich muss durch.« Treidler versuchte schnell, sich seitlich an dem Glatzkopf vorbeizuzwängen.

»Such dir einen anderen Weg.«

Treidler betrachtete den Mann genauer und erkannte den griechischen Möchtegern-Latino, der vorhin noch versucht hatte, bei Melchior zu landen. »Verdammt, du sollst mich durchlassen.«

Mit breiter Brust baute sich der Grieche vor ihm auf und versperrte den Weg. »Vergiss es.«

Schweißgeruch drang in Treidlers Nase. »Ich hab echt keine Lust, zu diskutieren.« Verflucht, warum musste er ausgerechnet an diesen Trottel geraten?

Der Grieche lächelte. »Ich auch nicht.«

Treidler hatte weder Zeit noch Lust, sich mit diesem erfolglosen Möchtegern-Latino zu beschäftigen. Er trat einen Schritt nach vorne und packte kurzerhand seine rechte Hand. Blitzschnell drehte Treidler ihm den Arm auf den Rücken. Der Grieche stöhnte auf.

»Was ist? Lässt du mich nun endlich vorbei?«, fragte Treidler, während der Grieche schnaufte wie ein alter Dampfkessel.

Statt einer Antwort nickte der nur.

Treidler lockerte seinen Griff, und tatsächlich, der Grieche trat beiseite und ließ ihn durch.

Treidler drängte sich weiter durch die Menge und entdeckte einen Mauervorsprung, der auf halber Höhe an der Backsteinwand des alten Stellwerks entlangführte. Er steuerte darauf zu, kletterte hoch und sah über die Köpfe der Menge hinweg. Dutzende Menschen tanzten und unterhielten sich ausgelassen. Doch sosehr er sich auch anstrengte, von Melchior und Rothstein fehlte jede Spur.

Er sprang vom Vorsprung, rannte Richtung Straße und zwängte sich durch die Reihe parkender Autos hindurch. Wenigstens war es hier leiser. Er lauschte. Doch in seinem Ohr blieb es still. Nicht ein Ton war zu hören. Treidler trat auf die Straße. Gerade noch rechtzeitig konnte ein roter Mini Cooper mit weißen Streifen auf der Motorhaube vor ihm bremsen. Die Fahrerin fuchtelte wie wild durch die Frontscheibe.

Treidler reagierte nicht, ging an dem Mini Cooper vorbei und blieb mitten auf der Straße stehen. Er schaute nach links, schaute nach rechts. Nichts.

Er ging ein Stück auf der Straße entlang. Das Rauschen des nahen Neckars mischte sich mit der Musik und dem Krach vor dem alten Stellwerk. Etwas weiter vorne spannte sich die graugrüne Fußgängerbrücke über den Neckar. Sein Blick blieb am metallenen Treppenaufgang hängen. Hoffentlich war Melchior nicht mit Rothstein auf die andere Neckarseite gegangen.

***

Allzu weit wollte Melchior nicht mehr gehen. Langsam könnte es mit der Reichweite des Senders knapp werden. »Setzen wir uns da vorne ein wenig hin?« Sie deutete auf eine Sitzbank aus roten Plastiksparren.

»Müde?« Rothstein lächelte.

»Meine Beine schon ein wenig. Diese Salsa-Runden bin ich nicht gewohnt.«

Sie erreichten die Bank. Mit einem Taschentuch säuberte Rothstein die Sitzfläche für sie beide und setzte sich.

Melchior nahm neben ihm Platz und lehnte sich zurück. »Das ist fast wie in den Tropen heute Nacht.« Sie schaute zum Himmel und musterte die Sterne. Falsche Zeit, falscher Mann. »Du sitzt bestimmt nicht zum ersten Mal mit einer Frau auf dieser Bank, oder?«

»Wie kommst du denn da drauf?« Rothstein lächelte wissend.

»Na, du kennst den Weg hier. Und vorhin im alten Stellwerk

hast du gesagt, dass du nie lange bleibst, weil du nicht weißt, was der Abend so bringt.«

»Und du bist wohl Sherlock Holmes?«

Melchior tat seine Bemerkung mit einem Lächeln ab. Sie musste vorsichtiger sein.

»Bei diesen Temperaturen ist es hier am Neckar besonders schön.« Rothstein schlug die Beine übereinander und lehnte sich zurück.

Wieder sah Melchior zum Himmel auf und betrachtete die Sterne. »Ich könnte ewig hier sitzen bleiben.«

Rothstein breitete seine Arme auf der Lehne aus. »In diesem Fall bleib ich ebenfalls.«

Das war zu nah. Sie brauchte mehr Abstand. »Da vorne haben sie am Montag eine Tote gefunden.«

Rothstein sagte nichts. Nur ganz leicht zuckten seine Mundwinkel.

»Hast du nichts mitbekommen?«

Rothstein nahm die Arme von der Lehne und beugte sich nach vorne.

Sie musste ihn endlich aus der Reserve locken. »Es war in allen Zeitungen.«

»Ich hab's gelesen.« Rothstein stützte die Ellenbogen auf die Schenkel.

»Kanntest du die Frau?«

»Wie kommst du darauf?« Rothsteins Reaktion kam viel zu schnell.

»Nur so.« Melchior zuckte mit den Schultern. Aber sie war sich sicher: Rothstein hatte Svetlana gekannt. Und er war es auch, den Jakobs fotografiert hatte, als er sich am Montag vom Fundort der Leiche entfernte. »Aber findest du das nicht schrecklich?« Sie versuchte, so bestürzt wie möglich zu klingen.

Rothstein musterte Melchior kritisch. Er war offensichtlich dabei, ihre Bekanntschaft neu einzuordnen.

»In den Monaten zuvor gab es schon zwei Leichen hier in der Nähe«, sagte Melchior. »Alle ertrunken.«

Auf Rothsteins Stirn bildete sich eine ärgerliche Falte. »Wer bist du, Jana?«

»Was soll die Frage?«

»Du bist heute Abend nicht zufällig auf der Salsa-Dancenight.« Rothsteins Tonfall war jetzt ernster.

»Natürlich bin ich nicht zufällig hier. Ich hab mir schon Anfang der Woche vorgenommen, dass ich heute hierherkomme.« Verdammt, sie war kurz davor, aufzufliegen.

»Du lügst«, sagte Rothstein.

Melchior antwortete nicht. Es war zu spät. Er hatte sie durchschaut.

»Das kam mir vorhin schon zu schnell vor. Das Tanzen, der Spaziergang hierher.« Rothstein musterte sie mit einem skeptischen Blick.

Besser, sie sagte jetzt nichts. Jedes Wort würde wie eine Rechtfertigung klingen.

»Du bist einzig und allein wegen mir gekommen. Du wolltest mich über die drei Frauen ausfragen. Wer hat dich geschickt? Mein Vater? Meine Ex?«

Melchior schüttelte den Kopf. »Nein, Hanns, niemand hat mich geschickt.«

»Du lügst schon wieder.« Rothstein sprang auf. »Ich gehe jetzt besser.« Er drehte sich um und marschierte ohne ein weiteres Wort in Richtung der Schindelbrücke davon.

Melchior schaute ihm nach, bis sie seine helle Leinenhose nach der nächsten Biegung nicht mehr sehen konnte. Es war ernüchternd, dass er sie bereits nach so kurzer Zeit enttarnt hatte. So dämlich hatte sie sich schon lange nicht mehr angestellt. Doch ein Gutes hatte die Sache: Hugo alias Hanns von Rothstein, Geschäftsführer einer Rottweiler Maschinenfabrik, war identifiziert. Ein Teilerfolg, mehr nicht. Jetzt blieb nur noch seine Vorladung und eine mühsame Vernehmung im Beisein seiner Anwälte. Vermutlich würde die nicht viel einbringen.

»Dumm gelaufen, Treidler«, sagte sie. »Aber wenigstens haben wir den Namen. Ich schalte das Ding jetzt ab und komm dann rüber ins alte Stellwerk. Dann trinken wir noch was zusammen.« Melchior kramte nach dem Sender, den sie im Büstenhalter festgeklemmt hatte, unterbrach die Kontakte zur Batterie und verstaute das kleine Gerät in ihrer Handtasche. Der Abend war gelaufen. Sie würde noch ein paar Minuten hier sitzen bleiben, bevor sie wieder zurückging. Dann war auch Treidler beruhigt. Melchior lehnte sich zurück, streckte die Füße von sich und schaute zum Himmel. Im Halbdunkel konnte sie sogar das Band der Milchstraße erkennen.

Sie spürte den winzigen Stich im Nacken kaum. Ein Mückenstich? Melchior beugte sich vor, rieb an der Stelle und bemerkte, wie sich allmählich alles um sie zu drehen begann. Arme und Schultern fühlten sich plötzlich an wie Blei. Jeder neue Atemzug fiel ihr schwerer als der vorherige. Sie sollte sich wieder anlehnen. Ihr Oberkörper fiel mehr nach hinten, als dass sie sich bewusst bewegte. Im nächsten Moment hüllte sie tiefste Schwärze ein. Es war, als ob Mond und Sterne nicht mehr existierten.

***

Treidler nahm sein Mobiltelefon zur Hand. Dass durch einen Anruf Melchiors Tarnung auffliegen könnte, war ihm jetzt herzlich egal. Er musste wissen, wo sie war, und wählte ihre Nummer. Das Rufzeichen erklang. Jeder verhallende Klingelton zerrte an seinen Nerven. *Bitte nimm ab!*

Doch es sprang nur die Mailbox an. Fluchend steckte Treidler das Telefon weg. *Wo bist du?*

Den Weg zur Fußgängerbrücke legte er im Laufschritt zurück. Treidler erklomm die Stufen. Nichts zu sehen, und es war zu laut, um etwas zu hören. Er rannte weiter, hinunter auf den Radweg. Links oder rechts? Treidler entschied sich für links, passierte eine Sitzbank mit roten Plastiksparren und rannte weiter. Bald müsste die Schindelbrücke kommen.

An der nächsten Biegung sah er zwei Gestalten, die auf ihn zuschlenderten: eine Frau, ein größerer Mann. Er verlangsamte seinen Schritt. Im Halbdunkel erkannte Treidler einen Moment später, dass es sich nicht um Melchior und Rothstein handelte. Melchior war kleiner.

»Haben Sie einen großen blonden Mann mit einer Frau im roten Kleid gesehen?«, rief er ihnen entgegen. Sein Atem ging schwer, als er vor den beiden zum Stehen kam.

Die junge Frau in Jeans und einem pinkfarbenen schulterlosen

Top schaute zuerst Treidler, dann ihren Begleiter an, sagte jedoch nichts. Offensichtlich war ihr die Begegnung mitten in der Nacht nicht geheuer.

»Was ist?« Treidler atmete noch einmal durch. »Haben Sie nun jemanden gesehen oder nicht?«

Der Mann zog seine Begleiterin zu sich und schüttelte stumm den Kopf.

Treidler ließ das verdutzte Paar stehen und rannte weiter in Richtung der Schindelbrücke. Sein Herz schlug bis zum Hals. Er verlangsamte seine Schritte, auch weil er fürchtete zu stolpern. Die dichter werdende Vegetation schluckte einen guten Teil des Mondlichts, das bisher den Weg ausgeleuchtet hatte.

Immer noch außer Atem erreichte Treidler kurz darauf die Schindelbrücke. Das riesige Gebilde sah im Halbdunkel aus wie ein altes Frachtschiff, das still und verlassen im Hafen vor sich hinschaukelte.

»Melchior«, rief er laut. »Wo sind Sie?«

Nur das Rauschen des Neckars drang an seine Ohren.

Treidler ging weiter, rief ein zweites und ein drittes Mal. Niemand antwortete.

Er betrat die Brücke. Nicht einmal das Knarren der jahrhundertealten Holzbohlen konnte das tosende Rauschen des Wassers übertönen. Er trat ans Geländer, hielt sich fest. Die Feuchtigkeit hatte das Holz glitschig gemacht. Hier waren Melanie Bruggers Leiche und Svetlanas Handy gefunden worden. Treidler beugte sich weit nach vorne, um auch die Böschung beiderseits der Brücke einsehen zu können. Im Mondlicht glänzten ab und an Schaumkronen auf dem Wasser. Er ging weiter, erreichte die andere Seite und rief wieder nach Melchior. Ohne Erfolg. Schließlich kletterte er die Böschung ein Stück nach unten und suchte Ufer und Flussbett ab. Nichts. Wieder oben auf dem Radweg angekommen, zog Treidler sein Mobiltelefon aus der Hosentasche und betätigte die Wahlwiederholung. Fast automatisch warf er einen Blick auf seine Armbanduhr. Sie zeigte kurz vor zwölf. Erneut sprang nur Melchiors Mailbox an. Treidler steckte das Telefon weg und machte sich auf den Rückweg zum Stellwerk. Wo zum Teufel waren die beiden hin?

Niemand reagierte auf seine Rufe, der Ohrhörer blieb stumm. Nur der Neckar rauschte an ihm vorbei wie ein Wildbach. Alle zehn Schritte blieb er stehen, um das Gelände rechts und links des Weges zu inspizieren. Die rote Sitzbank kam in sein Blickfeld. Plötzlich meinte er, neben den Geräuschen des Wassers ein Rascheln wahrzunehmen. Es drang aus dem Gebüsch hinter der Sitzbank. Da, noch einmal. Es klang zu laut, als dass es von einem Tier stammen konnte. Treidler blieb stehen und lauschte.

»Ist da jemand?«, rief er. »Melchior?« Er trat hinter die Sitzbank und rief noch einmal.

Niemand antwortete auf seine Rufe. Auch das Rascheln war nicht mehr zu hören.

Verdammt, was sollte er tun? Er musste zur Ruhe kommen, musste nachdenken. Treidler ließ sich auf die Sitzbank fallen und stützte die Ellenbogen auf den Schenkeln ab. War Melchior einfach nach Hause gefahren? Das würde sie nicht tun, ohne ihm Bescheid zu geben. Vielleicht war sie bereits wieder drüben im alten Stellwerk und konnte deshalb das Klingeln ihres Telefons nicht hören. Doch das hätte er vermutlich im Ohrhörer mitbekommen. Treidler verfluchte diesen verdeckten Einsatz, zu dem er auch noch sein Einverständnis gegeben hatte. Er atmete durch, lehnte sich zurück. Über ihm blitzten die Sterne. Hier draußen war es dunkel genug, sodass er sogar die Milchstraße erkennen konnte.

Nicht weit entfernt schlug eine Autotür zu, dann noch eine. Es waren keine normalen Türen, eher die eines Lieferwagens. Treidler fuhr herum. Die Geräusche kamen eindeutig von dem Gelände hinter dem Gebüsch. Vielleicht zwanzig, dreißig Meter entfernt. Soweit er sich erinnerte, gab es dort nur ein Gehöft mit zwei Gebäuden und dem schmalen Feldweg, auf dem er mit Melchior Anfang der Woche zum Fundort von Svetlanas Leiche gefahren war.

Er starrte in das mannshohe Gestrüpp und lauschte. Es raschelte, es knackte. Ein gelblicher Lichtschein schimmerte durch die Zweige und Blätter. Dann jaulte der Anlasser eines Fahrzeugs auf. Ein Dieselmotor startete. Doch merkwürdig, kein Scheinwerferlicht drang aus Richtung der Geräuschquelle. Nur der gelbliche Schein.

Treidler sprang auf, hielt sich schützend die Hände vor den Kopf und trat in das Gebüsch. Dornen stachen ihn von allen Seiten, rissen an seinen Kleidern und ritzten in seine unbedeckte Haut. Vermutlich blutete er bereits an Gesicht und Unterarmen. Egal. Er musste weiter. Beim nächsten Schritt blieb er mit den Taschen der Cargohose hängen, riss sich wieder los und wäre fast vornübergestürzt.

Ein Fahrzeug fuhr an. Erster Gang. Treidler kämpfte sich weiter. Das gelbliche Licht wurde heller. Wieder blieb er hängen. Diesmal an den Haaren. Der Schmerz durchzuckte ihn, ließ ihn taumeln. Kupplung, zweiter Gang. Treidler trat aus dem Gebüsch. Auf dem Feldweg, im schwachen Lichtschein der Hofzufahrt, entfernte sich ein Fahrzeug mit ausgeschalteten Scheinwerfern. Staub wirbelte auf. Trotzdem konnte Treidler Farbe und Form der Karosserie erkennen: ein grüner Wagen mit einem merkwürdigen Aufsatz auf dem Dach, der bis zur Heckklappe reichte. Der Wagen sah aus wie eine Mischung aus Auto und Lieferwagen, eine Art Kleintransporter. Auf der Seitenwand prangte ein Schriftzug. Drei oder vier Wörter in heller Farbe. Zu spät, um mehr zu erkennen. Im nächsten Moment verschwand der Wagen hinter einem Hügel. Und plötzlich flammte genau dort Licht auf. Der Fahrer hatte die Scheinwerfer angeschaltet.

Treidler versuchte, sich zu beruhigen. Ein Fahrzeug, das mitten in der Nacht ohne Licht auf einem Feldweg fuhr, konnte alles Mögliche bedeuten. Allerdings konnte es auch bedeuten, dass Melchior in verdammt großen Schwierigkeiten steckte.

Zurück auf dem Platz vor dem alten Stellwerk erklomm Treidler erneut den Mauervorsprung. Die Anzahl der Menschen, die die laue Sommernacht draußen genießen wollten, war noch größer geworden. Doch Melchior oder Rothstein waren nicht darunter. Ein letztes Mal wollte er drinnen nach ihnen suchen.

Die Luft im alten Stellwerk war stickig und heiß. Dicht an dicht schwangen die Tänzer ihre Hüften zu den Salsa-Rhythmen. Treidler drängte sich durch den Gastraum, suchte alle Winkel ab, sogar in der Damentoilette. Nichts. Melchior und Rothstein blieben verschwunden.

Treidler trat nach draußen, fand einen ruhigen Platz und rief noch einmal Melchior an. Natürlich landete er erneut auf ihrer Mailbox. Diesmal sprach er ihr auf, ihn sofort zurückzurufen, sobald sie seine Nachricht abhörte.

Es blieb nur noch eine Möglichkeit: Rothsteins Haus. Treidler stieg in seinen Wagen und ließ sich die Adresse von der Zentrale geben: Fliederweg 48, Rottweil. Eine piekfeine Wohngegend am Rande der Stadt.

Die Fahrt durch das verlassene Rottweil dauerte keine Viertelstunde, bis Treidler die lang gezogene, schmale Sackgasse am Stadtrand erreichte. Langsam und mit eingeschaltetem Fernlicht steuerte er seinen Wagen durch den Fliederweg. Auf den ersten Blick sah er gar keine Häuser. Erst an den schmiedeeisernen, hohen Eingangstoren erkannte Treidler, dass es sich um weitläufige Grundstücke handelte. Weiter hinten entdeckte er dann die meist bungalowartigen Villen. Einige der Grundstücke waren derart groß oder mit Vegetation zugewachsen, dass er von der Straße aus überhaupt kein Haus erkennen konnte. Lediglich Briefkästen oder Hausnummern zeugten davon, dass irgendwo eines stehen musste.

Die Nummer 48 entpuppte sich als eines der kleineren Grundstücke. Gleichwohl hätte der Platz problemlos für ein Fußballspiel mitsamt Zuschauerrängen ausgereicht. Eine gut fünfzig Meter lange, kurvige Zufahrt führte leicht bergan zu einem eingeschossigen Bungalow mit schwarzen glänzenden Dachziegeln. Fast wie ein Bürohaus schien er nur aus Glas, Beton und Stahl zu bestehen. Ein paar Hecken und Bäume versperrten die Sicht, doch Treidler konnte erkennen, dass in einigen Zimmern Licht brannte. Das Tor stand sperrangelweit offen.

Treidler fackelte nicht lange, fuhr hindurch, die Zufahrt hoch und stellte seinen Mercedes zwischen einem knallroten Ferrari und einem Porsche Cayenne ab. Er stieg aus, ging zum Heck des Ferraris und fasste auf die Motorraumklappe. Sie war noch warm. Der Wagen stand noch nicht lange hier.

Er trat vor die Eingangstür aus Milchglas, in der die Worte »von Rothstein« transparent ausgespart waren. Er hatte nicht vor, lange zu warten, bis er eingelassen wurde, und legte den Daumen auf den Klingelknopf. Von drinnen drang eine unendliche Ding-Dong-Salve an seine Ohren. Obwohl er die Klingel nicht losließ, dauerte es eine ganze Weile, bis sich im Haus endlich etwas regte.

Die Tür wurde ihm allerdings nicht geöffnet. Stattdessen drang eine männliche Stimme aus der Gegensprechanlage. »Ja?«

»Kriminalpolizei Rottweil«, entgegnete Treidler. »Ich muss mit Ihnen reden.«

»Was, jetzt?«

»Ja, jetzt.«

Kurz blieb es still. »Können Sie sich ausweisen?«, fragte die Stimme dann.

Treidler kramte nach seinem Ausweis und hielt ihn vor das transparente »R« in der Milchglasscheibe.

Der Türsummer ertönte. Treidler drückte die Tür auf und fand sich in einem verglasten Windfang aus sandfarbenen Natursteinfliesen wieder. Ein halb leeres Whiskeyglas in der einen, die andere Hand in der Tasche eines lila-weiß gestreiften Morgenmantels, stand Rothstein vor dem Eingangsbereich. Seine nackten Füße steckten in lilafarbenen Crocs. »Wissen Sie eigentlich, wie viel Uhr es ist?«

Treidler interessierte weder die Uhrzeit noch die Frage. »Sind Sie alleine?«

»Ja, warum?« Entweder war Rothstein tatsächlich überrascht oder ein guter Schauspieler.

»Wo ist Frau Melchior?«

»Wer?«

»Meine Kollegin Carina Melchior.« Treidler gab sich keine Mühe, freundlich zu klingen.

Rothstein blinzelte ein paarmal. »Ich kenne niemanden mit diesem Namen.«

Da fiel es Treidler wieder ein. Rothstein kannte Melchior unter einem anderen Namen. »Sie waren heute Abend im alten Stellwerk. Dort haben Sie eine Frau kennengelernt, die sich Jana genannt hat.«

»Ja und? Ich wüsste nicht, was Sie das angeht.« Rothsteins Tonfall klang trotzig. Nach dem ersten Schreck schien er sich gefangen zu haben.

Treidler machte einen Schritt auf ihn zu. »Ich habe keine Lust, mich mit Ihnen über den Sinn meiner Fragen zu unterhalten. Also nochmals: Wo ist Frau Melchior?«

»Das weiß ich doch nicht«, gab Rothstein zurück. »Rufen Sie sie doch an. Soll ich Ihnen ein Telefon bringen?«

Treidler beugte sich vor. Er war jetzt Rothsteins Gesicht so nahe, dass er den Whiskey riechen konnte. »Sie erzählen mir jetzt haarklein, was Sie die letzte Stunde getan haben. Und falls ich davon überzeugt bin, dass Sie mir etwas verschweigen, dann verbringen Sie den Rest dieser Nacht in einer Zelle. Habe ich mich klar genug ausgedrückt?«

Rothstein schwenkte den Whiskey im Glas und schien darüber nachzudenken, was er antworten sollte. »Ja, ich habe Jana … ähm … also, diese Frau Melchior getroffen. Heute Abend unten im alten Stellwerk. Wir haben zusammen etwas getrunken und dann eine Weile getanzt. Das war's.«

»Nein, das war es nicht. Ich weiß, dass Sie zusammen mit ihr noch vor zwölf das Stellwerk verlassen haben«, sagte Treidler. Auf diese Lüge musste er reagieren.

»Wir waren noch ein wenig spazieren.«

»Wo?« Treidler wurde nicht schlau aus Rothstein. Alles, was er bisher gesagt hatte, klang wie die Wahrheit.

»Am Radweg auf der anderen Seite.« Ein überlegenes Lächeln lag um Rothsteins Mund. Er zeigte keinerlei Furcht, dass ihn der Spaziergang mit Melchior verdächtig machen könnte.

»Sie lügen. Ich war auf der anderen Seite, aber ich habe Sie nicht gesehen.«

Rothstein zuckte mit den Schultern. »Dann waren Sie zur falschen Zeit dort.«

Treidler dachte an das Fahrzeug, das hinter dem Gebüsch ohne Licht weggefahren war und es erst sehr spät angeschaltet hatte. »Ich frage Sie jetzt zum letzten Mal: Was haben Sie mit Melchior gemacht?«

»Nichts. Hier ist niemand.« Rothstein deutete ins Haus. »Und das ist das Ende unseres Gespräches. Wenn Sie noch etwas von mir wollen, kontaktieren Sie meine Anwälte.«

Anwälte, im Plural. Dieser arrogante Schnösel würde ihn schon noch kennenlernen. »Ich überzeuge mich lieber selbst davon, dass Melchior nicht hier ist.« Treidler drängte sich an Rothstein vorbei und betrat den Eingangsbereich, der nahtlos in das Wohnzimmer überging.

Das Gebäude hatte die Form eines Hufeisens. Der linke Schenkel führte zu einem riesigen Essbereich mit offener Küche. Rechter Hand führte eine Glastür in einen Flur, von dem weitere Türen abgingen.

Die Einrichtung aus weißen Möbeln, unifarbenen Teppichen, teuer aussehenden Gemälden und Skulpturen übertraf an Eleganz alles, was Treidler bisher gesehen hatte. Grundstück und Haus samt Möblierung mussten ein Vermögen gekostet haben. Gleichwohl fehlte das Gemütliche, das Behagliche. Und wären der Naturstein-Fliesenboden und der offene Kamin nicht gewesen, hätte es ausgesehen wie in einem Labor.

Treidler blieb vor dem mächtigen Kamin stehen, der ein gutes Stück des Wohnzimmers einnahm. Niemand befand sich in dem Raum. Alles war tadellos aufgeräumt. Nur ein schwarz-goldener Füllfederhalter und ein Untersetzer aus Edelstahl lagen auf dem Esszimmertisch. Es gab keine Anhaltspunkte, dass sich eine weitere Person im Haus befand: keine anderen Kleidungsstücke, keine Handtasche und vor allem keine Kampfspuren.

»Sind Sie nun zufrieden?« Rothstein stand noch immer im Windfang und trank den Rest seines Whiskeys.

Verflucht, in was hatte er sich da verrannt? Hier war niemand, und hier war auch nie jemand gewesen. Niemand außer Hanns von Rothstein. Treidler wandte sich zum Gehen. Sein Blick streifte die einzige Wand im Esszimmer, die nicht aus Glas bestand. Wie eine Art Bordüre reihten sich ein gutes Dutzend Holzrahmen mit Schwarz-Weiß-Bildern aneinander. Er stockte. Das Herz schlug ihm bis zum Hals. Vorsichtig, ohne dass Rothstein es bemerkte, zog er seine Pistole aus der Seitentasche.

Dort an der Wand hingen nicht nur einfach Schwarz-Weiß-Bilder, sondern eine Reihe historischer Postkarten. Alle bildeten Motive aus Rottweil oder Umgebung ab. Und auf einer entdeckte er die Schindelbrücke in der Au.

20

Samstag, 24. Juni – Der Tag nach der Johannisnacht

In Melchiors Kopf hämmerte der Schmerz. Die Zunge klebte pelzig an ihrem Rachen. Durst, unbändiger Durst! Sie riss die Augen auf. Vollkommene Schwärze umgab sie. *Wo bin ich?* Sie lauschte in die Dunkelheit. Da war nur das Rauschen des Blutes in ihren Ohren. Keine Stimmen, keine Menschen, keine anderen Geräusche. Sie wandte den Kopf nach rechts, nach links: kein Lichtschein, keine Farbe, überhaupt nichts. Sie lag flach auf dem Boden, spürte den harten Untergrund im Rücken. *Beweg dich!* Melchior ballte ein paarmal die Fäuste und löste sie wieder, streckte die Arme. Da war nichts, an dem sie sich festhalten, das sie berühren konnte. Sie setzte sich langsam auf. Kaum einen halben Meter über ihrem Kopf stieß sie an. Verdammt wenig Platz. Mit den Händen tastete sie die Grenze ihrer Existenz ab: eine grobe Holzwand. Der Tastsinn schien das Einzige, was ihr geblieben war. Sie rollte nach rechts, schlug an einer Wand an, dann nach links, wo ihr Fuß ebenfalls auf eine Wand traf. Ringsum nur Holz, grobes, ungehobeltes Holz. Sie war in etwas gefangen, das einem Todesurteil gleichkam: in einer Holzkiste.

Die Erkenntnis trieb ihren Puls in die Höhe. Melchior schrie und schlug um sich, bis die Knöchel ihrer Hand schmerzten. Vermutlich bluteten sie schon. Gab es genügend Sauerstoff in dieser Kiste? Mit offenem Mund sog sie die Luft ein. Ihr Atem wurde schneller, immer schneller, und sie drohte zu hyperventilieren. Dann ein Geräusch. Sie musste mit den Füßen oder den Händen etwas umgestoßen haben.

Das Geräusch ließ sie seltsam klar im Kopf werden. Was war das? Noch einmal bewegte sie Arme und Beine. Nur diesmal wie in Zeitlupe. Da – wieder das Geräusch. Irgendetwas Rundes, Großes kullerte in dieser verfluchten Holzkiste herum.

Melchior hob den Oberkörper an und versuchte trotz der Finsternis etwas zu entdecken. Nichts. Sie drehte sich auf den Bauch, dann mit angezogenen Beinen um die eigene Achse und kam auf

Knie und Unterarme hoch. Der Platz reichte gerade. Sie spürte den harten Bretterboden unter ihren Händen und den Deckel der Kiste im Rücken. Langsam tastete sie sich vor.

Schnell fand sie eine Plastikflasche. Sie schüttelte, schraubte sie auf und roch daran. Das leichte Prickeln von Kohlensäure, ein Hauch wie von Minze. Sie tropfte etwas von der Flüssigkeit auf die Hand, roch ein weiteres Mal daran. Es war tatsächlich Wasser. Wasser mit Minzgeschmack. Egal, sie hatte einfach nur Durst und nahm einen kleinen Schluck, dann einen großen. Das Wasser stillte den Durst, das Wasser tat gut.

***

Seit mehr als einer Viertelstunde saß Treidler vor Kriminalrat Petersens Schreibtisch und wartete, bis der den Telefonhörer auflegte. Obwohl es erst kurz nach neun Uhr an diesem Samstagmorgen war, hatte der Graue inzwischen das gesamte Kommissariat zusammengetrommelt und einen Suchtrupp mitsamt Hubschrauber auf den Weg gebracht.

Treidler hätte lieber mit der Vernehmung begonnen, statt untätig auf das Ende des Telefonates mit dem Landeskriminalamt zu warten. Was sollte dabei schon herauskommen?

Er hatte Petersen irgendwann am frühen Morgen angerufen und von Melchiors Verschwinden berichtet. Wider Erwarten waren die großen Vorhaltungen bisher ausgeblieben. Aber es war nur eine Frage der Zeit, bis Petersen ihn wegen des schiefgelaufenen Einsatzes zurechtweisen würde.

In den vergangenen Stunden hatte Treidler nicht geschlafen und war stattdessen in seinem Büro auf und ab gelaufen wie ein Tiger in seinem Käfig. Nachdem er Rothstein in der Nacht noch von einem Streifenwagen hatte abholen lassen, war er geblieben und hatte das ganze Haus nach Melchior abgesucht. Ohne Ergebnis. Danach war er erneut zum alten Stellwerk gefahren. Melchiors silberner Passat stand immer noch dort. Einige Male war er die Strecke zu ihrer Pension abgefahren, hatte die Innenstadt abgesucht und sämtliche Telefonnummer angerufen, die er kannte. Nichts. Melchior blieb verschwunden.

Petersen legte auf und setzte an, um etwas zu sagen, als sein Telefon erneut klingelte. Er nahm ab.

Treidler dachte an Riccarda Seregano, Melanie Brugger und Svetlana Waganowa, die wie Melchior plötzlich verschwunden waren. Innerhalb von drei Tagen hatte das Rattengift der neuesten Generation die drei Frauen getötet. Drei Tage. Und für seine Kollegin lief die Zeit seit Mitternacht. Er wusste genau, was auf dem Spiel stand: Melchiors Leben.

Mit einem lauten Knall landete der Telefonhörer auf der Gabel und riss Treidler aus seinen Gedanken.

»Das war die Frau Liebermann-Baumgartner«, sagte Petersen. »Und sie war verdammt aufgebracht wegen Ihres Alleingangs.«

»Soso.« Die blöde Kuh hatte Treidler gerade noch gefehlt. »Hat sie den Durchsuchungsbeschluss für Rothsteins Haus unterschrieben?«

Petersen nickte.

»Wann fangen die an?«, fragte Treidler, obwohl er keinerlei Hoffnung mehr hegte, Melchior oder irgendwelche Hinweise in Rothsteins Haus zu finden.

»Vier Beamte sind schon unterwegs.« Petersen zögerte einen Moment. »Außerdem hat ein Dr. Gisbert Maschke bei ihr angerufen.«

»Kenn ich nicht.«

»Sie werden ihn sehr bald kennenlernen. Er ist Rothsteins Anwalt. Und unsere Frau Staatsanwältin bringt ihn nachher gleich mit.«

»Rothsteins Anwalt?«, echote Treidler. »Haben die schon miteinander telefoniert?«

Petersen nickte erneut. »Hat Rothstein gestern Nacht eigentlich noch etwas ausgesagt? Wenn dieser Maschke neben ihm sitzt, wird's bestimmt nicht einfacher.«

Treidler schüttelte den Kopf. »Ohne seine Scheißanwälte wollte er nichts sagen. Und keinen davon hat er gestern Nacht erreicht.«

Petersen kniff die Augen zusammen, sodass seine buschigen grauen Brauen weit hervortraten. »Es war ein Fehler, Rothstein vorläufig festzunehmen. Und wie ich den Haftrichter kenne, wird der es ähnlich sehen.«

»Blödsinn. Es bestand Flucht- und Verdunklungsgefahr«, beeilte sich Treidler zu sagen. »Außerdem bin ich mir sicher, dass die Nacht in der Arrestzelle Rothstein gesprächiger gemacht hat.«

Petersen fuhr sich mit der flachen Hand über seinen kurz geschorenen weißen Bart. Treidler wusste genau, was jetzt kommen würde.

»Was zum Teufel haben Sie sich eigentlich dabei gedacht?«, fragte Petersen in einem unerwartet nüchternen Tonfall.

Diese Frage hatte sich Treidler in der vergangenen Nacht nicht nur einmal gestellt. Sie hatte ihn vom Schlafen abgehalten, und sie hatte ihn vom Essen abgehalten. Was sollte er antworten? Dass etwas Unerwartetes dazwischengekommen war? Dass er einen großen Fehler gemacht hatte? Dass er die Lage falsch eingeschätzt hatte? Nach mehr als zwanzig Jahren Polizeidienst hörte sich alles, was er jetzt sagen konnte, nur nach Ausflüchten an. Er hätte einfach nur Nein zu dem Einsatz sagen sollen. Treidler hob die Achseln und sah zu Boden.

»Herr Treidler«, Petersen schüttelte den Kopf, »ich weiß nicht, ob ich das unter der Decke halten kann.«

Das Telefon auf Petersens Schreibtisch klingelte erneut. Treidler zuckte zusammen. Hoffentlich eine gute Nachricht.

Treidler versuchte herauszuhören, mit wem Petersen telefonierte. Das Gespräch dauerte nur wenige Sekunden, dann legte er den Hörer wieder auf die Gabel. »Der Führer des Suchtrupps hat sich gemeldet. Sie haben Melchiors Handtasche gefunden.«

***

Neben dem Geruch des Holzes drang Maschinenöl in Melchiors Nase. Maschinenöl? Maschinenfabrik? Die Erinnerungen der letzten Nacht stiegen in ihr hoch. Rothstein, die Salsa-Dancenight, der Spaziergang auf dem Neckartal-Radweg. Das Letzte, an das sie sich erinnern konnte, war die Sitzbank mit den roten Plastiksparren, der Blick zum Himmel und das Band der Milchstraße.

Sie hatte den Einsatz vergeigt. Zu viele oder zu dämliche Fragen gestellt – vielleicht auch beides. Rothstein war einfach aufgestanden. Aber wo war Treidler abgeblieben? Er musste doch mitbekommen haben, wohin sie mit Rothstein gegangen war.

Was nach dem Blick hoch zur Milchstraße kam, fehlte in ihrer Erinnerung komplett. Wie zum Teufel war sie in diese Kiste gekommen? Vielleicht hatte Rothstein sie betäubt und entführt. Der winzige Stich fiel ihr ein, den sie auf der Sitzbank gespürt hatte. Ein Mückenstich, hatte sie gedacht. Sie fasste sich an die Stelle im Nacken, und tatsächlich spürte sie genau dort eine Erhöhung, eine Schwellung. Sie roch an der Hand. Kein Blut.

Wenn sie nicht verrückt werden wollte, musste sie bald hier raus. Melchior tastete die Ecken und Wände ihres hölzernen Gefängnisses ab. An einigen Stellen gaben die Bretter ein winziges Stück nach, kaum einen halben Zentimeter. Wie lange würde es wohl dauern, das Holz mit der Faust zu durchschlagen? Und was befand sich außerhalb? Einen Weg heraus aus ihrem Gefängnis konnte sie sich nur schlagen, wenn die Kiste frei stand. Mit Grauen stellte sie sich vor, dass sie mitsamt der Kiste in der Erde vergraben sein könnte.

Melchior legte sich auf den Rücken und tastete das Holz über sich ab, drückte dagegen. Auch hier gaben die Bretter etwas nach. Sie fühlte eine Stelle mit tiefen Rillen, die quer zur Holzmaserung verliefen. Schlagdistanz und Widerstand stimmten ebenfalls. Wenn sie genug Kraft und Ausdauer mobilisieren konnte, war es nur eine Frage der Zeit, bis das Holz an dieser Stelle brach.

Melchior ballte die rechte Faust und schlug zu. Ein scharfer Schmerz durchfuhr ihr Handgelenk. Es schmerzte viel mehr, als sie erwartet hatte. Egal, wenn sie hier rauswollte, durfte sie nicht über den Schmerz nachdenken. Sie musste weitermachen, immer weiter, bis die Knöchel bluteten. Und zur Not würde sie einfach die Hand wechseln. Melchior schlug erneut zu. Und wieder und immer wieder.

***

Mit Jakobs' Foto in der Hand stand Treidler neben Petersen und musterte Rothstein durch den Einwegspiegel, der einen unbemerkten Blick ins Vernehmungszimmer ermöglichte. Treidler hätte auch der Übertragung einer der beiden Kameras folgen können. Mit ihnen konnte jeder Winkel des Raums eingesehen und auf Wunsch die Vernehmung sogar aufgezeichnet werden.

Der Suchtrupp hatte die Handtasche im Gebüsch hinter der Sitzbank mit den roten Plastiksparren gefunden. Fundort und Inhalt der Tasche brachten keine neuen Erkenntnisse zu Melchiors Aufenthaltsort. Gleichwohl war überraschend, dass ihr Mobiltelefon fehlte, der abgeschaltete Miniatursender sich aber in der Tasche befand. Auch die Untersuchung von Melchiors Passat brachte absolut nichts. Um überhaupt etwas in Erfahrung zu bringen, blieb nur Rothsteins Vernehmung. Allerdings konnte die nicht beginnen, weil Liebermann-Baumgartner und Maschke immer noch nicht eingetroffen waren.

In der Mitte des Raums, an dem kleinen Tisch mit zwei Stühlen auf jeder Seite, saß Rothstein und starrte auf das Mikrofon vor sich. Es gab keine Fenster, und neben der einzigen Tür im Raum saß ein jüngerer, dunkelhaariger Polizeibeamter auf einem Stuhl. Er hatte sich zurückgelehnt, die Beine weit von sich gestreckt und kaute Kaugummi. Eine Reihe Neonleuchten tauchte den Raum in ein grelles, schattenloses Licht.

Dunkle Ränder unter den Augen und tiefe Falten an Mund und Nase zeugten davon, dass Rothstein kaum geschlafen hatte. Seine halblangen blonden Haare hingen ihm wirr ins Gesicht. Noch immer trug er das ausgeleierte schwarze T-Shirt und die Jeans ohne Gürtel, die er kurz vor Ankunft des Streifenwagens gegen seinen lila-weiß gestreiften Morgenmantel getauscht hatte. Ein anderes Paar Schuhe hatte ihm Treidler allerdings nicht zugestanden, und so trug er immer noch die lilafarbenen Crocs. Nichts mehr an ihm erinnerte an den attraktiven und vergnügten Mann, als der er sich am Abend zuvor im alten Stellwerk präsentiert hatte.

Petersen schaute auf seine Armbanduhr. »Wo bleiben die beiden denn? Es ist bald zwölf.«

Noch sechzig Stunden. Treidler wäre am liebsten sofort in den Raum gestürmt. Hätte Petersen nicht neben ihm gestanden, hätte er auch ohne Anwalt und Liebermann-Baumgartner mit dem Verhör begonnen.

Dorfler tauchte auf dem Flur auf und trat neben ihn. »Ist er das?« Er deutete mit dem Kinn auf Rothstein.

»Ja«, entgegnete Treidler. »Stumm wie ein Fisch.«

»Vielleicht nicht mehr lange. Sein rechter Daumenabdruck stimmt mit dem auf der letzten Postkarte überein.«

Treffer. Zumindest eine der historischen Ansichtskarten, die an das Kommissariat geschickt worden waren, stammte aus Rothsteins Fundus.

»Das reicht vielleicht, um ihn bis Montagmorgen hierzubehalten«, sagte Petersen. »Aber wenn Sie bis dahin nichts haben, ist er ein freier Mann.«

Treidler nickte.

»Dann machen Sie was draus.« Dorfler reichte ihm die drei Ansichtskarten. »Ich fahr jetzt in den Fliederweg zur Hausdurchsuchung.«

Treidler schaute sich die Schwarz-Weiß-Postkarten an: die Rottweiler Innenstadt mit dem Schwarzen Tor, das Münster, das Alte Bohrhaus. Er drehte sie um und betrachtete die Gedichtzeilen in der Kinderschrift. Die Postkarten in Rothsteins Haus waren auf der Rückseite nicht beschrieben. Das hatte er noch in der Nacht überprüft. Aber warum brachte sich Rothstein mit diesen historischen Ansichtskarten selbst in Verdacht? Und wo war die vierte Karte mit dem Ende des Gedichts? Bisher war jedes Verschwinden von einer Postkarte begleitet gewesen. Vielleicht hatte er die schon vorbereitet. Treidler wollte nicht mehr, er konnte nicht mehr warten. Er ließ Petersen und Dorfler kurzerhand stehen und marschierte auf die Tür zum Vernehmungszimmer zu.

»Treidler!«, rief Petersen hinter ihm.

Er tat so, als habe er nicht gehört, trat durch die Tür und schlug sie mit einem lauten Knall hinter sich zu. Neben dem Polizeibeamten an der Tür zuckte auch Rothstein zusammen und schaute ihn mit großen Augen an.

Treidler setzte sich ihm gegenüber und legte Jakobs' Foto umgedreht und die drei Ansichtskarten mit der Bildseite nach oben auf den Tisch.

Rothstein betrachtete die Postkarten nur für einen Augenblick, dann schaute er wieder auf. »Ist Herr Dr. Maschke schon da?«

»Sie brauchen keinen Anwalt, Herr von Rothstein. Was Sie brauchen, ist eher so etwas wie ein … wie ein Wunder.«

Rothstein brummte etwas Unverständliches.

Treidler lehnte sich zurück. »Haben Sie die vierte Karte schon geschrieben?«

»Die vierte Karte?«

Treidler antwortete nicht. Rothstein sollte reden.

»Von was sprechen Sie da überhaupt? Ich dachte, Sie beschuldigen mich, Ihre Kollegin entführt zu haben. Und nun faseln Sie was von Karten.«

Treidler hielt die Ansichtskarte vom Alten Bohrhaus hoch. »Hier drauf ist Ihr Daumenabdruck.«

Rothstein sah kurz auf die Karte und hob die Achseln.

»Wollen Sie nicht wissen, wie Ihr Abdruck da drauf gekommen ist?«, fragte Treidler.

»Nein, will ich nicht.« Rothstein verzog die Mundwinkel zu einem abfälligen Grinsen. »Aber Sie werden's mir trotzdem gleich sagen, richtig?«

Treidler beugte sich nach vorne und sagte leise: »Oh, der Herr von Rothstein denkt, ich bin ein Idiot?« Er schlug mit der flachen Hand auf den Tisch.

Rothsteins Augenlider zuckten für einen winzigen Moment. Dann hatte er sich wieder unter Kontrolle.

Treidler hob seine Stimme an. »Sehe ich vielleicht aus wie ein Idiot?«

Die Tür flog auf.

»Was soll das?«, rief ein gut siebzigjähriger, weißhaariger Mann mit dicker Hornbrille. Sein Tonfall klang herrisch.

Liebermann-Baumgartner betrat den Raum. Im Gegensatz zu ihren bisherigen Begegnungen trug die Staatanwältin kein Kostüm, sondern ein weißes Kapuzenshirt über einer ausgewaschenen Jeans und weiße Adidas-Turnschuhe mit pinkfarbenen Streifen. Der ältere Mann, der ihr folgte, hatte einen hellgrauen Anzug mit weißem Hemd und dunkelblauer Krawatte an. Er musste sich nicht vorstellen. Alle Anwälte dieser Welt kleideten sich gleich.

Sofort wetterte der Weißhaarige los: »Sie wissen genau, dass

Sie ohne mein Beisein nicht mit dem Verhör meines Mandanten beginnen dürfen. Das wird Konsequenzen haben.«

»Soso.« Treidler seufzte. Verdammt, warum hatten sich die beiden nicht noch etwas mehr Zeit lassen können?

Der Weißhaarige trat hinter den freien Stuhl auf Rothsteins Seite und stellte seinen Aktenkoffer auf dem Tisch ab. »Mein Name ist Dr. Gisbert Maschke. Meine Kanzlei vertritt die Familie des Herrn von Rothstein länger, als Sie sich vermutlich vorstellen können.«

Aufgeblasenes Arschloch, dachte Treidler und erhob sich betont langsam. »Mein Name ist Kriminalhauptkommissar Wolfgang Treidler. Und ich bin länger bei der Polizei, als *Sie* sich überhaupt vorstellen können.« Er grinste. »Haben wir damit geklärt, wer die meiste Ahnung von seinem Job hat?«

Liebermann-Baumgartner warf Treidler einen tadelnden Blick zu und wandte sich an Rothsteins Anwalt. »Nehmen Sie doch bitte Platz.«

Maschke zögerte einen Moment. Treidler kam es so vor, als wolle er gleich wieder lospoltern. Doch wider Erwarten nickte er nur und setzte sich neben Rothstein. Treidler und Liebermann-Baumgartner nahmen ihre Plätze auf der gegenüberliegenden Seite ein.

Maschke rückte seine Brille zurecht. Seine blassblauen, wachen Augen wirkten hinter den Gläsern von der Dicke eines Flaschenbodens beinahe, als wären sie unter einer Lupe.

Mit einem Druck auf den roten Kippschalter am Mikrofon startete Treidler die Tonaufnahme. Er nannte das Datum, die Uhrzeit, den Grund der Vernehmung und zählte die anwesenden Personen auf.

Ohne Aufforderung legte Maschke sogleich los. »Mein Mandant ist CFO der Maschinenfabrik Von Rothstein und Söhne GmbH und Co. KG, und er wird nur …«

»CFO?«, unterbrach Treidler.

»Chief Financial Officer«, entgegnete Maschke in einem herablassenden Tonfall, der Treidler wütend machte. »Das heißt so viel wie kaufmännischer Geschäftsführer.«

»Geschäftsführer, ah. Und warum sagen Sie das dann nicht

so?« Er hatte diese verfluchten englischen Berufsbezeichnungen nie gemocht. Irgendwann würde sich der Pächter der Tankstelle nebenan noch »Chief Petroleum Transfer Officer« nennen.

»Von Rothstein und Söhne ist ein Unternehmen mit internationaler Reputation.« Maschke nahm die Aktentasche vom Tisch und stellte sie neben sich auf den Boden.

Treidler schaute zwischen den beiden hin und her. Trotz seiner Körpergröße sah Rothstein neben seinem Anwalt aus wie ein Kind. »Gut, Herr Chief Financial … Was-weiß-ich-was und Herr Dr. *Matschke*, können wir nun anfangen, oder wollen wir uns noch ein wenig über die Reputation der Maschinenfabrik Ihres Mandanten unterhalten?«

»Dr. Maschke, mein Name ist Dr. Maschke ohne t.« Erneut rückte er seine Brille zurecht. Vermutlich glänzte sie deswegen bereits an den Bügeln.

»Oh, das tut mir leid. Das muss ich wohl überhört haben«, gab Treidler zurück und erntete postwendend einen bitterbösen Blick von Liebermann-Baumgartner.

Maschke setzte ein falsches Lächeln auf. »Stellen Sie bitte Ihre Fragen, Herr Hauptkommissar. Wir entscheiden dann jeweils, ob und wie Herr von Rothstein sie beantwortet.«

Treidler schob Rothstein die drei Postkarten näher hin. »Haben Sie die schon einmal gesehen?«

Statt die Karten genauer anzuschauen, blickte Rothstein zu Maschke. Erst als dieser nickte, antwortete er: »Kann sein. Ich sammle historische Postkarten. Aber ich kann nicht mit Sicherheit sagen, ob diese hier aus meiner Sammlung stammen.«

»Die hier kommt aus Ihrer Sammlung.« Treidler deutete auf die Karte mit dem Alten Bohrhaus. »Wie sollte sonst Ihr Daumenabdruck darauf kommen?«

Maschke räusperte sich. »Es ist nicht Herrn von Rothsteins Aufgabe, seine Unschuld zu beweisen, sondern die Ihre, seine Schuld zu beweisen.«

»Hören Sie, Herr Maschke«, Treidler konnte sich nur schwer zu einem sachlichen Ton durchringen, »meine Kollegin ist seit dieser Nacht verschwunden. Und sie wurde zuletzt mit Ihrem Mandanten zusammen im alten Stellwerk gesehen.«

»Das leugne ich doch überhaupt nicht«, rief Rothstein schnell. »Außerdem habe ich Ihnen das gestern schon gesagt.«

Treidler blickte zu Rothstein. »Im letzten Vierteljahr sind drei weitere Frauen in der Nähe des alten Stellwerks verschwunden. Mehrere Zeugen geben an, dass Sie alle diese Frauen kannten.«

Rothstein presste die Lippen aufeinander.

»Sie wissen, von wem ich rede: Riccarda Seregano, Melanie Brugger und Svetlana Waganowa.«

»Hören Sie, ich habe nichts mit dem Verschwinden Ihrer Kollegin zu tun. Das müssen Sie mir glauben.« Rothstein strich sich mit einer fahrigen Bewegung durch die Haare.

»Mir reicht aber kein *glauben*. Da brauche ich etwas mehr.« Treidler drehte Jakobs' Foto um und schob damit die Ansichtskarten beiseite. »Hier sind Sie zu sehen, wie Sie sich am Montag vom Fundort von Svetlana Waganowas Leiche entfernen.«

Maschke beugte sich über das Bild, hob die Brille und senkte sie wieder. »Was soll das? Das könnte der Kaiser von China sein. Wie kommen Sie darauf, dass dieser Schatten mein Mandant sein soll?«

»Der Kaiser von China? Lassen Sie Ihre dämlichen Späße, Herr Maschke«, knurrte Treidler. »Die drei Frauen wurden tot aufgefunden, getötet mit Rattengift. Jedes Mal traf danach eine dieser Postkarten bei uns auf dem Kommissariat ein. Eine davon mit den Fingerabdrücken von Herrn von Rothstein. Und nun finden wir gestern Abend bei Ihrem Mandanten genau diese Art von Postkarten. Die Indizien sind erdrückend.«

»Dann schauen wir mal, Herr Kommissar, ob das der Haftrichter auch so sieht. Ich denke, er wird als Erstes feststellen, dass Sie sich unrechtmäßig Zutritt zum Bungalow meines Mandanten verschafft haben.«

»Gefahr in Verzug«, sagte da Liebermann-Baumgartner. »Die Einholung eines richterlichen Beschlusses hätte unseren Ermittlungserfolg gefährdet. Der folgt dann am Montag. Und bis dahin muss Ihnen ein Durchsuchungsbeschluss von mir reichen.«

Maschke rieb sich das Kinn. Er schien sich eine Antwort zurechtzulegen, erwiderte jedoch nichts.

»Ist das Ihre Handschrift?« Treidler legte nacheinander die drei Ansichtskarten mit der Rückseite nach oben auf Jakobs' Foto.

Rothstein betrachtete die Karten. »Wollen Sie mich auf den Arm nehmen? Das ist doch eine Kinderschrift.«

»Möglicherweise«, gab Treidler zurück. »Aber das ist keine Antwort auf meine Frage. Soll ich die wiederholen?«

»Das ist weder meine Handschrift, noch kenne ich jemanden, der so schreibt.«

»Wie ich vorhin schon sagte, Herr Treidler«, warf Maschke ein. »Es ist nicht Herrn von Rothsteins Aufgabe, seine Unschuld zu beweisen, sondern Sie müssen seine Schuld nachweisen.«

Treidler platzte der Kragen. »Sie denken wohl, dass Sie und Ihr Mandant etwas Besonderes sind. Vermutlich glauben Sie, dass die Ernte besser ausfällt, wenn Sie im Sommer über den Acker laufen. Aber Ihr Auftreten und Ihr überhebliches Gehabe imponieren mir nicht im Geringsten. Es geht hier einzig und allein um das Leben meiner Kollegin.«

Maschke zuckte mit den Schultern. »Es tut mir leid, Herr Kommissar, dass Ihre Kollegin verschwunden ist. Aber ich denke, mein Mandant kann Ihnen dabei nicht helfen.«

»Verdammt, Sie verschwenden meine Zeit.«

Liebermann-Baumgartner räusperte sich. »Es reicht, Herr Treidler. Es ist jetzt gut.«

»Nichts ist gut, verflucht.«

»Kommen Sie bitte mit nach draußen.«

»Was soll ich da?«

»Ich muss mit Ihnen reden, unter vier Augen. Jetzt.« Liebermann-Baumgartner deutete mit dem Kopf zur Tür.

Treidler sprang auf. Sein Stuhl fiel um. Wortlos stürmte er aus dem Raum und marschierte draußen auf dem Flur vor dem Spiegel auf und ab.

Liebermann-Baumgartner kam aus dem Raum und zog die Tür hinter sich zu. »Wissen Sie, was mich ankotzt?«, begann sie in unerwartet scharfem Ton. »Sie haben sich Ihre Meinung längst gebildet: Rothstein ist schuldig. Wie wäre es mit etwas mehr Objektivität?«

»Objektivität? Ich scheiße auf Ihre Objektivität! Er hat was mit den Morden zu tun, und ich will wissen, was.«

Liebermann-Baumgartner schüttelte den Kopf. »Fahren Sie nach Hause, Treidler. Sie sehen müde aus.«

»Ist das Ihr Ernst?«

»Ja. Ich will Sie heute nicht mehr hier sehen.«

Treidler wandte sich ab. »Rutsch mir doch den Buckel runter, du blöde Kuh.«

»Was haben Sie da gesagt, Herr Treidler?«, rief Liebermann-Baumgartner ihm nach.

»Lernen Sie Schwäbisch«, gab er zurück, ohne seine Schritte zu verlangsamen. Es wurde höchste Zeit, dass er die Dinge auf eigene Faust klärte.

21

Treidler dachte nicht einen Moment daran, nach Hause zu gehen. Stattdessen fuhr er auf direktem Weg zu Rothsteins Anwesen. Das Tor zum Fliederweg 48 stand offen. Auf dem Hof parkten zwei weiße Audi A4 Kombis neben dem Ferrari und dem Porsche Cayenne. Bei einem war die Heckklappe geöffnet. Treidler sah ein gutes Dutzend Kartons auf der Ladefläche. Entweder nahmen die Beamten alles mit, was ihnen unter die Finger kam, oder es gab tatsächlich derart viele verdächtige Gegenstände, die Dorfler näher untersuchen wollte.

Als er seinen Mercedes hinter dem Ferrari abstellte, kam ein Beamter in Jeans und T-Shirt mit einem weiteren Karton aus der Eingangstür.

Treidler stapfte mit einem knappen Gruß an dem Mann vorbei ins Haus.

Am Esszimmertisch fand er Dorfler, der mit Gummihandschuhen die gerahmten Ansichtskarten von der Wand in einem Karton verstaute. Auf dem Edelstahl-Untersetzer vor ihm stand das leer getrunkene Whiskeyglas vom Vorabend, daneben lag noch immer der Füllfederhalter.

»Das ist ein Montblanc Noblesse Oblige«, sagte Dorfler, als er Treidlers Blick bemerkte. »Ein altes und verdammt teures Modell. Ich dachte bisher, mit so was schreibt man nicht. Aber da ist tatsächlich eine Patrone drin.«

Treidler nickte. Er interessierte sich nicht wirklich für die Füllfederhalter von Leuten, die nicht wussten, wohin mit ihrem Geld. »Habt ihr schon was gefunden?«

Dorfler schüttelte den Kopf. »Nichts Konkretes. Wir haben Dutzende Aktenordner mit geschäftlichen und privaten Unterlagen aus seinem Büro. Die müssen wir zuerst sichten. Ebenso seinen Computer und das Tablet. Suchen Sie etwas Bestimmtes?«

»Die vierte Ansichtskarte.«

»Außer den Karten an der Wand haben wir noch einen ganzen

Stapel in einem Kellerraum gefunden. Das sind bestimmt weit über hundert Stück.«

»Ein ungewöhnliches Hobby, dieses Zeugs zu sammeln.« Treidler versuchte, das Motiv auf der Karte in Dorflers Hand zu erkennen. Das Schwarz-Weiß-Bild zeigte die Hochbrücke, vom Stadtgraben aus fotografiert.

»Wieso? Mein Vater hat Streichholzschachteln gesammelt.« Er fuhr sich über seinen Schnauzbart. »Er sagte immer, Briefmarken kann jeder sammeln.«

»Ist eine der Postkarten auf der Rückseite beschrieben?«

Dorfler ließ die Schultern hängen. Offensichtlich hatte auch er sich von der Hausdurchsuchung mehr erhofft. »Wir finden Melchior. Ganz bestimmt.«

Treidler wünschte sich nichts mehr als das.

Er wandte sich dem rechten Trakt des Bungalows zu. Im Vorraum hing, an einem Kleiderständer aus Edelstahl, Rothsteins lila-weiß gestreifter Morgenmantel. Ein wahrlich hässliches Teil, das so gar nicht zu der überteuerten Einrichtung passen wollte. Rechter Hand gingen zwei Schlafzimmer und links ein Büro ab. Die Räume hatte Treidler schon in der Nacht in Augenschein genommen. Aber es wäre nicht das erste Mal, dass er nach einer Durchsuchung noch Anhaltspunkte fand.

Rothsteins Arbeitszimmer stand in Stil und Extravaganz der übrigen Einrichtung des Hauses in nichts nach. Ein schneeweißer Arbeitstisch, nicht viel kleiner als eine Tischtennisplatte, nahm den größten Teil des Raumes ein. Dahinter stand ein Bürostuhl mit weißem Lederüberzug, für den Treidler vermutlich einen ganzen Monatslohn würde ausgeben müssen. Drei Besucherstühle im gleichen Design nahmen den Platz auf der türabgewandten Seite des Tisches ein. Die Regale an der Wand waren leer geräumt, nur einige Pokale von Golfturnieren staubten auf den Regalbrettern vor sich hin.

Treidler ließ sich auf den lederbezogenen Drehstuhl fallen und suchte den Schreibtisch ab. Viel hatten die Beamten nicht zurückgelassen. Er zog die Schubladen auf, nur um festzustellen, dass sie bis auf ein paar leere Briefumschläge und Etiketten vollkommen ausgeräumt waren. Auf der Schreibtischplatte türmten sich vier metallene Ablagen. Das oberste Fach enthielt farbige Broschüren von Segelbooten. Ansonsten herrschte auch dort gähnende Leere. Neben der Schreibtischunterlage aus echtem Leder befanden sich die üblichen Büroutensilien – Locher, Hefter und eine Plastikbox für gelbe Haftnotizen. Nichts, was ihn weiterbrachte.

Zwischen Computermonitor, Maus und Tastatur stand ein Kugelstoßpendel mit einer silbernen und vier blauen Metallkugeln. Die Gravur auf der steinernen Standfläche lautete: »Von Rothstein & Söhne – Maschinenfabrik«. Treidler hob die silberne Kugel an, ließ sie gegen die Reihe der blauen Kugeln fallen und lauschte dem Klicken. Sein Blick wanderte zum Fenster hinaus. Wie ein endloses Tuch spannte sich der strahlend blaue Himmel über alles und jeden. Hie und da unterbrachen gelb leuchtende Rapsfelder die wieder ergrünte Landschaft. Eine phänomenale Aussicht. Kein Haus, keine Straße versperrte den Blick. Ganz unten schlängelte sich der Neckar in engen Kurven durch das Tal und verschwand am Horizont.

Treidler meinte, das kühle Wasser beinahe spüren zu können. Der Fahrradausflug mit Lisa entlang des Neckars kam ihm in den Sinn. Das Picknick auf seinem alten Schlafsack und der geflochtene Weidenkorb. Haselnusskuchen mit Schokoladenüberzug.

Er musste Melchior finden. Und zwar so schnell wie möglich. Aber wo zum Teufel sollte er ansetzen? Es gab schlicht nichts, das ihn weiterbringen könnte.

Im Takt der klickenden Metallkugeln schob Treidler mit den Füßen den Drehstuhl jeweils eine Viertelumdrehung weiter. Nacheinander kam die Eingangstür, die Regalwand mit den Pokalen, das Fenster mit dem Blick ins Neckartal und die andere Wand mit einer übergroßen Fotografie in sein Sichtfeld. Verdammt, das Bild. Er stoppte die Drehbewegung des Bürostuhls. An der gegenüberliegenden Wand hing eine gerahmte Fotografie von der Größe eines Posters. Darauf war Hanns von Rothstein mit einem älteren Mann um die siebzig abgebildet. War dies sein Vater? Im Hintergrund unverkennbar das Firmengebäude. »Von Rothstein & Söhne«, verkündeten mannshohe blaue Lettern auf der Wellblechfassade. Darunter, etwas kleiner, stand »Maschinenfabrik«.

Doch auf dem Bild gab es noch etwas anderes, das Treidlers

Aufmerksamkeit erregte: die Fahrzeuge im Hintergrund. Er stand auf und trat vor das Foto. Fünf Kleintransporter der Marke Renault standen in Reih und Glied nebeneinander vor dem Gebäude. Ein metallener Aufsatz führte von der Mitte des Dachs bis zur Heckklappe, und auf den Seitenwänden prangte der weiße Schriftzug »Von Rothstein & Söhne«. Merkwürdig, wie ähnlich sie jenem Fahrzeug in der letzten Nacht vor dem Gehöft waren. Allerdings hatten diese hier auf dem Bild keine grüne Lackierung, sondern eine blaue.

Das Klicken der Metallkugeln verstummte. Nur das Rascheln und die Schritte der Kriminaltechniker in den anderen Zimmern drangen an sein Ohr. Treidler drehte sich zum Schreibtisch und betrachtete das Pendel: vier blaue Kugeln und eine silberne. Natürlich – zwei unterschiedliche Farben. Wo es fünf blaue Kleintransporter gab, gab es vielleicht auch einen grünen. Und obendrein konnte es nicht schaden, dem Fabrikgelände einen Besuch abzustatten. Treidler betätigte noch einmal das Kugelstoßpendel und verließ Rothsteins Haus.

***

Es war ernüchternd. Die Schläge auf das Holz schmerzten unendlich, und trotzdem wollte sich kein Erfolg einstellen. Die Bretter wurden nicht lockerer. Sie machten nicht den Eindruck, als ob sie überhaupt irgendwann brechen würden. Melchior hatte keine Ahnung, zum wievielten Mal sie die Knöchel vor Schmerz in den Mund nahm. Alles schmeckte nach Blut. Auch wusste sie nicht mehr, wie oft sie schon die Hand gewechselt hatte. Bei einem jedoch war sie sich sicher: Die Abstände wurden immer kürzer. Das Wechseln der Hand brachte nur noch kurze Zeit eine Entlastung für ihre geschundenen Knöchel.

Die körperliche Anstrengung machte sie durstig. Bevor sie etwas trinken konnte, musste sie allerdings zuerst in der Dunkelheit die Wasserflasche suchen. Verdammt. Wie sollte sie dann die Stelle wiederfinden? Melchior ritzte mit dem Fingernagel ein paarmal in das Holz und spürte nach. Tatsächlich konnte sie die winzigen Rillen an den Fingerkuppen fühlen.

Melchior legte sich auf den Bauch und zog die Füße an. Vorsichtig drehte sie sich um hundertachtzig Grad. Vorne, dort wo ihre Füße lagen, ertastete sie die Plastikflasche. Sie schüttelte sie leicht. Das Gewicht deutete auf etwas mehr als einen halben Liter hin. Sie musste sparsamer mit dem Wasser umgehen. Das Durchschlagen der Bretter konnte noch sehr lange dauern. Falls sie es überhaupt schaffte. Sie öffnete den Verschluss, nahm zwei kleine Schlucke und verschloss die Flasche sofort wieder.

Draußen bellte ein Hund. Nur ganz leise, womöglich weit entfernt. Doch wo ein Hund war, gab es vielleicht auch einen Menschen. Aber das Beste daran war die Gewissheit, dass die Kiste im Freien stand und nicht vergraben sein konnte.

»Hilfe!«, schrie Melchior, so laut sie konnte. »Ist da jemand?« Wie wild schlug sie mit Fäusten und Handballen auf das Holz ein.

Sie lauschte.

Der Hund bellte weiter. Kein anderer Laut drang an ihr Ohr. War das Gebell leiser geworden?

»Hilfe!«, brüllte sie erneut. »Hier drinnen, ich bin in einer Holzkiste.« Wieder ließ sie die Faust gegen die Bretter krachen.

Sie hielt den Atem an und lauschte.

Das Gebell wurde leiser, der Hund schien sich von ihr zu entfernen. Und mit ihm die Möglichkeit, aus dieser Kiste herauszukommen.

Nochmals rief sie so laut sie konnte, trommelte ein wahres Stakkato auf das Holz.

Das Hundegebell war verstummt. Zurück blieb nur das Rauschen des Blutes in ihren Ohren. Mit der Stille kam die Verzweiflung zurück. Niemand würde kommen, der ihr half. Hoffnungslos, es war so hoffnungslos. Tränen schossen ihr in die Augen. Sie würde in dieser verfluchten Kiste sterben.

***

Das Eingangstor der Maschinenfabrik Rothstein & Söhne war verschlossen, das Gebäude des Pförtners verlassen. Natürlich, was hatte Treidler an einem Samstagnachmittag anderes erwartet?

Vielleicht gab es noch einen weiteren Eingang. Er marschierte am Zaun entlang und bemerkte erst jetzt, wie groß das Fabrikgebäude und das Gelände waren. Vermutlich würde ein ganzes Fußballstadion darin Platz finden. Weiter von der Straße abgewandt fand Treidler tatsächlich eine Stelle, an der sich der Maschendraht nach innen drücken ließ. Das Loch war gerade so groß, dass er hindurchschlüpfen konnte.

Er marschierte über den Hof. Von Nahem machte das Fabrikgebäude einen verwinkelten Eindruck. Übergänge oder Treppenhäuser führten auf verschiedene Ebenen und zu anderen Gebäudeteilen. Offenbar waren im Laufe der Zeit immer wieder Anbauten hinzugekommen, die dann mit der Wellblechfassade verkleidet worden waren.

An einer Laderampe hinter dem Gebäude sah er sie dann: vier blaue Renault Kleintransporter, die nebeneinander parkten. Von einem fünften oder gar einem grünen Lieferwagen war weit und breit nichts zu sehen. Er trat vor die Heckscheiben des ersten Fahrzeuges und schaute hinein. Kleinere Maschinen, Geräte und Werkzeuge in Holzkisten sowie zahllose Winkel, Platten und Schienen aus Metall oder Kunststoff. Das Gleiche im nächsten und übernächsten Fahrzeug.

Da vernahm er aufgeregtes Bellen. Verdammt, daran hatte er nicht gedacht: Auf solch einem Firmengelände waren meistens frei laufende Wachhunde. Er fuhr herum. Ein Schäferhund stürmte mit heraushängender Zunge auf ihn zu. Keine zwanzig Sekunden, und das kräftige Tier hatte ihn erreicht. Und es würde kein harmloses Zusammentreffen werden. Nirgends war ein Mensch, der den Hund zurückpfeifen konnte. Dafür stapelten sich ganz in der Nähe Dutzende leerer Gitterboxen übereinander wie riesige Bauklötze. Treidler sprintete los.

Schnell schwoll das Bellen an. Er riss den Kopf herum. Der Hund würde ihn bald einholen. Doch auch die Gitterboxen kamen rasch näher. Nur noch ein paar Schritte, und Treidler war in Sicherheit. Den letzten Meter sprang er. Er schlug sich das Schienbein an und landete hart mit der Schulter auf der untersten Gitterbox. Schnell zog er sich hoch. Er blieb mit dem Fuß irgendwo hängen, zerrte wie wild, mit einem Ratsch riss Stoff. Schließlich war er oben.

Der Hund machte keinerlei Anstalten, seine Geschwindigkeit zu verringern. Wollte der ihn etwa bis hier hoch verfolgen? Blitzschnell kam Treidler auf die Füße, zog sich an einer weiteren Gitterbox hoch und erreichte die zweite Lage. Keine Sekunde zu früh. Der Hund befand sich bereits auf der Gitterbox unter ihm.

Treidlers Platz in drei Metern Höhe wackelte bedenklich. Eine weitere Lage zu erklimmen war zu gefährlich.

»Verpiss dich, du Scheißköter«, schrie er hinunter. Er fand ein Kantholz und warf es in Richtung des Hundes.

Der Wurf ging gut und gerne einen Meter an dem Tier vorbei. Treidlers Angriff stachelte den Hund zusätzlich auf. Er geiferte mit gerunzeltem Nasenrücken und fletschte seine Zähne. Ununterbrochen sprang er hoch und versuchte, die nächsthöhere Gitterbox mit Treidler zu erreichen. Dabei brachte er den Turm aus Gitterboxen ins Wanken. Wenn Treidler nicht bald handelte, würde er mitsamt seiner Gitterbox zu Boden stürzen und der Hund würde über ihn herfallen.

Er zog seine Waffe aus dem Holster, hebelte eine Kugel in den Lauf und entsicherte sie. Der Hund sprang weiter auf und ab, während der Turm immer stärker schwankte. Es blieb ihm nichts anderes übrig. Treidler hob den Lauf der Waffe senkrecht in die Luft und drückte ab. Die Detonation an seinem Ohr war so laut, dass es schmerzte. Der Hund war jedoch völlig unbeeindruckt von dem Knall und versuchte weiter, die zweite Gitterbox zu erklimmen.

»Sobald du nur eine Scheiß-Pfote hier drauflegst, geht der nächste Schuss nicht mehr in die Luft.« Treidler legte an.

»Harro, aus!«, rief da jemand.

Sofort ließ der Hund von der Gitterbox ab, sprang hinunter und trottete in die entgegengesetzte Richtung, als ob nichts gewesen wäre.

Vor einer beleibten Gestalt in Uniform und Schirmmütze hielt er inne und ließ sich widerstandslos eine Leine anlegen. Der Mann kam näher und blieb nicht weit vor der Gitterbox stehen. Sein Alter war schwer zu schätzen, irgendwo zwischen sechzig und siebzig. Das faltige Gesicht wurde von einer stattlichen Nase mit einer noch stattlicheren Warze dominiert. Der lächerlich kleine

Oberlippenbart darunter sah aus wie gefärbt und bewies einmal mehr, dass diese Art der Gesichtsbehaarung zu Recht aus der Mode gekommen war. Durch die gut zwanzig Kilo Übergewicht spannte seine Uniformjacke an den Hüften, und die untersten drei Knöpfe standen offen. Das Logo an Oberarm und Mütze wies ihn als Angehörigen eines Wachdienstes aus, den Treidler nicht kannte.

»Was soll das?«, begann der Wachmann mit vorwurfsvoller Stimme. Offenbar hatte er keine Angst vor der Waffe in Treidlers Hand. »Sie wollen doch nicht etwa auf meinen Hund schießen?«

»Kommt darauf an, ob der Köter da unten bleibt«, sagte Treidler. Schnell wurde ihm klar, dass es die falsche Antwort war.

»Noch so eine dämliche Bemerkung, und ich ruf die Polizei.«

Harro bellte wild drauflos und zerrte am Halsband. Er war offensichtlich der gleichen Meinung.

»Sehen Sie, Sie haben den Hund kaum im Griff.«

»Aus, Harro«, schrie der Wachmann. Sofort verstummte der Hund. »Platz.« Harro setzte sich.

So konnte man sich täuschen. Der Mann hatte seinen Hund durchaus im Griff.

»Hören Sie mal«, sagte der Wachmann. »Sie befinden sich auf privatem Gelände. Wenn Sie hier einbrechen, müssen Sie mit so was rechnen. Wer sind Sie überhaupt?«

Treidler verstaute die Waffe im Holster und zog seinen Dienstausweis hervor. »Kriminalpolizei Rottweil, Treidler ist mein Name.«

»Haben Sie einen Durchsuchungsbefehl?«

»Durchsuchungsbeschluss.«

»Was?«

»Es heißt Durchsuchungsbeschluss, nicht Durchsuchungsbefehl.«

»Mir doch egal. Also, haben Sie so was?«

»Nein.«

»Dann kommen Sie jetzt auf der Stelle da runter und verlassen das Grundstück.«

»Nichts lieber als das. Aber halten Sie Ihren Hund fest.« Treidler steckte seinen Ausweis zurück.

Der Wachmann nickte und zog Harro etwas näher an sich heran.

Erst jetzt entdeckte Treidler, dass vom linken Knie abwärts ein gut zehn Zentimeter langer Riss in seiner Jeans klaffte. Verdammter Köter. Ohne Harro aus den Augen zu lassen, kletterte er von der Gitterbox auf die nächste und sprang dann ganz hinunter. Der Hund verfolgte jede seiner Bewegungen aufmerksam, blieb jedoch neben seinem Herrchen sitzen.

Vorsichtig näherte sich Treidler. »Sind Sie hier der Pförtner?«

Der Wachmann schüttelte den Kopf. »Nein. Am Wochenende macht der Wachdienst den Job hier. Wir sind zu zweit und wechseln uns ab. Wenn Sie den Pförtner suchen, müssen Sie schon am Montag wiederkommen.«

»Wissen Sie vielleicht, ob es noch weitere von diesen Kleintransportern da gibt?« Treidler deutete auf die Fahrzeugreihe vor der Laderampe.

Der Wachmann drehte sich um und betrachtete die vier Fahrzeuge. »Manchmal stehen da auch fünf.«

»Und wo ist der fünfte jetzt?«

»Woher soll ich das wissen? Seit heute Morgen ist keiner raus- oder reingefahren.«

»Welche Farbe hat der fünfte Wagen?«

»Blau natürlich. Alle Autos sind hier blau. Außer der Ferrari vom Chef. Der ist …«

»Rot. Ich weiß«, ergänzte Treidler. »Danke.« Er lief los in Richtung des kaputten Zaunstückes. Unbedingt musste er Dorfler Bescheid geben, damit der sich die Kleintransporter genauer anschaute. Vielleicht stand dann auch das fehlende fünfte Fahrzeug wieder auf seinem Platz.

Viel mehr als eine zerrissene Jeans hatte der Ausflug auf Rothsteins Fabrikgelände nicht eingebracht. Aber ohne Durchsuchungsbeschluss waren ihm die Hände gebunden. Und den würde er von Liebermann-Baumgartner nie bekommen. Das Gelände und das riesige, verwinkelte Fabrikgebäude boten genügend Möglichkeiten, einen Menschen für drei Tage verschwinden zu lassen.

***

Das Hundegebell war nicht mehr zurückgekommen. Mechanisch hatte sie wieder damit begonnen, auf das Holz einzuschlagen. Bei jedem Schlag fuhr ihr der Schmerz direkt von den Knöcheln über den Arm bis in die Schulterblätter. Jeder Knochen dazwischen tat unendlich weh. Bald musste sie aufgeben. Sie hatte sich mehr vorgenommen, als sie schaffen konnte. Allzu viel Zeit blieb ihr nicht mehr. Sie hatte Luft, ja, aber sonst nichts. Ohne Essen konnte man bis zu drei Wochen überleben, ohne Trinken höchstens drei Tage.

Wie lange war sie überhaupt schon in dieser Kiste? Zwei Tage, drei Tage oder noch mehr? War es Nacht oder Tag?

Melchior wusste, dass bei Gefangenen als Erstes das Zeitgefühl verloren ging. Sie konnte sich nicht daran erinnern, dass sie geschlafen hatte. Wahrscheinlich lag sie vollkommen daneben. Sie musste ihre Schätzung bestimmt um die Hälfte nach unten korrigieren: ein bis zwei Tage.

Der Krampf in der Bauchgegend kam ohne Vorankündigung, wie ein Schlag aus dem Nichts. Sie rollte auf die Seite, krümmte sich zusammen und stöhnte auf. Ein Zittern erfasste sie. Ein Zittern, mehr ein Zucken des gesamten Körpers, das sie nicht kontrollieren konnte. Es kam wie von selbst und steigerte sich. Sie schwitzte so stark, dass ihr Kleid auf der Haut festklebte, dabei fror sie. Mit weit geöffnetem Mund pumpte sie Luft in ihre Lungen. Zu viel Sauerstoff! Sie presste die Hand auf Nase und Mund, versuchte den Atemreflex zu unterdrücken. Tatsächlich ließ das Zittern nach. Doch der Schmerz im Bauch blieb. Sie krümmte sich weiter zusammen, drückte zuerst mit einer Faust, dann mit beiden gegen den Unterbauch, gegen den Schmerz. Es half nichts. Aber warum hörte es nicht auf?

Niemand antwortete ihr. Zu dem Schmerz kam das Gefühl des Alleinseins, der Hilflosigkeit. Und dann griff sie nach ihr, die Angst, dass sie bald sterben musste.

22

Sonntag, 25. Juni – Zwei Tage nach der Johannisnacht

»… Carina Melchior«, drang ihre Stimme aus dem Hörer.

Treidler presste das Telefon fester ans Ohr.

»Leider kann ich im Moment Ihren Anruf nicht entgegennehmen. Aber Sie haben nach dem Piepston Zeit, mich davon zu überzeugen …«

Treidler legte auf und murmelte: »… dass ich zurückrufen soll.« Es war schon das dritte oder vierte Mal, dass er Melchiors Mobiltelefonnummer angerufen hatte, obwohl er genau wusste, dass sie nicht rangehen würde.

Auch nach der zweiten Nacht im Büro gab es keine Neuigkeiten zu Melchior. Inzwischen war sie seit bald sechsunddreißig Stunden spurlos verschwunden. *Nach etwa achtundvierzig Stunden kommt es zu Lähmungserscheinungen bis zum Exitus.* Karchenbergs Worte hingen über ihm wie ein Damoklesschwert. Falls Melchior bereits in der Nacht mit dem Gift in Berührung gekommen war, blieben ihr noch vierzehn, vielleicht sechzehn Stunden.

All seine Anstrengungen am gestrigen Nachmittag hatten ihn nicht weitergebracht. Erneut war er am alten Stellwerk gewesen und hatte das Gebiet um den Neckartal-Radweg abgesucht. Er hatte mit dem Führer des Suchtrupps gesprochen, mit dem Hubschrauberpiloten telefoniert und war ein weiteres Mal zu Rothsteins Bungalow gefahren, um irgendetwas zu finden, das ihn weiterbringen könnte. Nichts, überhaupt nichts hatte er gefunden.

Einen positiven Aspekt hatte der gestrige Tag schließlich doch noch mit sich gebracht. Gegen Abend hatte Treidler erfahren, dass Rothstein weiter in Haft bleiben sollte. Laut Schober, die wie viele andere freiwillig Dienst auf dem Kommissariat schob, war Liebermann-Baumgartner auch von Dr. Maschke nicht davon abzubringen gewesen, ihn bis zur Vorführung beim Haftrichter am Montag festzuhalten.

Nachdem er sich den Schweiß und den Dreck der letzten beiden Tage zu Hause abgeduscht hatte, fuhr Treidler zu Melchiors Pension. Vielleicht war sie ja inzwischen aufgetaucht. Doch der Wirt nahm ihm jede Illusion. Ihr Bett war seit zwei Nächten unberührt. Er stieg wieder in den Wagen und steuerte ziellos durch die Stadt. Nach einer Weile passierte er das alte Stellwerk, das um diese Tageszeit verlassen dalag. Er fuhr am Neckar entlang, durch die Au und fand sich vor der Einfahrt des Gehöfts mit dem gelblichen Licht wieder. Es konnte nicht schaden, die Bewohner zu fragen, ob ihnen in der Nacht zum Samstag etwas aufgefallen war. Er stellte seinen Wagen in die Hofeinfahrt und stieg aus.

Auf dem festgefahrenen Sandweg gab es keine verwertbaren Reifenspuren. Er ging zur Eingangstür und klingelte. Doch auch nach dem zweiten und dritten Klingen wurde nicht geöffnet.

Treidler machte kehrt und schaute sich auf dem Gehöft um. Hinter dem Gebäude befand sich ein Unterstellplatz mit einem Dach aus gewelltem Plexiglas, das durch die Sonneneinstrahlung schon trübe, fast gelb geworden war. Darunter stand ein älterer Traktor mit ausgeblichenem blauen Lack und platten Reifen. Unter dem gelblichen Dach sah die Farbe an einigen Stellen eher aus wie ein verwittertes Grün.

Verdammt, dass er darauf nicht schon früher gekommen war: Ein blauer Wagen konnte unter gelbem Licht grün aussehen. Und das Licht vorne an der Hofzufahrt war gelb. Dann könnte auch das Fahrzeug, das er Freitagnacht im gelblichen Licht gesehen hatte, blau und nicht grün gewesen sein. So blau wie die vier Renault Kleintransporter auf Rothsteins Firmengelände.

Treidler musste den fünften Kleintransporter finden. Und einer wusste ganz bestimmt, wo dieser war: Hanns von Rothstein. Und der saß immer noch in seiner Zelle. Es wurde Zeit, dass er den Mann etwas härter anpackte. Und ihm war es völlig egal, ob sein arroganter Scheiß-Anwalt anwesend war oder nicht. Melchior konnte nicht warten.

Kurze Zeit später steuerte Treidler seinen Wagen auf den Parkplatz der Polizeidirektion, der sich ungewöhnlich voll präsentierte. Petersens, Winklers und Liebermann-Baumgartners Autos standen da. Außerdem zwei identische schwarze Mercedes-Geländewagen mit Stuttgarter Kennzeichen. Treidler tippte auf Landeskriminalamt. Er fluchte vor sich hin. Niemand hatte es für nötig befunden, ihn zu informieren.

Mit einer gehörigen Portion Wut im Bauch marschierte er Richtung Vernehmungszimmer und blieb vor dem Einwegspiegel stehen.

Drinnen saßen Rothstein und Maschke auf der einen Seite des Tisches und ihnen gegenüber Winkler und Borchert. Offenbar hatte der während des Schreibens seines Versetzungsgesuchs noch Zeit gefunden, seinen Chef zum Verhör zu begleiten.

Die Uhr im Vernehmungszimmer zeigte kurz nach zwölf, und Treidler schaltete die Übertragung des Tones an.

»... haben Ihre privaten Konten überprüft«, drang Winklers Stimme aus dem Lautsprecher, »und können einige Überweisungen nicht zuordnen.«

Treidler drehte die Lautstärke zurück. Schließlich musste niemand mitbekommen, dass er hier draußen mithörte.

Was hatte Rothsteins finanzielle Situation mit Melchiors Entführung zu tun? Die beiden Trottel sollten ihn verdammt noch mal unter Druck setzen. Mit dieser sinnlosen Fragerei vergeudeten sie nur unnötig die knappe Zeit, die Melchior noch blieb.

»Gerne helfen wir Ihnen da weiter«, sagte Maschke und lächelte. »Nach dem Haftprüfungstermin, der für meinen Mandanten sicherlich positiv ausgeht, können Sie sich an unsere Steuerberater wenden. Die werden Ihnen alle diese Fragen beantworten. Außerdem möchte ich nochmals meinen Unmut darüber zum Ausdruck bringen, dass mein Mandant das Wochenende auf der Polizeidirektion verbringen muss.«

Dieser elende Anwalt. Wollte der so lange quatschen, bis Petersen Rothstein freiwillig entließ? Treidler hatte genug gehört. Er öffnete die Tür zum Vernehmungszimmer, trat ein und ließ die Tür hinter sich ins Schloss fallen. Der junge dunkelhaarige Polizeibeamte lümmelte wieder auf dem Stuhl vor der Tür und warf ihm einen müden Blick zu.

Die Köpfe von Winkler und Borchert flogen herum. Rothstein und Maschke schauten sich an.

»Was machst du hier?« Winkler fand als Erster seine Sprache wieder. »Du solltest doch –«

Treidler baute sich neben Borchert auf und deutete mit dem Daumen zur Tür. »Raus!«

Borchert sah für einen Augenblick zu Winkler.

»Hol Liebermann-Baumgartner«, sagte der und ließ ein triumphierendes Grinsen folgen. »Ich denke, die Frau Staatsanwältin wird das schnell klären.«

Borchert erhob sich und verließ ohne ein weiteres Wort den Raum.

Treidler setzte sich auf seinen Platz. Sofort drang ihm Winklers Rasierwasser in die Nase, das er schon seit Jahren nicht ausstehen konnte.

Treidler zog sein neues Telefon aus der Tasche, stellte die Stoppuhr auf zwölf Stunden und startete den Countdown. »Was ist?«, fragte er und schaute zu Maschke und Rothstein. »Habe ich einen Ausschlag im Gesicht?«

Maschke reagierte nicht.

Treidler schob das Telefon zu Rothstein und Maschke und rutschte auf dem Stuhl nach vorn. »Ich möchte Sie nicht aufhalten. Sie wollten sich doch gerade beschweren, dass wir Ihren Mandanten bis Montag festhalten.«

Maschke blickte auf den Countdown, dann wieder zu ihm und nickte schließlich langsam.

Treidler forderte ihn mit einer Handbewegung auf, fortzufahren. »Tun Sie sich keinen Zwang an. Ihr verdammtes Gelaber muss schon verdammt wichtig sein. Wie Sie sehen, haben wir dafür noch zwölf Stunden. Und wenn diese Zeit abgelaufen ist, ist meine Kollegin vermutlich tot.«

Maschke schob seine Brille zurecht. »Herr Hauptkommissar Treidler, soviel ich weiß, wurden Sie gestern von Frau Dr. Liebermann-Baumgartner von den Ermittlungen ausgeschlossen.«

»Von den Ermittlungen ausgeschlossen? Da müssen Sie was falsch mitbekommen haben. Es gibt neue Erkenntnisse, und dazu will ich Ihren Mandanten befragen.«

»Welche neuen Erkenntnisse?« Eine senkrechte Falte stand auf Maschkes Stirn.

Treidler setzte sich aufrecht hin. »Welches Auto haben Sie am Freitagabend gefahren?«

»Den Ferrari«, sagte Rothstein, nachdem Maschke mit einem Kopfnicken sein Einverständnis angezeigt hatte.

»Das ist eine Lüge!« Treidler schlug mit der flachen Hand auf den Tisch. Die drei zuckten zusammen.

»Würdest du das bitte lassen?« Winkler warf ihm einen vorwurfsvollen Blick zu.

Treidler nahm seinen Blick nicht von Rothstein. »Was?«

»Mit der Hand auf den Tisch zu schlagen.«

»Leck mich. Und besorg dir ein anderes Rasierwasser.« Treidler kniff die Augen zusammen. »Sie haben einen Ihrer blauen Kleintransporter gefahren. Ich habe das Fahrzeug Freitagnacht hinter dem Neckartal-Radweg gesehen, als es ohne Licht wegfuhr. Das war kurz nachdem meine Kollegin verschwunden ist.«

»Hab ich nicht. Ich war mit dem Ferrari am alten Stellwerk«, antwortete Rothstein, ohne sich zuvor bei Maschke zu vergewissern. »Und mit dem bin ich auch wieder nach Hause gefahren.«

Was den Heimweg anbelangte, sagte er wohl die Wahrheit. Die Motorraumabdeckung des Ferraris war noch warm gewesen, als Treidler sie in der Nacht berührt hatte. »Wer hat den Wagen dann gefahren?«

Rothstein zuckte mit den Schultern. »Woher soll ich das wissen?«

»Der Wagen ist immer noch nicht zurück. Bei Ihnen auf dem Firmengelände steht er jedenfalls nicht.«

»Keine Ahnung.« Rothstein senkte den Kopf. Sein Blick blieb an Treidlers Telefon mit dem Countdown hängen.

»Denken Sie nach, verdammt. Wer kommt sonst noch an die Schlüssel?«

»Alle unsere Monteure, der Fahrdienstleiter, die AV. Das sind bestimmt zwanzig, dreißig Personen, die sich die Schlüssel im Büro holen können.«

»Wollen Sie mich verarschen? Die sind doch am Freitagabend alle nicht mehr in der Firma. Also, wo steht der Wagen?«

»Jetzt reicht's«, sagte Maschke und knallte die Faust auf den Tisch. Treidlers Telefon klapperte. »Ich protestiere aufs Schärfste.«

Die Tür ging auf, Borchert kam zurück. »Herr Treidler, die Frau Dr. Liebermann-Baumgartner möchte Sie sprechen.« Er schob beide Hände in die Hosentaschen und grinste. »Gleich«, schob Borchert mit unüberhörbarer Häme in der Stimme nach. »Sie wartet in Ihrem Büro.«

Treidler blickte zum Countdown auf seinem Telefon, dann zu Rothstein und hob den Zeigefinger. »Das war noch nicht alles. Ich bin gleich wieder zurück.«

Treidlers Laune war auf einem Tiefpunkt angelangt, obwohl er noch nicht einmal mit Liebermann-Baumgartner gesprochen hatte.

»Das trifft sich gut, dass Sie hier sind«, rief Treidler ihr entgegen, als er sein Büro betrat. »Ich brauche gleich einen Durchsuchungsbeschluss für die Räume der Maschinenfabrik Von Rothstein und Söhne.«

Liebermann-Baumgartner stand in einem marinefarbenen Kostüm in der Mitte des Zimmers und hatte die Arme verschränkt. »Ich habe Sie gebeten, nach Hause zu gehen.«

»Ich war schon zu Hause.«

»Herr Treidler.« Liebermann-Baumgartner sprach mit sanfter Stimme. »Ich weiß, dass Sie dieser Fall emotional mitnimmt. Mich übrigens auch. Aber ich denke, es ist besser, wenn wir Winklers Team mit den Ermittlungen beauftragen.«

»Winklers Team?«

»Ja.« Liebermann-Baumgartner seufzte. »Ich muss Sie von dem Fall abziehen.«

Treidler konnte sich nicht mehr zurückhalten. »Das können Sie nicht machen. Es geht um meine Kollegin. Sie hat vermutlich nur noch ein paar Stunden zu leben.«

»Doch, Herr Treidler. Sie sind raus.« Liebermann-Baumgartners Stimme klang plötzlich wieder so unterkühlt wie die eines Türstehers.

»Geben Sie mir Zeit bis Montag. Nur bis Montagfrüh, und den Durchsuchungsbeschluss.«

»Sie hatten Ihre Chance. Tut mir leid, Herr Treidler. Es ist vorbei.« Liebermann-Baumgartner drehte sich auf dem Absatz um und ließ ihn stehen.

Verdammt, warum verpasste er immer den richtigen Zeitpunkt, sein vorlautes Maul zu halten? Und warum musste Liebermann-Baumgartner ausgerechnet Winkler einsetzen? Das würde nur dazu führen, dass Melchior bald nicht mehr lebte. Er konnte nicht untätig zusehen, wie Winkler die Ermittlungen an die Wand fuhr. Treidler tastete nach seiner Dienstwaffe. Sie war an ihrem Platz im Holster.

***

Melchior schreckte hoch, schlug sich die Stirn an und landete wieder hart mit dem Hinterkopf auf dem Bretterboden. Ihr Herz hämmerte wie verrückt, der Schweiß rann an ihrem Körper hinab. Sie krümmte sich. Etwas drang aus ihrer Kehle. Sie versuchte zu husten und registrierte dabei das warme Erbrochene, das über ihren Oberarm floss.

Sie musste irgendwann eingeschlafen sein. Denn da war dieser Traum – im gleißenden Tageslicht war sie durch den Berliner Tiergarten spaziert, über die schmalen Brücken und entlang der kleinen Seen voll mit Enten. Neben ihr Treidler, der sich alle paar Meter nach ihrer Gesundheit erkundigte. Doch mit dem Husten war das wunderbare Bild schlagartig verschwunden: die frische Luft, die zwitschernden Vögel, das saftige Grün der Bäume. Der Geruch von Maschinenöl dominierte wieder alles.

Mit dem Versuch, die Holzbretter zu durchschlagen, war sie keinen Schritt weitergekommen, im Gegenteil. Die Haut über den Knöcheln an ihrer linken Hand existierte nicht mehr. Zuletzt hatte sie nur noch mit dem Ballen zugeschlagen. Auch die rechte Hand konnte sie kaum noch benutzen. Das Gelenk war angeschwollen und nur noch unter Schmerzen zu bewegen. Doch die waren nichts gegen die Qualen in ihrem Unterleib.

Melchior konnte nicht sagen, wie viele Male sie sich inzwischen erbrochen hatte oder von Bauchkrämpfen geschüttelt worden war. Doch jeder neue Anfall brachte stärkere Schmerzen und dauerte länger als der vorangegangene. Inzwischen graute ihr vor der nächsten Attacke. Rothstein musste sie vergiftet haben wie die anderen Opfer. Die Wasserflasche kam ihr in den Sinn. Der seltsame Geruch nach Pflanzen, Minze oder … Heu. Verdammt, was hatte Karchenberg über das Cumarin gesagt? Ein sekundärer Pflanzenstoff mit einem würzigen Duft, der an frisches Heu oder Waldmeister erinnerte. Was hatte sie sich mit dem Wasser bloß angetan? Melchior kam nicht weiter. Der nächste Bauchkrampf erfasste sie.

***

Endlich tauchte der dunkelhaarige Polizeibeamte mit Rothstein auf dem Flur vor der Arrestzelle auf. Fast eine halbe Stunde hatte Treidler warten müssen. Doch hinter den beiden ging noch eine dritte Person. Treidler erkannte den Mann schon an der gebückten Haltung und dem schlurfenden Schritt: Bernhard Winkler.

»Mann, Treidler, hast du immer noch nicht genug?«, rief der ihm entgegen.

Rothstein stockte. Erst einen Moment später ließ er sich an Treidler vorbeiführen, ohne ihn jedoch aus den Augen zu lassen. Der Polizeibeamte steckte den Schlüssel in das Schloss der Zellentür und schloss auf.

»Hast du's schon vergessen?«, sagte Treidler. »Rothstein schuldet mir noch ein paar Antworten.«

»Ich denke, du hast was vergessen. Ich hab den Fall jetzt. Und das heißt: Ich entscheide, wer wen wann verhört.« Winkler grinste wie jemand, der einen Witz erzählt hatte und kaum die ersten Lacher abwarten konnte.

»So meine ich das nicht.«

Inzwischen war der Polizeibeamte mit Rothstein in der Zelle verschwunden.

»Wie dann?«

»Ich nehme ihn mit.«

Winkler lachte auf. »Ich denke nicht, dass ich das zulassen kann.«

Treidler zog seine Waffe und richtete sie direkt auf Winklers Kopf. »Tatsächlich?«

Winklers Gesichtszüge gefroren. »Sei kein Idiot, Treidler. Dafür gehst du ins Gefängnis, und niemand kann mehr etwas für dich tun.«

»Wen kümmert das schon?« Treidler reckte den Kopf und versuchte mitzubekommen, was in der Zelle vor sich ging. »Für dich ist das doch wie ein Lottogewinn.« Und für ihn die Entlassung aus dem Polizeidienst.

»Wie willst du das überhaupt anstellen?« Die zuckenden Mundwinkel verrieten Winklers Unsicherheit. »Das LKA ist da und das BKA bereits auf dem Weg hierher. Die haben dich so was von am Arsch.«

»Du gehst jetzt da rein.« Treidler deutete mit der Waffe zur Zellentür. LKA und BKA interessierten ihn einen Scheiß. Nur Melchiors Leben zählte.

Zögernd setzte sich Winkler in Bewegung. Treidler folgte ihm in die Zelle, deren Einrichtung nur aus einer hochklappbaren Liege, einem Tisch samt Stuhl und einer Toilettenschüssel mit Miniaturwaschbecken bestand.

Vor der hochgeklappten Liege war der Polizeibeamte gerade dabei, Rothstein von seinen Handfesseln zu befreien. Als er Winkler und dahinter Treidler mit der Pistole sah, hielt er mitten in der Bewegung inne.

»Die Handschellen können Sie gleich dranlassen«, sagte Treidler so ruhig wie möglich. Tatsächlich schlug ihm das Herz bis zum Hals. »Zellenschlüssel und den Schlüssel für die Handschellen – bitte.«

»Was soll das?« Der Mund des Beamten blieb offen stehen.

»Ich hab jetzt wirklich keine Zeit für Erklärungen«, gab Treidler zurück und hob seine Dienstwaffe an.

Nach einem Moment des Zögerns machte der Polizeibeamte den Schlüsselbund von seiner Hose los und legte ihn zusammen mit dem Handschellenschlüssel in Treidlers Hand.

Treidler deutete mit der Waffe auf den Polizeibeamten und Winkler. »Ihr geht jetzt ganz nach hinten zum Fenster.«

Ohne ihn aus den Augen zu lassen, machten die beiden zwei Schritte rückwärts und blieben am Fenster stehen.

Treidler blickte zu Rothstein, der dem Geschehen mit versteinerter Miene folgte. »Mitkommen.«

»Nein.« Rothstein kniff die Augen zusammen. An seinem rechten Arm hing noch eine Schließe der Handschelle, die andere baumelte an der Kette.

Treidler trat einen Schritt auf ihn zu und hob die Waffe.

»Wollen Sie mir drohen?« Rothstein reckte den Kopf.

»Fragen Sie mich nicht so einen Scheiß, wenn ich eh schon gereizt bin.« Treidler packte ihn am T-Shirt und zog seinen Hals auf die Mündung der Pistole. »Jetzt drohe ich Ihnen.«

»Ich hab Rechte«, stammelte Rothstein.

Treidler hielt seinen Mund ganz nah an Rothsteins Ohr. »Heute nicht.«

»Das werden Sie bereuen.«

»Ich weiß.« Treidler ließ Rothstein los und gab ihm einen Stoß in den Rücken, damit der sich in Bewegung setzte.

Plötzlich hörte er das Keuchen hinter sich.

Er fuhr herum. Winkler stürmte auf ihn zu, den Blick auf seine Dienstwaffe gerichtet.

Treidler machte einen schnellen Schritt zur Seite. Der Angriff ging ins Leere, und Winkler kam ins Straucheln. Beinahe hätte er seinen Kopf am Rand der Toilettenschüssel angeschlagen. Aus den Augenwinkeln sah Treidler, dass Rothstein nichts mitbekommen hatte. Er ergriff die Pistole am Lauf. Noch bevor Winkler wieder das Gleichgewicht erlangt hatte, schlug Treidler zu. Ein Stöhnen erklang, und Winklers Kopf landete hart auf dem Boden – vor der Toilettenschüssel. Wenigstens blieb ihm diese Demütigung erspart.

Mit Rothstein unbemerkt zum Parkplatz zu kommen, hatte sich Treidler schwieriger vorgestellt. Bis zum Hinterausgang traf er nur wenige Kollegen auf den Gängen. Anscheinend saßen sie alle in ihren Büros vor den Computern oder telefonierten. Niemand nahm Notiz von ihnen. Liebermann-Baumgartner und Kriminalrat Petersen hielten vermutlich mit den Fritzen vom LKA im großen Besprechungszimmer Kriegsrat. Allerdings würde es nicht allzu lange dauern, bis ihnen auffiel, dass Winkler nicht zurückkam. Egal, ihm blieb genügend Zeit, mit Rothstein das Gelände der Polizeidirektion zu verlassen.

Bevor er auf den Parkplatz trat, steckte Treidler seine Waffe weg. Er kettete Rothstein an die Armlehne seines 190er-Mercedes und nahm auf dem Fahrersitz Platz.

»Wir fahren jetzt zu Ihrer Fabrik. Sie sorgen dafür, dass wir auf das Gelände gelassen werden. Und machen Sie keinen Scheiß. Ich kann verdammt ungemütlich werden.« Treidler startete den Wagen.

»Was wollen Sie überhaupt da?« Rothsteins Stimme klang fester. Dennoch spürte Treidler seine Anspannung.

»Nach meiner Kollegin suchen.« Treidler bog in die Straße vor der Polizeidirektion ein und schaute in den Spiegel. Das Gebäude lag ruhig da. Niemand schien bemerkt zu haben, dass er mit Rothstein im Auto wegfuhr.

»Sie glauben, dass sie dort ist?«

»Ich weiß nicht, was ich glauben soll. Vielleicht haben Sie ja meine Kollegin tatsächlich nicht entführt. Aber ich habe einen Ihrer Kleintransporter zum Zeitpunkt von Melchiors Verschwinden unten am Neckar gesehen. Also, wo würden Sie mit dem Suchen anfangen?«

»Sie brauchen Stunden dafür.«

»Mir egal.« Er würde nichts unversucht lassen, um Melchiors Leben zu retten.

»Außerdem kommen wir nicht ins Gebäude. Die Polizei hat mir meine Zutrittskarte noch Freitagnacht abgenommen.«

»Ihnen wird schon was einfallen. Fragen Sie den Pförtner, ob Sie seine bekommen.«

Zehn Minuten später stand Treidler zum zweiten Mal an diesem Wochenende vor dem Eingangstor der Maschinenfabrik »Von Rothstein & Söhne«. Der übergewichtige Wachmann mit dem Miniatur-Oberlippenbart saß im Pförtnerhäuschen und hatte mit viel Glück auch seinen Hund bei sich. Er schielte über den Rand seiner Bild-am-Sonntag-Ausgabe in den Innenraum des Mercedes.

Damit hatte Treidler gerechnet und die Handschellen bereits an der letzten Ampel von Rothsteins Arm gelöst. Inzwischen lagen sie im Handschuhfach.

»Guten Tag, Herr von Rothstein«, grüßte der Wachmann. »Sind Sie an diesem schönen Abend nicht in Ihrem Ferienhaus?«

»Nein, dieses Wochenende nicht«, gab Rothstein zurück.

Der Wachmann warf Treidler einen kritischen Blick zu. »Der

Polizist war gestern schon hier. Er hat auf dem Gelände herumgeschnüffelt.«

»Ja, ich weiß. Und heute Abend müssen wir noch ein paar Dinge klären. Aber ich habe meine Zutrittskarte zu Hause vergessen. Geben Sie mir eine?«

Der Wachmann legte seine Zeitung beiseite und streckte Treidler eine Plastikkarte von der Größe einer Scheckkarte entgegen. »Sie können meine hier haben, wenn ich sie nachher wiederbekomme.«

»Natürlich«, sagte Rothstein. »Wir brauchen allerdings eine Weile.«

Treidler nahm die Karte entgegen.

»Das macht nichts. Ich bin die ganze Nacht hier.« Der Wachmann betätigte einen Schalter, und mit einem lauten Quietschen glitt das Tor zur Seite.

Treidler fuhr hindurch und blickte in den Rückspiegel. Das Tor schloss sich, und der Wachmann widmete sich wieder seiner Bild am Sonntag. Er hatte keinen Verdacht geschöpft.

Treidler steuerte den Mercedes an der Laderampe vorbei. Noch immer fehlte der fünfte Kleintransporter. Er fuhr weiter um das Gebäude herum und brachte seinen Wagen vor der Eingangstür zum Stehen. Auch hier prangte der Schriftzug »von Rothstein« auf dem Glas.

»Wir gehen jetzt da rein.« Treidler zog seine Waffe und richtete sie auf Rothstein.

»Hören Sie endlich auf, mit der Pistole vor meinem Gesicht herumzufuchteln.« Rothsteins Stimme klang unerwartet selbstbewusst.

»Keine Angst, ich kann damit umgehen. Also raus.« Treidler deutete auf die Tür.

Rothstein stieg aus und zog die Zugangskarte durch einen schwarzen Schlitz. Der Summer ertönte, und er ging durch die Tür voran. Treidler folgte ihm und ließ seinen Blick durch den verglasten Eingangsbereich schweifen. Den glänzenden Steinboden durchzog ein dunkelblau-weißes Muster. Vor einer riesigen Weltkarte erstreckte sich ein Empfangstresen mit zwei Computermonitoren. Auf der gegenüberliegenden Seite führte ein Treppenhaus mit Edelstahlgeländer vom Erdgeschoss nach unten sowie empor auf zwei weitere Stockwerke.

»Und wo wollen Sie hin?«, fragte Rothstein.

»Büros, Lagerräume, Werkstatt, einfach überall. Und Sie gehen voran. Zuerst in den Keller.« Treidler deutete auf den Treppenabsatz, der nach unten führte.

Im Untergeschoss breitete sich ein verwinkelter Flur mit einer Handvoll Abzweigungen aus. Zahlreiche Metalltüren gingen davon ab.

Treidler öffnete Lagerräume für Metalle, Lacke, Ersatzteile oder Prospekte und Büromaterialien. Er fand einen Zugang zur Tiefgarage, zwei Technikräume und einen Aufzugsschacht. Was er jedoch nicht fand, war ein Raum, in dem man einen Menschen für einige Tage versteckt halten konnte.

Rothstein gab bereitwillig Auskunft. Kein Wort des Ärgers, kein Vorwurf kam von ihm. Fast schien es, als ob er behilflich sein wollte. Treidler beschlich immer mehr der Verdacht, dass er gar nicht in Melchiors Entführung verwickelt war. Und wenn doch, dann wie? Als Gehilfe oder nur als Mitwisser?

Schließlich hatte Treidler jede Tür geöffnet, den Raum dahinter durchsucht, alle Nischen ausgeleuchtet und Dutzende Male nach Melchior gerufen. Jetzt stand er wieder mit Rothstein vor dem Treppenaufgang. Nichts. Hier unten war niemand.

Im ersten Obergeschoss befanden sich außer einem Großraumbüro nur drei weitere Räume: Damen- und Herrentoilette sowie ein kleines Zimmer für Putzutensilien. Im nächsten Geschoss gab es ebenfalls nur weitere Büros. Treidler durchsuchte sie alle. Bald musste er sich eingestehen, dass in dem Gebäude schlicht kein Raum mehr existierte, wo Melchior sich aufhalten könnte. Er gab auf und ließ sich auf eine Treppenstufe nieder.

Rothstein setzte sich neben ihn. »Wollen Sie noch rüber in die Werkstatt?«

Treidler schüttelte den Kopf. Sein Instinkt sagte ihm, dass Melchior nicht hier war. Die ergebnislose Suche hatte ihn Stunden gekostet. Wie viel Zeit blieb noch? Er tastete nach seinem Telefon. Verdammt, er hatte es im Vernehmungszimmer liegen lassen. Seine Armbanduhr zeigte Viertel vor neun an. Ihm blieben noch etwa drei Stunden, vielleicht noch etwas mehr, wenn sie nicht sofort mit dem Gift in Berührung gekommen war.

»Hätten Sie wirklich geschossen?«, fragte Rothstein unvermittelt.

»Was meinen Sie?«

»Na vorhin, auf Ihren Kollegen. Winkler heißt er, glaube ich.«

»Winkler ist nicht mein Kollege. Er ist ein Arschloch.« Draußen neigte sich langsam der Tag dem Ende zu, und eine weitere laue Sommernacht kündigte sich an. Die Orange- und Goldtöne der untergehenden Sonne drangen durch die Glasfront und ließen die Wände erstrahlen. Die Farben erinnerten Treidler an Urlaub, Strand und Liegestuhl. Liegestuhl, Strand, Urlaub? Er sah zu Rothstein. »Wo ist eigentlich dieses Ferienhaus, von dem der Wachmann vorhin gesprochen hat?«

Rothstein runzelte die Stirn. »Unten am Neckar, kurz vor Oberndorf.«

»Dann fahren wir jetzt genau da hin.«

23

Was war Einbildung, was war Realität? Ohne äußere Sinnesreize spielte das Gehirn irgendwann verrückt. Lichtblitze im Dunkeln oder Kribbeln auf der Haut gehörten noch zu den angenehmeren Effekten.

In ihrer Ausbildung hatte Melchior gelernt, dass es durch Übermüdung oder psychische Anspannung besonders schnell zu einer verfälschten Wahrnehmung der Realität kommen konnte. Gegenstände konnten plötzlich auftauchen, die in Wirklichkeit gar nicht existierten. Solche Halluzinationen bildeten die Vorstufe zum Wahnsinn. Doch so weit war sie nicht: In dieser hölzernen Hölle gab es außer der Wasserflasche keinen anderen Gegenstand.

Manchmal blieb es bei akustischen Halluzinationen. Man hörte Menschen, die über einen oder zu einem sprachen, oft auch Tierstimmen. Melchior fragte sich, ob sie sich das Hundegebell nur eingebildet hatte. Dann gab es Geräusche, die überhaupt nicht existieren konnten. Ein Brummen oder Surren in vollkommener Stille.

Sie versuchte das monotone Brummen zu ignorieren, das seit Kurzem an ihr Ohr drang. Es hatte leise begonnen, war zwischendurch an- und wieder abgeschwollen. Doch nie hatte es ganz aufgehört.

Melchior hielt sich beide Ohren zu. Das Geräusch verstummte, also existierte es tatsächlich.

Sie lauschte. Was könnte es sein?

Ein Auto?

Natürlich, das Brummen klang wie der Motor eines Autos.

Hoffnung glomm in ihr auf.

Sie nahm alle Kräfte zusammen, schlug wie wild auf die Bretter über ihrem Kopf und schrie sich die Seele aus dem Leib. Vielleicht war sie laut genug.

Das Brummen blieb. Derart intensive Halluzinationen waren

nur möglich, wenn sie vom Wahn aufrechterhalten wurden. Und sie war nicht wahnsinnig. Noch nicht.

***

Die Nacht war bereits angebrochen, als Treidler mit Rothstein das Ferienhaus erreichte. Es lag halb auf dem Hang in einer Neckarschleife und sah aus wie eine kleine Villa. Ein zweigeschossiges Haus mit tief herabgezogenem Dach und einem dritten Giebel zur Seite, an dem sich ein Balkon und unterhalb davon der Eingang befanden. Es lag inmitten eines umzäunten Grundstücks voller Laubbäume. Der Weg dorthin führte über einen verschlungenen, unbeleuchteten Waldweg, den Treidler ohne Rothsteins Hilfe und ohne das Licht des Mondes nie gefunden hätte.

Er brachte seinen Mercedes vor der Gartentür zum Stehen. Aus keinem der Fenster drang ein Lichtschein. Das Haus mit der dunkelroten Holzverkleidung und den weiß abgesetzten Sprossenfenstern und Dachsparren wirkte zwar verlassen, aber keinesfalls verfallen. Die Abmessungen des Gebäudes erschienen Treidler für ein Ferienhaus absurd, würde es doch problemlos für eine Großfamilie ausreichen.

»Schlüssel?«, fragte Treidler, bevor der Motor gänzlich zur Ruhe gekommen war. Die Zeit drängte. Ihm und Melchior blieben noch etwas mehr als zwei Stunden.

»Ich weiß, wo einer liegt.« Rothstein öffnete die Tür und stieg aus.

Treidler nahm die Taschenlampe aus dem Handschuhfach und folgte ihm zu einem sichelförmigen Stein direkt vor dem weißen Lattenzaun. Rothstein steckte seine Hand dahinter und zog einen hölzernen Anhänger samt Schlüsselbund hervor.

»Schließen Sie auf, schnell. Wir haben nicht mehr viel Zeit.« Treidler sprang über den halbhohen Zaun und eilte durch den Garten hinauf zur Eingangstür des Hauses.

Rothstein trat neben ihn, schloss die Tür auf und schaltete das Licht an. Vor Treidler breitete sich ein großer Raum aus, von dem vier weiß lackierte Holztüren sowie eine Tür mit Kassettenfenstern abgingen. Decken und Wände waren mit hellen Holzpaneelen verkleidet. Der Eingangsbereich schien erst kürzlich renoviert worden zu sein. Noch immer roch es nach frischem Holz. An einer gemauerten Wand im Raum stand ein Kaminofen mit Specksteinplatten. Dahinter führte eine Holztreppe hoch auf die Galerie.

»Keller? Gibt's einen Keller?« Gleich rechts entdeckte Treidler eine angelehnte Tür. Dahinter führten offensichtlich Treppenstufen nach unten.

Mit drei großen Schritten stand Treidler vor der Tür und riss sie auf. Modriger, feuchter Geruch empfing ihn. Der Lichtschein aus dem Eingangsbereich reichte nur bis auf die ersten beiden Stufen. Was dahinter kam, lag in völliger Dunkelheit. Er tastete die Wand nach einem Lichtschalter ab.

»Nicht!« Rothstein stand hinter ihm und verdunkelte mit seinen breiten Schultern den Treppenabgang völlig.

Treidler fand einen altmodischen Drehschalter und drehte daran. Zuerst tat sich überhaupt nichts, dann flammte unten im Kellerraum eine Glühbirne auf, nur um sogleich mit einem leisen Knall wieder zu erlöschen.

Egal. Die Taschenlampe. Er hielt sie vor sich, schaltete sie ein und stieg die Treppe hinunter. Zum feuchten Moder mischte sich ein anderer Geruch. Noch konnte er nicht sagen, nach was es roch. Im nächsten Moment fiel die Tür hinter ihm ins Schloss.

***

Eine Tür? Melchior schreckte auf. Das Geräusch von langsamen, aber zielgerichteten Schritten drang an ihr Ohr. Bildete sie sich das nur ein, oder war ihr Klopfen und Schreien tatsächlich gehört worden? Nochmals mobilisierte sie alle Kräfte, schlug auf die Holzwände ein, schrie und lauschte. Zweifellos, die Schritte wurden lauter, sie kamen näher. Die Hoffnung, dass sie bald dieser Kiste entkommen würde, steigerte sich fast zur Gewissheit.

Die Schritte umkreisten die Kiste, hielten kurz inne und setzten sich dann wieder in Bewegung. Einmal, zweimal, dann verstummten sie.

Nicht, nicht weggehen. »Ich bin hier drinnen«, schrie sie. »Hilfe! Helfen Sie mir!«

Das Holz knarzte an allen Ecken. Jetzt machten sie den Deckel runter. Melchior war zu schwach, um auszumachen, an welcher Stelle die Schrauben gelöst wurden. Egal. Gleich würde es hell werden. Gleich war sie in Freiheit. Ihr Herz klopfte bis zum Hals. Sie hatte es tatsächlich geschafft.

Dann hörte sie eine Stimme, dumpf und unfreundlich: »Na, du kleine Schlampe, wie geht's dir da drinnen? Hast du schon aufgegeben?«

»Hör auf, sie so in Angst zu versetzen«, sagte eine zweite Stimme. Sie klang freundlicher als die erste. »Die arme Frau hat schon genug mitgemacht.«

»Machen Sie auf, bitte«, schrie Melchior. Warum zum Teufel dauerte das so lange?

»Da musst du noch warten. Aber ich komme bald wieder.« Ein hässliches Lachen erklang. »Dann nehme ich dir deine Haare.«

»Lass das«, rief die freundliche Stimme.

Ein elektrisches Gerät surrte los. Melchior kannte das Geräusch aus dem Friseursalon.

***

Verdammt! Treidler schwenkte die Taschenlampe hoch zum Treppenabgang. Die Kellertür war geschlossen. Blauäugig war er in Rothsteins Falle getappt. Er wollte ihn hier unten festsetzen. Treidler unterdrückte den Reflex, sofort nach oben zu stürmen und an die Tür zu trommeln. Stattdessen ließ er den Lichtkegel langsam zurückwandern.

Er befand sich in einem großen Raum mit einem Boden aus purem Betonestrich. Direkt an den Treppenaufgang schloss sich ein Regal mit Kartons voll undefinierbarer Maschinenteile an. Jetzt konnte Treidler auch den Geruch bestimmen: Schmiermittel und Öl. Er schwenkte den Lichtkegel in weitem Bogen durch die Dunkelheit und ging langsam voran. Würde er hier Melchior finden?

Das Schnappen der Türklinke erklang, gleich darauf hörte er die Kellertür. Treidler riss die Taschenlampe herum, leuchtete hoch zum Treppenabgang. Dort stand Rothstein. Groß und breitschultrig füllte er fast den gesamten Türrahmen aus. Der Bereich hinter ihm lag im Dunkeln. In einer Hand blitzte ein länglicher Gegenstand auf. Seine andere Hand umfasste eine Art Draht oder Kabel. Sofort kamen Treidler die Strangulationsmale in den Sinn, die bei Svetlana Waganowa und Melanie Brugger gefunden worden waren.

Rothstein kam die Treppe herunter. »Warum haben Sie das gemacht? Ich habe doch Nein gesagt!«

Treidler zog mit der freien Hand seine Waffe aus dem Holster und legte den Sicherungshebel um. »Stopp!«

Rothstein ging einfach weiter, kam näher. Es war, als ob er seine Worte nicht gehört hätte.

Treidler legte an. »Stehen bleiben, verdammt!«

»Jetzt hören Sie doch endlich auf, mit der Waffe vor mir herumzufuchteln. Leuchten Sie besser da hoch.« Rothstein deutete mit dem Kinn nach oben.

Im Halbdunkel über sich registrierte Treidler eine nackte Glühbirne, die in der Fassung von der Decke baumelte. Er sah zu Rothstein, dann wieder zur Glühbirne. Sein Blick blieb an dem länglichen Gegenstand in Rothsteins Hand hängen: Es war ein Schraubendreher. In der anderen Hand hielt er Stück Kabel mit einer Glühbirnenfassung.

»Sie dürfen den Drehschalter nicht benutzen.« Rothstein schaute nach oben.

Treidler steckte die Waffe zurück und leuchtete zur Decke.

»Bei dem alten Schalter kommt zu viel Strom auf die Fassung, und sie geht kaputt. Und dann springt die Sicherung für das ganze Haus raus.« Rothstein seufzte. »Halten Sie mal.« Er drückte Treidler das Kabel in die Hand und schraubte die Klemme am Kabel an der Decke los. »Auf der anderen Seite der Treppe ist der richtige Lichtschalter.«

Schnell befand sich die neue Fassung mitsamt Glühbirne an ihrem Platz. Vermutlich hatte Rothstein die Fassung schon einige Male ersetzen müssen.

»Jetzt noch die Sicherung.« Er machte sich an einem schwarzen Kasten neben dem Treppenaufgang zu schaffen.

Nach dem Klicken eines Relais flammte das Licht der Glühbirne auf. Es blendete derart stark, dass Treidler für einen Moment die Augen zusammenkneifen musste.

Er schaltete die Taschenlampe aus. Der Raum war viel größer, als er zuerst angenommen hatte. An den unverputzten Wänden standen selbst gezimmerte Holzregale und eine Werkbank. An einer waren Haken für Gartenwerkzeuge angebracht. Treidler entdeckte Schaufeln und Rechen sowie eine Baumschere.

In den Regalen neben der Werkbank lagen Werkzeuge, Schrauben, Nägel sowie weitere Teile von Maschinen und metallene Werkstücke. Auf der gegenüberliegenden Seite entdeckte er Konservendosen und Einmachgläser. Den vergilbten Etiketten zufolge lagerten sie hier nicht erst seit gestern. Vor dem nächsten Regal lehnten zwei Angelruten. Daneben gab es Eimer, Dosen, Kescher, Netze und anderes Zubehör für Angler. Der nahe Neckar bot die besten Voraussetzungen fürs Fischen.

»Gibt's hier noch einen anderen Raum?«, fragte Treidler.

»Ja, da drüben.« Rothstein deutete auf einen Durchgang, vor dem ein dunkelroter Vorhang hing. »Dort lagert aber nur das Holz für den Kamin.«

Treidler trat durch den Vorhang, schaltete die Taschenlampe wieder ein und leuchtete den finsteren Raum aus. Ein riesiger Berg von kaminfertig gespaltenem Holz breitete sich vor ihm aus. Von einem Fenster führte eine metallene Rutsche herein. Vermutlich wurden so die Holzscheite in den Kellerraum transportiert.

Was zum Teufel machte er hier überhaupt? Rothstein hatte die Wahrheit gesagt.

»Und draußen im Garten?« Treidler kam zurück in den Kellerraum. »Ein Gartenhäuschen, eine Garage oder irgendwas, wo man jemanden versteckt halten kann?«

Rothstein schüttelte den Kopf und schaute zu Boden. In diesem Moment zerbrach etwas in Treidler. Die Suche nach Melchior endete hier und jetzt. Es war wie der Punkt am Ende des Satzes, die letzte Seite eines Buches.

Treidler trottete die Treppe hoch, stolperte in ein Zimmer und ließ sich auf den nächstbesten Stuhl an einem Tisch fallen. Sein Blick fiel auf seine Armbanduhr: halb elf. Noch neunzig Minuten, dann war Melchior achtundvierzig Stunden verschwunden. Und er konnte nichts mehr tun, überhaupt nichts mehr. Er vergrub den Kopf in seinen Händen.

Treidler hätte nicht sagen können, wie lange er so dasaß, bis Rothsteins Stimme wie durch eine dicke Watteschicht zu ihm vordrang. »Haben Sie Hunger?«

Treidler blickte auf.

»Wir haben eine komplett eingerichtete Küche hier draußen. Und ich könnte uns was kochen.« Rothstein versuchte sich an einem Lächeln.

Treidler zuckte mit den Schultern. Seit einem Käsebrot am Morgen hatte er nichts gegessen. Dennoch war Essen so ziemlich das Letzte, was ihn interessierte. Er ließ den Kopf wieder hängen.

Wenig später klapperte Geschirr, und Rothstein stellte wortlos eine Bierflasche vor Treidler auf den Tisch. »Hirschbier, 5,5% Alkohol« stand auf dem Etikett. Fast ein halbes Jahr hatte Treidler keinen Alkohol mehr getrunken. Aber wen interessierte das nun noch? Kurz entschlossen nahm er die Flasche zur Hand, presste den Bügelverschluss zurück und trank einen großen Schluck. Und dann noch einen.

»Haben Sie nichts Stärkeres?«

Treidler saß an einem gedeckten Esszimmertisch. Ihm gegenüber hantierte Rothstein in der Küche herum. Es roch nach Zwiebeln und Gebratenem.

Rothstein drehte sich um. Er hatte eine Schürze umgebunden. »Hier draußen hab ich nur Bier und Wein. Gleich ist das Essen fertig. Dann mach ich uns eine Flasche Rotwein auf.«

Fünf Minuten später hatte Treidler sein Bier ausgetrunken. Rothstein kam mit einem großen Topf Tomatenspaghetti sowie einer Flasche Chianti an den Tisch und setzte sich. Er schenkte von dem Wein ein und schöpfte Treidler und sich die Teller voll.

Schweigend aßen sie. Treidler schaufelte seinen kompletten Teller leer. Die Spaghetti schmeckten nach nichts. Aber immerhin füllten sie den Magen.

Rothstein schöpfte Treidlers Teller ein weiteres Mal voll. »Was sagt eigentlich Ihre Familie dazu, wenn Sie nächtelang nicht nach Hause kommen?«

Treidler stocherte im Essen herum. »Da gibt es keine«, sagte er schließlich. Mehr musste Rothstein nicht wissen.

»Ich hab's auch bald geschafft.«

Treidler schaute auf. »Was meinen Sie mit ›auch bald geschafft‹?«

»Mein Scheidungstermin ist im August. Es wurde Zeit. Mein Vater sträubt sich seit Jahren dagegen.«

»Ihr Vater? Ich dachte, es ist Ihre Scheidung. Was hat Ihr Vater damit zu tun?« Treidler legte seine Gabel beiseite und lehnte sich zurück.

Rothstein seufzte. »Dazu muss man wissen, dass mein Vater ein übermächtiger Mann ist, der sich von niemandem dreinreden lässt. Man könnte ihn wohl als Patriarchen bezeichnen.« Auch er legte seine Gabel weg.

»Er ist der Mann auf dem Foto in Ihrem Büro zu Hause.«

»Ja. Das ist Eugen von Rothstein, der Mann, der meine Ehe quasi arrangiert hat.« Er nahm das Glas zur Hand, trank einen Schluck vom Rotwein und stellte es zurück. Geistesabwesend drehte er am Stiel. »Meine Noch-Ehefrau ist die Tochter unseres wichtigsten Kunden.«

Treidler konnte kaum glauben, was er hörte. Er hatte immer gedacht, dass derartige Arrangements nicht in den westlichen Kulturkreis des 21. Jahrhunderts gehörten.

»Gleichzeitig ist mein werter Vater jemand, der mit nichts zufriedenzustellen ist.« Noch immer drehte Rothstein am Stiel seines Glases. »Vor allem nicht mit dem, was ich tue.«

»Da sind Sie sicher nicht alleine«, gab Treidler zurück.

»Er hat die Fabrik in den sechziger Jahren aufgebaut. Seine Studienkollegen haben noch auf der Straße demonstriert, da hat er schon die ersten Drehmaschinen nach Südafrika verkauft.«

»Sie führen in Wirklichkeit überhaupt nicht die Geschäfte der Maschinenfabrik Rothstein«, sagte Treidler. »Ihr Vater macht keinerlei Anstalten, Ihnen das Ruder zu überlassen.«

»Ich hab nur die Visitenkarten. Natürlich noch das Haus im Fliederweg, die teuren Klamotten und den Ferrari.« Rothstein lachte auf. »Allerdings hat er sich in den Fahrzeugbrief eintragen lassen. Soll er doch den ganzen Scheiß mit ins Grab nehmen. Alles kann er mitnehmen bis auf das hier.« Er deutete durch den Raum.

»Gehört ihm das Ferienhaus auch?« Treidler sehnte sich nach etwas Stärkerem zum Trinken.

»Und noch ein halbes Dutzend weitere. Früher hat er unten im Keller so eine Art Tüftlerwerkstatt gehabt. Manchmal ist er tagelang hierher verschwunden. Alles Mögliche hat er dort zusammengeschraubt und ausprobiert.«

Deswegen der Geruch von Maschinenöl und Schmiere im Keller.

Rothstein stand auf, kramte in der Schublade der Anrichte und kam mit einem dicken Fotoalbum zurück.

»Schauen Sie.« Rothstein schob seinen Stuhl neben Treidlers. »Ich möchte Ihnen was zeigen. Hier in dem Fotoalbum.«

Er überblätterte ein paar Seiten. »Das hier ist Christine.« Er deutete auf eine Frau Anfang dreißig mit einem eher rundlichen Gesicht und einer wallenden rotblonden Mähne. Sie trug einen dunkelblauen Hosenanzug mit Schulterpolstern und lächelte verlegen in die Kamera.

»Das war auf unserer Hochzeitsreise in Norwegen. Sie war damals zweiunddreißig, ich vierundzwanzig. Das ist jetzt über zwanzig Jahre her.«

Treidler betrachtete den Bildhintergrund. Grüne Berghänge und zerklüftete Felsen stürzten in ein dunkelblaues Meer, auf dem weiße Schaumkronen tanzten. Es sah genauso aus, wie er sich die Fjorde an Norwegens Küste vorstellte.

»Wir wollten immer Kinder. Es hat nie geklappt. In den Augen meines Vaters war ich der Versager – wie immer. Dann kam die Krankheit: Brustkrebs. Es folgten Operationen, Chemotherapie, Haarausfall, das ganze Programm. Für Christine und meinen Vater gab es nur einen Schuldigen an allem.«

»Sie etwa?«, fragte Treidler.

Rothstein nickte schwach. »Ich weiß bis heute nicht, warum.«

Treidler schwieg. Er wollte niemand sein, der in den bösen Erinnerungen anderer kramte. Er hatte selbst genug davon.

»Vor einigen Jahren hat sie dann den Krebs besiegt. Aber auf dem Weg dahin haben wir uns irgendwann verloren.« Rothstein klappte das Album zu und schob es von sich. »Bis vor ein paar Wochen hat sie noch im Betrieb gearbeitet. Es war ein unerträglicher Zustand, auch für die Angestellten. Ich hab meinen Vater vor die Wahl gestellt: sie oder ich. Und das erste Mal hat er getan, um was ich ihn gebeten habe. Er hat Christine tatsächlich entlassen.«

***

Auch nachdem die beiden Stimmen und das Brummen der Schermaschine verstummt waren, zitterte Melchior immer noch am gesamten Körper. Lag es an ihrem verdammten Gefängnis? Oder an der Kälte, die ganz langsam ihre nackten Beine hochkroch?

Bald folgten der Kälte Tausende von Nadelstichen. Es war ein Schmerz, als ob ihre Beine eingeschlafen waren, und sie versuchte, sie zu bewegen. Doch sie bewegten sich nicht. Sie konnte ihre Beine nicht bewegen. Sie lagen einfach nur da wie zwei Fremdkörper.

Melchior versuchte, die Arme anzuwinkeln. Sie gehorchten nicht. Auch ihre Hände reagierten nur mit diesem unerträglichen Kribbeln und Brennen.

Sie lauschte auf ihren Atem, hörte das monotone Ein und Aus, das beständig langsamer und flacher wurde. Wie aus der Ferne nahm sie ihren Herzschlag wahr. Ganz allmählich schien auch der sich zu entfernen – so weit, bis sie nur noch ein sanftes Pochen spürte. Auch dieses Pochen ließ nach, wurde immer leiser, immer ferner. Sie fühlte sich schwer wie Blei. Alle Kraft hatte sie verlassen. Dann schwanden ihre Sinne.

24

Montag, 26. Juni – Drei Tage nach der Johannisnacht

Als Treidler erwachte, stand die Sonne schon weit über dem Horizont. Die Vögel zwitscherten um die Wette, ein Specht hämmerte auf einen Baum ein. Er schaffte es beinahe, das Rauschen des nahen Neckars zu übertönen.

Halb unter einer Decke, mit Schuhen und vollkommen bekleidet lag er auf der Eckbank hinter dem Esstisch in der Küche. Langsam versuchte er sich aufzurichten, musste sich jedoch für einen Moment an der Lehne festhalten. Er stöhnte. Der Rücken schmerzte, und sein Schädel brummte wie ein kaputter Kühlschrank. Was hatte er erwartet? Zu viel Alkohol, und das einzige Wasser, das er gestern getrunken hatte, war das im Bier gewesen. Er rieb sich den Schlaf aus den Augen und strich seine Haare zurück.

Auf dem Tisch zählte er fünf leere Bierflaschen und zwei Flaschen Rotwein. Ebenfalls leer getrunken. Dazwischen lag das Fotoalbum von Rothsteins Hochzeitsreise. Das Geschirr vom Abendessen war abgeräumt und türmte sich mit ein paar Töpfen neben dem Spülbecken in der Küche. Von Rothstein fehlte jede Spur.

Treidlers Armbanduhr zeigte Viertel vor acht. Die Zeit, Melchior lebend zu finden, war vermutlich längst abgelaufen. Er hatte verloren, hatte vollkommen versagt. Zum zweiten Mal in seinem Leben war er nicht zur richtigen Zeit am richtigen Ort gewesen, um den Menschen zu beschützen, der ihm am meisten bedeutete.

Da knarrte die Galerie über ihm. Treidler vernahm schwere Schritte, und schließlich kam Rothstein die Treppe herunter. Er war barfuß und hatte nur ein T-Shirt sowie Boxershorts an. Seine Haare standen in alle Richtungen ab.

Vor dem Esszimmertisch blieb er stehen und fuhr sich über das Kinn. »Morgen, Herr Treidler.« Er ließ seinen Blick über die leeren Flaschen schweifen. »Haben Sie gut geschlafen?«

»Geht so«, brummte Treidler.

Rothstein setzte sich. »Bei der Alkoholmenge, die Sie gestern

Abend noch in sich hineingeschüttet haben, müsste es nahe einer Vollnarkose gewesen sein.«

»So fühle ich mich auch.« Treidler rieb sich die Schläfen. »Haben Sie einen Kaffee für mich?«

»Klar.« Rothstein hievte sich aus dem Stuhl. In der Küche kramte er in einem Schrank und förderte eine bunte Blech-Kaffeedose zutage.

»Ich fahr Sie nachher gleich nach Hause. Vermutlich suchen die uns schon.« Winkler hatte bestimmt keine Zeit verloren und ihn direkt auf alle Fahndungslisten setzen lassen, kaum dass ihn jemand aus der Arrestzelle befreit hatte.

»Suchen? Sie meinen mit Suchtrupps und so?«

»Nein, mit einer Fahndung«, gab Treidler zurück.

»Was werden Sie tun?« Rothstein zog den Glasbehälter unter der Kaffeemaschine hervor und füllte Wasser ein.

Treidler zuckte mit den Schultern. »Ich weiß es nicht. Mich stellen.«

»Und das heißt?«

»Unehrenhafte Entlassung aus dem Staatsdienst, Streichung sämtlicher Pensionsansprüche.« Mit dem gestrigen Tag war seine Zeit bei der Kriminalpolizei abgelaufen.

»Woher wissen Sie das so genau?«

»Vor drei Jahren war ich schon mal kurz davor.« Erinnerungsfetzen blitzten auf: Lisas toter Körper, die Untersuchungshaft, die Fotos und das Geschmiere in der Presse. Dann die Verhandlung und der Freispruch mangels Beweisen.

»Ich habe nicht die Absicht, Anzeige gegen Sie zu erstatten.« Rothstein verzog den Mund etwas. Vermutlich sollte es ein Lächeln darstellen.

Treidler schüttelte den Kopf. »Das wird nicht helfen. Bei Entführung besteht öffentliches Interesse. Da klagt der Staatsanwalt an.«

»Ich könnte Sie mit meiner Aussage unterstützen.« Rothstein leerte das Wasser in die Kaffeemaschine.

»Das weiß ich zu schätzen, Herr von Rothstein. Aber vermutlich sollte ich mich nach einem anderen Job umschauen.« Treidlers Blick fiel auf das Fotoalbum. »So wie Ihre Exfrau. Was macht sie eigentlich jetzt?«

Rothstein setzte einen Kaffeefilter in die Maschine und packte ein paar gut gehäufte Dosierlöffel Kaffeepulver drauf. »Das Gleiche wie vor unserer Ehe. Sie war Lehrerin und hat Grundschülern das Schreiben beigebracht.«

Treidler horchte auf. »Was haben Sie da gesagt?«

»Sie war Lehrerin.«

»Nein, das danach.«

»Sie hat Grundschülern das Schreiben beigebracht.«

Grundschülern das Schreiben beigebracht. Treidler wurde abwechselnd heiß und kalt. Seine Nackenhaare sträubten sich. »Wo ist sie jetzt?«

Rothstein hielt inne. »Bei sich zu Hause, denke ich.« Seine Gesichtszüge erstarrten. »Aber glauben Sie etwa, dass Christine Ihre Kollegin … und die anderen Frauen … nein, sie ist doch keine Mörderin …«

»Niemand ist ein Mörder bis zu dem Tag, wenn er das erste Mal mordet.«

Rothstein umschloss fest den Dosierlöffel in seiner Hand und schaute wie erstarrt durch das Fenster hinaus auf den Neckar.

»Sehen Sie Ihre Exfrau noch?«

Rothstein sah ihn blinzelnd an. »Sie ist immer noch ab und an in der Fabrik.«

»Kommt sie an die Schlüssel für die Kleintransporter?«

»Ja, natürlich. Manchmal nimmt sie sogar einen davon mit. Für den Umzug, zum Beispiel.«

»Und dieses Wochenende?«

»Warum nicht?« Rothstein rührte sich noch immer nicht. Der Dosierlöffel schwebte über der Kaffeedose. »Christine weiß, wo die Schlüssel sind. Und der Pförtner würde sie, ohne mit der Wimper zu zucken, rein- und wieder rauslassen.«

Treidler sprang auf. »Wo konnte sie meine Kollegin hingebracht haben? Zu sich nach Hause?«

»Das kann ich mir nicht vorstellen.« Rothstein kratzte sich an der Schläfe.

»Warum?«

»Christine wohnt nur in einer kleinen Zwei-Zimmer-Wohnung. Die hat nicht mal einen richtigen Keller.«

»Wo dann? Denken Sie nach«, schrie Treidler und kramte dabei in seiner Hosentasche nach dem Autoschlüssel.

Rothstein warf den Dosierlöffel zurück in die Dose. »Verdammt, die Jagdhütte.«

Treidler ignorierte alle Verkehrsregeln, alle Schilder. Sofern es die Straßenführung zuließ, drückte er das Gaspedal des Mercedes bis zum Bodenblech durch. Im ersten Moment bereute er, keine aufsteckbare Signalleuchte zu haben. Gleichwohl wusste Treidler, dass die Fahrt bis zur Jagdhütte von Rothsteins Schwiegereltern ohne das Blaulicht weniger auffällig sein würde. Und bis er das Waldstück bei Rottweil erreicht hatte, lagen noch einige Kilometer offene Landstraße vor ihm.

»Warum wohnt Ihre Noch-Ehefrau eigentlich in einer Zwei-Zimmer-Wohnung?«, fragte Treidler. »Sie müsste doch genug Geld haben, um sich etwas Größeres leisten zu können.«

Rothstein lachte auf. »Mein Vater konnte schon immer gut verhandeln. Er hat damals für einen richtigen Knebel-Ehevertrag gesorgt. Christine gehört nichts, nach der Scheidung ist sie quasi mittellos.«

Da hörte Treidler den Hubschrauber. Er suchte den Himmel ab. Ein grün-weißer Polizeihubschrauber flog auf Höhe der Baumwipfel entlang der Straße und kam direkt auf ihn zu. Verflucht! Noch jemand musste auf die Idee mit Rothsteins Ferienhaus gekommen sein und ließ jetzt das Gebiet absuchen. Sein 190er-Mercedes und das Kennzeichen waren jedem auf der Polizeidirektion bekannt. Es war nur eine Frage der Zeit, bis sie den Wagen entdeckten. Egal. Er musste weiter, konnte den Wagen nicht irgendwo unterstellen, bis der Hubschrauber verschwunden war.

Treidler gab Gas. Auf einem bolzengeraden Stück Landstraße nach der nächsten Ortschaft zeigte seine Tachonadel dann einhundertsechzig Stundenkilometer. Rothsteins Miene war angespannt. Er hielt sich mit beiden Händen am Innengriff über der Tür fest und stierte nach draußen.

Einige Kilometer vor Rottweil deutete Rothstein auf ein kleines Waldstück, das an ein Getreidefeld angrenzte. »Da vorne ist es. Die Nächste rechts rein.«

Treidler verlangsamte die Geschwindigkeit, zog das Steuer herum und rutschte in den Feldweg. Der Mercedes kam ins Schleudern. Eine riesige Staubwolke wirbelte hinter ihnen auf. Er brachte den Wagen wieder unter seine Kontrolle, drückte das Gaspedal erneut durch. Der Motor brüllte auf. Die Reifen drehten durch, fanden schließlich Halt. Der Mercedes machte einen Satz nach vorne, schoss über Schlaglöcher und Bodenwellen. Die nächste Kurve raste auf Treidler zu. Wieder bremste er scharf ab, der rechte Hinterreifen kam aufs Gras, der Mercedes brach aus. Er schleuderte mehr, als dass er den Wagen bewusst um die Kurve lenkte. Die mächtige Staubwolke hinter ihm blieb eine permanente Erscheinung im Rückspiegel.

»Achtung, die Schranke«, schrie Rothstein und riss den Arm hoch vor sein Gesicht.

Treidler trat das Bremspedal durch. Der Wagen rutschte einfach weiter. Im nächsten Moment traf der Mercedes den rot-weiß gestreiften Schlagbaum mit einer derartigen Geschwindigkeit, dass der aus der Halterung brach. In hohem Bogen segelte er durch die Luft und landete irgendwo im Wald. Sofort trat Treidler wieder das Gaspedal durch. Glück gehabt! Genauso gut hätte sich der Schlagbaum auch in den Innenraum des Wagens bohren können.

Der Feldweg führte über eine Kuppe. Gleich dahinter kam eine Lichtung. An einem Ende, wo die Tannen und Fichten wieder enger standen, lag eine Hütte von der Größe einer Doppelgarage. Die Außenwände waren mit dunklem Holz verkleidet. Soweit Treidler erkennen konnte, hatte die Hütte nur zwei Fenster, beide mit geschlossenen Läden, und eine hölzerne Tür.

Treidler brachte den Wagen vor der Eingangstür zum Stehen. »Gibt's irgendwo einen Schlüssel?«

Rothstein zuckte mit den Schultern. »Kann sein. Aber ich weiß nicht, wo.«

Treidler und Rothstein stiegen aus. Nicht weit entfernt knatterte der Polizeihubschrauber. Offenbar hatten sie den Mercedes in der Lichtung noch nicht entdeckt.

Treidler rannte zur Tür und drückte die Klinke. Verschlossen. Er versuchte die beiden Fensterläden zu öffnen, dann, sie aus den Angeln zu heben. Verriegelt. Treidler rannte um die Hütte herum. Es gab keinen weiteren Eingang, kein anderes Fenster. Er nahm Anlauf, warf sich mit der Schulter gegen die Tür. Doch auch nach dem zweiten und dritten Versuch gab sie keinen Millimeter nach.

Wie zum Teufel kam er in die verdammte Hütte? Er ließ seinen Blick über die Lichtung schweifen. Der Mercedes! Er setzte sich hinter das Steuer, startete den Wagen und fuhr schräg auf die Hütte zu. Er tastete sich weiter vor, bis der linke Teil der Stoßstange die Tür der Hütte berührte. Dann gab er Vollgas. Die Tür splitterte nicht, die Tür brach nicht. Sie sprang einfach auf.

Treidler ließ den Wagen zurückrollen, stieg aus und trat ein. Im ersten Augenblick sah er überhaupt nichts. Außer dem Lichtschein, der durch die Türöffnung über den Holzboden fiel, war es vollkommen dunkel. Sekunden später, als sich seine Augen an das Halbdunkel gewöhnt hatten, konnte er vor den verschlossenen Fensterläden einen grob gezimmerten Tisch mit einer Eckbank und zwei Stühlen erkennen. Auf dem Tisch standen und lagen einige Plastik-Wasserflaschen.

In der Mitte des Raums ragte ein gemauerter Kaminofen mit einem halben Dutzend Hirschgeweihen bis unter die Decke. Einige Holzscheite stapelten sich davor. Den Rest des Raumes, halb hinter dem Kamin, konnte er nicht einsehen.

Treidler ging weiter und stieß mit dem Fuß an einen Karton, den er im Halbdunkel übersehen hatte. Er ging in die Hocke und kniff die Augen zusammen. Der Inhalt sah aus wie Fäden oder dünne Schnüre. Treidler griff hinein und zuckte zurück. Verflucht! Es handelte sich um Haare, der ganze Karton war voller Haare: lange blonde Haarsträhnen, aber auch kürzere braune oder pechschwarze Haare. Und sie stammten eindeutig nicht von Tieren.

»Was zum Teufel ist das denn?« Rothstein stand direkt neben ihm.

»Menschenhaare«, gab Treidler zurück. Er kam hoch und ging ganz um den Kamin herum. Fast den gesamten Platz dahinter nahm eine hellblaue Plane ein, wie sie normalerweise zum Abdecken von Anhängern verwendet wurde. Etwas Großes, Rechteckiges zeichnete sich darunter ab. Auf der linken Seite schlängelte sich ein orangerotes Abschleppseil unter die Plane. Treidler zog eine Ecke hoch und bemerkte auf dem Boden ein kleines elektrisches Gerät, das er beim zweiten Hinsehen als Schermaschine identifizierte.

Vorsichtig hob Treidler die Plane weiter an. Eine Holzkiste kam zum Vorschein. Vielleicht zwei mal zwei Meter Grundfläche und einen halben Meter hoch. Wände und Deckel bestanden aus Pressspanplatten. Er zog die Plane ganz weg.

»Was ist in dieser Kiste?«, fragte er.

Rothstein zuckte mit den Schultern. »In solchen Kisten versenden wir normalerweise Maschinenteile. Aber was die hier macht … keine Ahnung.«

Treidler kniete nieder. Der Deckel war mit zwölf Schrauben fixiert. Auf jeder Seite drei. Er klopfte auf das Holz. »Ziemlich massiv.«

»Unsere Maschinenteile wiegen bis zu acht Tonnen. Die Kisten müssen schon was aushalten.«

Werkzeug, er brauchte Werkzeug, und zwar schnell. Treidler eilte hinaus. Das Knattern des Hubschraubers lag jetzt allgegenwärtig über der Lichtung. Doch noch konnte er ihn über den Baumwipfeln nicht sehen.

Wo im Mercedes lag das verdammte Bordwerkzeug? Er hatte es noch nie benötigt. Er kramte im Handschuhfach, dann im Kofferraum und entdeckte die Werkzeugtasche schließlich unter dem Ersatzrad. Er rollte sie auf und fand tatsächlich zwei Schraubendreher und ein kleineres Stemmeisen für die Reifenmontage.

Zurück an der Holzkiste, drückte er Rothstein einen der Schraubendreher in die Hand. »Aufschrauben!«

Rothstein machte sich umstandslos an die Arbeit.

Treidler kniete auf der gegenüberliegenden Seite nieder und setzte dort den Schraubendreher an.

Sekunden später waren die ersten Schrauben gelöst. Der Deckel saß immer noch wie angegossen. Vier Schrauben später nahm Treidler das Stemmeisen zur Hand und versuchte, das Holz nach oben zu biegen. Er schaffte nur wenige Millimeter. Der entstehende Spalt war zu schmal, um in die Kiste hineinschauen zu können. Erst nach zwei weiteren Schrauben ließ sich das Holz hoch genug anheben, um es mit dem Stemmeisen zu hebeln. Es knarrte, es krachte, dann war der Deckel lose und rutschte mit einem lauten Poltern auf den Boden.

***

Die Grenzen zwischen Wachzustand und Schlaf waren längst in einem endlosen schwarzen Nebel versunken. Vergeblich versuchte Melchior, sich an die Zeit vor ihrem Gefängnis zu erinnern. Doch die Bilder blieben verschwommen wie ein unscharfes Foto. Es gab nur noch die Schwärze und diese winzige Hölle aus Holz, die ihr die Luft nahm. Mit jedem Atemzug schien sich die Kiste um sie herum weiter zusammenzuziehen.

Das Kribbeln und Brennen in ihren Gliedern hatte nachgelassen. Beine, Arme, Hände – nichts konnte sie bewegen. Mit der Regungslosigkeit war ihr bewusst geworden, dass die beiden Stimmen es irgendwie in ihr hölzernes Gefängnis hinein geschafft hatten. Sie hätte nicht sagen können, wie. Aber sie waren tatsächlich da.

Im ersten Moment hatte sie sich gefreut, jemanden bei sich zu haben, der ihr Schicksal teilte. Aber dann begannen die beiden Stimmen erneut über sie zu reden, als ob sie überhaupt nicht da wäre.

Wieder machte ihr die unfreundliche Stimme Angst. »Jetzt wird ihr bald die Luft ausgehen. Hätte sie mal stärker zugeschlagen, dann wäre sie jetzt draußen. Selbst schuld.«

Die freundliche Stimme nahm sie in Schutz. »Ich glaube, sie hat keine Kraft mehr.«

»Keine Kraft mehr. Dass ich nicht lache.«

Hört endlich auf! Lasst mich in Ruhe! Melchior wusste nicht, ob sie die Worte laut gesprochen oder nur gedacht hatte.

Egal! Die Stimmen schwiegen. Stille konnte etwas Wunderbares sein – sie beruhigte, sie ließ Platz zum Atmen. Als Melchior glaubte, die Stimmen tatsächlich zum Schweigen gebracht zu haben, setzte wie ein Donnerschlag ein ohrenbetäubender Krach ein. Geräusche prasselten auf sie ein. Gepolter, ein Scharren direkt über ihrem Kopf, dann barst Holz. Neue Stimmen drangen auf sie ein. Sie ächzten, kämpften, mühten sich ab.

Da schien es Melchior, als ob das allgegenwärtige Schwarz an einer Stelle heller wurde und in einen schwachen Lichtschein überging. Es war, als ob jemand in dunkler Nacht auf der anderen Straßenseite ein Streichholz angezündet hatte. Was für ein wunderschöner Traum!

25

Das weinrote Kleid mit den schmalen Schulterträgern, die dunklen Haare, die zierliche Figur … In einer Ecke der Kiste lag Melchior zusammengekrümmt auf der Seite. Ihre Augen waren geschlossen, und sie bewegte sich nicht. Es sah fast so aus, als ob sie schliefe – wären da nicht die blutverschmierten Hände und das Erbrochene auf dem Bretterboden gewesen.

»Melchior!« Treidler kletterte über die Seitenwand und kniete sich neben sie. Er tastete an ihrem Hals nach dem Puls. Ganz leicht spürte er das Pochen unter der Haut. Schnell und unregelmäßig. Ein Stein fiel ihm vom Herzen. Sie atmete, sie lebte. Doch dieser fast berauschende Moment der Erleichterung verflog viel zu schnell.

»Was ist?« Rothstein trat von einem Fuß auf den anderen.

Treidler tätschelte ihre Wangen. »Melchior …«

Ihr Kopf fiel hin und her. Ein Augenlid zuckte und blieb halb geöffnet.

»Schnell, helfen Sie mir«, rief Treidler.

Mit vereinten Kräften hoben sie Melchior über den Rand der Kiste. Treidler fasste sie unter den Armen und Rothstein an den Beinen an. Vorsichtig trugen sie Melchior aus der Jagdhütte.

Draußen erfüllte das Knattern des Hubschraubers die Luft. Es sah beinahe so aus, als ob er landen wollte. Sie erreichten den Mercedes und schnallten Melchior auf dem Beifahrersitz fest. Kaum hatte Treidler sie losgelassen, fiel ihr Kopf zur Seite und schlug gegen die Scheibe. Sie stöhnte auf.

»Steigen Sie hinten ein.« Treidler rannte um den Wagen und setzte sich ans Steuer.

Der Hubschrauber stand jetzt direkt über der Lichtung. Die Kraft der Rotorblätter bog die Baumwipfel und wirbelte Gras und kleinere Zweige auf.

»Hier spricht die Polizei.« Der Lautsprecher schaffte es kaum, das laute Knattern zu übertönen. »Steigen Sie aus dem Wagen. Ich wiederhole: Steigen Sie sofort aus dem Wagen.«

Du mich auch! Treidler startete den Motor.

»Los, fahren Sie schon«, schrie Rothstein gegen den Krach an. Er stand neben dem Wagen und gab ihm ein Zeichen, loszufahren.

Auf dem Beifahrersitz krümmte sich Melchior mit einem Stöhnen zusammen. Es blieb keine Zeit mehr für irgendwelche Diskussionen. Treidler wendete den Mercedes auf der Lichtung, raste über den Feldweg zurück zur Landstraße und bog Richtung Rottweil ab. Kaum zwanzig Meter über ihm wich der Hubschrauber nicht von seiner Seite. Es war nur eine Frage der Zeit, bis die Besatzung ein Einsatzfahrzeug zu ihm gelotst hatte.

Erneut stöhnte Melchior auf.

»Sie wurden vergiftet. Halten Sie durch!« Treidlers Stimme flatterte, und es gelang ihm nicht, sie unter Kontrolle zu bringen.

Er fuhr viel zu schnell. An der ersten Abzweigung touchierte der Mercedes die Bordsteinkante und brach nach links aus. Mit einer schnellen Lenkbewegung brachte Treidler den Wagen zurück auf seine Seite. Gerade noch rechtzeitig. Ein dunkler Geländewagen mit Stuttgarter Kennzeichen kam ihm mit eingeschaltetem Blaulicht auf der anderen Straßenseite entgegen und raste vorbei. Im Rückspiegel sah Treidler, wie das Einsatzfahrzeug des LKA abrupt bremste und wendete. Sie hatten ihn gefunden.

»Sie schaffen das!« Verdammt, er musste die Notaufnahme des Krankenhauses erreichen. Und zwar bevor Melchiors Kreislauf gänzlich kollabierte.

Obwohl die Fahrt bei einer derart hohen Geschwindigkeit alle Konzentration von ihm abverlangte, versuchte er, Melchior auf dem Beifahrersitz einen aufmunternden Blick zuzuwerfen. Doch es war sinnlos. Sie konnte ihn vermutlich nicht einmal wahrnehmen. Arme und Schultern hingen schlaff herunter, ihr Kopf wurde von der Fliehkraft hin und her geworfen.

Treidler passierte die Au-Vorstadt, drückte das Gaspedal ganz durch. Die Tachonadel zeigte fast senkrecht nach oben. Mit weit über hundert Stundenkilometern raste er das Viadukt hoch. Die Innenstadt kam in Sicht und mit ihr die ersten Geschäfte und parkenden Autos. Die Straße wurde enger. Wie aus dem Nichts stand ein grüner Nissan Kastenwagen mit geöffneter Ladeklappe auf der Fahrbahn. Treidler bremste scharf, die Reifen des Mercedes quietschten. Direkt vor der Ladeklappe brachte er seinen Wagen zum Stehen. Er fluchte und hupte. Doch niemand reagierte – zum Glück. Im Seitenspiegel tauchte der schwarze Geländewagen wieder auf. Der Fahrer war von Treidlers abruptem Bremsmanöver völlig überrascht. Das schwere Fahrzeug schoss wie eine Kanonenkugel an ihm vorbei. Im letzten Moment konnte ein entgegenkommender Ford Escort ausweichen. Durch die Vollbremsung kam der allerdings ins Schleudern und krachte in ein parkendes Fahrzeug. Ein weißer Paketlieferwagen konnte nicht mehr bremsen und fuhr auf. Die Fahrbahn war blockiert.

Treidler ließ seinen Wagen zurückrollen und wechselte erst auf die linke Spur, dann auf den Gehweg. Eine jüngere Frau mit Einkaufskorb sprang beiseite und drückte sich an die Häuserwand. Mit zwei, drei schnellen Lenkbewegungen hatte er die Unfallstelle passiert.

»Nicht einschlafen!«, rief er Melchior zu. Sie hatte die Augen halb geöffnet, reagierte jedoch nicht. Atmete sie überhaupt noch? Er legte den nächsten Gang ein und tastete, ohne den Blick von der Straße zu nehmen, nach ihrem Puls am Hals. Er war schwach, aber fühlbar.

Der alte Mercedes kam nur schwerfällig auf Touren. Treidler blickte in den Rückspiegel. Verflucht, der dunkle Geländewagen hatte sich erneut hinter ihn gesetzt. Wo zum Teufel kam der so schnell wieder her? Oder war das der zweite Wagen des LKA? Treidler kannte das Prozedere. Sie würden versuchen, ihn mit einer Straßensperre aufzuhalten. Je ein Einsatzfahrzeug rechts und links der Fahrbahn und in der freien Gasse dazwischen ein weiteres quer über die Straße.

Treidler erreichte die Hauptkreuzung, bog nach rechts ab. Er schaltete zurück und beschleunigte weiter. Mit brüllendem Motor hetzte er den Wagen durch die Zwanziger-Zone. Die Autos vor ihm überholte er abwechselnd rechts oder links. Wie durch ein Wunder kreuzten weder Fußgänger noch Radfahrer die Straße. Doch sein Verfolger ließ sich nicht abschütteln. Stoßstange an Stoßstange rasten sie um eine enge Kurve, dann in den Kreisverkehr. Melchior wurde gegen die Beifahrertür geschleudert. Ihr Kopf schlug an der Seitenscheibe an. Treidler warf ihr einen Blick zu. Sie schien den Schlag nicht registriert zu haben.

Im letzten Augenblick und zu unerwartet für seine Verfolger scherte Treidler aus und verließ den Kreisverkehr wieder. Die mussten eine Extrarunde drehen. Eine willkommene Atempause – mehr aber nicht. Nach wenigen Sekunden hatte der dunkle Geländewagen Treidlers Vorsprung wieder aufgeholt und setzte sich dicht hinter ihn.

Mit einem Schwenk nach links wich Treidler einem losfahrenden Stadtbus aus. Vor einer silbernen Limousine zog er den Wagen wieder auf seine Spur und blickte in den Rückspiegel. Der mächtige Gelenkbus bremste sofort wieder und stoppte in der Fahrbahnmitte. Auch die silberne Limousine kam auf Höhe des Busses zum Stehen. Für den Geländewagen gab es kein Durchkommen mehr. Doch auch dieser Vorteil währte nur kurz. Sein Verfolger scherte aus und überquerte den Wartebereich der Bushaltestelle. Der Geländewagen verfügte über genügend Kraftreserven. Jeden Versuch, sich mit dem altersschwachen Mercedes abzusetzen, konterte er mit Leichtigkeit. Sogleich baute sich die mächtige Stoßstange erneut bedrohlich groß im Innenspiegel auf.

Mit einem ohrenbetäubenden Knall zerbarst die Heckscheibe des Mercedes. Glassplitter flogen durch den Innenraum. Gleich darauf zerriss ein weiterer Schuss die Luft.

Egal, sollten sie doch schießen. Die nächste Kreuzung musste er noch schaffen. Ein paar hundert Meter oberhalb davon lag die Zufahrt zum Krankenhaus. Die Ampel vor ihm zeigte Gelb. Es sollte reichen. Er drückte das Gaspedal bis auf das Bodenblech. Die Ampel sprang auf Rot. Zu spät, um zu bremsen. Der Wagen schoss in die Kreuzung hinein.

Der Schlag war so heftig, dass der alte Mercedes einmal um die eigene Achse geschleudert wurde. Treidler schlug sich den Kopf am Türrahmen an. Der Schmerz nahm ihm für einen Moment den Atem. Da war Blut in seinem Mund. Ein roter Pick-up hatte ihn hinten rechts mit voller Wucht touchiert.

Melchior, verdammt! Ihr Kopf lag wie verrenkt auf der Türverkleidung.

Der Motor des Mercedes lief noch. Dampf strömte aus dem

Kühler. Wo waren seine Verfolger? Egal! Er legte den ersten Gang ein und gab Gas. Wider Erwarten gehorchte der Wagen und ließ ihn für die letzten paar hundert Meter nicht mehr im Stich. Auch kein schwarzer Geländewagen tauchte mehr hinter ihm auf. Treidler steuerte in die Einfahrt zum Krankenhaus und durchbrach die Schranke.

Ein Polizeifahrzeug mit eingeschaltetem Signallicht blockierte den weiteren Weg. Treidler blieb nichts anderes übrig, als über den Rasen auszuweichen. Der Mercedes durchpflügte ein Blumenbeet und blieb am Pfeiler zum Besuchereingang hängen. Der Motor erstarb, und das Knattern des Hubschraubers drang an sein Ohr.

Treidler tastete nach Melchiors Puls. Nichts! Verdammt, wo blieben die Sanitäter? Er sah in den Rückspiegel. Winkler und Borchert, beide in Anzug und Krawatte, schlichen gebückt und mit der Waffe im Anschlag auf den Mercedes zu. Warum war Borchert eigentlich nicht längst verschwunden?

»Aussteigen!«, hallte Winklers Stimme über den Parkplatz. »Hände über den Kopf!«

Treidler kurbelte die Scheibe herunter. Er musste schnell machen. Die Waffe warf er als Erstes hinaus, sie landete einige Meter entfernt auf dem Gras. Rasch stieg er aus, kniete sich hin und verschränkte die Hände hinter dem Kopf. »Helft Melchior, schnell! Sie wurde vergiftet. Sie stirbt!«

»Hinlegen. Flach auf den Boden!« Winkler kam schnell näher. Er sicherte seine Pistole und steckte sie zurück ins Holster. »Wo ist Hanns von Rothstein?«

»Rothstein? Bist du blöd?« Treidler ließ sich nach vorne fallen und landete mit dem Gesicht im Gras. Er streckte die Arme von sich. »Wo bleiben die Sanitäter? Wenn Melchior draufgeht, dann bring ich dich um, Winkler. Das schwöre ich dir.«

Borchert sprach etwas in sein Funkgerät. Der Hubschrauber stieg auf und drehte ab.

»Ja, ja, wir kümmern uns schon um sie«, sagte Winkler und stieg über ihn. »Intensivstation, Chefarzt, Einzelzimmer, das ganze Programm.« Er drückte ein Knie in Treidlers Rücken. »Aber für dich war's das. Und zwar ein für alle Mal.«

Aus den Augenwinkeln sah Treidler, wie sich zwei jüngere

Sanitäter mit einer Rollbahre an der Beifahrertür des Mercedes zu schaffen machten.

»Es ist eine Cumarin-Vergiftung«, schrie er. »Cumarin, hört ihr?«

Es dauerte eine gefühlte Ewigkeit, bis sie Melchior endlich aufgeladen hatten und in der Zugangstür verschwanden.

Hinter ihm fuhr ein Auto heran, eine schwarze Wagentür glitt lautlos auf. Unendlich lange Beine in roten High Heels kamen auf Treidler zu: Liebermann-Baumgartner. Damit waren nun alle Idioten versammelt.

Wahrscheinlich spornte die Anwesenheit der Staatsanwältin Winklers Diensteifer zusätzlich an. Zumindest verlagerte er sein Gewicht noch stärker auf das Knie in seinem Rücken. Treidler brauchte sich nicht umzudrehen, um zu wissen, welches Scheiß-Gesicht Winkler dabei aufgesetzt hatte.

»Sucht nach Rothsteins Frau«, presste Treidler mit dem Mund zwischen den Grashalmen hervor. Winklers Knie im Rücken schmerzte höllisch. »Sie war es. Sie hat die drei anderen Frauen getötet und Melchior entführt.«

»Du kannst mich mal«, gab Winkler zurück. »Nimm die Hände auf den Rücken. Sonst muss ich dir den Arm brechen.«

Treidler streckte die Arme nach hinten. Eng schloss sich das kalte Metall der Handschellen um seine Handgelenke.

»Er sagt die Wahrheit«, sagte da Liebermann-Baumgartner. Sie stand direkt neben Treidlers Kopf. Außer den High Heels konnte er nichts von ihr erkennen.

»Was?«

»Binden Sie ihn wieder los, Herr Winkler.« Liebermann-Baumgartners Tonfall duldete keine Widerrede.

»Warum?«

»Weil ich es sage, verdammt!«

Fluchend hantierte Winkler an den Handschellen. Es klickte, und das Gefühl der Enge ließ sofort nach.

»Die KTU hat Haare und Hautspuren von Frau Melchior in einem Renault Kleintransporter der Maschinenfabrik Rothstein und Söhne gefunden«, erklärte Liebermann-Baumgartner. »Der Pförtner hat ausgesagt, dass Frau von Rothstein am Freitagmorgen das Firmengelände mit genau diesem Wagen verlassen hat. Ein Zugriffsteam ist im Moment unterwegs, um sie festzunehmen.«

»Tatsächlich?« *Dieses* Gesicht von Winkler hätte Treidler nun doch zu gerne gesehen.

»Ja, tatsächlich. Herr Dorfler ist schon seit sieben Uhr vor Ort und sichert die Spuren. Sie dagegen wissen nichts Dümmeres, als Herrn Treidler mit dem LKA und einem Hubschrauber durch die halbe Stadt zu jagen.«

»Ich … ich wusste doch nicht …«

»Und gehen Sie verdammt noch mal von Ihrem Kollegen runter. Wir sind hier nicht in einer amerikanischen Polizeiserie.«

»Winkler ist nicht mein Kollege.« Treidler richtete sich auf und spuckte ein paar Grashalme aus. »Er ist ein Arschloch.«

Treidler stand neben Petersen vor dem Einwegspiegel und blickte ins Vernehmungszimmer. Drinnen saß Christine von Rothstein, ihr gegenüber Liebermann-Baumgartner und ein grau melierter Mann um die fünfzig in dunklem Anzug. Petersen hatte ihn als Karl-Heinz Zobel vom Landeskriminalamt vorgestellt.

Treidler musterte die Frau, die vier Menschen entführt, sie tagelang in einer Kiste eingesperrt und drei von ihnen ermordet hatte. Obwohl er gestern ein Foto von ihr gesehen hatte, würde er sie auf der Straße nicht wiedererkennen. Statt der wallenden rotblonden Mähne trug sie eine feuerrote Bürstenfrisur. Ihr graues, kantiges Gesicht bildete einen scharfen Kontrast dazu. Die Haut wirkte wie Pergament. Hätte Treidler nicht gewusst, dass sie erst um die fünfzig Jahre alt war, hätte er sie auf über sechzig geschätzt. Gleichwohl schien sie drahtig und kräftig zu sein. Christine von Rothstein trug einen dunkelblauen Trainingsanzug. Vermutlich hatte das Spezialeinsatzkommando sie aus dem Bett geholt und mit auf die Polizeidirektion genommen.

Trotz der Schwere der Vorwürfe verzichtete Christine von Rothstein auf anwaltlichen Beistand.

Zobel begann das Verhör mit der Frage nach Name und Wohnort.

Ihre Stimme klang fest und entschlossen, während sie die Angaben zu ihrer Person bestätigte.

»Frau von Rothstein«, fuhr Zobel in väterlichem Tonfall fort. »Sind Sie sich der Vorwürfe gegen Sie bewusst?«

»Ich habe es schon Ihren Kollegen gesagt«, entgegnete sie mit einem Hauch von Entrüstung in der Stimme. »Es ist völlig absurd, was mir da vorgeworfen wird. Ich habe niemanden entführt.«

Zobel blieb so ruhig, als würde er sich über das Wetter unterhalten. »Können Sie uns sagen, wo Sie in der Nacht zum Samstag gegen Mitternacht waren?«

»Zu Hause. Ich war das ganze Wochenende zu Hause. Aber auch das habe ich schon Ihren Kollegen erzählt.«

»Wir wissen, dass Sie am Freitagmorgen mit einem Renault Kleintransporter das Gelände der Maschinenfabrik Rothstein und Söhne verlassen haben.«

»Das stimmt. Ich habe mir den Wagen geholt, um einige Möbel zu transportieren. Ich bin gerade dabei, meine Wohnung einzurichten.«

»Frau von Rothstein«, sagte Liebermann-Baumgartner. »Sie können diese Vorwürfe leugnen, solange Sie wollen. Aber in genau diesem Kleintransporter haben wir neben Ihren Fingerabdrücken auch die von Hauptkommissarin Carina Melchior gefunden. Ebenso konnten wir Haare und Hautspuren eindeutig Frau Melchior zuordnen.«

»Da muss ein Irrtum vorliegen.« Rothstein schaute zwischen den beiden Beamten hin und her. »Ich habe den Wagen das ganze Wochenende über nur für den Transport der Möbel genutzt.«

»Verdammt, lügen Sie uns nicht an!« Liebermann-Baumgartner schlug mit der flachen Hand so laut auf den Tisch, dass Zobel zusammenzuckte.

Wie sich doch die Zeiten änderten. Noch vor zwei Tagen hatte die Staatsanwältin Treidler aus dem Vernehmungszimmer gebeten, als er auf den Tisch geschlagen hatte.

»Ich klage Sie sowieso an, Frau von Rothstein. Und ich denke, dass jeder Richter in Deutschland meiner Beweisführung folgen wird. Wenn Sie gestehen, ist das Ihre Chance, das Strafmaß zu verringern.«

Rothstein wandte Liebermann-Baumgartner den Kopf zu. Trotz der Beschuldigungen machte sie einen ruhigen Eindruck. Es war fast nicht vorstellbar, dass sie eine derart gute Schauspielerin war.

»Warum haben Sie die drei Frauen getötet?«, fragte Zobel und fixierte Rothstein.

Sie setzte sich abrupt auf. »Drei Frauen getötet?« Rothsteins Mund blieb für einen Moment offen stehen. »Das meinen Sie nicht im Ernst. Ich habe niemanden getötet.«

»Diese Ansichtskarten haben Sie wohl auch nicht geschrieben und an das Kommissariat in Rottweil geschickt?« Zobel legte alle drei Karten nacheinander vor Rothstein auf den Tisch.

Rothstein musterte Zobel. »Stammen die von meinem Mann? Der hat Schuhkartons voll davon im Keller stehen.«

»Es war Rache, richtig?« Zobel erhob sich. »Sie wollten, dass Ihr Mann für Sie ins Gefängnis geht.«

Rothstein runzelte die Stirn, während sie die Postkarten betrachtete.

Zobel ging neben dem Tisch auf und ab. »Soll ich Ihnen sagen, wie es abgelaufen ist?«

Rothsteins Falten auf der Stirn wurden noch eine Spur tiefer.

»Sie haben die Frauen entführt, mit denen sich Ihr Mann getroffen hatte. Dann haben Sie ihnen die Haare rasiert, damit sie nicht mehr hübsch und begehrenswert waren. Sie haben ihnen Rattengift in die Wasserflasche gemischt, gewartet, bis sich die Lähmungserscheinungen einstellten, und sie dann so lange gewürgt, bis sie das Bewusstsein verloren. Halb tot und ohne Chance, sich aus eigener Kraft zu retten, haben Sie sie schließlich in den Neckar geworfen.«

Mit offenem Mund starrte Rothstein Zobel an.

Der blieb direkt hinter ihr stehen. »Aber warum die historischen Postkarten?«

Treidler sah zu den drei Schwarz-Weiß-Bildern auf dem Tisch. Von draußen konnte er die Motive nicht erkennen, das Schwarze Tor, das Münster sowie das Alte Bohrhaus. Aber wo, verdammt, war die vierte? Bisher war jede Postkarte am Montag nach dem Verschwinden eines Opfers im Kommissariat eingetroffen. Doch diesmal nicht. Und dafür gab es nur zwei mögliche Gründe: Die Post hatte die Karte verschlampt. Oder sie war noch gar nicht versendet worden.

Nicht versendet! Treidler wandte sich ab. Er hörte, dass Petersen ihm etwas nachrief, doch es interessierte ihn nicht. Er musste den letzten Beweis finden, den Beweis, der fehlte wie der Punkt über dem kleinen i. Und Treidler ahnte, wo er ihn finden würde. Doch zuvor musste er mit Eugen von Rothstein, dem Patriarchen der Familie, telefonieren.

Treidler steuerte Melchiors Passat auf die kurvige Auffahrt hoch zu Rothsteins Bungalow im Fliederweg 48.

»Hallo, Herr Treidler«, begrüßte ihn Rothstein mit einem strahlenden Lächeln, Sekunden nachdem er geklingelt hatte. Wie aus dem Ei gepellt stand er in Designerjeans und mit rotem Lacoste-Poloshirt im Hauseingang und winkte ihn herein. »Ich habe nicht gedacht, dass ich Sie so bald wiedersehe. Wie geht's Ihrer Kollegin?«

Treidler trat durch die Milchglastür und blieb im Windfang stehen. »Sie liegt in einem künstlichen Koma. Die Ärzte können noch keine Prognose machen, ob sie es schafft.«

Rothstein machte ein bekümmertes Gesicht. »Das tut mir leid. Ich hoffe sehr, Ihre Kollegin schafft es.«

»Können wir reingehen?«

»Natürlich. Aber warum so offiziell?« In weißen Golfschuhen mit roter Sohle und roten Schuhbändern ging Rothstein voran. Neben dem Esszimmertisch blieb er stehen und bedeutete Treidler, sich hinzusetzen. Das leer getrunkene Whiskeyglas stand noch immer auf dem Edelstahl-Untersetzer, daneben lag der sündhaft teure Montblanc Füllfederhalter.

»Danke, aber ich stehe lieber.« Treidler schüttelte den Kopf. »Ich habe gerade mit Ihrem Vater telefoniert.«

Rothsteins Mundwinkel zuckten ganz leicht. »Ach ja?«

»Sie haben mich angelogen. Er hat Ihre Frau überhaupt nicht entlassen. Sie wollte lediglich eine Auszeit von Ihnen und der Firma und ist deswegen hier ausgezogen.«

»Es ist nur eine Frage der Zeit, dann wird er sie entlassen.« Rothstein stierte auf den Füllfederhalter.

»Sie haben mich letzte Nacht schon vom Gegenteil überzeugt. Ihre Frau ist die Tochter seines wichtigsten Kunden. Er würde sie nie entlassen. Das wissen Sie genau.«

Rothstein hob die Schultern. »Na und? Das hat nichts zu bedeuten.«

»Oh doch. Für Sie hat das sehr wohl etwas zu bedeuten. Denn Sie waren auf Gedeih und Verderb mit Christine von Rothstein verbunden. Und zwar solange Ihr Vater leben würde.«

Rothstein reagierte so wenig wie das Lacoste-Krokodil auf seinem Poloshirt.

»Das hätten Sie wahrscheinlich noch ausgesessen. Aber dieses Frühjahr hat er sein Testament geändert und Ihre Frau als Haupterbin eingesetzt. Sie hätten nach dem Tod Ihres Vaters Ihren Lebensstil nie und nimmer aufrechterhalten können.«

Rothstein presste die Lippen aufeinander.

»Sie waren es. Sie haben meine Kollegin entführt und die drei anderen Frauen getötet.« Treidler hätte sich ohrfeigen können dafür, dass er sich gestern noch mit Rotwein und Spaghetti hatte einlullen lassen.

»Blödsinn.« Rothsteins Hand zitterte heftig. »Warum sollte ich das tun?«

»Sie hatten sogar zwei gute Motive. Ihre Ehe ist längst kaputt, und deshalb wollten Sie Ihre Frau loswerden. Und Sie mussten dafür sorgen, dass Ihr Vater die Änderung des Testaments rückgängig macht. Dieser perfide, von langer Hand vorbereitete Plan war in Ihren Augen die einzige Möglichkeit, beides zu erreichen. Sie haben den Verdacht absichtlich auf sich gelenkt, um nach Ihrer Verhaftung die eigene Frau mit gefälschten Beweisen als Serienmörderin aus dem Hut zu zaubern.«

Eigentlich hätte Treidler schon gestern Abend im Ferienhaus auffallen müssen, dass Rothstein zu schnell seine Frau als Verdächtige präsentiert hatte. Auch schien er heute Morgen zu wenig überrascht, als sie die Kiste in der Jagdhütte seiner Schwiegereltern entdeckt hatten. Hanns von Rothstein war die ganze Zeit über nicht nur einer der Hauptakteure in diesem Drama gewesen, sondern er hatte auch die Regie geführt.

Rothstein stieß ein bitteres Lachen aus. »Wenn Sie mir schon diese Morde zutrauen, wieso hab ich dann nicht einfach nur meine Frau umgebracht?«

»Darüber hab ich mir die meisten Gedanken gemacht. Ich

denke, Sie wollten Ihrem Vater zeigen, dass Sie der bessere Mensch sind und seine ach so geliebte Schwiegertochter ein verachtenswertes Monster.«

»Schöne Geschichte.« Rothstein nahm den Füllfederhalter vom Tisch. »Aber Sie haben da was übersehen.«

»Das denke ich nicht«, gab Treidler zurück, obwohl er sich noch heute Morgen nicht hatte vorstellen können, dass jemand einen solch abscheulichen Plan mit einer derart krankhaften Besessenheit ausführte. Aber vielleicht hatte er nur zu spät erkannt, dass auch in dieser sonst so friedlichen Stadt wahre Teufel hinter der Fassade vermeintlich ehrenwerter Bürger stecken konnten.

»Ich kann Ihre Kollegin nicht entführt haben. Ich war im alten Stellwerk. Sie selbst können bezeugen, dass ich da war.«

»Das ist richtig. Aber bis zur Wohnung Ihrer Frau in der Hermannstraße sind es zu Fuß gerade mal fünf Minuten vom alten Stellwerk. Nachdem Sie meine Kollegin auf dem Neckartal-Radweg betäubt hatten, haben Sie mit dem Zweitschlüssel den Kleintransporter dort abgeholt, sie dann in die Jagdhütte Ihrer Frau verfrachtet und den Wagen wieder zurückgebracht.«

»Kommen Sie, Herr Treidler. Sie haben mich doch in der Nacht noch verhaftet. Wie soll ich das alles angestellt haben?«

»Die ganze Aktion hat höchstens eine Stunde gedauert. Meine Kollegin wurde etwa um Mitternacht entführt. Als ich hier angekommen bin, war es kurz vor halb zwei. Sie hatten also genügend Zeit. Und die Motorhaube Ihres Ferraris war noch warm, als ich hier aufgetaucht bin.«

»Sie sind verrückt.«

Treidler schüttelte den Kopf. Diese Art der Ausflüchte hatte er schon zu oft gehört. Sie läuteten meist den Anfang vom Ende ein.

»Das können Sie nicht beweisen.« Rothstein drehte die Kappe des Füllfederhalters einige Male auf und wieder zu.

»Doch, das kann ich.« Treidler griff in seine Hosentasche und zog einen Gummihandschuh hervor, den er aus Melchiors Passat mitgenommen hatte.

»Was wollen Sie damit?« Rothstein stockte mitten in der Bewegung. Seine Faust umschloss den Füllfederhalter so fest, dass das

Weiß der Köchel hervortrat. »Ihre Kollegen haben das Haus doch schon auf den Kopf gestellt.«

»Schon Freitagnacht lag dieser Füllfederhalter auf dem Tisch.« Treidler zog den Handschuh über. »In dem Moment, als ich kam, wollten Sie damit gerade die vierte Ansichtskarte schreiben. Dummerweise hatten Sie danach keine Möglichkeit mehr, sie abzusenden.«

Treidler machte einen Schritt in Richtung des rechten Bungalow-Traktes. »Es gibt nur einen Platz, wo Sie die Karte schnell verschwinden lassen konnten und den meine Kollegen bei der Hausdurchsuchung übersehen haben.« Am Edelstahl-Kleiderständer vor dem Zugang zu den anderen Zimmern hing noch immer Rothsteins lila-weiß gestreifter Morgenmantel. »Und zwar hier.«

Treidler griff in die Seitentasche des Morgenmantels und zog eine zusammengefaltete Ansichtskarte heraus. Er klappte sie auf. Das Schwarz-Weiß-Motiv zeigte die Rottweiler Kapellenkirche.

Rothstein ließ den Füllfederhalter fallen. Er kullerte ein paar Mal hin und her und blieb direkt vor den Spitzen seiner weißen Golfschuhe mit den roten Schuhbändern liegen.

»Ich denke, wir finden darauf Ihre Fingerabdrücke.« Treidler drehte die Karte um. Auf der Rückseite stand in Kinderschrift der letzte Vers der Neckargeist-Sage:

Mit wilder Gewalt ergreift es ihn an den Füßen und zieht ihn nieder zum steinigen Grunde des Flusses. Nur die Kleider finden die Seinen am anderen Morgen am Ufer liegen; denn erst am dritten Tage wirft er den Leichnam ans Land. Um den Hals des Toten sieht man dann einen blauen Ring. Das ist ein sicheres Zeichen, dass ihn der Neckargeist in der Johannisnacht erwürgt hat.

Epilog

Mittwoch, 28. Juni – Fünf Tage nach der Johannisnacht

Das EKG piepste seinen monotonen Rhythmus. Eigentlich hätten sie das Gerät längst abschalten können. Seit Dienstagmorgen war Melchior außer Lebensgefahr. Sie atmete von selbst. Treidler war am frühen Nachmittag gekommen und saß auf dem Besucherstuhl neben ihrem Bett. Wie schon am Montag und am gestrigen Abend würde er genau hier ausharren, bis sie aufwachte oder ihm vor Müdigkeit die Lider zufielen. Und das hatte er sich für jeden verdammten Tag vorgenommen, bis sie endlich die Augen öffnete.

Die Ärzte sagten, dass es vielleicht Wochen dauern könnte, bis Melchior wieder ansprechbar war. Die Heilung einer Cumarin-Vergiftung brauchte Zeit. Erst einmal mussten die fehlenden Gerinnungsfaktoren nach und nach durch die Leber ersetzt werden.

Treidler musterte Melchiors feine Gesichtszüge mit den hohen Wangenknochen, dem schmalen Mund und den langen, dichten Wimpern. Sie sah aus, als schliefe sie seelenruhig. Ihre Gesichtsfarbe war eine Spur bleicher als sonst, doch bei ihrem dunklen Teint fiel das kaum auf. Sein Blick glitt weiter zu ihrem Hals mit der winzigen Narbe über dem Kehlkopf, die sie normalerweise hinter einem bunten Tuch versteckte. Ihr Brustkorb unter der Bettdecke hob und senkte sich leicht. Im Büro fehlte sie ihm jetzt schon.

Er hätte nicht sagen können, was ihn dazu gebracht hatte, nach ihrer Hand zu greifen. Doch da lag seine Hand schon auf ihrer, und er hörte sich sagen: »Das wird bald wieder.«

Melchior atmete weiter ruhig und gleichmäßig.

»Sie haben nichts verpasst. Ich werde Sie updaten. So heißt es doch … updaten?« Treidler musste selbst lachen über das dämliche Wort.

Draußen konnte er im Rasen noch immer die Reifenspuren erkennen, die er vor ein paar Tagen ins Gras gepflügt hatte. Auch seinen Wagen hatte es schwer erwischt. Der 190er-Mercedes war nur noch Schrott. Inzwischen fuhr er mit einem Ford Fiesta Mietwagen durch die Gegend. Kein schlechtes Auto. Es besaß sogar eine Klimaanlage. Er musste sich bald entscheiden, welchen neuen Wagen er sich zulegte.

»Borchert hat seine Koffer gepackt und gehört seit gestern nicht mehr dem Kommissariat an.« Treidler grinste. »Und Winkler, das Arschloch, wird womöglich doch nicht Kommissariatsleiter. Er kriegt vermutlich sogar ein saftiges Disziplinarverfahren an den Hals. Man munkelt, dass das RP einem Externen den Vorzug als Nachfolger für Petersen geben will.«

Draußen auf dem Parkplatz stieg ein älterer Mann aus einem dunkelroten VW Golf. Er trug einen Blumenstrauß und eilte auf den Haupteingang zu.

»Ich wollte eh nie Kommissariatsleiter werden.« Treidler zuckte mit den Schultern.

Ein breitschultriger Mann schob eine blonde Frau im Rollstuhl über die Gartenwege. Ihr linkes Bein lag auf einer Schiene und war vom Knöchel bis zum Oberschenkel eingegipst.

»Die Frau Liebermann-Dingsbums hat sich bei mir entschuldigt. Aber irgendwie hab ich nicht richtig zugehört. Deshalb weiß ich auch nicht, weshalb sie sich entschuldigen wollte. Vielleicht fragen Sie sie mal. Sie haben eh den besseren Draht zu ihr.«

Treidler schaute kurz zu Melchior. »Ach ja, und mein neues Handy kann ich inzwischen ohne Probleme bedienen. Sie hatten recht, es ist kinderleicht.«

Der Mann draußen brachte den Rollstuhl neben einer Parkbank zum Stehen, zündete sich eine Zigarette an und nahm einen tiefen Zug.

»Aber die wichtigste Person habe ich damit noch nicht erreicht. Obwohl mir das sehr wichtig ist.«

Der Mann steckte der Frau die Zigarette in den Mund und setzte sich auf die Parkbank.

»Denn sonst würde ich irgendwann bereuen, dass ich manche Dinge nie laut zu ihr gesagt habe.« Das war nur die halbe Wahrheit. Es gab so viel, was er Melchior sagen wollte.

Die blonde Frau nahm einen Zug und gab die Zigarette zurück.

»Und … was wollten Sie ihr laut sagen?«, sagte da eine brüchige Stimme.

Treidler fuhr herum. Melchior hatte die Augen halb geöffnet. Sogar jetzt im Krankenbett sah sie bezaubernd aus. Schnell zog er seine Hand weg und stammelte: »Äh, nichts … nur so …«

Melchior räusperte sich. »Was machen Sie eigentlich hier, Treidler?«

»Ich war gerade in der Gegend.«

»Das ist man in Rottweil zwangsläufig immer.« Melchior lächelte schwach. »Aber was ist mit Ihnen?«

Treidler rieb sich über die Lider. »Nichts, gar nichts. Ich hab nur was ins Auge bekommen.«

Nachwort

Es gibt sie tatsächlich, die Neckargeist-Sage, wenngleich sie ihren Ursprung wohl nicht im oberen Neckartal hat. Wir finden leicht unterschiedliche Versionen in Karl Gottfried Nadlers »Badischem Sagen-Buch II« von 1846, in Jacob Grimms dritten Band seiner 1875 erschienenen »Deutschen Mythologie« sowie in Alexander Würtenbergers »Schwarzwaldsagen und Geschichten« aus dem Jahr 1881. Doch nicht nur am Neckar, sondern auch am badischen Schwarzwaldflüsschen Murg erzählt man sich die fast gleichlautende Sage eines Wassergeistes, der in der Johannisnacht die Badenden in die Tiefe zieht und ihre Leichen drei Tage später wieder ans Ufer wirft.

Die Geschichte entstand wahrscheinlich zu Zeiten der Christianisierung, um unsere germanischen Vorfahren davon abzuhalten, heidnische Bräuche und Kulte zu feiern. Damals glaubten die Menschen, dass in der Johannisnacht das Elend durch ein Bad im Fluss weggespült werden könnte und daraufhin alles gelänge. Jahrhundertelang versuchte die Kirche, solche tief verwurzelten Bräuche durch Schauermärchen zu ersetzen und so auszurotten. Kurzerhand deutete sie urzeitliche Götter und Geister zu Monstern, Hexen und Ausgeburten der Hölle um, vor denen sich die Menschen in Acht nehmen müssten. Stattdessen sollten sie sich besser dem Christengott zuwenden, weil nur von ihm Rettung zu erwarten sei.

Schaurig wird die Neckargeist-Sage zweifellos bei der Frage, ob denn tatsächlich in früheren Zeiten drei Tage nach der Johannisnacht Leichen mit einem blauen Ring um den Hals am Neckarufer aufgetaucht waren. Und wenn dem so war, ob vielleicht jemand nachgeholfen hatte?

Natürlich wählte die Kirche insbesondere die Drei-Tages-Frist bewusst. Sie sollte an Jesus erinnern, der nach seinem Tod am Kreuz drei Tage in der Unterwelt verbracht hatte, um danach mit seiner Auferstehung glorifiziert zu werden. Ganz im Gegensatz zu den Wasserleichen, denen ihr Aberglauben, so die christliche Version, zum Verhängnis geworden war. Sogar der blaue Ring um den Hals hat seine ganz besondere Bedeutung und verweist auf die Todesart des Hängens, die zur damaligen Zeit als ausgesprochen schändlich galt.

Wie so oft gilt auch hier, dass Glaube lediglich eine Frage der (Um-)Deutung ist. Oder anders ausgedrückt: Geschichten entstehen nicht selten nur aus gut getarnten Interessen.

Dieses Nachwort möchte ich auch nutzen und mich bei den Menschen bedanken, ohne die der »Neckarteufel« nie entstanden wäre. Zum einen ist da Dr. Michael Wenzel von meiner Agentur Editio Dialog in Lille. Ohne ihn wäre die Geschichte vermutlich nie geschrieben worden. Dann natürlich Lisa Kuppler, meine Lektorin, die bei der Überarbeitung des Manuskriptes wie immer viel gelitten haben muss. Auch meiner Frau Sabine und meinen beiden Kindern Laura und Luca bin ich dankbar für ihre Unterstützung und Ideen. Die Veröffentlichung letztlich möglich machten die Mitarbeiter vom Emons-Verlag aus Köln. Danke an alle.

Thilo Scheurer
Im Juli 2014